CHICAS DE PAPEL Y DE FUEGO

CHICAS DE PAPEL Y DE FUEGO

NATASHA NGAN

Traducción de Nora Escoms

Argentina – Chile – Colombia – España
Estados Unidos – México – Perú – Uruguay

Título original: *Girls of Paper and Fire*
Autor: Natasha Ngan
Traductora: Nora Escoms

1.ª edición: septiembre 2019

© 2018 *by* Natasha Ngan
Published in agreement with the author, c/o BAROR INTERNATIONAL INC.,
Armonk, New York, U.S.A.
All Rights Reserved
© de la traducción 2019 *by* Nora Escoms
© 2019 by Ediciones Urano, S.A.U.
    Plaza de los Reyes Magos, 8, piso 1.º C y D – 28007 Madrid
    www.mundopuck.com

ISBN: 978-84-92918-63-8
E-ISBN: 978-84-17780-06-7
Depósito legal: B-16.651-2019

Fotocomposición: Ediciones Urano, S.A.U.

Impreso por: Rodesa, S.A. – Polígono Industrial San Miguel
Parcelas E7-E8 – 31132 Villatuerta (Navarra)

Impreso en España – *Printed in Spain*

Para Alex.
Este libro habla de chicas valientes y brillantes,
y tú eres una de las más valientes
y brillantes que hay. Gracias, siempre.

Advertencia:
este libro contiene escenas de violencia y abuso sexual.

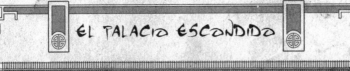

EL PALACIO ESCONDIDO

Pasaje de las sombras

SECTOR DE LOS FANTASMAS

SECTOR MILITAR

SECTOR DE LOS MORTALES

SECTOR DE LA INDUSTRIA

Palacio Real

SECTOR REAL

Río del Infinito

SECTOR

INTERNAS

Salón Flotante

SECTOR DE CEREMONIAS

Jardines

Casa de Papel

SECTOR DE LAS MUJERES

Casas de Noche

SECTOR DE LA CIUDAD

SECTOR DE LOS TEMPLOS

Puertas

PLASSE

Gran Bosque de Bambú de Han

LAS CASTAS

Por las noches, los regidores celestiales soñaban con colores y, al llegar el día, esos colores se derramaban sobre la tierra y caían como lluvia sobre la gente de papel, y la bendecían con los dones de los dioses. Por temor, algunas personas de papel se escondían de la lluvia y esta no llegaba a tocarlos. Pero otros se solazaban con la tormenta, y resultaban bendecidos, más que todos los demás, con la fortaleza y la sabiduría de los cielos.

—Fragmento de las *Escrituras Mae* de Ikhara

Casta de papel – *Completamente humanos, sin ningún rasgo animal ni demoníaco; carecen de habilidades demoníacas tales como volar.*

Casta de acero – *Humanos que poseen ciertas cualidades animales o demoníacas, tanto en su físico como en sus capacidades.*

Casta de la Luna – *Totalmente demonios, con rasgos animales o demoníacos tales como cuernos, alas o pelaje, de forma humanoide y plenas capacidades demoníacas.*

—Fragmento del *Tratado sobre las castas de posguerra* del Rey Demonio

En nuestro reino existe una tradición que siguen todas las castas de demonios y humanos. La llamamos Bendición Natal. Se trata de una costumbre antigua, muy arraigada, y se dice que incluso los propios dioses la practicaban cuando engendraron nuestra raza en la tierra. Cuando un bebé muere antes de cumplir su primer año, se pueden escuchar susurros, como si las hojas se meciesen sombríamente con el viento. Esto significa que la ceremonia se ha llevado a cabo demasiado tarde, que los padres han hablado durante la ceremonia, o que el hechicero que la ha celebrado es un incompetente, un farsante.

Cuando descubrieron que mi madre estaba embarazada, mis padres, que provenían de la casta más baja —la casta de papel, completamente humana— supieron que debían ahorrar durante los nueve meses. Aunque nunca he visto una ceremonia de Bendición Natal, he imaginado la mía tantas veces que tengo la sensación de que es casi como un recuerdo o un sueño que hubieran grabado a medias en mi memoria.

Imagino la noche atravesada por el humo, oscura como una enorme mano negra que envuelve el mundo. Una hoguera que crepita. De pie ante las llamas, un hechicero: tiene la piel apergaminada cubierta de tatuajes, y los dientes afilados en punta como los de un lobo. Está inclinado sobre la figura desnuda de una recién nacida, de apenas unas horas de vida. La niña está llorando. Al otro lado del fuego, sus padres observan en silencio con las manos entrelazadas con tanta fuerza que parece que los nudillos vayan a perforarles la piel. Los ojos del hechicero se ponen en blanco mientras recita un dao y pinta en el aire, con los dedos, los caracteres, que permanecen por encima del bebé con un tenue resplandor que se va desvaneciendo.

Cuando llega al momento culminante de la oración, el viento se levanta. La hierba se mece provocando un leve murmullo. El hechicero continúa recitando, cada vez más y más rápido, y el viento y los susurros se vuelven más y más intensos, hasta que desde la hoguera una gran llamarada se eleva, una espiral roja y naranja que asciende danzando hacia el cielo y se apaga con un destello.

Negrura.

La noche estrellada.

Después, el hechicero eleva los brazos al aire, justo hacia el lugar en el que se encontraba el fuego, para recoger lo que ha quedado flotando en la estela que este ha dejado: un pequeño relicario dorado con forma de huevo. Pero lo importante no es el relicario en sí. Lo importante es lo que esconde en su interior.

El destino del bebé. *Mi destino.*

En nuestro reino se cree que las palabras tienen poder. Que los caracteres de nuestro idioma pueden bendecir o maldecir una vida. Dentro del relicario hay un único carácter. Una única palabra que, creemos, habrá de revelar el verdadero destino de una persona… Cuando se abra sabré si mi vida será bendecida, como esperaban mis padres cuando tomaron la decisión de ahorrar para mi ceremonia, o si me espera un destino mucho más oscuro. Años malditos de vivir entre el fuego y las sombras.

Dentro de seis meses, cuando cumpla los dieciocho años, el relicario se abrirá y al fin revelará su respuesta.

Nuestra tienda se encuentra muy concurrida esta mañana. Aún no es mediodía y ya está atestada de clientes cuya charla llena el local de alegría; la voz áspera de Tien corta el aire denso del verano. El sol entra a raudales por las ventanas de celosía, acompañado por el canto de las cigarras. Las sandalias golpean las tablas del suelo. De fondo, como si se tratara de los latidos del corazón de la tienda, se puede oír el sonido del burbujeo de los barriles en los que mezclamos nuestras medicinas naturales hechas a base de hierbas. Los seis toneles se encuentran alineados en la trastienda del local. Cinco de ellos están llenos de mezclas que provocan un aroma intenso. El sexto está vacío, pero lleno de mí… que, debo admitir, después de limpiarlo durante una hora con afán para quitar los residuos secos de la madera combada, también huelo bastante.

—¿Has terminado ya, pequeño incordio?

Estoy restregando una mancha especialmente obstinada cuando aparece el rostro de Tien sobre el borde del barril. Me observa con sus ojos felinos bordeados de negro y la cabeza ladeada, su cabello entrecano cae suavemente sobre sus orejas gatunas puntiagudas.

Me paso el dorso de la mano por la frente. *Pequeño incordio.* Me llama así desde que tengo memoria.

—Tengo diecisiete años, Tien —señalo—. Ya no soy una niña pequeña.

—Bueno —responde ella, con un chasquido de la lengua—. Pero sigues siendo un incordio.

—¿A quién habré salido?

Esboza una sonrisa burlona como la mía.

—Voy a pensar que con eso te estás refiriendo a tu padre. Aiyah, ¿dónde está ese holgazán? ¡Tendría que haber repuesto las existencias de bayas hace una hora! —Hace una señal con la mano—. Ve a buscarlo. La Señora Zembi espera su consulta.

—Solo si me lo pides por favor —replico, y se le crispan las orejas.

—Eres muy exigente para ser de la casta de papel.

—Tú eres de acero y tienes un jefe de papel.

Suspira.

—Y no pasa un día sin que me lamente por ello.

Mientras se aleja para atender a una clienta, sonrío sin querer al ver el movimiento rápido de sus orejas de lince. Tien trabaja para nosotros desde que tengo memoria y, a pesar de nuestras diferencias de casta, más que dependiente ya es parte de la familia. Por eso, a veces es fácil olvidar que sí hay diferencias entre nosotras. Mi padre y yo somos de la casta de papel, pero Tien pertenece a la casta media, la de acero. A mitad de camino entre mi cuerpo simplemente humano y la fortaleza animal de la casta de la Luna, la casta de acero tiene características de ambos, lo cual los convierte en una extraña combinación de humano y demonio, como un dibujo sin terminar. Igual que la mayoría de los aceros, Tien tiene algunas características de demonio: fauces afiladas, y el pelaje entre ámbar y gris de un gato que le rodea el cuello y los hombros, como un manto.

Mientras Tien saluda a la clienta, sus manos intentan automáticamente disimular el collar de pelo que asoma a través del cuello de su samfu. Pero vuelve a sobresalir.

Esbozo una ligera sonrisa. Seguramente ha sido una broma de los dioses darle un pelaje tan rebelde a alguien tan quisquilloso como ella.

Salgo del barril y observo mejor a la mujer con la que Tien está hablando. Lleva su largo cabello negro recogido, entrelazado con un par de elegantes astas de ciervo, finas como el tallo de una enredadera. Otro demonio de acero. Mis ojos recorren su elegante kebaya, que brilla con bordados de plata. Es obvio que pertenece a una familia acaudalada. Las joyas que penden de sus orejas serían más que suficientes para mantener nuestra tienda durante un año.

Mientras me pregunto por qué alguien como ella ha venido a nuestra herboristería —tiene que ser de otro pueblo: aquí nadie tiene tanto dinero—, su mirada recorre la estancia hasta encontrarme finalmente.

Sus ojos se dilatan.

—Así que es cierto.

Apenas alcanzo a oír lo que murmura por el bullicio de la tienda. Me ruborizo.

Por supuesto. Le ha llegado el rumor.

Me doy la vuelta y bajo la cabeza para atravesar la cortina de abalorios que conduce a la trastienda de nuestro viejo edificio. La elegancia de la mujer ciervo me ha hecho reparar más que nunca en el aspecto que tengo. Hay restos de suciedad adheridos en mi ropa —un par de pantalones holgados color arena y una blusa cruzada con una faja deshilachada que se anuda a la cintura— y mis tobillos están empapados por el líquido alcanforado que estaba utilizando para limpiar el barril. Algunos mechones que se me han soltado se adhieren a mis mejillas por el sudor. Los aparto de mi rostro y vuelvo a recogerme el pelo en una cola de caballo y, por un momento, mi cabeza se distrae con un recuerdo.

Otros dedos recogiendo mi pelo con una cinta roja.

Una sonrisa como el sol. Una risa aún más cálida.

El dolor resulta raro. Han pasado ya siete años, y hay días en los que me cuesta recordar su cara, mientras que en otras ocasiones mi madre me parece tan real que casi espero verla entrar por la puerta principal, con aroma a pétalos de peonías bajo la lluvia, una risa en los labios y un beso para Baba y para mí.

«Ella ya no está», me recuerdo con rigor. «Y no volverá».

Meneo la cabeza y continúo por el pasillo hasta salir a la galería. Nuestro jardín es extenso y angosto, y está rodeado por un muro cubierto de musgo. Una vieja higuera proyecta motas de sombra sobre el verde del suelo. La calidez del verano realza las fragancias de nuestro huerto de hierbas, el mosaico enmarañado de plantas que está a lo largo del jardín central, del que se elevan aromas familiares hasta mi nariz: crisantemo, salvia, jengibre. Con la brisa, suenan los colgantes entrelazados con el alambre para ahuyentar a los pájaros.

Un ladrido alegre me llama la atención. Mi padre está de cuclillas, a pocos metros de mí. A sus pies, Bao se menea feliz mientras él le rasca la barriga y le da de comer trozos de mango desecado, la golosina preferida de nuestro perro.

Al oír mis pasos, mi padre se apresura a esconder la fruta tras su espalda. Bao ladra, indignado. Se levanta de un salto y le arrebata de los dedos a mi padre el último trozo de mango, después corre hacia mí, meneando vigorosamente su pequeño rabo.

Me inclino y busco el punto sensible detrás de sus orejas para acariciarlo.

—Hola, glotón —lo saludo, riendo.

—Lo que acabas de ver… —empieza a decir mi padre mientras se acerca.

Lo miro de reojo.

—No te preocupes, Baba. No se lo diré a Tien.

—Bien —responde—. Porque si no, yo tendría que contarle que esta mañana te has quedado dormida y se te ha olvidado recoger el pedido de galangal que nos había preparado el Señor Ohsa.

Dioses. Se me ha olvidado por completo.

Me levanto de un salto.

—Voy a buscarlo ahora mismo —digo, pero mi padre menea la cabeza.

—No es urgente, cariño. Puedes ir mañana.

—Bueno —respondo, con una sonrisa cómplice—, la Señora Zembi ya está aquí para su consulta, y eso sí es urgente. Así que, a menos que quieras que Tien amenace con despellejarte vivo…

Mi padre se estremece.

—No me lo recuerdes. Las cosas que esa mujer puede hacer con un cuchillo de cortar pescado…

Riendo, volvemos a entrar en la casa, y nuestros pasos se emparejan. Por un momento, es casi como antes, cuando nuestra familia aún estaba completa, y nuestros corazones, también. Cuando no era doloroso pensar en mi madre, susurrar su nombre en mitad de la noche y saber que no puede responderme. Pero a pesar de la broma, la sonrisa de Baba no llega hasta sus ojos, y me recuerda que no soy la única a la que le atormentan los recuerdos.

Nací el primer día del Año Nuevo, bajo la mirada atenta de la Luna llena. Mis padres me llamaron Lei, con un suave tono ascendente. Me explicaron que habían elegido ese nombre porque, al pronunciarlo, la boca forma una sonrisa, y ellos querían sonreír cada vez que pensaran en mí. Incluso cuando derribaba, sin querer, una bandeja con hierbas o dejaba entrar a Bao y sus patas ensuciaban todo el suelo de barro; por más que gritaran no podían evitar que las comisuras de sus labios se elevaran.

Pero desde hace siete años, ni siquiera mi nombre es suficiente para hacer sonreír a mi padre, salvo de vez en cuando.

Me parezco mucho a ella, a mi madre. A veces veo que mi padre se sobresalta cuando bajo por la mañana, con mi largo cabello negro azabache suelto, y ve mi silueta menuda en la puerta. Aunque ninguno de ellos ha sabido nunca de quién heredé los ojos.

¿Cómo reaccionarían al verlos por primera vez? ¿Qué dirían cuando abrí mis ojos de bebé por primera vez y vieron ese color luminoso, como oro líquido?

Para la mayoría, el color de mis ojos es señal de buena suerte, un regalo del Reino Celestial.

Los clientes piden que yo prepare sus mezclas de hierbas, con la esperanza de que mi participación las haga más potentes. Hasta los demonios visitan ocasionalmente nuestra tienda, como esa mujer ciervo que ha venido atraída por el rumor de la chica humana de ojos dorados.

Tien siempre se ríe de eso.

«No creen que seas papel puro», me dice, en tono conspirador. «Dicen que debes ser en parte demonio, por tener los ojos del color de la Luna del Año Nuevo».

Lo que no le digo es que a veces desearía ser en parte demonio.

En mis escasos días libres, me interno en los valles que rodean nuestra aldea para observar al clan aviforme que vive en las montañas, hacia el norte. Están demasiado lejos y no alcanzo a ver más que formas distantes, alas oscuras que se extienden en movimiento, pero en mi cabeza puedo ver cada detalle. Pinto sus alas de plateado y perla, dibujo el brillo del sol en los bordes de sus alas. Los demonios surcan el cielo sobre el valle, se desplazan con movimientos naturales a través del viento, con la gracia de una danza, y al verlos tan libres algo muy dentro de mí duele.

Aunque no es justo, no puedo evitar preguntarme si, de haber nacido con alas, mi madre habría podido escapar del lugar al que se la llevaron para volver con nosotros.

A veces observo el cielo y espero con ilusión.

Durante las siguientes horas, el burbujeo de los toneles de mezcla y los ladridos leves de Bao componen un familiar fondo musical mientras trabajamos. Como de costumbre, mi padre recibe consultas de nuevos clientes y se reúne con agricultores y comerciantes de plantas exóticas que vienen de otros pueblos; Tien se ocupa de la tienda en general y a mí me toca llevar a cabo las tareas que nadie quiere hacer. Tien se me acerca con frecuencia para regañarme porque mis hierbas picadas han quedado muy gruesas o porque he tardado demasiado en traer del almacén el pedido de un cliente. ¿Acaso es necesario que me recuerde que ella es descendiente lejana de los legendarios guerreros Xia, y que si no trabajo con más esmero se verá obligada a aplicarme sus letales artes marciales?

«De todas formas, sería mucho más divertido que esto», rezongo mientras transpiro en el calor sofocante del almacén… aunque lo digo cuando ella se aleja y no puede oírme.

Mi última tarea del día consiste en rellenar las cajas de hierbas que están contra las paredes de la tienda y que contienen en su interior los ingredientes para nuestras medicinas. Hay cientos de cajas apiladas desde el suelo hasta el techo. Detrás del mostrador que rodea el salón hay una escalerilla con unas pequeñas ruedas de metal que se traslada a lo largo de las paredes para alcanzar las cajas. Deslizo la escalera hasta la pared del fondo y subo hasta la mitad, con los brazos doloridos por el trabajo del día. Estoy a punto de estirarme para tomar una caja rotulada RAÍCES DE GINSENG, pensando, distraída, en lo que estará preparando Tien para la cena, cuando se oye un sonido a lo lejos.

Un cuerno grave y sonoro.

De inmediato, todo queda en silencio. Las conversaciones, el golpeteo de las sandalias, hasta el burbujeo de los toneles de mezcla: todo parece detenerse. Mis pensamientos sobre la cena desaparecen, y me quedo paralizada donde estoy, con el brazo aún en alto. Solo mi mente se mueve y retrocede súbitamente hasta aquel día.

Fuego.

Garras y gritos, y la sensación de los dedos de mi madre al separarse de los míos cuando se la llevaron.

Por un momento, no sucede nada. Solo una pausa que apenas permite vacilar. Un asomo de duda que alza un ala de esperanza. Luego vuelve a sonar el cuerno, esta vez más cerca… Y con él, llega el golpeteo de cascos.

Caballos, al galope. Están acercándose, y los golpes pesados de sus cascos se hacen más y más fuertes, hasta que el ruido resulta casi ensordecedor. De pronto unas enormes sombras aparecen en la calle y cubren las cristaleras de la tienda, dejando el salón a oscuras.

Sombras *distorsionadas*, como una versión de pesadilla de lo que debería ser una persona.

Quietud, y el palpitar oscuro del terror. Un bebé llora en una casa cercana. Desde más allá, llega el ladrido de un perro: Bao. Un escalofrío me recorre la espalda. Lo he visto salir hace un rato, probablemente camino a los puestos de comida para pedir algo de comer o jugar con los niños, que lo acarician y ríen cuando él les lame el rostro.

—Lei.

Mi padre se ha acercado al pie de la escalerilla. Habla en voz baja, un susurro áspero. Extiende la mano. A pesar de la firmeza de su mandíbula, su rostro está pálido.

Bajo de la escalera y entrelazo mis dedos con los de él; su pulso acelerado en su muñeca es como un espejo del mío. Porque la última vez que oímos ese cuerno fue la noche en que se llevaron a mi madre. Y si eso fue lo que nos robaron los hombres del Rey Demonio aquella vez, ¿qué podrían robarnos en *esta* ocasión?

2

En el exterior, el golpeteo de los cascos estremece el silencio. Se oye cada detalle: el chasquido de la tierra, el crujido de las armaduras de cuero al desmontar los jinetes. Los caballos resoplan y pisotean, pero es fácil distinguir el sonido de sus cascos del de sus dueños. Aunque más ligeros, los pasos de los jinetes son deliberados. Medidos. Recorren lentamente la calle de un lado hacia otro, evidentemente en busca de algo.

Que no vengan por nosotros, pienso, y me aferro al pensamiento como a una plegaria.

Al cabo de unos minutos, las figuras se detienen frente a la tienda. Se oyen voces graves, masculinas.

Demonios.

Aun sin la advertencia del cuerno, yo tendría la certeza. Sus voces tienen fuerza, poder.

Son voces que *muerden*.

—¿Es aquí?

—Sí, general.

—No parece gran cosa. El cartel está roto.

—La gente de papel que es bastante descuidada. Le aseguro, general, que es el sitio indicado.

Una pausa, feroz como un gruñido.

—Más le vale que lo sea.

Puedo percibir lo movimientos, y entonces nuestra puerta principal se abre de pronto y las campanillas de la entrada suenan.

El efecto es instantáneo. Cuando los soldados se abren camino hacia el interior, el pánico invade la tienda: los clientes se arrojan al suelo en una profunda reverencia, y en su prisa por hacerlo derriban todo lo que queda a su alcance; el aire se llena de gemidos y plegarias susurradas. Algo de cerámica se rompe. Hago una mueca al oírlo, y otra cuando mi padre extiende un brazo para empujarme detrás de él.

—¡Inclínate! —me dice con urgencia.

Los demonios avanzan. Pero, a pesar del peso que siento en el pecho, a pesar del silbido de la sangre en mis oídos, no me muevo. El miedo es fuerte.

Pero mi odio lo es más.

A mi madre se la llevaron unos soldados. Soldados de la casta de la Luna, como estos.

Solo cuando mi padre pronuncia mi nombre por lo bajo, más como un ruego que como una orden, me inclino por fin. La mayor parte de mi pelo se ha ido soltando de la cola de caballo a lo largo del día a causa del trabajo, y cuando me inclino, tensa, cae hacia delante más allá de mis orejas; al hacerlo el arco pálido de mi nuca queda expuesto, casi como una punta de flecha, y tengo que clavarme las uñas en las manos para evitar cubrírmela.

Cuando me enderezo, mi padre sigue delante de mí. Me muevo con cuidado y espío por encima de su hombro, mi corazón gime al ver con más detenimiento a los soldados.

Son tres, tan grandes que parecen ocupar toda la tienda. Los tres son de la casta de la Luna, desconocidos para mí con sus formas de bestias pero reconociblemente humanos en forma y proporción, lo que los hace más raros: esa mezcla de humano y animal crea algo que me resulta aún más ajeno. Como nuestra tienda es frecuentada habitualmente, he podido ver algunos demonios, pero por norma general suelen ser de la casta de acero; sus cuerpos son en su mayor parte humanos, con algunos detalles demoníacos entretejidos en la piel como adornos. Un brillo de ojos de chacal, orejas redondas de oso, la curva suave de unos incisivos de lobo. Los rasgos de lince que conozco en Tien. Pero los que alguna vez he llegado a ver de la casta de la Luna no se parecían en nada a… *esto*.

Estos demonios se han escapado de mis peores recuerdos; son una pesadilla hecha realidad.

El que se encuentra en el centro, con forma de toro, es el más grande y, evidentemente, el de más alto rango: el general. Su enorme cuerpo, el peso de sus músculos que parecen rocas, hacen que un intenso frío me corra por las venas. Lleva unos pantalones anchos y una túnica color ciruela, con un cinturón de cuero en la cadera. Sus cuernos cortos de toro están adornados con pendientes y talismanes. Desde la oreja izquierda hasta la mandíbula del lado contrario, una cicatriz distorsiona la piel apergaminada de su rostro y hace que su sonrisa parezca una mueca burlona.

Siento una repentina gratitud hacia quien le provocó esa herida.

A cada uno de sus lados hay un demonio: uno con forma de tigre y ojos esmeralda, y un soldado reptiliano de aspecto desagradable. El hombre lagarto tiene escamas de color musgo que envuelven sus largas extremidades humanoides a modo de armadura. Inclina la cabeza hacia uno y otro lado, y sus ojos lo recorren todo. De su boca asoma brevemente una lengua de serpiente, como un destello rosado.

Lentamente, el general alza las manos y todos los presentes se preparan al unísono.

—Por favor, por favor —dice, arrastrando las palabras—. No hay nada que temer, amigos.

Amigos. Pronuncia la palabra con una sonrisa, pero sabe a veneno.

—Sabemos lo que ocurrió aquí hace algunos años —prosigue—. Pero les aseguro, amigos, que no hemos venido con la intención de hacer daño a nadie. Soy el general Yu, del Séptimo Batallón Real, los mejores y más honorables soldados del Rey Demonio. ¿Han oído hablar de nosotros? —El silencio se prolonga, y su sonrisa se hace más tensa—. No importa. Después de hoy, recordarán nuestro nombre.

Se acerca más, con un pesado bamboleo bovino. Resisto el impulso de retroceder. Solo el mostrador de madera lo separa de Baba y de mí, y apenas le llega a la cintura. Un rayo de luz oblicuo cae sobre los pendientes que cuelgan de sus cuernos cuando gira la cabeza, recorriendo la tienda con la mirada. Hasta que sus ojos se detienen en mí.

El general Yu se queda paralizado. Por alguna razón, eso me asusta más que si hubiera gritado o se me hubiera acercado; por debajo de su aparente quietud, presiento que algo se prepara para atacar. Levanto el mentón y lo miro con el aire más desafiante que puedo. Pero las mejillas me arden, el corazón se me agita como las alas de un colibrí y, cuando aparta la mirada, sonríe satisfecho. Presumiendo.

Algo se retuerce en mi vientre. ¿Por qué está tan contento de verme?

—B... bienvenido, general Yu. —La voz de mi padre parece muy pequeña al compararla con la del general; su timbre humano resulta agudo en comparación con el grave profundo de un toro—. Es un privilegio poder servirle a usted y a sus hombres. Si nos dice qué les trae por aquí, haremos lo posible por ayudarles. De esa forma podrán continuar su camino.

Sus palabras esconden un desafío. Quiero abrazarlo, besarle las mejillas, alentarlo.

Ya sea porque no capta el tono de mi padre o porque elige ignorarlo, el general abre los brazos.

—Pero ¡por supuesto! No querríamos causarles molestias cuando están tan ocupados. No debe ser fácil llevar adelante un comercio tan concurrido sin la ayuda de su esposa. Dicen que ella fue una de las mujeres que se llevaron aquel día, ¿verdad? —añade, como si nada.

Baba y yo nos ponemos tensos. Al otro lado del salón, a Tien se le eriza el pelaje y sus ojos adquieren una expresión asesina. Por primera vez, deseo que lo que me ha dicho sea verdad, que sea descendiente de guerreros legendarios.

Los dedos del general se apoyan en la empuñadura de su espada.

—Sin embargo —prosigue, entre las risas burlonas de sus dos soldados—, al menos cuenta con la ayuda de su hija. Y es una jovencita particularmente... afortunada, según se rumorea —baja la voz; ahora es apenas un susurro, pero un susurro peligroso que surge desde el fondo de su cuerpo, y cada palabra se oye con claridad en la quietud reinante—. ¿Y bien, anciano? ¿Puedo comprobar si los rumores son ciertos? ¿Va a presentarnos a esa hija suya con piel de papel y los ojos robados de un demonio?

—Eh... no me ha dicho lo que les trae por aquí... —empieza a recordarle mi padre con desesperación, pero los soldados ya están avanzando.

—La chica: eso nos ha traído hasta aquí —gruñe el general.

Y se lanza hacia mí.

Todo ocurre a la vez: el grito de Tien, Baba empujándome hacia atrás y gritando: «¡Corre!».

Giro sobre mis talones al mismo tiempo que el general salta sobre el mostrador, que se destroza con su peso.

Se oye un grito. El sonido de los clientes que intentan escapar. El gruñido grave de un tigre. Echo a correr hacia el arco que está en el fondo de la tienda y alcanzo a cruzarlo justo en el momento en que el general aparta la cortina de abalorios con un manotazo que la rompe.

Las cuentas se dispersan por todas partes. Mis pies resbalan y pierdo una sandalia. Pero es la sandalia que el general intentaba aferrar; vuelvo a incorporarme y corro por el pasillo, con los brazos extendidos para sostenerme en las curvas.

La parte trasera de nuestra casa es angosta. Oigo a mis espaldas los choques y los gruñidos del general mientras intenta doblar las esquinas del pasillo. Sin aliento, salgo a la luz dorada del sol poniente y bajo saltando, cegada, los escalones del porche.

Una bandada de pájaros se dispersa entre aleteos sobresaltados. Llego al muro que hay al final del jardín, y un rugido a mis espaldas me indica que el general acaba de salir de la casa. Trepo por la enredadera que cubre la pared, con dificultad pero rápidamente. Los tallos me cortan las manos. Jadeo, las palmas se me llenan de marcas; llego al borde del muro, engancho un brazo hacia el otro lado y, resoplando entre dientes, tiro, tiro, *tiro...*

De pronto, siento unas manos en mis piernas.

Me aferro al muro, pero el general Yu es demasiado fuerte. Caigo, y de mis labios escapa un siseo cuando doy contra el suelo.

En un segundo, el general está sobre mí.

—¡No! —grito.

Forcejeo contra sus manos fuertes como el hierro, pero me levanta con facilidad, me carga sobre su hombro y vuelve a la casa.

Mi cabeza golpea la pared cuando atraviesa los angostos pasillos. El mundo se vuelve confuso. Alcanzo a divisar el salón de la tienda al pasar: el mostrador roto, las hierbas desparramadas por el suelo, rostros pálidos en los rincones. Entonces salimos.

Me retuerzo para ver hacia dónde me lleva el general. Cerca de allí hay un gran carruaje con dos caballos unidos al frente. Son enormes, más grandes que cualquier raza que haya visto; tienen los ojos desorbitados, echan espumarajos por la boca y llevan puestos unos bozales de metal. Hay otros dos caballos atados al carruaje, uno a cada lado; supongo que son para los hombres del general.

—¡Lei! —oigo un grito.

Estiro el cuello y veo a mi padre y a Tien frente a la tienda. El lagarto y el tigre están sujetándolos.

—¡Baba! —grito. Tiene sangre en la frente.

Estira el cuello, con el rostro enrojecido, y forcejea para soltarse.

—¡General Yu! —grita—. ¡Por favor, díganos para qué quiere a mi hija!

El hombre lagarto le escupe en la cara.

—¿Para qué cree que la quiere, anciano?

—Vamos, Sith —dice el general Yu—. Sabes que no es así. —Lentamente, se da la vuelta y me baja al suelo, pero me sujeta a su lado con tanta fuerza que sus dedos me pellizcan la piel bajo la ropa—. Simplemente estoy recogiendo a su hija para entregarla —informa a mi padre—. He oído los rumores sobre sus bonitos ojos y se me ocurrió que sería el regalo perfecto para nuestro Amo Celestial.

A Baba se le desencaja el rostro.

—No... no puede ser...

—Debería estar sonriendo, anciano. Esta jovencita va a convertirse en lo que tantos sueñan para sus hijas en este reino. Vivirá en el Palacio Escondido de Han. Tendrá una vida privilegiada de servicio a nuestro líder supremo... fuera del lecho real y también en él.

Tien se paraliza.

—No —murmura mi padre.

El general me agita el cabello.

—Su propia hija, una Chica de Papel. Seguro que nunca llegó a soñar que pudiera tener tanta suerte.

Chica de Papel.

La frase queda en el aire. Me parece equivocada, toda ángulos y bordes que no concuerdan, porque sin duda tiene que ser un error. Una Chica de Papel, no. Yo, no.

Antes de que alcance a decir nada, unos ladridos nos hacen volver la cabeza a todos. Una figura diminuta con patas cortas, pelaje blanco y manchas grises se acerca corriendo por la calle.

El alma se me cae a los pies.

—Bao —murmuro. Luego, en voz más alta—: ¡*Bao!* ¡Adentro, ahora!

Como de costumbre, no me hace caso. Se detiene ante nosotros y se planta sobre sus patas delanteras, enseñando los dientes.

El general sonríe, desnudando los suyos.

—Hola, pequeñín —murmura. Observa por encima de su hocico a Bao, que está saltando, nervioso, a los pies con cascos del general, que son casi más grandes que el mismo Bao y tienen unas gruesas placas de cobre que parecen capaces de aplastar incluso un cráneo humano de un solo pisotón—. ¿Has venido a despedirte de tu amiga?

Extiende la mano. Bao gruñe y le da un mordisco.

El general se aparta y sus ojos se dirigen hacia el soldado con forma de lagarto.

—Sith. Ayúdalo, ¿quieres?

El reptil sonríe con desdén.

—Por supuesto, general.

Busca la espada que lleva sujeta al cinturón. Oigo el sonido del acero y veo el destello de la hoja en el aire. Con un solo movimiento ágil, Sith se lanza hacia adelante y clava la punta de su espada en el vientre de Bao. Luego levanta la espada hacia mí, y con ella, a mi perro.

Es como si de pronto el mundo se hubiera desviado de su trayectoria. Como si la tierra se hubiera movido. Mis latidos se vuelven irregulares, y siento como si flotara, como si me elevara lejos de todo y, a la vez, todo girara a mi alrededor, acercándose.

La bilis me sube por la garganta.

Bao.

Bao, que aún no ha emitido sonido alguno. Durante un instante de desesperación, me convenzo de que está bien. De que, de alguna manera, su vientre está hueco y la espada solo se ha clavado en el aire, y de que en un minuto Bao bajará de un salto y moverá la cola, y correrá hacia Baba para pedirle algo de comida, y de que dará vueltas en torno a las piernas de Tien. La vida volverá a la normalidad, y esta pesadilla horrible no será más que eso: una pesadilla.

Algo de lo que puedo despertar. Escapar.

Pero entonces Bao comienza a crisparse y a gemir. De su herida mana sangre. Baja por la espada, espesa y oscura, y baña los dedos escamosos de Sith, en torno a la empuñadura de hueso laqueado.

—Mejor despídete, chica —me dice el lagarto en un siseo. Por sus labios se desliza una lengua bífida—. No volverás a ver a tu familia. Y si te resistes, tu padre y esa fea mujer lince acabarán así también. ¿Eso es lo que quieres?

Me obligo a mirar hacia donde están Baba y Tien, forcejeando con el soldado tigre, que los sujeta. Mi padre me mira. Le dirijo una media sonrisa y se aquieta, y su rostro se relaja con algo parecido a la esperanza.

—Te quiero —susurro. Cuando veo en sus ojos que me entiende, me vuelvo hacia el general Yu. Lanzo un profundo suspiro e intento contener las lágrimas—. Iré sin resistirme —le digo.

—Así se hace.

Me empuja hacia el interior del carruaje, tan bruscamente que tropiezo. Baba y Tien gritan, lo que me arranca un sollozo desgarrado, y debo apelar a todas mis fuerzas para no mirar atrás al posarme en el asiento acolchado. El carruaje se hunde bajo el peso del general, que sube a mi lado. Momentos después, los caballos se ponen en marcha, con un medio galope que nos saca rápidamente del pueblo, y mi mundo vuelve a derrumbarse a mi alrededor entre el fuerte hedor del demonio toro y el golpeteo de los cascos.

3

En Ikhara, todos conocen la historia de las Chicas de Papel.

La tradición empezó hace doscientos años, tras la Guerra Nocturna, cuando el Rey Toro de Han, la provincia más central de Ikhara, obtuvo el control de las otras siete, desde la desértica Jana en el sur hasta mi tierra, Xienzo, en el norte. Antes, cada provincia tenía su propio sistema de gobierno, sus propias leyes y costumbres de acuerdo con su cultura. Algunas provincias eran gobernadas por un clan dominante, mientras que otras eran paisajes inestables donde las luchas de poder eran constantes entre los ambiciosos jefes de sus clanes. Y aunque a las castas de papel siempre las han considerado inferiores a los demonios, por aquel entonces se respetaba el lugar que ocupábamos en la sociedad, los servicios y las destrezas que aportábamos. Pero después de la Guerra Nocturna, el rey impuso sus normas a todas las provincias… y junto a ello, su arbitrariedad. Los soldados reales patrullaban las llanuras y registraban pueblos y ciudades para hacer cumplir las nuevas leyes. Los negocios de los demonios prosperaron, y las familias de las castas de papel quedaron relegadas. Dentro del sistema centralizado, las ciudades más grandes se hicieron aún más ricas y poderosas, mientras que los asentamientos más pequeños pasaron a formar parte de la servidumbre.

Los años posteriores a la Guerra Nocturna fueron casi tan oscuros como los que habíamos dejado atrás. A falta de duelo y debates políticos que antes habían conseguido mantener una paz temporal que todos los partidos fueran capaces de respetar, los viejos rencores entre clanes empezaron a recrudecerse. Las antiguas rivalidades continuaron fermentando sin control. La consecuencia a todo ello fue que se produjeron más levantamientos y luchas de poder entre los emisarios reales y los clanes.

El orden se restauraba de la única manera en la que el rey sabía hacerlo.

Con sangre.

Para fomentar la unión entre los diversos clanes y culturas, la corte tomó la decisión de establecer una nueva costumbre. Cada año, el rey elegiría a ocho jóvenes de la casta de papel para que fueran sus cortesanas. La corte proclamaba que, al elegir a mujeres de la casta más baja, el rey demostraba que era un monarca muy justo, y a las familias de las chicas elegidas se les entregaría a cambio dinero y regalos, para que no tuvieran que trabajar un solo día más en toda su vida.

En una ocasión, Tien me contó que las familias más cercanas al corazón del reino, como Rain y Ang-Khen, preparaban a sus hijas más bellas para ese rol desde niñas, y hasta hacían tratos turbios para asegurarse de que se las recordara cuando llegara el momento de la selección anual.

En mi pueblo, la historia de las Chicas de Papel se relata entre susurros, a puertas cerradas. Dado todo lo que perdimos en la incursión, hace siete años, no queremos compartir nada más con la corte.

Pero tal vez los dioses se han olvidado de nosotros, o se han aburrido de nuestro rinconcito del reino. Porque aquí estoy, a punto de compartir lo último que querría compartir con el rey.

Mi persona.

Durante un rato bastante largo, el general y yo viajamos en silencio. El carruaje tiene una decoración bastante lujosa: el asiento está adornado con sedas y cojines perfumados, y en las paredes de madera hay tallas muy elaboradas. Algún que otro rayo de luz alcanza a entrar por las ventanillas que están cubiertas por unas cortinas oscuras. El aire está ligeramente cargado, una vibración eléctrica que, pese a mi limitada experiencia, puedo reconocer como magia. Seguramente es eso lo que guía a los caballos, lo que les da su velocidad sobrenatural.

En otro momento, tal vez me habría fascinado todo esto: el misticismo de la obra de los hechiceros, la belleza del carruaje. Pero mi visión está teñida de rojo, filtrada por los recientes hechos, como el bombardeo implacable de una imagen de pesadilla tras otra. Bao, ensartado en la espada. La sangre en la frente de mi padre. El grito de Tien cuando el general ha venido a por mí. Mi hogar, nuestro hogar, nuestra encantadora casa y la herboristería, avasalladas y rotas, cada vez más lejos de mí con cada vaivén y sacudida del carruaje.

Y cada vez más cerca… el palacio del rey.

Una Chica de Papel.

Yo.

—No estés tan triste, jovencita.

La sonora voz del general Yu me sobresalta. Me inclino más hacia uno de los lados del asiento, pero es imposible ignorar su hedor, el calor húmedo de su respiración.

¿Será así el rey? La idea de tocar —de que *me toque*— un demonio así me produce de nuevo náuseas en la garganta.

—Tienes ante ti un destino con el que las jóvenes de todo el reino solo pueden soñar —dice el general—. Seguramente no te resultará tan doloroso sonreír, ¿o sí?

Me enjugo las lágrimas.

—Yo soñaba con un destino diferente —replico, con un resuello.

El general ríe, pagado de sí mismo.

—¿Qué más podría desear la hija de un vendedor de hierbas en la vida?

—*Cualquier cosa* menos ser la concubina del rey.

Las palabras apenas han salido de mis labios cuando el general me sujeta por el rostro con su mano cubierta de pelaje pardo, y me aprieta las mejillas con tanta fuerza que se me abre la mandíbula.

—¿Crees que eres especial? —gruñe—. ¿Que ser una Chica de Papel es poco para ti? No tienes ni idea de cómo es el resto del reino, niña estúpida. Todos esos campesinos, que viven escondidos en un rinconcito perdido de su provincia perdida, sin pensar en otra cosa que en sus insignificantes y pequeñas vidas… — Sus fosas nasales se abren y siento el aire caliente en la cara—. Crees que la corte no puede alcanzarte. Pero te equivocas. El Rey Demonio es todopoderoso. Ya pudiste sentir su poder, hace siete años, y hoy vuelves a sentirlo. Ha sido muy fácil para mí arrancarte de tu hogar: como arrancar una flor de un macetero. Tanto como resultó hacerlo con la puta de tu madre.

Con un gruñido ronco, me arroja a un lado. Me golpeo la mejilla con la pared. No puedo evitar que se me escape un grito y me cubro rápidamente la boca con la mano para ahogarlo.

El general Yu esboza una sonrisa burlona.

—Eso es, chica. Dicen que al rey le gusta que sus putas griten.

Me incorporo, furiosa, restregándome la mejilla.

—Usted sabe lo que le ocurrió a mi madre —digo, con los dientes apretados—. Lo que aquellos soldados le hicieron a nuestro pueblo.

—Puede que me haya enterado de algo —responde, encogiéndose de hombros—. Pero no estoy seguro. Todo ese tipo de cosas acaban por mezclarse en mi memoria.

Aprieto los puños.

—Destruyeron nuestro pueblo. A mi *familia*.

El general responde sin alterarse.

—Lo mejor será que te olvides de tu familia, jovencita. Porque no vas a volver.

—Sí, volveré —susurro cuando él aparta la mirada, y siento las palabras como una promesa en los labios.

Entonces se me ocurre algo, una idea tan frágil que me asusta el hecho de permitir que se arraigue: ¿acaso, en algún momento, Mama también podría haberse hecho una promesa semejante? ¿Existe la posibilidad de que siete años atrás recorriera esta misma ruta por la que voy ahora, murmurando un deseo para que el viento lo lleve hasta los dioses más bondadosos? ¿A Burumi, tal vez, el dios de los amores perdidos? ¿O a la dulce y paciente Ling-yi, con sus alas y sus ojos ciegos, diosa de los sueños imposibles? Mi madre siempre confió más en los dioses que Baba y yo. Tal vez a ella la podrían haber escuchado. ¿Y si...? ¿Y si...?

Siempre he imaginado que los soldados se habían llevado a Mama y al resto de las mujeres que capturaron al palacio real, al mismo sitio al que el general Yu y sus soldados me llevan.

Miro por la ventanilla con los ojos empañados, con una tibia semilla de esperanza en mi interior. Porque, aunque no deseo abandonar mi hogar, esta podría ser mi oportunidad de averiguar, por fin, la verdad sobre lo que le ocurrió a mi madre.

Y, solo tal vez, de *encontrarla*.

Los caballos continúan su marcha durante horas, sin dar muestras de aminorar el paso. Atravesamos la campiña de Xienzo, una imagen borrosa entre verdes y castaños de campos y montañas bajas, praderas en flor y bosques. Nunca he estado tan lejos de mi pueblo —nunca he llegado a alejarme más que unas horas a pie— pero hasta ahora el paisaje me resulta reconocible, similar al que rodea nuestro pueblo.

Hasta que, de pronto, deja de serlo.

Estamos pasando por un tramo de tierras abrasadas. Los caballos se mantienen alejados, pero alcanzamos a percibir el olor a cenizas en el aire. La zona ennegrecida es vasta, como una herida en la tierra. Del suelo asoman, como dientes rotos, restos de lo que alguna vez tuvieron que ser edificios. Hay banderas color escarlata que flamean al viento, con la silueta del cráneo de un toro estampada en color obsidiana.

El símbolo del rey.

Tardo un momento en darme cuenta de que son ruinas.

—Esto… era un pueblo —murmuro. Me humedezco labios y pregunto, levantando la voz—: ¿Qué ha pasado?

—Hemos encontrado a un grupo rebelde escondido en la aldea —responde el general, con voz inexpresiva, desapasionada—. Se le ha prendido fuego, con todos los *keedas* que estaban aquí.

Keeda: gusano. Es un antiguo insulto para las castas de papel. Solo en una ocasión he oído esa palabra: de un demonio con forma de lobo que llegó a nuestro pueblo por accidente, medio muerto y delirando por una herida infectada. Escupió la palabra como si fuera una piedra, e incluso entonces me resultó hiriente, aunque no entendía su significado.

El lobo no dejó que nuestro médico se le acercara. Unos días más tarde, algunos de los hombres encontraron su cadáver en el camino que sale de la aldea.

—¿Hay otros sitios como este? —pregunto.

El general me mira con una sonrisa desdeñosa.

—Claro que sí —responde—. Hemos elegido la ruta más pintoresca. Solo por ti.

Me aparto de la ventanilla, con un nudo en el estómago. Nuestro pueblo está tan aislado que nunca había pensado demasiado en lo que le podía haber hecho el rey al resto de Ikhara. A mis compañeros de casta. Pero he aquí las pruebas, ante mí, como horribles pinceladas de destrucción y tierra chamuscada.

Continuamos nuestro viaje hacia el anochecer. De algún modo, pese a todo, en algún momento el cansancio me vence. Acunada por el vaivén constante del carruaje, me sumerjo en un sueño inquieto. Hasta que abro los ojos y solo hay quietud y un farolillo que alumbra en la oscuridad.

El general Yu no está.

Me incorporo con tanta rapidez que me golpeo la cabeza con uno de los laterales del carruaje. Frotándome la sien, me acomodo en el borde del asiento, agitada y agudizando el oído. En el exterior hay actividad. Me llegan sonidos apagados de pasos y órdenes que se imparten a base de gritos, y golpes sordos de cajas que se apoyan en el suelo. Pero detrás de todo eso hay algo más. Tardo un momento en reconocer el sonido.

Agua. El golpeteo rítmico de las olas.

Nunca he podido ver el mar. Inhalo profundamente y percibo el sabor de la sal en el viento.

Sal, mar. Con esas dos palabras llega una tercera.

Escapar.

Soplo para apartarme el pelo de los ojos, me levanto de un salto y me dirijo a toda velocidad a la parte delantera del carruaje. Suelto una esquina de la tela que cubre la ventanilla para espiar lo que ocurre fuera y la luz me da en el rostro. Estamos en una calle apartada en lo que parece ser una ciudad costera. A los laterales hay edificios de dos pisos con galerías techadas y de los aleros cuelgan farolillos de papel. Alguien ha atado nuestros caballos a una columna de madera, en la base de una de las casas. Al levantar la cortina, se hacen más intensos los ruidos de la ciudad y se me erizan los vellos de los brazos. El general y sus soldados podrían volver en cualquier momento.

Antes de arrepentirme y perder el valor, respiro profundamente y salto del carruaje.

Aterrizo con pesadez y se me doblan las rodillas. Estaba más alto de lo que esperaba. Los dos caballos que aún permanecen unidos al carruaje se asustan, se yerguen sobre sus patas traseras, relinchan y patean. Esquivo sus cascos y me pongo de pie.

Y echo a correr.

La tierra compacta de la calle es dura para mis pies descalzos, pero resisto la incomodidad. Corro rápido. Todo lo que me rodea es una imagen borrosa de tonos nocturnos; me siento desorientada en este lugar nuevo y desconocido para mí. Puedo ver luces de colores a mi alrededor. Al pasar, la gente se vuelve para mirarme: piel humana, ojos de demonio.

Acude a mi mente una imagen curiosa de la forma en la que seguramente me ven: con la ropa vieja y los pies descalzos. No puedo evitar reírme como una loca cuando pienso en lo que diría Tien —*¡Aiyah, mira cómo estás! ¡Qué desastre!*— pero me contengo al llegar al final de la calle.

Me inclino hacia adelante y tomo aire a bocanadas. Giro hacia la izquierda. Hacia la derecha. Todo me parece igual, así que giro hacia la izquierda, alejándome del sonido del agua. Sería imposible nadar, pero tal vez podría encontrar algún sitio donde esconderme en la ciudad o robar algún caballo. Puedo alejar al general y a sus soldados de mi hogar. Avisar a Baba y a Tien. Cuando todo esto termine, podremos estar juntos de nuevo.

El general dejará de buscarme y podré volver a casa sin correr ningún tipo de peligro.

Corro por una calle desconocida tras otra. Ahora puedo oír gritos detrás de mí. Aprieto el paso. Jadeando, con las pantorrillas doloridas, llego al final de la calle. Justo cuando doblo la esquina, me arriesgo a espiar por encima del hombro.

Y me topo de lleno con alguien.

El impacto hace que me muerda la lengua. Caemos al suelo, entrelazados. Aterrizo de espaldas, con un golpe doloroso que me deja sin aliento. Giro sobre mí misma con un gemido. Escupo un poco de sangre y clavo las manos en la tierra, intentando ponerme de pie. Pero antes de que pueda conseguirlo, un brazo escamoso me rodea el cuello.

—Chica estúpida —me reprende una voz serpentina—. ¿Tratando de escapar mientras estoy de guardia? —Me apoya la punta de una daga contra la garganta—. Voy a hacerte pagar por esto.

Sith.

El soldado con forma de lagarto me lleva a rastras de nuevo hacia el carruaje, sin prestar atención alguna a mi forcejeo o a mis alaridos. La gente nos mira desde las sombras de los porches y los senderos de entrada a las casas. Les pido ayuda a gritos. Pero se retraen en silencio. Seguramente han reparado en el uniforme de Sith, que tiene el escudo del rey bordado en la camisa.

Cuando llegamos al carruaje, Sith me arroja al interior. Resbalo con las tablas. Puedo oír los pasos de sus pies con garras cuando sube detrás de mí, trato de ponerme de rodillas, pero un segundo después aplasta la parte baja de mi espalda con su pie. Mi mandíbula da de lleno contra el suelo. Grito, más por sorpresa que por dolor; Sith hace más fuerza con el pie y aplasta mis caderas contra la madera.

Se inclina sobre mí. Gira hacia un lado su feo rostro escamoso y me mira fríamente. Sus ojos vidriosos son reptilianos: una franja negra vertical divide en dos su iris de un color azul grisáceo. Con un rápido movimiento saca su lengua rosada para pobrar mi piel.

Escupe.

—Qué asco. Apestas a esa herboristería. —Su mirada lasciva recorre mi cuerpo lentamente—. Tal vez lo que necesitas es que te pasen la lengua por todo el cuerpo para quitarte ese olor.

El pánico se enciende dentro de mí como un petardo: brillante y ardiente, como una llama súbita.

—Usted... no se atrevería —balbuceo—. Soy una Chica de Papel...

—¿Así que ahora lo admites? —Sith ríe al interrumpirme—. Bueno, en ese caso, sabes muy bien lo que se espera de ti. Lo mejor será que empieces a practicar.

Me pasa una mano por el hombro y tira de mi camisa hacia atrás. Sus dedos ásperos me rozan el brazo y me provocan una oleada de náuseas. Me retuerzo y retraigo las caderas, intentando apartarlo. Pero mi esfuerzo apenas consigue moverlo.

Entonces, grito.

Sith me cubre la boca con una mano.

—¡Silencio! —susurra, furioso—. Ni un sonido, o...

—Déjala.

La orden llega de una voz serena pero firme como un puño. De inmediato, Sith se aparta de mí. En la puerta está el general Yu, con una mano apoyada en la empuñadura de su espada.

Sith me señala.

—La chica ha intentado escapar, general —explica, y me alegra ver temblar el dedo con el que me señala—. Es rápida, pero he conseguido atraparla y traerla de nuevo hasta aquí. Solo estaba... evitando que escapara otra vez hasta que usted volviera.

—¡Mentiroso! —gruño.

El general nos observa en silencio, imperturbable.

—El barco está listo para zarpar —anuncia, antes de darnos la espalda—. Venid conmigo.

Percibo que Sith se tranquiliza.

—Sí, general.

—Pero, Sith… —El general se detiene y agrega por encima de su hombro—: Si te encuentro de nuevo tocándola de forma inapropiada, tú mismo tendrás que explicarle al rey cómo has echado a perder a una de sus concubinas. ¿Entendido?

Sith se amilana.

—Sí, general.

Esta vez, al sujetarme, Sith tiene el suficiente cuidado como para tocarme solo donde tengo los hombros cubiertos. Pero me empuja con la misma agresividad y me mira de reojo bastante enfadado.

Respondo abiertamente con una mirada furiosa, pero no me resisto. El soldado con forma de lagarto me sujeta con más fuerza. Delante de nosotros el general aún lleva la mano en la empuñadura de la espada, como para recordarme con qué facilidad podría volverla contra mí.

Seguimos al general Yu en la dirección contraria a la que yo he dirigido mi huida, hacia el mar. Hay un puerto, y se ve mucha actividad a pesar de la hora. Los pórticos de madera están adornados con luces y al reflejarse en el agua tiñen sus ondas de color. Un cielo amplio y estrellado se extiende hasta un horizonte invisible. A pesar de todo lo que está ocurriendo, mis ojos se dilatan con asombro ante una vista como esta.

Siempre he soñado con ver el mar.

Detrás de nosotros hay restaurantes y cafés con narguiles, y la noche se llena de risas estridentes y de los abucheos y las exclamaciones de una discusión incipiente. No sé dónde nos encontramos, pero no parece una ciudad rica. Entre la multitud se ven muy pocos demonios, y todos son de acero. Frente a uno de los locales comerciales hay un estandarte descolorido por la sal que ondea con el viento. Alcanzo a distinguir el dibujo de dos caninos, pintados con amplias pinceladas sobre la tela: el famoso clan de Noei, los Chacales Negros.

Vuelvo a mirarlo, sorprendida.

—¿Noei? —le pregunto al general Yu alzando la voz—: ¿Estamos en Noei?

No se da la vuelta, pero ladea la cabeza, y lo tomo como un sí.

Se me seca la boca. Noei es la provincia que está al este de Xienzo. Estamos mucho más lejos de lo que esperaba.

Mientras el general nos lleva hacia el otro extremo del puerto, nos cruzamos con marineros jóvenes vestidos con sarongs mugrientos y con pescadores que recogen calamares con destreza entre nubes de redes enmarañadas. Nos detenemos ante un barco grande que está amarrado al final de un muelle. Una multitud de velas desplegadas color crema, con forma de aleta, se agitan con el viento.

El soldado tigre nos espera al final de la rampa.

—El capitán está listo para zarpar, general —anuncia, bajando el mentón.

—Bien. Sith, lleva a la chica a su camarote.

—Sí, general.

—Y no olvides lo que te he dicho.

En cuanto el general le da la espalda, Sith tuerce el gesto. Acerca la boca a mi mejilla; miro hacia adelante con los labios apretados y contengo un escalofrío mientras sus palabras se derraman como seda en mi oído.

—Vuelve a escapar cuando quieras, bonita, pero esta vez serán los brazos del mar los que estarán esperando para atraparte. Y creo que ese abrazo te resultará aún más cruel que el mío.

4

Nadie me dice cuánto tiempo estaremos navegando. Busco diferencias en el océano, escudriño el horizonte en busca de tierra, de alguna oportunidad para escapar. Pero al cabo de tres días, la extensión azul grisácea del mar no ha cambiado nada. Y además, paso la mayor parte del tiempo doblada con la cabeza sobre un cubo, observando cómo otra clase de líquido se mece de un lado a otro. Estoy tan mareada que apenas tengo energías para preocuparme por lo que pueda ocurrir una vez que hayamos llegado a nuestro destino. La resignación empieza a asentarse en mis huesos como un veneno oscuro y lento.

Ya no hay vuelta atrás. Estoy lista para lo que sea que me espera; me lo he repetido tantas veces que me pregunto a quién estoy tratando de convencer.

Dos veces al día, el general me envía algo de comida con uno de los marineros. Una noche, después de vomitar las empanadillas de taro al vapor que me sirve, el chico se apiada y vuelve con una segunda ración. Es un zorruno de la casta de la Luna, quizás apenas un par de años menor que yo. Tal vez por su edad, o porque apenas puede mirarme a los ojos, es la primera vez que no me siento absolutamente intimidada por un demonio de la Luna. Con el paso de los días, he llegado a apreciar el bello tono ocre oscuro de su pelaje, a ver que hay algo hermoso en la forma de su mandíbula, una curva marcada que se afina hacia el mentón.

—Espera —le digo, antes de que se retire a toda prisa. No me atrevo a tocar la cesta de bambú, aunque el aroma de las empanadillas provoca que se me haga la boca agua.

El chico con forma de zorro se detiene en la puerta. La punta blanca de su rabo se agita.

—Es que… se darán cuenta —explico—. De que falta comida.

Vacila. Luego responde:

—Es mi ración.

Ese simple acto de bondad me sorprende tanto, sobre todo porque proviene de alguien de la casta de la Luna, cuyas patas traseras de zorro se adivinan bajo su sarong de trabajo, que le pregunto, sin pensar:

—¿Por qué?

Mira por encima del hombro, no me mira directamente a los ojos.

—¿Por qué qué?

—¿Por qué me ayudas? Soy… soy de papel.

El chico con forma de zorro se vuelve hacia la puerta.

—¿Y qué? —responde—. Necesitas más ayuda que nadie.

Su respuesta me asombra, y me alegro de que se marche antes de que pueda llegar a ver cuánto me duele. En un principio pienso en no comerme las empanadillas; ¿quién necesita que le den comida por lástima? Pero estoy demasiado cansada como para poder resistirme durante mucho tiempo. No obstante, sus palabras se quedan conmigo. Me recuerdan algo que Mama me dijo una vez, cuando volví de un viaje a una ciudad vecina a la que tuve que acompañar a mi padre para recoger unas hierbas difíciles de conseguir.

«¡Un hombre nos ha arrojado una cáscara de plátano!», le conté cuando llegamos a casa, indignada y con los ojos hinchados por haber estado llorando.

Mis padres se miraron, y luego mi madre se puso de cuclillas delante de mí y sostuvo mis mejillas húmedas entre sus manos.

«Mi niña», dijo, y luego me preguntó con tranquilidad: «¿Sabes por qué?».

Sollocé, con los puñitos apretados.

«Nos ha dicho que no deberíamos estar en la misma tienda que los de acero y los de la Luna».

«¿Era un demonio?».

Hice muecas.

«Un perro gordo y feo».

Justo detrás de mí, Baba lanzó una risa burlona, pero se calló enseguida al ver la mirada que le lanzaba mi madre.

«¿Quieres que te cuente un secreto?», me preguntó mientras me acercaba un poco más a ella y me colocaba un mechón de pelo detrás de la oreja. «¿Un secreto tan secreto que ni siquiera los que lo conocen son conscientes de ello?».

Asentí.

Mama sonrió.

«Pues bien, aunque por su aspecto no lo parezca, los demonios tienen la misma sangre que nosotros. Sí, incluso los perros feos y gordos. Si los dioses nos crearon, ¿por qué tendríamos que ser diferentes? En realidad, todos somos iguales, pequeña. En el fondo. Así que no te preocupes por lo que haya podido decir ese idiota».

Y yo, a mis seis años, asentí y me creí lo que decía. Confié en la certeza de sus palabras, a pesar de que el mundo intentaba demostrarme lo contrario.

Hasta que, un año más tarde… Las garras y el fuego, el ataque y los gritos.

Puede que en el fondo todos seamos iguales, papel, acero y Luna, pero en aquel momento no importó.

Me froto los brazos, siento la piel pálida y fina como una hoja.

Y ahora tampoco importa.

Durante la mañana de nuestro quinto día en alta mar, puedo oír algunos gritos que me llegan desde la cubierta. Aunque las palabras me llegan apagadas y como robadas por el viento, alcanzo a captar una. Vuela hacia mi corazón como si tuviera alas, empañada por el miedo, pero cargada de alivio.

Han. La provincia real.

Hemos llegado.

Me acerco a la ventana a toda prisa. Al principio no veo nada, pero al cabo de un minuto puedo comprobar que la costa empieza a tomar forma.

Puerto Negro, la famosa ciudad portuaria de Han. Su nombre deriva del color de los acantilados que la rodean. Bajo el sol, la piedra se ve brillante y parece húmeda. Pero por lo que más llama la atención la ciudad es por su tamaño. Es más grande de lo que podría haber imaginado; extensa y densa, traza una franja profunda a lo largo de la costa y hacia las montañas. Las casas forman hileras que cubren kilómetros y kilómetros. Sus paredes oscuras parecen estar manchadas por el aire salino, y sus tejados se curvan hacia arriba en los bordes, como papeles que empiezan a quemarse.

Como un espejo de la ciudad, el puerto está igualmente atestado. Hay miles de barcos en el agua, desde pesqueros pequeños con velas coloridas y embarcaciones con forma de papaya cargadas de frutas, hasta taxis acuáticos redondos como barriles, que esperan en fila para trasladar pasajeros por la bahía, y barcos elegantes decorados con cintas de seda. Pasamos entre ellos, tan cerca de algunos que llegamos a distinguir los dibujos individuales de sus velas y los nombres escritos en sus laterales. Hay caracteres de buena suerte, insignias de clanes, cráneos negros de toros estampados en las velas escarlatas de los inmensos buques militares.

—Así que estás viva. Creíamos que estabas tan mareada que ibas a vomitar hasta el alma.

Me doy la vuelta y veo al general Yu en la entrada.

Lo miro con el ceño fruncido. Al menos yo sí tengo alma.

Antes de que pueda responderle, me hace una seña con la mano y se da la vuelta.

—Ven.

Un minuto más tarde, cuando salimos a la cubierta, levanto la mano al instante para cubrirme los ojos. Después de tanto tiempo dentro, esta vista de cielos y mar abierto me deslumbra. Todo queda bañado por el sol y está lleno de luz. A medida que mis ojos se adaptan a la claridad, distingo los alrededores, desde las velas de colores vivos del barco que está atracado junto al nuestro hasta los vientres manchados de las gaviotas que revolotean por encima nuestro. El muelle está en pleno ajetreo. Cada rampa, pasarela, puente y cubierta se ve repleta de figuras que se mueven con prisa. A diferencia del puerto de Noei, aquí hay muchos más demonios, más que humanos, lo que indica la riqueza y el poder de la provincia.

Me trago el nudo que tengo en la garganta. Ver a tantos miembros de las castas de acero y de la Luna es un desagradable recordatorio de dónde me encuentro. De quién soy.

Me rodeo con mis brazos; me siento muy expuesta con mi vieja y desgastada ropa.

—General —anuncia Sith, que aparece en la zona más alta de la rampa—. El carruaje está listo.

Cuando se inclina, alza los ojos y me mira. Sus labios finos esbozan una sonrisa desdeñosa. En mi pecho se enciende algo que me quema al recordar sus dedos escamosos sobre mí. Lo miro enfadada y levanto el mentón con orgullo.

—Date prisa, jovencita —gruñe el general Yu, y me da un empujón.

Mientras caminamos hacia el carruaje que nos espera y el fuerte sol me marca aureolas bajo los brazos, escudriño el muelle atestado en busca de alguna vía de escape. Pero es pleno día y estamos en mitad del puerto de mayor actividad de Ikhara; si huyo, no llegaré muy lejos. Además, los pasos pesados del general a mi lado bastan para recordarme que lo mejor para mí es que sea obediente.

Sith se me aparece por el otro lado, un poquito demasiado cerca.

—¿Necesitas ayuda, bonita?

Me aparto antes de que pueda tocarme.

—De usted, nunca.

Bueno, que sea obediente no significa que sea necesario que muestre miedo.

Me viene a la cabeza el rostro orgulloso de Tien. *¡Caramba, pequeño incordio! Mírate, desafiando a un demonio como si tu piel fuera de Luna y no de papel.*

Ese pensamiento me trae a los labios una sonrisa triste y desafiante. Suspiro. Luego echo los hombros hacia atrás y doy los últimos pasos hasta el carruaje, con la cabeza bien alta. Porque si este va a ser mi destino, voy a llegar a él con valentía y de pie.

Sin garras de demonio que me arrastren.

Al salir de la ciudad portuaria, nuestro carruaje emprende un camino largo y sinuoso que atraviesa la llanura que hay más allá de las montañas. Está llena de extrañas formaciones rocosas, pinos ralos y flores silvestres diminutas que se aferran a las rocas. El suelo seco está cubierto de polvo. Los cascos de los caballos levantan nubes rojizas que se quedan flotando en el aire. A pesar de que los postigos están cerrados y la cortina está bien estirada sobre la puerta, el polvo entra en el carruaje y cae en una ligera capa sobre mi piel.

Me humedezco los labios. El sabor del polvo es similar a su aspecto: huele a óxido, a suciedad y a final.

Alrededor, la carretera es un torbellino caótico de actividad. Hay hombres que viajan a lomos de caballos y de osos. Jabalíes con colmillos que tiran de algunos carros. Enormes barcos terrestres con las velas desplegadas. Tanta actividad me hace apartarme aún más de la ventanilla, pero el general Yu parece animado por la energía y el bullicio; se inclina hacia mí y señala los escudos de los clanes más destacados.

—¿Ves justo ahí, esa bandera verde y blanca? Es del clan reptiliano de Kitori, los Czo. Hacen una ropa finísima. Incluso el rey solicita que se importen sus productos. Y allí, aquel grupo de barcos terrestres pertenece a los Feng-shi. Una familia muy poderosa de la provincia de Shomu.

Un carruaje plateado muy adornado nos alcanza, y el general observa su insignia.

—Ah. El Clan del Ala Blanca. Una de las familias aviares más poderosas de Ikhara. Hasta tú debes haber oído hablar de ellos.

No le doy la satisfacción de admitir que no. El carruaje está cubierto por unas cortinas de terciopelo. Empiezo a apartar el rostro cuando una de ellas se abre un poco, y mi mirada se encuentra con los ojos brillantes de una chica con forma de cisne. Las plumas blancas que cubren su piel son tan relucientes que es como si estuvieran recubiertas de polvo de perlas.

Es tan hermosa que sonrío instintivamente. Pero la chica no me sonríe. Una mano emplumada le toca el hombro, y ella suelta la cortina y desaparece tras la suave tela dorada.

—Sucios felinos —oigo gruñir al general.

Miro alrededor, confundida. Pero él tiene los ojos fijos en otra dirección, con los labios fruncidos.

Por la otra ventanilla, se ve pasar un elegante barco terrestre, sus velas son de color naranja y están hinchadas por un viento que con total seguridad han logrado aumentar con ayuda de la magia. Estiro el cuello para mirar y alcanzo a ver algunas figuras que andan por la cubierta. La forma en la se mueven me recuerda al andar felino de Tien, y bajo los paños con que que se cubren la boca se distinguen sus fauces. Tienen forma gatuna. Mi mirada se desvía hacia las velas. Cada una de ellas lleva estampadas tres huellas de patas con garras.

Nuestro carruaje se tambalea al tropezar con un pozo en el camino, justo cuando reconozco el emblema.

Son los Amala, o el Clan de los Gatos, como se los conoce más afectuosamente. Mi padre me ha hablado sobre ellos en alguna ocasión, sin intentar disimular su admiración siquiera. De todos los clanes de demonios, el Clan de los Gatos es el que más afinidad y simpatía despierta entre las castas de papel. Se los conoce por su naturaleza rebelde, por sus levantamientos y los alborotos que causan dondequiera que puedan, especialmente si se trata de algo que pueda fastidiar al rey. «Dicen que una vez interceptaron una carreta que llevaba canastas de pastelitos para el rey, de una panadería especialista de Ang-Khen», me contó Baba hace apenas algunas semanas, con un brillo en los ojos. «Cuando llegó al Palacio Escondido, descubrieron que a cada uno de los pastelitos le faltaba un bocado. A cada uno».

Contengo una risa divertida al recordarlo. Con ese tipo de demonios sí que puedo simpatizar.

Mientras los observamos, dos hombres a caballo se acercan al barco terrestre de los Amala. El viento infla sus largas capas de un intenso color azul, como el de un pavo real, así que no alcanzo a ver las pinceladas blancas que revelarían su clan, pero hay algo en la elegancia con la que cabalgan que evoca a la realeza. Aunque, desde luego, es imposible. Son humanos.

Uno de los Amala se inclina por la borda y con ademanes agitados le grita algo a los hombres. Estos responden también a gritos —o, al menos, eso parece por la forma en la que mueven la cabeza— y apartan a sus caballos.

—¿Quiénes eran? —pregunto, mientras los hombres desaparecen entre las filas de vehículos.

El general Yu no desvía la mirada.

—Los Hanno —responde, distraído.

En su rostro hay una expresión fugaz que no soy capaz de interpretar.

Tanto mi padre como Tien me han hablado en alguna ocasión de los Hanno, aunque no con la misma calidez con la que suelen referirse al Clan de los Gatos. Los Hanno, la casta de papel más numerosa de Ikhara, están entre los principales partidarios del Rey Demonio. Y entre los clanes de papel, son sus *únicos* partidarios.

Entonces, ¿por qué dos de sus hombres estaban hablando con uno de los principales adversarios del rey?

Nuestro viaje continúa y el día se convierte en noche mientras una lluvia constante se instala sobre la tierra. Hora tras hora, la cantidad de viajeros va disminuyendo. Miro por la ventanilla. Un cielo sin luna, inmenso y pesado, pende sobre la llanura. El aire resulta frío y, a causa de la lluvia, la oscuridad es absoluta, viscosa, como si pudieras sumergirte en ella. La imagen de uno de los dioses del cielo se dibuja en mi mente: Zhokka, el Heraldo de la Noche. Imagino su mano extendiéndose para atraparme mientras yo caigo sobre él y en su rostro se forma una sonrisa de luz de estrellas.

—Come —me ordena de pronto el general Yu, y me arranca de mi sombría ensoñación. Me entrega una cantimplora y un rollito envuelto con hoja de pandan—. No quiero que te desmayes de hambre durante tu inspección en el palacio.

Agradecida, pruebo un bocado del arroz fragante y pegajoso que contiene, y las especias me entibian el estómago.

—La magia que tiene este carruaje —digo, entre bocados. Me arriesgo a mirar al general—. ¿Es de los Hechiceros Reales?

—Así que nuestra pequeña pueblerina ha oído hablar de ellos, ¿eh?

—En Ikhara, *todo el mundo* ha oído hablar de ellos.

El general gruñe.

—Supongo que sí. Pero en el Palacio Real, algunos los veneran como si fueran dioses... Hasta el mismo Rey Demonio actúa como si tuvieran poderes divinos —añade, con un bufido.

Frunzo el ceño al oírlo hablar así. En toda Ikhara, los Hechiceros Reales son legendarios. Como las Chicas de Papel, son una parte del Palacio Escondido cuyo misterio se ha ido cubriendo de habladurías y supersticiones. Se cuenta que, cuando el Rey Demonio dio la orden de construir el Palacio Escondido, exigió a sus arquitectos que diseñaran una fortaleza inexpugnable. Sus arquitectos le respondieron que eso era imposible... y entonces el rey ordenó que los ejecutaran. Aquellos que los reemplazaron fueron más cautelosos. Al cabo de muchos debates, sugirieron que se entretejiera un dao constante en la muralla perimetral. Era algo que no podía hacer un solo hechicero; se necesitaba un grupo de hechiceros que trabajara constantemente.

No es inaudito que los hechiceros combinen sus poderes, pero por lo general, se trata solo de un grupo pequeño que trabaja para un clan o un ejército; es un trabajo temporal. Lo que sugerían los consejeros del rey era un acuerdo permanente. Un grupo numeroso que se turnaría para crear y mantener viva la magia entre las paredes del palacio.

—¿Es cierto que hay más de mil hechiceros en la guardia real? —pregunto.

—¿Mil? Eso no es nada, jovencita. Hay *muchos* miles. Por eso no entiendo...

El general se interrumpe súbitamente.

—¿Qué es lo que no entiende? —pregunto.

Con un movimiento espasmódico, señala la cicatriz que le divide el rostro. Un rostro que sería igualmente feo sin la cicatriz: el hocico ancho y chato de un toro, demasiado grande entre sus pómulos angostos; la mandíbula fuerte. Pero la cicatriz lo convierte en una máscara macabra, más monstruo que demonio.

—Esto me lo hicieron hace poco, en una batalla en Jana —cuenta el general, con la mirada torva fija hacia delante—. Le pedí permiso al rey para que uno de los hechiceros me curara la herida, pero… se negó. Me dijo que las cicatrices de batalla son una insignia de honor. De poder. Que el hecho de que quisiera quitármela solo mostraba debilidad por mi parte. Puedes imaginar la reacción del rey cuando señalé que él mismo a menudo ha hecho uso de la magia para hacer desaparecer sus cicatrices. —Se le crispa un músculo en el cuello—. No suelo cometer semejantes tonterías. Por suerte, solo me degradó.

Siento un repentino sentimiento de empatía por el general Yu… pero desaparece al instante cuando me acaricia la mejilla con un dedo calloso.

—Para eso te he traído hasta aquí.

Me aparto.

—¿Qué está diciendo?

—La verdad es que no posees una belleza de las clásicas —murmura, pensativo, mientras me observa—. No tienes la elegancia de las chicas que se han criado en los círculos adinerados de la sociedad. Sin embargo… esos *ojos*. Podrían ser un aliciente más que suficiente para despertar el interés del rey. —Hace una pausa y su expresión se oscurece—. Al menos, esperemos que así sea. Las chicas elegidas llegarán al palacio esta noche. Tendremos que enfrentarnos con cautela a Dama Eira y a Madam Himura.

Eso me sorprende.

—¿El proceso de selección ya ha terminado?

—Hace semanas.

—Entonces, ¿para qué estoy aquí? —Levanto la voz—. ¿Y si no me quieren? —Me aferro al borde del asiento y me inclino hacia adelante—. Si no me quieren, ¿puedo volver a casa…?

—Por supuesto que no —me interrumpe el general—. Y vas a asegurarte de que sí te quieran. Necesito ganarme otra vez la simpatía del rey, después del incidente por lo de mi cicatriz. Sith había oído los rumores sobre una chica que tenía los ojos del color del oro, pero no lo había creído del todo hasta que te vi. —Luego agregó, con un desafío en la mirada—: Dime, jovencita, ¿eres capaz de complacer a la corte?

Ardo de rabia. ¿Así que para eso me lleva al palacio? ¿Como moneda de cambio?

—No *quiero* complacer a la corte —replico.

Furioso, el general Yu me agarra por el cuello.

—Vas a hacer el intento —gruñe—, ¡y vas a conseguirlo! Si no, tu familia, lo poco que queda de ella, sufrirá las consecuencias. No te equivoques, keeda. —Me sujeta con fuerza por las muñecas y me las levanta hasta que quedan a la altura de mi cara; sus dedos se clavan en mi piel—. Su sangre estará aquí. ¿Me entiendes? En *tus* manos.

Sus palabras se convierten en hielo en mis venas. Retiro las manos y tiemblo, mientras el horror recorre todo mi cuerpo como si se tratara de una marea helada.

El general ríe.

—Piensas que estás por encima de todo esto. Puedo verlo. Pero créeme, jovencita, no lo estás. Porque una vez que descubras lo que le ocurre al papel que se pudre, cuando veas lo que les hacen a las putas que no obedecen, vas a suplicar que te dejen quedarte en el palacio. —Sus ojos se desvían hacia la ventanilla—. Ya hemos llegado.

Me doy la vuelta. En el exterior, los tallos de bambú pasan a toda velocidad convirtiéndose en una imagen borrosa entre verde y marfil. El bosque está lleno de sonidos espectrales: el ulular de las lechuzas, la lluvia que cae sobre las hojas, chillidos lejanos de animales escondidos en la oscuridad. El aire está impregnado por el aroma de la tierra mojada. Tras tantas horas de atravesar llanuras despejadas, me sorprende tener de pronto tan cerca los bambúes. Estamos pasando entre ellos a una velocidad imposible, y aunque las hojas golpean y rozan el exterior del carruaje, el sonido nos llega apagado. Más magia.

—El gran Bosque de Bambú de Han —anuncia el general, con orgullo en la voz—. Parte de las defensas del palacio. Demasiado denso para entrar a lomos de un animal, demasiado difícil de atravesar para un ejército. Se necesitarían días enteros para abrir un sendero. Los visitantes y los comerciantes deben obtener los permisos necesarios para que se les concedan los daos de los Hechiceros Reales que permiten que se abra este camino escondido.

Observo pasar los tallos, con ojos abiertos de par en par. Al cabo de unos minutos, el carruaje aminora la marcha. Los caballos pasan del galope a una carrera más tranquila, después al trote y, cuando el bosque se abre, me sobresalto y lo observo todo con los ojos aún más abiertos que antes.

El Palacio Escondido de Han.

La fortaleza del Rey Demonio.

Piedra negra, oscura como la noche; murallas tan altas que eclipsan la luna. El perímetro del palacio se eleva desde la tierra como un gigantesco monstruo de piedra. Mucho más arriba, las figuras diminutas de los centinelas recorren el parapeto. Las murallas tienen un resplandor sobrenatural, y cuando nos acercamos, veo millones de caracteres luminosos incrustados en la piedra veteada, que giran y se desprenden entre sí bajo la superficie mojada por la lluvia. En el aire vibra el rumor grave de unos versos recitados.

Los Hechiceros Reales.

Se me eriza la piel. Nunca había sentido una magia como esta.

—Cierra la boca —me ordena el general Yu—. No resulta nada femenino que lo observes todo de ese modo.

Hago lo que me dice; estoy tan sorprendida por todo que ni siquiera me siento insultada por su comentario. El carruaje se detiene. Se oyen pasos sobre el barro. Momentos después, me sobresalto al oír unos golpes en la puerta.

Un guardia con forma de oso, de rostro redondo, abre la cortina; tiene gotas de lluvia en el pelaje pardo.

—¡General Yu! ¡Ya ha regresado de Xienzo! —Hace una reverencia—. Espero que los cielos le hayan sonreído en su viaje. —Cuando levanta la cabeza, se sorprende de verme, y sus orejas se crispan—. ¿Puedo preguntar, general, quién es su acompañante?

—Lei-zhi viene a incorporarse a la corte como Chica de Papel —responde el general con un chasquido impaciente de la lengua—. He enviado a dos de mis hombres para que llegaran antes y transmitieran dicha información. ¿Han recibido el mensaje? ¿O van a dejarnos esperando fuera del palacio como a unos simples comerciantes?

El guardia baja la cabeza.

—Por supuesto que no, general. Un momento. Permítame que lo confirme con el Jefe de Guardia Zhar.

Miro por la ventanilla mientras el soldado, encorvado bajo la lluvia, cruza hacia un puesto ubicado junto a unas inmensas puertas que se encuentran enclavadas en la muralla. A cada lado hay unos gigantescos pecalang, esas estatuas que suelen colocarse en la entrada de los edificios como protección contra los malos espíritus. En mi pueblo, la mayoría de los pecalang son pequeños, apenas simbólicos, en realidad, y bastaría una simple tormenta para arrancarlos fácilmente de sus bases. Estos son enormes, figuras imponentes de más de seis metros de altura, tallados en forma de toros, con los rostros contorsionados en gruñidos tan realistas que me quitan el aliento. Sus manos de piedra sostienen antorchas encendidas. Conforme mis ojos se van adaptando a la luz, veo más estatuas alineadas contra la muralla. Después me sobresalto.

Porque esos otros guardias están vivos.

Se me erizan los vellos de los brazos al ver a cientos de demonios de pie, uno junto al otro, a lo largo del perímetro del palacio. Su mirada se mantiene fija hacia delante y llevan las espadas cruzadas sobre el pecho. En sus ojos, ojos de demonio, se refleja el titilar de las llamas. Gacela, leopardo de las nieves, león, jabalí. Muchas formas que nunca he visto, y todos son de la casta de la Luna. Búfalo, gato salvaje, íbice, simio. Cobra, chacal, tigre, rinoceronte. Muchas formas con las que nunca he soñado, y en cada destello de colmillo, cuerno y garra vibra su fuerza apenas contenida.

Me echo hacia atrás y me trago el nudo que se ha formado en mi garganta.

—Impresionante, ¿verdad? —observa el general, pero no le doy la satisfacción de ofrecerle una respuesta. O, mejor dicho, no respondo porque *no puedo*. Me siento como si unas manos oprimieran con fuerza mi garganta. Como si la presión de los demonios estuviera por todas partes.

A la señal del guardia oso, se abren unas puertas más pequeñas que están junto a la principal. Los caballos nos llevan por un túnel largo, de techo bajo y curvo que forma un capullo de oscuridad. Alrededor resuena el cántico de los Hechiceros Reales, un rumor pesado en el aire, y siento el inquietante sonido vibrar hasta en los huesos. Después, todo permanece en silencio.

Entonces se produce un destello, como un relámpago.

Toda mi piel se estremece intensamente.

Me muerdo para no gritar. El calor es casi insoportable. Me doy la vuelta, pero no puedo ver lo que sea que lo está provocando.

—¿Qué… qué sucede? —balbuceo, frotándome los brazos erizados.

—Estamos atravesando la protección de los hechiceros —explica el general Yu—. Si no somos quienes decimos ser, este dao se lo revelará a los guardias que aguardan dentro. Solo el hechicero más poderoso podría crear magia para eludir un encantamiento como este. Te diría que con el tiempo uno llega a acostumbrarse, pero tú nunca saldrás de aquí. —Las comisuras de sus labios se curvan en puntas agudas—. Bienvenida al palacio, Chica de Papel.

5

Cuando salimos del túnel, la sensación desaparece, y con ella, el incómodo silencio.

Mi primera impresión del mundo que me espera en el interior del palacio es un olor tan dulce que se me hace la boca agua: jazmines de noche. Las flores destacan entre la maraña del verde intenso que recubre la muralla. Asombrada por la familiaridad del aroma, echo mi primer vistazo al palacio y me aferro al borde del asiento mientras me inclino hacia adelante para mirar, casi conteniendo el aliento.

Estamos en una plaza inmensa y seca. Hay antorchas que iluminan el vasto espacio, pero las esquinas quedan oscurecidas por las sombras; no hay nada más que un pabellón de guardias y una hilera de establos. Cuando nuestro carruaje se detiene, un par de guardias se acercan a toda prisa. Aparentemente, el general los conoce bien y los saluda con afecto —o, al menos, lo que puede ser afecto, proviniendo de él— antes de seguir.

Ahora que hemos llegado, empieza a invadirme una extraña serenidad, como el manto que se coloca suavemente sobre algo que está ardiendo. Me inclino hacia la ventana, intentando ver mejor, pero los caballos aprietan el paso. Todo se desdibuja a causa de la velocidad. Apenas alcanzo a divisar algunos detalles de mi nuevo hogar. Los adoquines mojados por la lluvia. Los jardines sumidos en la oscuridad de la noche. Elegantes templos con tejados curvos, de un estilo arquitectónico ornamentado que me resulta desconocido. Cruzamos patios pequeños y grandes espacios abiertos; plazas conectadas con puentes como arcos sobre el agua; estructuras imponentes hechas de mármol. Me asombra la gran extensión del palacio. En realidad, no es solo un palacio, es una ciudad: un laberinto de calles, patios y jardines, como si fueran las venas y las arterias de un gigante en cuyo centro vive el rey, el corazón que palpita.

Me pregunto si ese corazón será tan negro como me han contado.

Al cabo de veinte minutos, los caballos aminoran el paso.

—Ya hemos llegado —anuncia el general Yu mientras nos detenemos. Se inclina y abre un poco la cortina que se encuentra justo delante del carruaje—. El Sector de las Mujeres.

Masajeándome las piernas adormecidas, me pongo de pie para salir hacia la lluvia y la oscuridad tan solo alumbrada por unos farolillos. Nos encontramos en lo que parece ser una especie de zona residencial. Unos muros altos que encierran una red de calles compuestas por casas interconectadas y pasarelas cubiertas sobre unas plataformas elevadas. Los edificios están ornamentados, con paredes oscuras de lo que parece ser caoba y palisandro, relucientes bajo el aguacero. A través de las puertas correderas de bambú —que resultan tan delicadas en comparación con las gruesas puertas que tenemos en Xienzo— se adivinan siluetas en su interior. Todas las casas están rodeadas por galerías, adornadas con jarrones de peonías y orquídeas blancas.

Mis pies resbalan en el barro mientras el general me conduce por uno de los senderos oscuros que queda justo en la base de los edificios. Me sujeta por el hombro para impedir que eche a correr. Sin embargo, aunque supiera hacia dónde correr, dudo de que pudiera hacerlo. Mi cuerpo parece sujeto a una especie de corriente invisible mientras recorremos el espacio desconocido para mí; todo está bañado por un resplandor irreal de color rubí y que proviene de los farolillos rojos que cuelgan como frutas maduras de los aleros que terminan con forma de curva. Arriba, desde las puertas y ventanas abiertas nos llegan sonidos amortiguados por la lluvia: voces femeninas que ríen, música de cítara, rítmica y bella.

Nos detenemos en el lateral de una majestuosa casa justo ante una entrada de servicio. El general tira de una cuerda para hacer sonar una campana.

Segundos después, la puerta se abre. La luz se escapa hacia el callejón. Una niña de diez u once años nos mira, sorprendida. Tiene un rostro dulce, como la luna, los ojos redondos como un ciervo y el cabello recogido en un moño torcido y descuidado. Algunos mechones caen sueltos en torno a sus orejas largas y puntiagudas. Estas son lo único que sugiere que no es de papel; ella tiene forma de ciervo: de acero, pero muy poco. La luz de los farolillos se desliza por su suave piel humana, como un reflejo de la mía, y de inmediato me invade una sensación de afinidad. Tras varios días conviviendo únicamente con demonios, quiero abrazarla, presionar su mejilla suave y despejada contra la mía.

—¡Ah! —exclama, y cae al suelo en una profunda reverencia—. ¡General Yu!

Él apenas la mira.

—Ve a buscar a Dama Eira —le ordena.

La niña se incorpora de inmediato y se aleja a toda prisa. Su pelo recogido sube y baja como el rabo corto de un ciervo, como si intentara hacerla parecer más demonio de lo que es.

La sigo con la mirada. Dentro, unas escaleras conducen a un pasillo que queda iluminado con farolillos. Llegan voces desde las habitaciones, y el aire es cálido y huele a té. La casa resulta tan acogedora que, por un segundo, me resulta fácil imaginar que al entrar encontraré a Tien, a Baba y a Bao. Entonces siento un dolor tan intenso que tengo que clavarme las uñas en las palmas de las manos para al menos poder sentir otra cosa.

Este no es mi hogar.

Ningún otro sitio lo será nunca.

Llevamos esperando apenas unos minutos cuando la niña reaparece al final de las escaleras, esta vez acompañada por una mujer alta.

—Gracias, Lill —dice la mujer, y la niña se aleja a toda prisa.

La mujer de papel se vuelve hacia nosotros. Se produce una pausa cuando sus ojos se detienen en mí, y después empieza a bajar las escaleras. Se mueve con una ligereza imposible, sosteniendo con gracia el dobladillo de su túnica de seda color ciruela, la tela más exquisita que he podido ver en toda mi vida. Envuelve sutilmente su delgado cuerpo; tiene bordados en plata y se sostiene en la cintura con una faja ancha de tela. Eso me trae de pronto a la memoria a Tien mientras me enseñaba unos dibujos que le había regalado una vez un cliente nuestro. Las ilustraciones reflejaban los estilos de ropa femenina que estaban de moda en las provincias centrales. Si mal no recuerdo, esta clase de túnica es un estilo específico de hanfu que usaba originalmente la aristocracia en el noreste de Shomu.

Al llegar al pie de las escaleras, hace una reverencia.

—General Yu.

Se detiene justo antes de llegar a la puerta, al abrigo de la casa. Sus ojos negro azabache brillan con inteligencia, y en sus labios hay una sonrisa serena. El instinto me dice que hubo un tiempo en el que esta mujer tuvo que ser una Chica de Papel. Aunque aparenta poco más de cuarenta años, su piel bronceada sobre sus pómulos altos es tan lisa y suave como la de una joven.

El general inclina la cabeza.

—Dama Eira. Le pido disculpas por venir al Patio de las Mujeres y molestarla sin previo aviso. Pero este asunto no podía esperar. —Me empuja hacia adelante—. Le presento a Lei-zhi.

Al oírlo utilizar ese sufijo, la mujer me mira brevemente. Después se vuelve otra vez hacia el general, con un asomo de dureza en su sonrisa.

—Qué curioso que le dé el título de Chica de Papel —dice, sin dejar de sonreír con tranquilidad—. Las chicas han llegado hace un par de horas; justamente estaba con ellas. Que yo sepa, estaban las ocho.

—Sé que esto no es lo habitual —se apresura a responder el general—. Pero espero que coincida conmigo en que merece la pena. Cuando me he encontrado con esta joven y he visto su asombrosa belleza, lo he dejado todo para traerla al palacio.

—Le aseguro, general, que nuestras chicas son más que suficientemente hermosas para el rey. —Dama Eira une las palmas de sus manos a la altura de la cintura y hace una breve reverencia—. Ahora debo volver...

Con rudeza, el general me sujeta por las mejillas. Me obliga a levantar la mirada para que la luz de las escaleras dé directamente en mis ojos.

Oro sobre oro.

Dama Eira ya empezaba a girar para retirarse, pero en un instante queda paralizada. Sus labios se abren, y enseguida los cierra con firmeza. Sus ojos no se apartan de los míos mientras se me acerca. Su piel emana un perfume delicado: agua de rosas y el aroma especiado del azahar. Parpadeo para apartar el agua de mis pestañas e intento mantener la mirada firme mientras me examina con detenimiento por primera vez.

—Por todos los cielos, qué *ojos*... —Dama Eira mira brevemente al general Yu—. ¿Es papel puro de verdad?

—Le aseguro, dama, que su sangre es humana.

—¿Y sus padres?

—Tienen una herboristería en el oeste de Xienzo.

—¿O sea que no tiene experiencia en la corte?

—Lamentablemente, no. Pero aprende rápido. Está acostumbrada al trabajo duro. Y mire qué llamativa es incluso con esa ropa tan sencilla. Imagine cómo se transformará una vez que usted y Madam Himura puedan trabajar en ella. Una vez que la hayan educado en las costumbres femeninas. —La voz del general adopta un tono sedoso—. Y estoy seguro de que no es necesario que le recuerde que nuestro rey es supersticioso. Imagine cuánto apreciará recibir a una joven que simboliza tanto la belleza como la buena fortuna de los cielos. Podría darle la confianza que tanto necesita. Considerando todo lo que ha sucedido últimamente...

Deja la oración inconclusa y ambos cruzan una mirada significativa.

La idea de que al Rey Demonio le falte confianza no se asemeja en absoluto a la imagen que tenía de él. Quiero preguntar más sobre todo lo que ha sucedido en la corte últimamente, pero la mirada de Dama Eira me silencia.

—Es como si la misma Ahla hubiera sonreído desde el cielo cuando naciste —murmura, pensativa. No es la primera vez que me dicen algo así; muchas personas creen que la diosa de la Luna tuvo algo que ver con el color de mis ojos. Dama Eira me dirige una sonrisa amable—. Lei, ¿estás segura de que estás preparada para la vida de una Chica de Papel?

Detrás de ella, los ojos del general se clavan en mí. Recuerdo las palabras que me dijo antes, en el carruaje. *Su sangre estará aquí. ¿Me entiendes? En tus manos.*

Viene a mi cabeza el rostro de Tien, el de mi padre. Su expresión cuando el general me obligó a subir al carruaje. Y las caras que pondrían si yo doy motivos para cumplir con esa amenaza. Las lágrimas quieren acudir a mis ojos. Me obligo a borrar esa imagen horrible de mi cabeza y trato de imaginarlos sonriendo, trabajando, riendo, *viviendo.*

Si quiero eso para ellos, solo puedo dar una respuesta. Entonces la ofrezco, aunque me duele en el alma, empujo la palabra hasta que sale de mis labios como si fuera una piedra.

—Sí.

Lo supe incluso antes, en el muelle de Noei y en el barco que nos ha traído hasta Han, y tal vez aún antes de eso: desde que el general detuvo su mirada sobre mis ojos en la tienda. Era inútil esperar un resultado diferente. Y, aunque la posibilidad sea ínfima, al menos al estar aquí, en el palacio, puedo intentar averiguar qué pasó con mi madre.

Aun así, la palabra me deja un sabor amargo en la boca. Un sabor a fracaso.

A traición.

Me trago el nudo que se ha formado en mi garganta mientras Dama Eira sonríe y me rodea la espalda con un brazo.

—Gracias, general —le dice—. Ha hecho lo correcto al traer a Lei. Se la presentaré de inmediato a Madam Himura. Espero que su reacción sea tan positiva como la mía. Y nos aseguraremos de que el rey sepa que la ha traído usted mismo como un regalo personal para él.

Se inclina una última vez y me hace pasar. Antes de que cierre la puerta, le echo un vistazo al general. Su sonrisa desdeñosa es ahora más amplia que nunca y sus ojos brillan a causa de su triunfo.

Dama Eira me conduce hasta una habitación pequeña, sin ventanas, y me pide que espere; me deja de pie, incómoda, en mitad de la habitación. Mi ropa empapada gotea sobre los relucientes tablones de teca del suelo. Me paso las manos por el cabello apelmazado e intento, sin éxito, aplacar mi corazón. A pesar del largo viaje, aún no puedo creer que esto esté pasando de verdad. Estoy en el palacio real.

En uno de los edificios, el rey espera.

No sé cuándo me llevarán ante él —me horroriza pensar que pueda ser *esta noche*— y el palacio es tan inmenso que es poco probable que él esté cerca. Sin embargo, siento cierta intimidad al encontrarme entre las murallas del palacio. Incluso en un edificio donde quizás él ya ha estado antes.

Siento un cosquilleo en la espina dorsal. Me aferro a mis propios brazos y echo un vistazo por encima del hombro con la ridícula idea de que hasta incluso podría estar justo detrás de mí.

Cuando vuelvo a oír pasos en el pasillo, el andar ligero de Dama Eira viene acompañado por un golpeteo duro. Al otro lado de la puerta corredera aparece una sombra rara, encorvada. No es del todo humana; es demasiado grande a la altura de los hombros y del cuello. Instintivamente, retrocedo y me preparo, pero no puedo evitar que me invada el miedo cuando la puerta se abre y entra la mujer que, supongo, es Madam Himura.

Pero no es *solo* una mujer… Es un demonio.

Un demonio con forma de águila.

Los demonios con forma de águila son los menos frecuentes. Al igual que tantos otros aviformes, muchos perdieron la vida peleando en la Guerra Nocturna y, desde entonces, los han reclutado sobre todo para destinarlos a cumplir como soldados en el ejército del rey. Nunca he visto a un aviforme de cerca, sin contar el breve vistazo que pude echarle a la chica con forma de cisne antes en la carretera, al salir de Puerto Negro. Lo primero que llama mi atención son sus ojos: dos medias lunas amarillas veladas. Su mirada penetrante me atraviesa. Las plumas blancas como perlas llegan hasta el pico ganchudo que le desencaja la mandíbula humanoide, lo que provoca que su rostro me resulte familiar y al mismo tiempo sumamente… *no* familiar. Su túnica de color grafito destaca sobre el plumaje oscuro que recubre su cuerpo.

—Bien —dice, mirándome con ojos severos—. Así que por *esto* era toda la conmoción.

Habla con voz ronca, como un graznido que sale del fondo de la garganta. Se me acerca, y vislumbro garras escamosas bajo la túnica. En una mano con espolón —extremidades humanas combinadas con plumas de águila— sostiene el mango de un bastón de hueso, pero a pesar de que camina encorvada, emana poder y bulle de energía.

—¿Tu edad, jovencita? —pregunta bruscamente, y me sobresalto. Me humedezco los labios.

—D… diecisiete.

—¿Cuándo naciste?

—El primer día del Año Nuevo.

—Una señal de buen presagio —murmura—. Por aquel entonces la luna debía estar dorada… Tal vez por esa razón tienes esos ojos.

—Bueno —respondo, con las mejillas encendidas—, no los he heredado de un demonio.

Madam Himura se irrita al oírme decir eso. Se le erizan las plumas que le recubren los brazos, y por un momento estos parecen convertirse en alas, hasta que las plumas vuelven a aplacarse contra su piel.

—Cualquiera que tenga dos dedos de frente puede apreciar que tu piel es de papel, niña estúpida. Hasta tu postura es la de una criada. Un demonio nunca se colocaría de ese modo. Además, la inspección oficial de mañana revelará si no eres quien dices ser. A ellos no podrás ocultarles nada, por más hechizos que hayas podido utilizar. ¡Date la la vuelta! —ordena en tono áspero.

Hago lo que me dice, y siento que su mirada recorre mi cuerpo.

—Dama Eira me ha dicho que no tienes ninguna experiencia en la corte. Ninguna conexión, que tú sepas.

Meneo la cabeza.

En un abrir y cerrar de ojos, se acerca y me sujeta el mentón con sus dos espolones.

—¡No respondas con movimientos groseros, jovencita! —Su aliento agrio me da en la cara—. Si te hago una pregunta, tú respondes «Sí, Madam Himura» o «No, Madam Himura». ¿Está claro?

Me trago el nudo que tengo en la garganta.

—Sí, Madam Himura.

—¿Hay algo que sepas hacer, además de ser insolente con tus superiores?

Furiosa, mascullo:

—Soy buena con las hierbas, y para la limpieza…

—¿Hierbas? —Lanza una carcajada—. ¿Limpieza? Somos mujeres de la corte. Ese tipo de trabajos son para los sirvientes y las criadas. Para ser una Chica de Papel, deberás cultivar tus habilidades *nu*, tus habilidades femeninas. ¿Acaso estás diciéndome que no tienes ninguna? —Cierra el pico con un chasquido—. Qué inútil.

Aprieto los dientes para no responderle. Esas son las habilidades que me enseñaron mis padres y Tien. Y seguramente son mucho más valiosas que saber entretener a un rey.

Madam Himura ladea la cabeza y me observa fríamente. Emite un sonido raro, casi un ronroneo, desde el fondo de la garganta.

—Ah, ya entiendo. Piensas que estás por encima de todo esto. Pues bien, espera hasta que empiecen tus clases. Ya verás lo difícil que es dominar esas destrezas. —Entorna los ojos—. Y, aunque tú no lo creas, veo en ti esa avidez. Ese deseo de demostrar que mereces la pena. Tu fuego *qi* es fuerte, quizá *demasiado* fuerte. Tendremos que vigilarlo de cerca o podría acabar por quemar todo lo que toques. —Hace una pequeña pausa y después pregunta—: ¿Eres pura?

—¿Pura?

—Sexo. Tu núcleo nu. ¿Has permitido que un hombre te penetrara?

Me ruborizo. Teniendo en cuenta para qué me han traído hasta aquí, no debería sorprenderme que utilice un lenguaje tan directo.

Pero Tien solo ha tocado este tema conmigo a medias, como de broma, y mi padre no lo ha mencionado jamás. He estado trabajando en la tienda desde que se llevaron a Mama, así que no he podido pasar mucho tiempo con otras chicas de mi edad. Si las cosas hubieran sido diferentes, tal vez habría pasado varios años riendo con amigas al hablar del amor y de la lujuria. Pero esos pensamientos eran secretos. Sueños febriles en mitad de las noches aterciopeladas.

Bajo la mirada para evitar sus ojos feroces de mujer águila.

—No —respondo con sinceridad.

Siento que me observa, quizá buscando alguna evidencia de si miento. En mi interior surge un rayo de esperanza… porque si no me cree, tal vez ordene al general Yu que me lleve de vuelta a casa. Pero entonces recuerdo la amenaza del general y me quito esa idea de la cabeza.

Por fin, Madam Himura se vuelve hacia Dama Eira.

—Busca a Lill —ordena—. Que traiga jabón y ropa limpia. Un hanfu sencillo será suficiente.

Esperamos en silencio. Quiero preguntar qué está ocurriendo, pero a juzgar por la postura de la mujer águila, puedo entender que lo que espera de mí es que guarde silencio. Un minuto después, Dama Eira vuelve con la misma criada con forma de ciervo que nos ha abierto la puerta antes al general y a mí. La niña me mira con una sonrisa franca… que desaparece en cuanto Madam Himura se vuelve hacia ella.

—Quiero que asees y vistas a Lei —le ordena, con un golpe del bastón—, y después necesito que la lleves con las demás chicas.

Sin mirar atrás, se dirige a la puerta, con un golpeteo de sus pies con espolones en el suelo.

—¡Espere! —la llamo.

La palabra se me escapa antes de que pueda evitarlo. Madam Himura da media vuelta, y me amilano ante la mirada cortante que me dirige.

—Digo… Madam Himura… ¿esto significa que ya soy una de las Chicas de Papel?

La mujer águila me mira con ojos torvos.

—Será mejor que no seas tan lerda en tus clases —dice, cortante, antes de salir.

Pero Dama Eira me sonríe.

—Sí, Lei-zhi. Así es.

Sale y cierra la puerta corredera, pero me quedo con la mirada fija en el sitio donde estaba antes. El aire parece sólido en mis pulmones y me siento como si tuviera la garganta llena de rocas. Me paso la lengua por los labios resecos.

La joven criada me sonríe como si esa fuera la mejor noticia que alguien pudiera recibir.

—¡La felicito, dama! —canta—. ¡Debe de estar muy contenta!

Sus palabras me arrancan una risa áspera. Yo, una *Dama*. Y que me feliciten por... *esto*. Y quién sabe lo que *esto* puede llegar a ser. Después me vuelvo hacia ella y me cubro la cara con las manos para contener la risa delirante que está surgiendo dentro mí, al mismo tiempo que las lágrimas, calientes y húmedas, que salen tan incontrolables como la risa. Todo lo sucedido en los últimos días parece descargarse de mi cuerpo, y realmente tomo conciencia.

Estoy aquí. En el palacio real.

Y aquí me quedaré, si quiero mantener a salvo a Baba y a Tien.

Si quiero mantenerlos *con vida*.

6

Traen a la habitación una bañera de madera y la llenan con agua tibia y aromática. Mientras me baña, Lill me pregunta por mi vida antes de venir al palacio, preguntas que salen de su boca con tanta rapidez que no he terminado de responder una cuando me lanza la siguiente. ¿De qué provincia soy? ¿Tengo hermanos? ¿Cómo es ser de la casta de papel? ¿Mi madre es tan hermosa como yo?

No estoy acostumbrada a estar desnuda delante de otra persona, pero Lill se comporta con naturalidad y es tan directa con su trabajo como con sus preguntas. Sumerge una esponja en el agua y me la pasa por el cuerpo, y después me peina el cabello enredado. A la larga, su charla empieza a tranquilizarme. Me recuerda a Tien, aunque a una versión más joven y mucho menos mandona que ella. Y después del largo viaje que me ha traído hasta el palacio, es imposible negar el placer de sentir el agua tibia sobre mi piel. El agua tibia de la bañera no tarda en quedar turbia, mientras que con mi piel sucede lo contrario: la suciedad y el sudor que se han ido acumulando en los últimos días desaparecen con cada pasada de la esponja, hasta que quedo nueva, pálida como un bebé y reluciente como una moneda.

Después, Lill me viste con prendas sencillas de color gris topo similares al hanfu de Madam Himura, aunque el diseño y la tela son mucho más simples y la faja es más angosta.

—Solo tendrá que ponerse este tipo de hanfu los días en los que no salga de la casa —explica.

—La ropa de Dama Eira tiene un diseño muy hermoso —comento, mientras sus dedos hábiles me ajustan la faja cerúlea a la cintura—. ¿Me equivoco o es un estilo originario de Shomu?

Lill asiente.

—Es la vestimenta tradicional del Clan del Ala Blanca, nada menos.

—¿Y por qué se utiliza aquí, en Han?

—Bueno, no sé si será verdad, pero cuenta la leyenda que el Rey Toro original se enamoró de una de las hijas del jefe del clan. Admiraba tanto el estilo de la ropa que ella utilizaba que hizo que también se usara aquí, en Han, y también en Rain y en Ang-Khen.

Por supuesto. Asimilación forzada. Solo una más de las maravillas que quedaron tras la Guerra Nocturna, hace doscientos años.

Las orejas de ciervo de Lill se agitan mientras retrocede para examinar su trabajo.

—Ya verá, dama. Comida, arquitectura, arte, música… todas las cosas más hermosas de Ikhara se pueden encontrar en el palacio. ¡Como usted!

Hago una mueca al oír eso, pero ella no parece notarlo.

—Hablando de eso —digo—, ¿cómo son? ¿Las otras chicas?

—Ah, también son muy hermosas, por supuesto. Pero sentirán mucha envidia cuando la vean a usted. Ninguna Chica de Papel ha sido nunca bendecida con ojos como los suyos. —Recoge mi ropa sucia y agrega—: Espere aquí, dama. Voy a tirar esta ropa.

Asiento, distraída. *Bendecida.* Esta noche, la palabra me resulta aún más hueca. Justamente por mis ojos me han arrancando de mi hogar. Lo mismo que hizo el Rey Toro original al ver algo muy hermoso y querer hacerlo propio. No son una bendición… son una maldición.

Y entonces, recuerdo algo.

—¡Espera! —exclamo, y me apresuro para seguirla.

Lill se sorprende cuando hundo la mano en el bolsillo de mis pantalones y extraigo el objeto de forma ovalada que tan familiar me resulta.

Me sonríe.

—¡Su relicario de bendición natal!

El relicario de oro resplandece a la luz del farolillo. Desde niña, lo llevo alrededor del cuello y siempre me acompaña; su peso contra mi pecho me reconforta.

—¿Cuándo se abre? —pregunta Lill, ansiosa, mientras me lo coloco en el cuello y lo guardo bajo la ropa.

—En seis meses —murmuro.

Se le iluminan los ojos.

—Tal vez su destino es el amor, dama… ¡con el rey! ¡Sería un gran honor!

Y me mira con tanta esperanza que tengo que darme la vuelta.

Cuando Tien me contaba cuántas familias consideran un gran honor el hecho de que sus hijas pudieran resultar elegidas, yo no podía entenderlo. El honor está en la familia, en el trabajo duro, en cuidarse y quererse mutuamente; en tener una buena vida, aunque sea modesta. Sí, a veces he deseado más. He protestado por las órdenes de Tien, por los días largos y agotadores en la tienda. He soñado con noches estrelladas de aventuras, con un mundo fuera de la aldea y con un amor tan audaz que me encendiera el corazón. Pero siempre he imaginado mi futuro entre los brazos protectores de Xienzo. De mi familia. De mi hogar.

Minutos más tarde, Lill me conduce por la silenciosa casa; los sonidos de la vida diaria me llegan apagados a través de las puertas pintadas. Los pasillos oscuros brillan, pulidos. Las paredes paneladas están cubiertas por sedas con batik y pinturas delicadas. Cada centímetro de la casa derrocha elegancia. Hasta el aire parece suntuoso, limpio y perfumado.

Llegamos a unas puertas correderas. Desde dentro llegan voces con el tono elevado.

—¿Nueve chicas? —exclama una vocecita aguda—. ¿*Nueve*? ¡No tiene sentido! Son ocho. Siempre han sido ocho. Es la tradición.

—Sigue así, Blue, y con gusto te expulsaré para que el grupo vuelva a la cantidad original.

—Haga la prueba, Madam Himura. Ya sabe el poder que tiene mi padre en la corte. No creo que vaya a gustarle mucho la idea de que me expulse.

—¿Quién es? —susurro a Lill.

—Dama Blue —responde—. Su padre, Lord Ito, es muy famoso. Es uno de los únicos miembros de la casta de papel que integran la corte. —Cuando las voces se acallan, pregunta—: ¿Está lista para entrar, dama?

Tomo aire lentamente y asiento.

Lill me sonríe para alentarme. Después abre la puerta y tras hacer una reverencia anuncia:

—¡Les presento a Dama Lei-zhi!

Lo primero que me llama la atención es el aroma a incienso, de varillas y hornillos, y la delicada fragancia del té de crisantemo. Las criadas, vestidas con ropa en tonos pastel, circulan por la habitación sirviendo el té con teteras de porcelana. El movimiento de sus muñecas es elegante, e incluso ellas me habrían resultado intimidantes si hubieran entrado a la tienda de mis padres. Pero en comparación con las chicas a las que están sirviendo, su presencia queda opacada.

Las Chicas de Papel.

Arrodilladas en torno a una mesa baja en el centro de la habitación, conforman una imagen llamativa, vestidas con telas brillantes y de colores fuertes, como una colección de joyas vivientes. Las observo una por una. Hay una chica que tiene la piel bronceada, de un marrón rojizo, característica de las provincias del sur; su ropa es de un color naranja encendido que me recuerda a los sarongs que tenemos en el norte, y tiene el pelo recogido en una trenza con cuentas entretejidas. A uno de sus lados hay otra de aspecto severo, con un peinado que no concuerda con su figura curvilínea, y al otro una chica menuda con un vestido celeste. Delante de ellas se encuentra sentada otra chica de rostro dulce y cabello rojizo, con pequeñas pecas que se agrupan en su nariz y en sus mejillas. Cuando nos miramos, me dedica una sonrisa nerviosa. A su lado hay dos mellizas arrodilladas, de rostro pálido y espalda recta, parecen dos muñecas idénticas; tienen los labios pintados en un color cereza que hace juego con sus modernos vestidos, de escote alto, tan ceñidos que hacen que me ruborice.

Después reparo en una chica que se encuentra separada del resto del grupo. A diferencia de las demás, está sentada casi con descuido, con las piernas plegadas a un lado. Su conjunto drapeado de falda y blusa está confeccionado con una tela negra aterciopelada y bordada como una noche llena de estrellas. Su pelo ondulado cae en forma de cascada hasta su cintura. Hasta las criadas me miran con curiosidad desde que he entrado, pero esta chica sigue dándome la espalda, y mira por encima del hombro con expresión aburrida. Sus labios, maquillados con un brillo oscuro, están ligeramente fruncidos. Justo cuando voy a apartar la mirada, se da la vuelta.

Nuestros ojos se encuentran y al menos yo siento como si una fuerza física me atrajera hacia ella. Me responde con una mirada tan intensa que me deja clavada al suelo hasta que sus ojos gatunos se apartan de mí.

—¿Esta es? ¿*Esta* es la irresistible Nueve?

Una voz aguda rompe el silencio. Es la chica a la que hemos oído desde fuera, Blue. Es alta, incluso al lado de Madam Himura, tiene los hombros estrechos y su cabello negro azulado brillante es largo y liso. Sus rasgos son tan agudos como su voz: pómulos angulosos como dagas y ojos oscuros maquillados con sombra, que brillan bajo un flequillo recto. La delantera de su vestido color esmeralda tiene un escote muy audaz, que revela un triángulo plano de piel blanca como el alabastro.

—Caramba —dice, blandiendo la voz como una guadaña—. Si no la hubieran anunciado, habría pensado que *ella* era la criada.

Su risa aguda resuena… y se interrumpe abruptamente cuando Madam Himura la abofetea.

Toda la habitación queda sumida en un profundo silencio.

La cabeza de Blue queda torcida hacia un lado. La mantiene así, muy tiesa; sus hombros se sacuden a causa de una respiración superficial y su rostro queda oculto tras el cabello ocuro.

A pesar de su figura encorvada, Madam Himura parece el doble de alta que ella, y mira a Blue por encima de su pico, con las plumas erizadas.

—Sé quién es tu padre, jovencita. Cuando te eligieron, vino a verme y me pidió que no te dispensara un trato especial por su posición social. Así que será mejor que me guardes el debido respeto. —Mientras Blue se sonroja, la mirada de la mujer águila recorre todo el lugar—. Esto va para todas. No me importa de qué familia provengáis, si os habéis criado con todo o sin nada: aquí todas estáis al mismo nivel. Y ese nivel es por debajo de *mí*. —Me apunta con el bastón—. Ahora, quiero que recibáis a Lei-zhi como corresponde.

Las chicas se inclinan, Blue un poquito más despacio que las demás.

—Ya os he explicado por qué está aquí —prosigue Madam Himura—. No quiero tener que repetirlo. Dama Eira os llevará a vuestras habitaciones y hará que las criadas os atiendan. Mañana tendrán lugar vuestras evaluaciones. Espero que estéis listas cuando vaya a buscaros.

—Sí, Madam Himura —recitan las chicas.

Me apresuro a imitarlas. Cuando miro alrededor, veo que Blue está observándome, con un brillo oscuro en los ojos.

Dama Eira nos lleva a nuestros aposentos privados en el lado noreste de la casa. Explica que el edificio en el que nos encontramos, la Casa de Papel, es donde viviremos durante nuestro año como concubinas del rey. Aquí también están las habitaciones de Madam Himura, además del dormitorio de las criadas y una variedad de salones, cocinas y salas de recreo. La Casa de Papel se encuentra justo en el centro del Sector de las Mujeres, flanqueada al norte y al este por jardines, y al sur y al oeste por otros edificios: suites para las mujeres de la corte, como también salas de baño, salones de té y tiendas.

Llegamos a nuestros dormitorios a través de un largo pasillo. Aunque inmaculadamente limpias y ordenadas, las habitaciones no son lo que yo esperaba. Son austeras; no hay más que una esterilla para dormir y un altar con provisión de varillas de incienso, además de una pequeña hoguera de carbón para encenderlos. No son sitios para alojar a un rey. Entonces me estremezco. Porque entonces, ¿dónde sería eso?

—Esto no es muy privado —rezonga Blue, arrastrando una uña muy cuidada por el canto de una puerta, que no es más que algunas láminas de papel de arroz comprimidas. La luz del pasillo las atraviesa.

—Porque no debe serlo —responde Dama Eira—. Ahora vuestras vidas le pertenecen a la corte. Cuanto antes lo entendáis, mejor.

Lo dice en tono amable, pero Blue le dirige una mirada algo siniestra.

Mientras Dama Eira responde una pregunta de una de las otras chicas, la joven guapa y pecosa que he estado observando antes se me acerca y me ofrece una sonrisa vacilante. Parece muy joven, demasiado para estar aquí; su rostro es redondo, su cabello corto es de un castaño rojizo y tiene los ojos de un color verde ópalo. La tonalidad del color de sus ojos es exactamente como las de los campos que hay a las afueras de nuestro pueblo, vivo y profundo después de los monzones. Le sonrío, conteniendo la punzada de nostalgia que me invade.

—Es para que no tengamos amantes, ¿verdad? —me susurra, refiriéndose a las puertas.

—Supongo que sí.

—Aunque… qué sé yo. —Sus mejillas pecosas se ruborizan—. Nunca he tenido uno. ¡Un amante, digo! No un dormitorio. Y el que tenía, lo compartía con mis hermanas. ¿Y tú, has tenido alguno? —pregunta, sin aliento.

Levanto las cejas.

—¿Un dormitorio?

—¡No! —ríe—. Un amante.

Meneo la cabeza, y su rostro se relaja.

—Me alegra no ser la única. Dama Eira me ha dicho que soy la más joven. Hace tan solo una semana que he cumplido los dieciséis años. Creía que sería la única sin… eh… experiencia. —Se inclina hacia mí, muy seria—. Digo, sé que, de todas formas, no debemos hacer nada antes de casarnos, pero algunas de mis hermanas han hecho… *cosas*. Y no solo besos. —Suelta otra risita nerviosa y se cubre la boca con las manos—. ¡Disculpa, se me ha olvidado presentarme! Soy Aoki.

—Y yo...

—Lei. Lo sé. La novena chica. —Sus ojos se desvían por un momento hacia el cabello negro y azulado que encabeza el grupo, y agrega por lo bajo—: Aunque tal vez no por mucho tiempo. No sé cuánto más va a durar *ella* si sigue hablándole así a Madam Himura. —Aoki sonríe—. No puedo decir que lamentaría su partida.

Río, y me detengo enseguida cuando las otras chicas se dan la vuelta.

Dama Eira nos indica qué habitación nos corresponde a cada una y nos dice que debemos esperar a nuestras criadas. Mi habitación está al final del pasillo, frente a la de Aoki. Entro lentamente, mientras ella entra a la suya prácticamente bailando.

—¡No creo que hoy pueda dormir! —dice, desde el otro lado del pasillo—. ¿No estás emocionada?

Respondo con un murmullo neutro.

Se adelanta unos pasos, con los dedos entrelazados en la cintura.

—¿Quieres esperar conmigo? Podemos dejar las puertas abiertas para que tu criada sepa dónde estás, y...

—Voy a descansar un poco —la interrumpo—. Lo siento, estoy muy cansada.

Hay un asomo de decepción en su rostro.

—Ah. Está bien.

En cuanto cierro la puerta, se me borra la sonrisa. Me quedo de pie, incómoda, justo en el centro de la habitación y lanzo un largo suspiro. La habitación está tal como yo me siento: despojada, desarmada. Por primera vez desde que estuve esperando la inspección de Madam Himura, estoy sola, y ya que al fin puedo dejar de fingir, abandonar la charla y las sonrisas forzadas, todo lo demás también me abandona.

Me paseo por la pequeña estancia, recorriendo las paredes con mis dedos. En nuestra casa, detrás de la tienda, yo conocía todos los nudos de cada panel de madera. Cada protuberancia, cada mella y cada mancha tenían una historia, un recuerdo. En los materiales del edificio se podía leer mi niñez. Pero aquí, todo está en blanco.

O... no del todo. Vuelvo a tocar la pared con la punta de mis dedos. Hasta hace poco, este dormitorio ha tenido que pertenecer a otra Chica de Papel. Y a otras más antes de ella. La tradición de las Chicas de Papel tiene cientos de años. Puede que estas paredes no contengan ningún recuerdo mío, pero capa tras capa esconden los recuerdos de otras chicas, toda una historia, una *saga* de vidas que ya han pasado antes por aquí.

Apoyo la frente en la madera. Hay algo reconfortante en el hecho de saber que otras chicas han estado aquí antes que yo y sobrevivieron. ¿Cómo sería la última chica que estuvo aquí? ¿Qué recuerdos guarda esta habitación de su primera noche en este lugar? ¿Qué sueños pudo tener aquí?

El estómago me da un vuelco.

¿Qué sueños *perdió*?

Oigo que se abre la puerta y me aparto de la pared como impulsada por un resorte. Lill entra a toda prisa. Viene agitada y con una enorme sonrisa, y tiene el uniforme arrugado.

—¡Dama Eira me ha ordenado ser su criada personal! —exclama—. ¡Nos faltaba una, y hacía ya un año que quería ascender de criada doméstica a personal! ¡Ya le he dado como ochenta veces las gracias a todos los dioses del cielo, pero aún no puedo creerlo!

Su sonrisa es contagiosa.

—En ese caso, será mejor que me incline yo ante ti —respondo, conteniendo una sonrisa. Me arrodillo, un poco incómoda con mi ropa, y apoyo las manos en el suelo—. ¿En qué puedo servirla, Dama Lill?

Ríe, divertida.

—¡Oh, por favor, no haga eso! ¡Si la ve Madam Himura, le dará un ataque al corazón!

Levanto la vista con una sonrisa burlona.

—Más motivos para hacerlo.

Mientras Lill me prepara para acostarme, el miedo y la inquietud empiezan a aplacarse, y la presión que sentía en las costillas se aligera un poco. No imaginaba que haría amigos aquí, pero Lill,

Aoki y Dama Eira me han dado esperanzas de que las cosas tal vez puedan ser diferentes.

De camino al palacio, venía preparada para la tristeza. Para las lágrimas. Para tener que hacer cosas que no quiero y otras muchas más que me aterran. Para el dolor. Para echar de menos mi hogar. Con el paso de las horas en el carruaje, y después durante el interminable y pesado viaje en barco, me había preparado para todas las cosas que podría encontrar entre las paredes del palacio.

Pero no me había preparado para la bondad.

Sin embargo, la bondad, las charlas despreocupadas con Aoki y Lill... me parecen mal, como si fueran la peor clase de traición. Mi padre y Tien deben estar angustiados por mi ausencia. Y yo aquí puedo sonreír. *Reír*, incluso.

Ya de noche y una vez acostada bajo la frescura desconocida de las sábanas de seda, tomo mi relicario de bendición natal y lo apoyo contra mi pecho. Es lo único que me queda de mi hogar. Cierro los ojos con fuerza cuando afloran las lágrimas e imagino a Baba y Tien en la casa, pienso en cómo estarán llevando toda esta situación, y algo muy dentro de mí se rompe. La sola mención de la palabra *hogar* es como un cuchillo que se clava en mis entrañas.

Es una llamada, una canción, a la que ya no puedo responder.

En Xienzo, cuando no lograba conciliar el sueño por las noches, me quedaba acostada tal y como estoy ahora, con las manos sobre el corazón y el relicario bajo la curva de mis manos. Me pasaba las horas imaginando qué palabra podía contener, y había algo de reconfortante en ello. La idea de que alguien me cuidaba, casi. La promesa de un futuro tan hermoso que no podía soñarlo aún siquiera.

Pero muy de vez en cuando, en alguna de esas noches, mi cabeza llenaba el vacío con palabras igualmente oscuras. Porque crea yo lo que crea, existe la posibilidad de que mi relicario contenga un futuro que podría no gustarme recibir.

Y nunca lo he sentido tan probable como esta noche.

7

A la mañana siguiente, cuando suena el gong, hace ya algunas horas que estoy despierta.

La misma pesadilla de nuevo. Una de esas que no puedes olvidar, aunque te aseguren que no son ciertas. De las que no puedes despertar sin más y permitir que la certeza brillante de tu vida deje que la oscuridad se vaya desvaneciendo poco a poco. Es la clase de pesadilla de cuyos monstruos no puedes escapar jamás, porque siguen ahí cuando abres los ojos.

La peor de las pesadillas, porque sus monstruos son reales.

Me invadió sin más en cuanto cerré los ojos y me lanzó de llenó hacia los gritos y el fuego. Al rugido de los soldados demonios. Los recuerdos reproduciéndose en fragmentos a pesar del tiempo que ha transcurrido desde entonces: Mama gritando mi nombre; el suelo cubierto por las salpicaduras de la sangre, tan reales como la pintura; los cadáveres con los que tropezaba al intentar reunirme con mis padres.

Y después… tener que volver a casa con tan solo uno de ellos.

Sabía que no podría volver a conciliar el sueño después de tener una pesadilla como esa, así que me he pasado el resto de la noche recorriendo mi pequeña habitación rectangular —mis pies casi no provocaban sonido alguno sobre las esterillas de bambú que recubren el suelo— hasta que mi pulso se normalizó y mi respiración se tranquilizó. Y mientras caminaba, una nueva idea comenzó a surgir en mi cabeza: que haber soñado con mi madre durante mi primera noche en el palacio tal vez sea una señal. Estoy aquí, muy lejos de casa, en el mismo lugar en el que ella tal vez también estuvo.

En lugar de dormir, doy una vuelta tras otra por la habitación, lentamente. ¿Es posible que sus pies pisaran también este suelo alguna vez? Tiene que haber alguna manera de averiguar más acerca de ella mientras me encuentre en el palacio. Alguien que pueda saber qué fue de ella. Puede que no obtenga ninguna otra cosa buena de mi estancia en el palacio, pero tal vez pueda al menos dejar esa historia en el pasado.

¡Sería increíble que, aunque me hayan apartado de la mitad de mi familia, pudiera encontrar a la otra mitad aquí, al otro lado del reino!

Cuando la mañana empieza a llenarse de los sonidos de la vida diaria, me acerco a la ventana. Está saliendo el sol y los últimos vestigios del aguacero de anoche ya han comenzado a borrarse. Mi habitación da al lado noreste del Sector de las Mujeres. Por lo que nos dijo anoche Dama Eira, me había imaginado que los jardines serían pequeños, pero la luz del día me revela un inmenso paisaje ondulado, cubierto de árboles, lagunas y praderas floridas. Entre las copas de los árboles asoman los techos alados de las pagodas. El parque se extiende hasta tan lejos que apenas se alcanzan a ver las murallas del palacio, pero aun así me llaman la atención: una severa línea negra, como una pincelada furiosa que empaña el horizonte.

Una bandada de pájaros se dispersa en el aire. Sigo con la mirada su revoloteo sobre los árboles hasta que los pierdo de vista más allá de la muralla.

Me aparto de la ventana con un sabor agrio en la boca. No importa lo hermosa que sea esta jaula. No deja de ser una prisión.

Oigo unos golpecitos en el marco de la puerta. Un segundo después, Lill entra con mucho más entusiasmo de lo que sería apropiado a esta hora del día.

—¡Buenos días, dama! ¿Ha dormido bien?

—Bastante bien —miento.

Me mira con una enorme sonrisa.

—¡Excelente! Porque le espera un día ajetreado. Tenemos que empezar a prepararla. —Me sujeta de la mano y me saca de la habitación. Empezamos a recorrer el pasillo—. Primera parada: el patio de baño.

—Esto… por lo general me baño al final del día, *después* de haber tenido tiempo de ensuciarme.

Suspira y, como si fuera una obviedad, responde:

—Las Chicas de Papel se bañan por la mañana. Es una de las reglas. Dama Eira dice que es simbólico. Tiene algo que ver con purificarse para el día que comienza. Liberarse del qi negativo de los malos sueños.

Recuerdo la noche que acabo de pasar y contengo una risa amarga. Para eso, necesitaría todo un *lago*.

Doblamos hacia el patio de baño y al instante una oleada de aire caliente me humedece la piel. Levanto la mano para proteger mis ojos del sol mientras salimos a un patio hundido donde hay unos grandes barriles de madera. Las paredes están todas recubiertas de bambú que se mece con la brisa. Percibo el dulce olor del agua de rosas y flor de cananga, un fuerte aroma de algas marinas, y me invade la nostalgia cuando esas fragancias me recuerdan a mi herboristería.

Entre el vapor, observo que algunas de las bañeras ya se encuentran ocupadas. La mayoría de las chicas están sumergidas hasta el cuello, pero cuando se mueven, revelan fragmentos de piel que atraen mi atención: la curva desnuda de un seno, la superficie inclinada de un muslo.

Bajo rápidamente la mirada y la mantengo fija en mis pies mientras cruzamos el patio. Parece que la desnudez es algo normal para todos los que provienen de familias adineradas. Es probable que la mayoría de estas chicas hayan tenido criadas personales desde niñas. Tal vez tenían espacios como este en sus casas, en lugar de un cuartucho detrás de una tienda donde había que bañarse con una esponja y calentar el agua en un caldero, ovillada en un rincón para que el agua no se derramara por debajo de la puerta.

Por suerte, Lill me conduce hasta uno de los barriles que se encuentra apartado en un rincón y queda escondido gracias a las nubes de vapor. Me quito el camisón sin darle tiempo a ayudarme, y después me sumerjo prácticamente entera en la bañera.

—No se preocupe, dama —me dice Lill, riendo, cuando asomo la cabeza por encima del agua—. Ya se acostumbrará.

Cuando regresamos a mi habitación, me seca el pelo con una toalla y me viste con ropa sencilla de color azul medianoche. Lill está agachada a mis pies, poniéndome unas zapatillas que son similares a unos calcetines que las mujeres utilizan aquí para matener suaves las plantas de sus pies, cuando se oye el *clac clac* de espolones en el pasillo.

—¡Daros prisa! —nos llama Madam Himura—. Las demás están esperando.

Con una última mirada de aliento de Lill, levanto la frente y salgo al pasillo… y de inmediato tropiezo.

Me tambaleo hacia un lado y extiendo una mano para sujetarme a la pared. Algunas de las chicas ríen.

—Es por… las zapatillas —mascullo, mientras me enderezo—. Nunca me había puesto algo así.

—Claro que no —responde Madam Himura. Con un suspiro, se da la vuelta y nos hace una señal para que la sigamos. Hasta el golpeteo de su bastón en el suelo suena como una reprimenda.

En cuanto se marcha, Aoki se me acerca y entrelaza un brazo con el mío.

—A mí también me cuesta —susurra—. Resulta muy raro tener los pies así tan apretados. Mis hermanas se reirían mucho si pudieran verme.

Casi todas las otras chicas ya han salido, pero Blue se queda algo rezagada.

—Tal vez no sea tan malo que estés aquí, Nueve —dice con su voz de seda—. A tu lado, hasta la pequeña Aoki parece elegante.

Cuando nos da la espalda, hago un gesto grosero con las manos, y Aoki contiene la risa.

Tras algunos tropezones más, Aoki y yo alcanzamos a las chicas. Nos llevan al mismo salón donde estuvimos anoche. Han abierto un par de puertas correderas, que dejan entrar el sol y el susurro de las hojas en el jardín. Madam Himura se retira sin darnos una explicación. Esperamos hasta que el *clac clac* de sus espolones desaparece y estallamos en susurros nerviosos.

—¿Cómo serán las evaluaciones? —pregunta Aoki, mordisqueándose el labio inferior. Alrededor, el resto de las chicas debaten sobre el mismo tema—. Espero que no sea demasiado físico. Yo… tengo algunas cicatrices. —Sus ojos color esmeralda se humedecen—. Lei, ¿crees que me enviarán a casa por eso? ¡No pueden expulsarme sin que haya conocido al rey siquiera!

Busco su mano y le doy un apretón afectuoso.

—Estoy segura de que te irá bien, Aoki. Te han elegido. Quieren que estés aquí.

—Pero ¿y si han cambiado de idea? Tal vez ahora que me han visto con las otras chicas piensan que se han equivocado al elegirme. Tal vez…

—Háblame sobre todo el proceso de selección —la interrumpo, al ver que está al borde del llanto—. ¿Cómo es?

Se sorprende.

—¿No te han instruido nada sobre este tema?

Me encojo de hombros.

—En mi pueblo no se presta mucha atención a la corte. Estamos tan… tan lejos.

No añado la otra razón: que no queremos saber nada de la corte. Que no nos importa lo que el rey haga, siempre que nos deje en paz.

—¡Yo creía que todo el mundo se instruía en este asunto en Ikhara! —exclama Aoki.

Aparentemente se le olvidan sus nervios y empieza a darme una explicación de lo más detallada.

Descubro que todos los años la selección de las Chicas de Papel se inicia el primer día del tercer mes. El proceso se divide en dos mitades. En la primera, que dura seis semanas, se invita a las familias a presentar de entre todas sus hijas a aquellas que puedan cumplir con los requisitos —deben ser de la casta de papel, desde luego, y tener por lo menos dieciséis años cuando llegue el momento de comparecer en el palacio— ante los representantes de la corte en sus respectivas provincias. Esos representantes evalúan a las candidatas en función de la base de su linaje, su posición social y sus habilidades *nu*, además de por su aspecto. Asimismo, hay enviados que recorren Ikhara en busca de chicas aptas que no hayan sido presentadas por sus familias. Es sorprendente la cantidad de chicas que se descubren así.

O quizá no sea tan sorprendente. En su mayoría, la gente de la casta de papel no es la más partidaria del rey.

Una vez transcurridas las seis semanas, los representantes envían sus recomendaciones y la lista se reduce a cien chicas. Se muestra esta selección al rey para que pueda descartar a las que no considere apropiadas y, ocasionalmente, señalar a las que le agraden en particular. Después se invita a una lista final de treinta chicas a la capital de Han para presentarse ante los delegados de la corte real.

Aoki me cuenta que su familia cultiva arroz en un lejano pueblo al este de Shomu. El banquete fue su primera salida del campo familiar.

—Me comporté como nuca lo había hecho en toda mi vida, y probablemente por eso les gusté. Hablé muy poco y por ello han debido de creer que soy decorosa. Pero ¡en realidad, no abría la boca para no vomitar! En casa no nos lo podíamos creer cuando un mensajero real trajo mi carta de aceptación… ¡con el sello del rey! A mí misma aún me cuesta creerlo —agrega, y sus pestañas espesas bajan—. No paro de pensar que en cualquier momento alguien va a decirme que todo esto no ha sido más que una broma.

—No digas eso. Te has ganado tu sitio aquí. Igual que las demás. Sonríe.

—¡Tú también, Lei! Eres muy especial para ellos, si han hecho semejante excepción contigo.

Me irrita la idea de que debería sentirme honrada por estar aquí. Pero Aoki me mira tan seria que me trago la réplica.

Justo entonces, la puerta se abre y una criada anuncia el regreso de Madam Himura. En un momento, toda la estancia queda sumida en un profundo silencio.

La mujer águila agita una mano, irritada.

—Blue —grazna—. Tú eres la primera.

Blue se pone de pie con una expresión que dice: *Por supuesto que lo soy.*

No pensaba que Madam Himura fuera a tardar demasiado, pero pasan dos horas hasta que llaman a otra chica, y otras dos hasta la siguiente. Entran las criadas y nos sirven el almuerzo, que prácticamente devoro sin masticar. Ha pasado mucho tiempo desde mi última comida de verdad, y la comida del palacio está deliciosa. Algunos platos me resultan reconocibles, aunque mucho más delicados que todos los que he probado con anterioridad: tazones de arroz con coco adornado con semillas de granada; rodajas de anguila marinadas; un pato entero asado, adobado con salsa oscura. Pero hay muchos más que no conozco y, aunque se me llena el estómago, pruebo al menos un bocado de cada cosa.

Al caer la tarde, solo quedamos la chica de los ojos gatunos con aire de superioridad y yo.

—Es mejor quedar para el final, ¿no? —digo, después de más de una hora de estar sentadas en silencio.

La Gata no responde; me observa con su aire altivo y me vuelve la cara.

Seguimos, pues, en un silencio incómodo. Con la mirada fija en mi plato, intento con demasiado ímpetu ensartar una albóndiga de arroz dulce. La albóndiga resbala del plato y cae al suelo.

Una carcajada.

Levanto la vista y veo que la Gata me mira, con las cejas arqueadas y una semisonrisa en los labios. Después, parece recordar dónde nos encontramos y su expresión vuelve a neutralizarse.

—Parece que aquí los palillos no son como los que se usan en Xienzo —observa con una total compostura.

Es la primera vez que la oigo hablar. Su voz es más grave de lo que esperaba, y ronca. Tiene la entonación elegante de una familia aristocrática. Vocales con cadencia, hablar pausado.

—Sí —murmuro por lo bajo—. Parece que los de aquí los usan para metérselos en…

Vuelve a mirarme.

—¿Qué has dicho?

—¡Nada! —canturreo, y por suerte Madam Himura elige justo ese momento para volver, y por fin me llama.

Salgo sin despedirme de la Gata. Madam Himura me lleva a una habitación pequeña; en el centro hay una mesa alta y despejada. Junto a la mesa hay una figura larga que nos da la espalda, y percibo un olor animal, fuerte y rancio.

Se me erizan los nervios.

—Doctor Uo —dice Madam Himura, mientras me hace avanzar—. Ya está aquí la siguiente chica.

Me obligo a mantenerme firme mientras el médico se da la vuelta y me mira fijamente con ojos pequeños y brillantes. Es un demonio con forma de jabalí, de la casta de la Luna, con dos colmillos cortos que le crecen a ambos lados de una nariz que parece un hocico. Su piel está cubierta por un pelaje leonado, arrugado por la edad, y lleva un par de gafas de color jade apoyadas en la punta de la nariz.

—Lei-zhi es la joven que le he comentado, doctor —prosigue Madam Himura—. La chica adicional de este año. Ya que no ha pasado por el proceso oficial de selección, haga el favor de examinarla con mayor detalle.

Al médico se le crispan las aletas de la nariz.

—Por supuesto, Madam.

Su voz suena tan áspera como se ve su pelaje. Mientras Madam Himura se aparta hacia un lado, él se me acerca y se encorva para que su rostro quede a la altura del mío. Entonces, sin darme tiempo para procesar lo que está haciendo, extiende una mano y me suelta la faja.

Mi ropa se afloja. El médico la abre y yo intento impedírselo; siento en mis oídos que el ritmo de mi sangre se acelera en mis venas.

—¿Qué… qué está pasando? —pregunto, y miro hacia el rincón en el que se encuentra Madam Himura, con un pergamino extendido en el suelo frente a ella.

—Deja de resistirte, jovencita —me ordena, sin siquiera levantar la vista de lo que está leyendo. Una criada se acuclilla delante de ella y levanta una tetera—. Deja que el médico te examine.

—Pero…

—¡Navya! Ve a ayudar.

La criada se pone de pie de inmediato y se me acerca a toda prisa.

—Por favor, dama —me pide, tomándome de los brazos—. El médico no le hará daño.

Pero yo sigo forcejeando mientras me quitan la ropa, primero la prenda exterior, después la ropa interior. La criada es de la casta de acero, como Lill —y como la mayoría de los sirvientes aquí— y, aunque sus ojos de chacal son bondadosos y no parece estar cómoda al ayudar al médico a desvestirme, me arde el rostro por la humillación de que dos demonios me desvistan. Lo cierto es que me siento como si quedara doblemente desnuda ante ellos, sin ropa y sin atributos de demonio, y en este momento siento con mucha claridad lo que significa ser de la casta de papel. Tener un cuerpo envuelto en algo tan delicado y fácil de dañar.

—Sobre la mesa —ordena el médico.

Con la cabeza gacha y los ojos llenos de lágrimas, obedezco.

—Sujétela.

La criada me sujeta por los brazos, aunque no es necesario. Justo en ese momento me quedo quieta, por más íntimos que sean los sitios donde el médico me toca; en mi mente vuelvo a oír las palabras que dijo anoche Dama Eira.

Ahora vuestras vidas le pertenecen a la corte, jovencitas. Cuanto antes lo entendáis, mejor.

Acostada sobre la mesa del médico, llego a comprender la oscura verdad que encierran esas palabras. Me hace imaginar otro momento en el que puedo encontrarme acostada y desnuda para un demonio, y el horror es tan real que tengo que cerrar los ojos con fuerza. Deseo estar lejos de aquí.

Cuando al fin termina la inspección, me incorporo y rodeo mi cuerpo con mis brazos. Las lágrimas caen desde mis ojos y se deslizan por mi rostro. El médico se aparta, pero la joven criada se queda cerca y me observa, cabizbaja y con las manos unidas por delante.

—Vístete —ordena Madam Himura. Sus plumas susurran cuando se pone de pie—. No tenemos toda la noche.

Las demás evaluaciones transcurren sin mayores acontecimientos. Paso por el análisis de un adivino, asisto a una reunión con el astrólogo más reputado del reino y un Hechicero Real verifica que no he utilizado magia alguna para cambiar mi aspecto. Tengo que someterme a un nuevo examen médico, pero esta vez es un doctor de qi el que me examina y, por suerte, no tengo que desvestirme.

Es más de medianoche cuando vuelvo a mi cuarto, así que me sorprende encontrar a Lill esperándome. En cuanto cruzo la puerta, se levanta de un salto y viene a abrazarme.

—¡Estaba muy preocupada! —exclama.

—¿Ha pasado algo? —le pregunto mientras me separo con cuidado de ella. Mi voz suena hueca. Así me siento.

Sus orejas de ciervo bajan.

—Yo… pensaba que se había enterado, dama. Una de las chicas… no ha regresado de la inspección. Seguramente hizo uso de algún encantamiento durante el proceso de selección y el Hechicero Real lo ha descubierto. Parece que algo así ya ha ocurrido con anterioridad, pero hace muchos años —añade con voz temblorosa—: Usted estaba retrasándose tanto que me preocupaba que también le hubiera pasado algo.

—Es solo que han sido muy minuciosos con mis evaluaciones —explico. Pienso en Aoki. En la Gata—. ¿Quién era la chica?

—Dama Rue. La chica de Rain. Parecía agradable.

Tengo un recuerdo borroso de anoche, de una chica menuda con un vestido celeste. Me había parecido tímida y no miraba a nadie a los ojos, pero pude observar la dignidad callada de su porte y su semblante humilde.

Se me hace un nudo en el estómago. Ni siquiera he tenido oportunidad de hablar con ella.

Aunque no estoy segura de querer saber la respuesta, me humedezco los labios y pregunto:

—¿Qué va a ser de ella?

—Nada bueno —responde Lill. Sus largas pestañas ocultan sus ojos cuando baja la mirada, y tengo la impresión de que nunca volveremos a saber nada de Rue.

8

Ahora que volvemos a ser ocho, como marca la costumbre, pensaba que Blue dejaría de llamarme Nueve; sin embargo, es lo primero que hace a la mañana siguiente, cuando llego al patio de baño.

—Me has decepcionado, Nueve —dice, curvando sus finos labios—. Había apostado con las demás que te echarían a ti.

Me pongo tensa. Lill me tira del codo.

—No le haga caso, dama —murmura. Intenta hacerme avanzar, pero no me muevo.

Blue está reclinada sobre su bañera, con los brazos apoyados en los bordes. Sus clavículas se marcan tanto que parecen un par de alas desplumadas, extendidas sobre su estrecho dorso como un collar, y sus pechos —que exhibe sin pudor alguno— son igualmente puntiagudos.

Blue es toda ángulos. Cuerpo y mente.

La miro a los ojos con recelo.

—Espero que no hayas apostado mucho. Por lo que dijo Madam Himura, no creo que tu padre vaya a ayudarte con tus deudas.

Al instante, se interrumpe el parloteo que había en el patio. Lo único que se oye es el arrullo de las aves que anidan en los aleros y el chapoteo en el agua cuando las otras chicas cambian de posición, incómodas.

Blue frunce los labios.

—No creas que sabes nada de mi vida. ¿Qué podría saber la hija de un vendedor de hierbas de Xienzo? Especialmente una cuya madre abandonó a su familia para ser una puta.

Sus palabras me golpean como una bofetada.

—¿Qué has dicho?

—Las novedades vuelan muy rápido en el palacio, Nueve. Más vale que te acostumbres. —Se pone de pie en el barril, exhibiendo su desnudez con orgullo, como una armadura, y me mira fijamente como desafiándome a apartar la vista—. Lástima que tu madre no se quedara —añade, al tiempo que recibe una bata de la criada más cercana y envuelve con ella su figura delgada—. Seguramente estaría *orgullosa* de ver que su hija ha seguido sus pasos.

Entonces corro hacia ella, llena de rabia, con los dedos flexionados como si pudieran crecerles garras. Estoy muy cerca de arañarle la cara, esa horrible cara de presumida que tiene, cuando veo que alguien hace un movimiento justo a mi lado. Antes de que llegue a reaccionar, un par de brazos me rodean y me levantan del suelo.

—¡Suéltame! —grito, pataleando, pero la otra chica es fuerte. Me sujeta contra ella rodeándome la cintura con un brazo, y con el otro, el pecho. De su piel emana un aroma fresco, marino.

De alguna manera, adivino que se trata de la Gata.

El rostro de Blue, que se había alterado por un momento, pronto recupera su sonrisa desdeñosa.

—Caramba —dice, mientras se ata el cinturón de la bata—. Así no se comporta una Chica de Papel.

—Basta, Blue —replica la Gata—. Parad antes de que Madam Himura o Dama Eira puedan oíros.

Creo que Blue va a responder con algún comentario mordaz, o que al menos va a ofenderse por la forma en la que la Gata le ha hablado. Pero después de mirarme con odio durante un momento más, se encoge de hombros.

—Supongo que tienes razón. No tiene sentido hacerles perder el tiempo por algo tan insignificante.

Cierro los puños.

—¡Llamar puta a mi madre no es insignificante! —le grito.

Blue se vuelve hacia mí una vez más, pero se detiene ante la mirada que le dirige la Gata. Vuelve la cara agitando su pelo y se aleja hacia la casa, dejando un rastro de huellas mojadas en el suelo entablado del patio.

En cuanto la Gata me suelta, me giro hacia ella.

—¡Tendrías que haberme dejado que le arrancara la cara! —gruño. Me mira sin alterarse.

—Tal vez. —Después se da la vuelta para retirarse, pero antes añade—: La verdad es que ya me estoy cansando de esa sonrisita tan burlona que tiene.

El comentario, casi jocoso, me desarma, y la observo alejarse en silencio. Su cabello húmedo cae, despeinado, hasta la base de la espalda. La bata se le ha bajado por uno de los hombros y revela una curva de piel lisa y bronceada, de un tono cobrizo casi rosado. La había apodado Gata por la forma de sus ojos y por la inteligencia aguda, felina, que reflejan. Pero su andar también es gatuno. Mis ojos siguen el movimiento de sus caderas, y siento en el vientre un calor desconocido.

—¡Dama! —Lill me sujeta del brazo y me sobresalta—. ¿Se encuentra bien?

—¿Cómo se llama esa chica? —pregunto, distraída.

Lill observa la dirección de mi mirada.

—Ah, ¿Dama Wren? Supuse que ya habría oído hablar de ella.

Eso despierta mi curiosidad.

—¿Por qué?

—Dama Wren es la hija de Lord y Lady Hanno.

Recuerdo a los dos hombres de capa azul que vi montados a caballo durante el camino hacia el palacio. Por esa razón Blue la respeta. Si es cierto que se trata de una Hanno, el clan de papel más poderoso del reino —e hija de su líder, nada menos—, eso explica su actitud superior.

Aunque no la justifica.

—Wren —murmuro para mis adentros, como saboreando el nombre. No me gusta: es demasiado suave. Así se llaman esos pajaritos ruidosos que vuelan en parejas cerca de nuestra casa en Xienzo, trinando y agitando sus plumas pardas. Pero esa palabra no parece adecuada para denominar a esta callada y solitaria chica que se parece más bien a un gato que acecha a los pájaros antes de atacarlos.

Después del desayuno, Dama Eira nos llama para nuestra primera clase. Lill me prepara con esmero. Me recoge el cabello con un elegante nudo doble sobre la nuca y después me viste con un ruqun fucsia: una blusa cruzada por delante de mangas drapeadas y falda larga hasta el suelo, con dos tiras largas que se atan sobre el estómago con un lazo. Aparentemente, es otro modelo muy utilizado entre los clanes de clase alta del centro de Ikhara, pero a mí me cohíbe y me hace sentir encerrada, a pesar de que la tela es suave.

—¡Ni siquiera voy a salir de la casa! —protesto, mientras Lill tarda algunos minutos más intentando mejorar el lazo—. ¿Es necesario que esté perfecto?

Me mira con una severidad que me sorprende.

—Ahora es una Chica de Papel, dama. Nunca se sabe con quién podría encontrarse. Quién puede estar juzgándola en cualquier momento. —Después añade, en tono más ligero—: ¿Sabe? Es importante que consiga la aprobación de la corte si quiere ganarse el corazón del Rey Demonio.

—Como si tuviera corazón —murmuro, cuando ella se aleja.

Cuando llego a la suite de Dama Eira, el resto de las chicas ya están allí. Las encuentro arrodilladas en torno a una mesa con una pequeña hoguera en el centro y una tetera de cobre de la que sale vapor. En las paredes hay rollos de terciopelo y satén bordado, todo en colores vivos, que se agitan con la brisa que entra por las puertas abiertas que hay al fondo del salón. Más allá de las puertas, alcanzo a vislumbrar el verde de un jardín, salpicado por el sol de la mañana.

—Lei-zhi, qué hermoso atuendo —dice Dama Eira con una sonrisa. Señala un sitio junto a Aoki—. ¿Quieres un poco de té de cebada? Sé cómo debéis sentiros después de las evaluaciones de ayer. No hay nada mejor para los nervios.

Me arrodillo, con cuidado de plegar mi falda bajo mis piernas para que no se abra. Después tomo conciencia de lo que estoy haciendo y río con incredulidad. Hace apenas una semana estaba dentro de un tonel de mezclar hierbas, cubierta de suciedad. Ni se me pasaba por la cabeza pensar en los buenos modales y la etiqueta.

Dama Eira levanta una ceja.

—¿Hay algo que te haga gracia, Lei-zhi?

—Ah. —Mis dedos juegan con las tiras de mi lazo debajo de la mesa—. Solo… he recordado algo que ha pasado antes.

Algunas de las chicas se ponen tensas; seguramente les preocupa que mencione lo que ha pasado en el patio de baño. Pero lo último que quiero es que Dama Eira se entere. Dudo mucho de que la capacidad de pelear sea una de las cosas que debe cultivar una Chica de Papel. *¡Oye, rey! ¡Mira qué buenas patadas sé dar!*

—Es que siempre estoy tropezándome con estos zapatos —invento; no se me ocurre nada mejor.

Dama Eira asiente.

—Ah, sí, lo recuerdo. A mí también me ha llevado mucho tiempo acostumbrarme. —Pasea la mirada por todas e incluso ese simple movimiento de girar la cabeza tiene elegancia, precisión—. No sé cuánto sabéis vosotras sobre mi origen. Casi todas sois de familias prominentes. Os habéis criado con las costumbres de la corte. Pero yo me pasé toda mi niñez trabajando para el negocio de mi familia, que confeccionaba saris al sur de Kitori. Cuando llegué al palacio, os juro que tenía tanta elegancia como un pato ebrio de vino de ciruelas.

Algunas chicas ríen.

—Nadie lo adivinaría, dama —comenta Blue en tono meloso—. Mi padre me contó que usted era la favorita del rey.

Aoki suelta una tos que se parece sospechosamente a una risa burlona.

Blue la ignora y prosigue:

—¿Acaso no la eligió él personalmente como mentora de las Chicas de Papel, para que todas aprendamos a ser como usted?

—Bueno, no estoy tan segura de eso —responde Dama Eira con una semisonrisa—. Pero sí es cierto que mi transformación fue bastante destacada. Necesité mucho trabajo y mucha dedicación para demostrar mi valor. Por eso me tomo tan en serio mi trabajo como vuestra mentora. Vuestro origen no importa: aquí todas empezáis en el mismo nivel. Madam Himura y yo hemos organizado un horario de clases muy riguroso. El próximo año otras chicas os reemplazarán, pero igualmente vosotras deberéis seguir trabajando en la corte, ya sea como artistas o como acompañantes de los invitados del rey; por eso es importante que sigáis cultivando vuestras destrezas nu.

En ese momento, una de las chicas habla.

—¿Tendremos tiempo libre, Dama Eira? Tengo una prima que trabaja en el Sector de la Ciudad. Prometí a mis padres que la visitaría.

Tardo un momento en recordar su nombre: Chenna, la chica de piel morena que llevaba puesto un vestido de color naranja —un sari, según me explicó Lill más tarde; un estilo popular en las provincias del sur— la noche en que llegamos. Hoy lleva puesto un sari amarillo cítrico, que destaca la textura suave de su piel y el color oscuro de sus ojos grandes de pestañas densas.

—Tendréis algo de tiempo entre las clases y vuestros compromisos con la corte —responde Dama Eira—, pero es importante para ti… —se vuelve hacia nosotras—… para todas, que entendáis que aquí, en el palacio, no tendréis tiempo libre para vosotras. No podéis salir del Sector de las Mujeres cada vez que queráis. —Su tono se suaviza—. No me malinterpretéis. Podéis ser muy felices aquí como Chicas de Papel, os lo aseguro. Yo lo he sido. Pero todas formamos parte del ritmo y del funcionamiento del palacio, así que debemos cumplir el papel que se espera de nosotras.

Empieza a hablarnos sobre algunas de las muchas reglas del palacio. Hay normas para cosas que ni siquiera se me habrían ocurrido, como la profundidad de una reverencia o la velocidad a la que debemos caminar por los distintos sectores del palacio.

—Pronto nos dirá que también debemos regular nuestros movimientos intestinales —susurro a Aoki, que ahoga una risita.

—Esto es solo una introducción, desde luego —dice Dama Eira cuando termina la clase una hora más tarde—. A su debido momento, aprenderéis de vuestros maestros todo lo que necesitáis saber. Pero por ahora, ¿alguien tiene alguna pregunta?

Yo preguntaría de todo. Pero no lo admito.

—Yo tengo una —anuncia una de las mellizas. Cuando Dama Eira asiente, se inclina hacia adelante y baja un poco la voz—. ¿Es verdad que hay una Reina Demonio?

Hay murmullos en la habitación. Perpleja, miro brevemente a Aoki, que se encoge de hombros. Parece que somos las únicas que no hemos oído hablar de una reina.

Dama Eira espera hasta que todas se callan. Después responde:

—Sí. —En la mesa se hace un silencio expectante—. En general, fuera del palacio la gente no sabe que existe porque la mantienen escondida. Permanece en sus aposentos privados en el Sector Real con fines exclusivamente reproductivos.

—Mi padre me dijo que hay más de una reina —comenta Blue.

—En ese caso, no está bien informado —responde Dama Eira, y el rostro de Blue se contrae un poquito cuando intenta disimular que le molesta estar equivocada—. Solo hay una. Cuando cada nuevo rey asciende al trono, los adivinos y consejeros reales se encargan de encontrarle la reina más indicada, para que los cielos favorezcan dicha unión.

Me trago el nudo que se me ha formado en la garganta y miro a mis compañeras.

—Ninguna… ninguna de nosotras podría convertirse en reina, ¿verdad?

—Claro que no. Vosotras sois de la casta de papel. Es imposible que podáis engendrar un heredero de la casta de la Luna, como debe ser. De hecho, cada vez que alguna de vosotras pase una noche con el rey, se os suministrará un medicamento para evitar el embarazo.

Aunque no sé mucho acerca de la procreación entre distintas castas, sí sé que, si bien es difícil que un hombre y una mujer de castas diferentes puedan concebir, no es imposible que suceda. Supongo que el rey no querrá perder a sus concubinas por abortos espontáneos. O, peor, que le den un hijo de una casta inferior. En un apareamiento, por lo general predomina el gen de la casta superior, pero todos hemos oído historias de parejas que se han llevado más de una sorpresa.

—¿Y la reina actual ya le ha dado hijos al rey? —pregunta Chenna desde el otro lado de la mesa.

Blue abre mucho los ojos. Intercambia una mirada con la chica de cabello corto que está sentada a su lado.

Dama Eira levanta una mano.

—Eso es un asunto privado entre ellos, además de ser un… tema delicado. Os sugiero que no sigáis indagando sobre el tema. —Ladea la cabeza y su rostro se distiende—. Ahora, a comer. Seguro que todas tenéis hambre.

Mientras se sirve el almuerzo, conversamos tranquilamente. Las criadas se inclinan entre nosotras para mantener llenos nuestros platos y nuestras tazas. Tal vez el té de cebada de Dama Eira sí es eficaz, porque a mitad de la comida mis nervios se han calmado. Empiezo a disfrutar de la tarde, de la serena comodidad de la suite de Dama Eira, de la comida, de la compañía de las otras chicas.

En realidad, es la primera oportunidad que tengo de conocerlas. Además de Aoki, Blue y Wren, está Chenna, que al parecer es de la capital de Jana, Uazu, en el sur y es la única hija de un rico empresario minero. Me cae bien de inmediato. Me parece reservada, aunque no tímida. Cuando una de las otras chicas le pregunta si echa de menos a su familia, responde que sí sin vacilar.

Las mellizas son Zhen y Zhin. Sus rasgos delicados y su piel de alabastro son tan similares que me cuesta distinguirlas. Las escucho hablar con Chenna sobre su aristocrática familia de Han que, a juzgar por su reacción, debe ser muy conocida en Ikhara. Y es lógico que así sea: no es común que haya una familia aristocrática de la casta de papel. Las actividades empresariales y gubernamentales son ocupaciones de quienes integran la casta de la Luna. Incluso la casta de acero se suele limitar a la industria y al comercio. La casta de papel, por lo general, ocupa los roles más humildes: sirvientes, granjeros, obreros. A veces, se cruzan las fronteras entre castas. Prueba de ello es la familia de Zhen y Zhin, como también las de Blue y Wren. Pero es poco común.

No obstante, siempre está el conocimiento de que, por mucho que alcance a ascender un humano, los demonios siempre serán superiores.

La última de nuestro grupo es Mariko, una chica curvilínea de labios carnosos y rostro perfectamente ovalado que por lo que más destaca es por su pelo corto, que le rodea el mentón con dos mechones que parecen alas. Parece que Mariko y Blue se han hecho amigas. A menudo bajan la cabeza y hablan en susurros, ambas me miran con aire presumido. Eso me enfada tanto que cuando vuelven a observarme les respondo con una enorme sonrisa y las saludo agitando la mano.

Oigo una risa burlona. Echo un vistazo a mi alrededor y veo que Wren está mirándome, con los ojos iluminados por la diversión. Pero en cuanto descubre que la he pillado observándome, se le borra la sonrisa y mira hacia otra parte, con los hombros tiesos.

—¿Qué le pasa? —pregunto a Aoki por lo bajo, y observo a Wren con el ceño fruncido—. Casi no ha hablado con nadie. Es como si *quisiera* caernos mal.

Aoki acerca su cabeza a la mía.

—Bueno, ya sabes lo que dicen de los Hanno. —Al ver que no entiendo lo que quiere decir, prosigue—. Que los de la casta de papel los odian por estar tan cerca del rey. Seguramente ella es consciente de eso. No creo que sea fácil.

Tardo un momento en comprender lo que me dice. Que tal vez Wren actúe como si nos odiara a todas, cuando en realidad lo que ocurre es que le preocupa que nosotras la odiemos.

Después del almuerzo, Dama Eira nos lleva a su pequeño jardín. Es hermoso. Los árboles y arbustos están adornados con cuentas de colores, y hay flores amarillas que salpican el verde como piedras preciosas. De los aleros cuelgan jaulas doradas. El trinar de los pájaros que albergan se oye por encima del rumor del estanque que rodea una isla central donde hay una pequeña pagoda. Hay algo en ese espacio que me recuerda a mi jardín en Xienzo: los bordes ligeramente crecidos, o quizá simplemente el canto de los pájaros y la calidez del sol en mi rostro.

Se me llenan los ojos de lágrimas. De prisa, me aparto de las otras chicas y tomo un estrecho sendero de piedra; de pronto, necesito estar sola. Me siento en un banco semiescondido por un árbol de magnolia. Las flores de pétalos entre rosados y blancos forman un techo justo por encima. El aire de la tarde resulta dulce y limpio, cargado por el aroma de las flores y de la madera tibia por el sol. Desde aquí puedo escuchar el parloteo de las otras chicas. Reconozco las voces de Chenna y Aoki, justo a la vuelta de donde estoy.

—¿Así que tú también has oído hablar de ellos? —pregunta Chenna.

—Yo pensaba que ese tipo de cosas solo sucedían en el norte. Hubo uno no muy lejos de donde vivimos, en el este de Shomu, y me han hablado de otros en el resto de nuestra provincia. Y también en Xienzo y Noei.

—Creo que es en todas las provincias de la periferia. También hemos tenido algunos en Jana.

—Mi Ahma me ha contado que los ataques de las patrullas del rey siempre han existido —responde Aoki—. Especialmente en los pueblos donde viven los clanes de papel. Pero ahora hay más. Y por lo que dicen, son… diferentes. Aún peores.

—¿Conoces a alguien que…?

Chenna no termina la pregunta. Imagino a Aoki meneando la cabeza.

—¿Y tú?

—No. La corte nunca atacaría las capitales. —Se produce una pausa, y después Chenna prosigue—. Pero cuando venía hacia el palacio, pasamos por un pueblo cerca de la frontera norte… o lo que *quedaba* de un pueblo. Casi no quedaba nada. Mi madre me dijo que una amiga suya tenía familia allí. Que Kunih se apiade de sus almas —bendice por lo bajo.

—Yo también pude ver sitios así cuando venía hacia aquí —murmura Aoki.

—¿Crees que tenga algo que ver con la Enfermedad?

—No lo sé. Pero sí sé que la Enfermedad ha empeorado últimamente. Mis padres me han dicho que nuestros impuestos han aumentado, y cada año los soldados reales se llevan más y más de nuestras cosechas. Las cosas deben estar muy mal en algunos pueblos.

Oigo que se alejan, pero mis pensamientos se quedan con lo que han dicho. No sé qué es la Enfermedad, aunque también estaban hablando de los ataques, como el que tuvo lugar en mi aldea, y en el pueblo en ruinas que pude ver cuando venía de camino al palacio. Seguramente ese tipo de ataques están teniendo lugar por todo Ikhara. El general Yu dijo que el que vimos en Xienzo tenía relación con un grupo rebelde. ¿Será esa la razón por la que están atacando otros pueblos? ¿Y acaso se refería a eso cuando comentó con Dama Eira que el reino estaba pasando por momentos difíciles? ¿A un aumento de las rebeliones, y a esa Enfermedad, sea lo que sea?

—¿Qué te ha parecido?

La voz de Dama Eira me sorprende pensativa. Me pongo de pie a toda prisa y le hago una reverencia que ella descarta con una sonrisa.

—¿Lo de… los ataques? —pregunto, pero enseguida caigo en la cuenta de que ella no sabe lo que he escuchado de la conversación entre Aoki y Chenna.

—Mi jardín —me corrige, con el ceño fruncido—. ¿Te gusta?

Asiento.

—Es muy bonito.

Se sienta en el banco y me indica que me siente a su lado.

—Cuánto me alegra que te guste. A veces, en verano, duermo aquí, en la pagoda. Me recuerda a mi niñez. Entonces también solíamos hacer eso, cuando hacía buen tiempo.

—¿Ha dicho que su familia confeccionaba saris en Kitori?

Dama Eira asiente.

—Éramos muy conocidos en la región. Siempre había mucho trabajo. Mis primas y yo contábamos chistes y cotilleábamos mientras nos lavábamos en el río, después del trabajo, para quitarnos los tintes de la piel. —Levanta las palmas de las manos y añade, en voz más baja—: A veces sueño que no consigo quitarme los colores. Cuando despierto y veo mis manos limpias, casi me entran ganas de llorar. —Suelta una risita y menea la cabeza—. Estoy nostálgica.

—¿Echa de menos su hogar? —le pregunto suavemente.

Observo que vacila durante un segundo antes de responder.

—Ahora este es mi hogar, Lei-zhi. —Me apoya una mano en el hombro—. Tú también deberías tratar de empezar a mirarlo así.

Aparto la vista.

—Mi hogar está en Xienzo. La casa de mis padres. Mi hogar siempre será ese.

Incluso después de que se llevaran a mi madre, Baba, Tien y yo seguimos adelante. Formamos una nueva familia. Supimos mantener viva la casa. ¿Cómo puedo renunciar a eso?

Recuerdo la promesa que me hice camino al palacio.

No voy a renunciar a ella. Cueste lo que cueste, voy a volver.

—Dama —digo enseguida, cuando se me ocurre una idea—. ¿Puedo escribirles? ¿A mi padre y a Tien? Solo para que sepan que estoy bien. Nada más, lo prometo.

Al principio parece que va a decir que no. Pero luego me respondo con un esbozo de sonrisa:

—Claro que sí, Lei. Qué buena idea. Haré que te lleven papel y tinta.

Sonrío y me obligo a mantener el decoro y no darle un abrazo de oso. Imagino a mi padre y a Tien leyendo juntos mis cartas. Incluso desde el otro lado del reino, podrán tocar algo que ha estado entre mis manos, sentir mi presencia en cada pliegue del papel. Sabrán que estoy a salvo. Y que siempre, siempre pienso en ellos.

—Tráeme tus cartas cuando termines —me dice Dama Eira—. Se las daré a mi mensajero de mayor confianza para que las entregue.

—Por supuesto. Gracias, dama. No sabe cuánto significa esto para mí.

Ella también me sonríe. Pero justo antes de que aparte la vista, alcanzo a vislumbrar algo fugaz en sus ojos: una sombra de tristeza. Tal vez sea por haber estado hablando del pasado, de la vida antes del palacio. Recuerdo lo que ha dicho acerca de que despertaba de sus sueños sobre su niñez y veía limpias y delicadas sus manos en el pasado teñidas, y comprendo que, aunque haya evitado responder mi pregunta sobre si echaba de menos su hogar, estoy segura de cuál habría sido su respuesta.

Yo sé lo que es soñar con el pasado.

Soñar con cosas que uno ha querido, y que ha perdido.

9

Al día siguiente cuando despierto, la Casa de Papel ya se encuentra en plena actividad; el aire soleado se llena con los sonidos de las criadas que caminan a toda prisa por los pasillos y de las órdenes que salen de las habitaciones. La excitación puede respirarse en el aire, una vibración eléctrica. Me recuerda a los festivales que tienen lugar en nuestra aldea, cuando todas las calles se engalanan con banderines carmesíes durante los quince días que duran las fiestas de Año Nuevo, o se iluminan con luces de bengala y petardos para las ceremonias de protección espiritual en invierno. Esta noche, las ciudades de todo el reino estarán celebrando en nuestro honor, pues vamos a participar en la Ceremonia de Inauguración, la presentación oficial de las Chicas de Papel a la corte.

Aún me cuesta creer que este año eso me incluye *a mí*.

Lill está tan entusiasmada con la ceremonia que apenas se detiene a respirar desde que viene a buscarme para mi baño matutino.

—Aún no he podido visitar a mis padres para contarles que ahora soy su criada personal —parlotea mientras estoy en el agua, y sus orejas largas y puntiagudas se estremecen—. ¡No se lo van a poder creer! ¡Dama, hasta puede que usted los vea durante la procesión! Quisiera poder ir con usted. La cara que pondrían si supieran…

Dejo flotar mis manos y recojo las burbujas que se forman en la superficie del agua.

—¿Cuándo fue la última vez que los viste?

—Ah, hace bastante tiempo. Casi medio año.

Me doy la vuelta, sorprendida.

—¿Medio *año*? Pero viven aquí, ¿verdad? ¿En el palacio?

Lill asiente.

—Antes de trasladarme a esta zona, yo vivía con ellos en el Sector de los Mortales. Y ellos trabajan en el Sector de la Ciudad, que está cerca de aquí, hacia el sur. No tengo muchos días libres. Pero no me quejo —agrega enseguida—. Los días que tengo, los paso con ellos. También tengo dos hermanitos, un chico y una niña. Cuando los visito, trato de llevarles golosinas de la cocina…

Se interrumpe y palidece.

—No te preocupes. Si alguien se da cuenta, diles que eran para mí. Aquí las porciones son demasiado pequeñas. —Lill recupera la sonrisa, agradecida, aunque esta dulce niña no debería tener que preocuparse por robar algo de comida para sus hermanos—. Espero que puedas verlos pronto —añado.

Inclina la cabeza.

—Gracias, dama.

Coloco una mano mojada sobre la de ella, que está apoyada al borde de la bañera.

—¿Sabes? En Xienzo también tenía una amiga de la casta de acero. Trabaja en la herboristería de mi familia.

—¿En serio? —Los ojos de Lill se dilatan—. Nos dijeron que, fuera del palacio, las castas no trabajan para otras inferiores. —Se ruboriza y prosigue a toda prisa, con la cabeza gacha—: Ay, con eso no he querido decir que esté mal que yo trabaje para usted. Es un inmenso privilegio, dama. Es solo que Dama Eira nos dijo que es una excepción que las Chicas de Papel tengan sirvientes demonios. Nos explicó que se hace a petición del mismísmo rey. Pero solo los de acero. —Levanta la vista y me mira entre sus pestañas espesas—. Yo… lamento no ser de la Luna.

Casi suelto una carcajada por la idea de que yo pudiera preferir una criada de la Luna, o cualquiera que no fuera ella.

—Tú eres perfecta, Lill —le digo, y me dedica una sonrisa tan luminosa que parece bañar todo el patio en oro.

Siguiendo la tradición, a todas nos visten de plateado para la ceremonia de esta noche. El plateado es un color muy importante: símbolo de fuerza, de éxito, de riqueza. Sin embargo, por ser tan cercano al blanco, que es el color del luto para todas las culturas de Ikhara, a veces se cree que trae mala suerte. Cuando Lill me habla sobre esta tradición, comprendo el mensaje que se quiere enviar al reino con ello.

«Apoyad al rey y seréis recompensados».

«Contrariadlo y pagaréis las consecuencias».

Como es la primera vez de Lill como criada personal de una Chica de Papel, está trabajando bajo la supervisión de una de las otras criadas: Chiho, una joven con forma de lagarto muy seria de la casta de acero, con aspecto humano salvo por las escamas verde pino que le recubren los brazos huesudos y el cuello. Chiho corre de una habitación a otra tratando de ayudar a Lill y al mismo tiempo preparar a su propia Chica de Papel, hasta que Lill sugiere la idea de que ambas nos preparemos juntas. No recuerdo a quién atiende Chiho, así que cuando la veo entrar con Wren, me pongo tensa.

Aunque aún lleva puesta su bata de baño y su maquillaje no está completo, está deslumbrante. Tiene en las mejillas un rubor color cereza intenso que resalta el brillo oscuro de sus ojos y sus labios, y el pelo ondulado le cae sobre un hombro. Al entrar, recoge el dobladillo de su bata. El movimiento atrae mi mirada, y me sorprendo por lo que veo.

Wren tiene los pies gastados, las plantas duras y callosas. Se parecen a mis pies. Son los pies de una chica trabajadora, no los pies delicados que uno esperaría ver en la hija consentida de los Hanno.

Me ve mirarla y suelta el dobladillo, que cae hasta el suelo.

—Bien —dice Chiho a Lill—. Sigamos.

Evitando mi mirada, Wren se arrodilla delante de mí. Contengo el impulso infantil de gritarle, de obligarla a mirarme. Recuerdo lo que me ha dicho Aoki acerca de que Wren sabía que la odiaban. Pero lo cierto es que no está haciendo mucho por cambiar las cosas.

Chiho y Lill tardan una hora en terminar de maquillarnos. Siento los párpados y los labios pegajosos. Lo primero que hago cuando se apartan es levantar una mano para frotarme los ojos, a lo que Lill responde con un pequeño ataque de pánico y se acerca para evaluar los daños, a pesar de que no había llegado a tocármelos.

Chiho da una vuelta a mi alrededor para la inspección final.

—Bien —dice, por fin, y Lill sonríe, radiante.

Miro a Wren, que aún no ha dicho nada en todo este tiempo. Mientras se pone de pie para salir, levanto el mentón y pregunto bruscamente:

—¿Y bien? ¿Cómo me ves?

Me arrepiento de inmediato: parezco petulante y tonta, y la verdad es que tampoco estoy segura de que me importe su opinión. Pero Wren ya se ha parado. Me mira por encima del hombro, y por fin sus ojos oscuros muy maquillados se detienen en los míos.

—Como que no estás lista —responde sin rodeos, inexpresiva, y después sale detrás de Chiho.

Sus palabras me hieren. Aparto la mirada con las mejillas encendidas.

Lill sale de la habitación y vuelve unos minutos después con un paquete envuelto en seda.

—Su vestido —anuncia, casi con reverencia mientras me lo entrega—. Los sastres reales han recibido los resultados de las evaluaciones y se les ha ordenado crear una pieza única para cada una de vosotras. Debe ser una prenda que refleje ante la corte quiénes sois. Algo que dé al rey una idea de cómo sois. —Sonríe, entusiasmada—. ¡Adelante, dama! ¡Ábralo!

Exasperada por su entusiasmo, separo los pliegues de seda y veo el brillo metálico de la plata. Con cuidado, levanto el vestido y lo tiendo en el suelo.

Es el vestido más exquisito que he visto en mi vida. Aunque no me extraña: no he visto muchos. Pero incluso teniendo en cuenta los atuendos que llevaban el resto de las chicas la primera noche en el palacio, este los supera a todos. De corte largo y ceñido, sin mangas, con cuello alto, tiene hilos de plata entretejidos que brillan como el agua que corre cuando les da la luz. La delicada tela de seda es casi transparente, y tiene detalles en piedraluna y diamantes que rodean las caderas y el pecho.

Se me cae el alma a los pies. Con tan solo un puñado de estas gemas tendría suficiente para mantener a mi familia de por vida.

Lill lanza un chillido tan agudo que casi me perfora los tímpanos.

—¡Ay, qué hermoso es! ¡Pruébeselo, dama!

Tras muchos movimientos incómodos, terminamos de ponerme el cheongsam, como ahora sé que se llama este moderno estilo de vestido. Es justo de mi talla, y se adhiere a mi cuerpo como una segunda piel. A pesar de las joyas, la tela es ligera y apenas siento un roce suave contra la piel. El vestido vibra con magia. El hechizo con el que lo han encantado, sea cual sea, también lo hace resplandecer. Cada uno de mis movimientos le arranca destellos de luz plateada, pálida como un rayo de luna.

Arqueo una ceja al ver la expresión de Lill.

—Es la primera vez que no tienes nada que decir.

Ríe, divertida.

—¡Mejor disfrútelo, dama! No sé cuánto tiempo le va a durar.

Tras una última revisión, recorremos la Casa de Papel hasta su entrada principal, donde se iniciará la procesión. Aunque el vestido me queda a la perfección, me cuesta moverme con él, y tardo un rato en acostumbrarme a tener puesto algo tan ceñido al cuerpo. Además, lo veo tan costoso que me preocupa estropearlo; las esquinas de las mesas me parecen amenazas. A medida que se acerca el sonido exterior de voces y música, mi corazón se acelera. Las criadas se inclinan a mi paso; algunas tienen ofrendas de flores rojas para la buena suerte, y otras esparcen sal en mi camino, una costumbre que nunca había visto. En mi casa, nunca derrocharíamos la sal de esa forma.

Cuando casi llegamos a la entrada, diviso el cabello castaño rojizo que ya me resulta familiar.

—¡Aoki! —la llamo. Ella se da la vuelta y me mira con una amplia sonrisa.

—¡Lei! Oh, estás… estás… —Algo cambia en su voz; aparece una pizca de envidia. Con una mano, toca el escote de su vestido mientras su mirada recorre lentamente el mío.

—¡Estás preciosa! —agrego enseguida—. Qué bello ruqun.

Lo observo con admiración. Las capas de tela que conforman el vestido son ligeras y brillantes, decoradas con motivos de hojas pintadas con pinceladas gruesas. Cuando paso los dedos sobre ellas, las hojas parecen estremecerse y girar como con el viento. Más magia.

Baja la cabeza y la mirada.

—Dicen que están diseñados para reflejar nuestra personalidad. Parece una tontería, pero en cuanto me lo he puesto, me he sentido como en casa. Como si una parte del campo estuviera conmigo. Pero tú… —extiende la mano hacia mi vestido, pero se detiene— pareces una *reina*.

Sus palabras me provocan un escalofrío. Eso es lo último que quiero parecer. Pienso en Baba y en Tien. ¿Qué dirían si me vieran con este vestido, y con maquillaje y un peinado más elaborado que los adornos de toda nuestra aldea durante los festejos de Año Nuevo?

Si fuera una reina, eso significaría que el palacio sería mi hogar. Y no lo es.

Mientras Aoki y yo recorremos juntas los últimos pasillos, los vítores de la multitud se hacen tan fuertes que los siento vibrar en mi pecho. Salimos a la galería y nos reciben el sol y los aplausos de la multitud. Las calles que rodean la Casa de Papel están atestadas. Me quedo sin aliento. Nunca he estado en medio de tanta gente —y, mucho menos, de las castas de acero y de la Luna, todos juntos—, y aunque sus gritos y sus aplausos son amigables, me inquieta la inmensa cantidad de público.

A lo largo de una de las calles, la gente empieza a abrir paso a unos elegantes carruajes que transportan sobre sus hombros unos musculosos demonios con forma de órices, vestidos con túnicas escarlatas y negras. Los colores del rey. Aoki me codea con entusiasmo al verlos acercarse. El viento hace flamear las cintas que cuelgan sobre los laterales abiertos. Cada paso que dan hace sonar las campanillas que penden de sus astas.

Se detienen frente a la Casa de Papel. Madam Himura se adelanta y anuncia, gritando para que la oigan sobre el ruido:

—¡Presento a Dama Aoki-zhi de Shomu!

Un sirviente se acerca para llevar a Aoki a su carruaje. Ella me mira brevemente —sus ojos color jade brillan, no sé si por el entusiasmo o a causa del miedo— y nuestros dedos se rozan antes de que se la lleven.

A continuación, Madam Himura llama a Blue, y después, a Chenna. Antes de que pueda darme cuenta, llega mi turno.

Me adelanto con dificultad, con la cabeza gacha ante la mirada de la multitud. Con una reverencia, los órices se arrodillan. Un sirviente me ayuda a subir al palanquín. El interior me recuerda al carruaje en el que viajé con el general Yu, con sus almohadones perfumados y sus elegantes paneles de madera. Me acomodo en el asiento y mi respiración se agita más. Aquel carruaje me alejó de mi hogar… ¿a qué clase de vida me lleva este viaje? Vestida con este hermoso cheongsam, sobre este carruaje que transportan estos demonios sobre sus hombros, me siento como un plato que están a punto de servir para la cena del rey, y me recorre un escalofrío.

¿Cuándo elegirá devorarme?

10

Las largas tiras que cuelgan sobre los laterales abiertos del palanquín no me permiten ver demasiado, por eso mi primera visión del
palacio en sí es fragmentada, imágenes borrosas de movimiento y
color. El sol poniente lo tiñe todo con un resplandor dorado. Parece
una escena de ensueño, y así la siento, como si lo estuviera viendo
todo a través de los ojos de otra persona. Estoy a punto de convertirme en una Chica de Papel. El concepto no deja de ser ridículo e incomprensible, pero a pesar de todo eso estoy aquí, enfudada en este
vestido plateado, rodeada por cientos de humanos y demonios que
miran pasar mi carruaje, estirando el cuello para alcanzar a ver mi
rostro.

Ayer Dama Eira nos enseñó un mapa del palacio. Lo imagino
ahora, intentando situarme y averiguar por dónde vamos. No se me
olvida buscar a mi madre. Tal vez vea algo que me dé una pista de
dónde puede estar.

La superficie del palacio está dispuesta en un sistema reticular,
dividida en sectores, que a su vez están separados en dos áreas: los
Sectores Externos, donde se encuentran todas las zonas residencia-
les, laborales y de servicios diarios, y los Sectores Internos, la zona a
la que solo pueden acceder quienes ocupan ciertas posiciones. El Sector de las Mujeres se encuentra al noreste del palacio, en los Sectores
Externos. Primero nos desplazamos hacia el sur y pasamos por el
Sector de la Ciudad, una zona extensa y muy transitada donde hay
comercios, mercados y restaurantes. Después nos dirigimos al oeste y
atravesamos el Sector de Ceremonias, la plaza seca que pude ver en
cuanto llegué con el general, y más adelante, el Sector de la Industria,

con sus forjas humeantes y los talleres en los que se curten las pieles. Después nos traladamos por el lado oeste del palacio. Pasamos por el Sector de los Mortales —el hogar de la familia de Lill, otra zona que es como una ciudad y donde viven las criadas, los sirvientes y los funcionarios gubernamentales de bajo rango— y por el Sector Militar, donde se encuentran los cuarteles del ejército y sus áreas de entrenamiento.

Hay dos zonas de los Sectores Externos que no visitamos. En el extremo noroeste del palacio está el Sector de los Fantasmas, el cementerio oficial. Podría dar mala suerte pasar por un sitio como ese en una noche de celebración. Y también evitamos atravesar el Sector de los Templos, que está junto a las paredes exteriores del palacio en sí. No se debe molestar a los Hechiceros Reales; solo con permiso del rey se puede acceder a su sector sagrado. Sin embargo, hay un momento, cuando nos dirigimos hacia una calle a través de uno de los sectores que nos lleva hasta la propia muralla, un cosquilleo cálido recorre mi cuerpo y la magia que vibra con mi vestido parece responder estremeciéndose.

Para cuando llegamos a los Sectores Internos ya se ha hecho de noche. Enseguida, la multitud empieza a dispersarse. Aún hay mucha gente, ya que todos los funcionarios de la corte y sus sirvientes han salido a saludarnos, pero esta zona es más amplia y hay más espacio, así que el efecto es de una atenuación repentina, como si una densa niebla hubiera caído sobre el mundo. Me sorprende el silencio después del ambiente jubiloso de los Sectores Externos, y de pronto echo de menos el ruido y el desorden. Observo con creciente inquietud los alrededores que se oscurecen, y siento que se me seca la boca.

Casi hemos llegado.

El paisaje de los Sectores Internos es una mezcla de calles alumbradas por farolillos, elegantes plazas secas de un blanco perla y jardines cuidados, un aroma a flores perfuma el aire. La luz de la Luna se refleja en un semicírculo de agua que veo por momentos durante nuestro recorrido: el río del Infinito. Corre en forma de ocho por el Sector Real, la zona que se sitúa justo en el centro del palacio para que le traiga la fortuna de los cielos al rey.

El último tramo de nuestro recorrido comienza cuando pasamos por encima del punto central del río, donde se encuentran las cuatro curvas. Un puente dorado forma un arco sobre el agua, que está lleno de curiosos. Nos arrojan flores rojas, y el viento levanta los pétalos y los hace volar alrededor de nuestros carruajes como una tormenta de nieve ensangrentada.

«¡Que los cielos las bendigan!».

«¡Que los dioses les sonrían!».

Hay buenas intenciones en sus palabras, pero son mucho menos exuberantes que las de los presentes en los Sectores Externos. La cercanía de todos estos demonios me hace apartarme de la ventana. Estamos a punto de llegar al puente cuando se oye un golpe sordo y el carruaje se sacude.

Se inclina bruscamente hacia la izquierda, y extiendo los brazos para sujetarme.

Otro golpe. Esta vez el carruaje se inclina hacia un lado y está a punto de volcar. Me doy un golpe en uno de mis brazos, pero consigo aferrarme justo a tiempo. Unos segundos más y me habría caído por uno de los laterales abiertos. Cuando los órices enderezan el carruaje, vuelvo a acomodarme y me froto el hombro derecho justo donde me he golpeado contra la madera. Se oyen gritos desde el exterior. Sin apartar la mano de mi hombro, me deslizo hacia el otro lado y espío entre las cintas.

Y ahogo una exclamación.

Dos guardias sujetan contra el suelo el cuerpo de una mujer humana: casta de papel, sin pelaje, sin escamas, sin garras, destaca entre todos los demonios que se encuentran a su alrededor. Su ropa está desgastada. Ropa de servidumbre. A los sirvientes de la casta de papel no se les permite entrar a los Sectores Internos; seguramente ha logrado infiltrase de alguna manera.

En ese momento, levanta la cabeza y nuestros ojos se encuentran. No sé qué esperaba encontrarme. Una mirada llena de compasión, tal vez, una conexión de hermandad de una humana a otra. En lugar de eso, lo único que puedo ver es fuego en su mirada.

—¡*Dzarja*! —grita. La luz vacilante de los farolillos le distorsiona el rostro y hace que su boca parezca demasiado ancha, y sus mejillas, más hundidas—. ¡Sucias rameras! ¡Nos avergonzáis a todos!

Encima de ella, un guardia alza un garrote.

Aparto la mirada, pero no lo hago lo suficientemente rápido. El pesado golpe resuena en mis oídos. La mirada acusadora que he visto en sus ojos antes de que el garrote cayera sobre su cráneo permanece cuando cierro los párpados, como una imagen residual. Bajo la mirada y sostengo los dedos un momento sobre mi pecho, sin tocarlo; después los vuelvo hacia fuera con los pulgares cruzados: el saludo de los dioses del cielo a un alma que acaba de partir.

—Dama, ¿se encuentra bien?

Me sobresalto cuando un rostro con cuernos aparece entre las cintas, en parte rinoceronte, con la piel gruesa como el cuero.

Abro la boca varias veces hasta que consigo hablar.

—S… sí.

—Le pido disculpas por la perturbación. Ahora proseguirá su camino.

El guardia hace una reverencia.

—¡Espere! —pido, cuando se da la vuelta—. La mujer. ¿Por qué… por qué la…?

Su expresión no se altera.

—¿Por qué la han matado?

Me trago el nudo que tengo en la garganta.

—Sí.

—Era una esclava. No tenía permiso para estar en los Sectores Internos. Además, ha puesto en peligro la propiedad del rey.

Tardo un momento en darme cuenta de que se refiere a mí.

—Pero… podrían haberla detenido. No era necesario… *matarla*.

—Los guardias tienen permiso para ejecutar de inmediato a los de la casta de papel. —La piel correosa de su frente se arruga—. ¿Eso es todo, dama?

Me pongo tensa al oír el tono de su voz. Lo dice con tanta facilidad, de una forma tan directa, como si no tuviera importancia alguna.

—¿Dama? —repite, ante mi silencio—. ¿Es todo?

Voy a asentir, pero en cambio meneo la cabeza al recordar la mirada penetrante de la mujer.

—La mujer, me... me ha dicho algo. *Dzarja*. ¿Qué significa?

El guardia frunce el ceño.

—Es una expresión fea.

—¿Qué quiere decir?

—«Traidora» —responde. Baja la mano, se aparta del carruaje y las cintas vuelven a caer en su sitio.

Dzarja. No puedo quitarme esa palabra de la cabeza mientras la procesión vuelve a ponerse en marcha. No puedo dejar de pensar con qué facilidad le han quitado la vida a esa mujer; ha sido suficiente el arco de un brazo musculoso. No era mucho mayor que mi madre cuando se la llevaron, y me trae a la memoria ese otro rostro de la casta de papel —el de mi madre—, con la boca abierta por el terror mientras un guardia demonio la sujeta. Durante todo este tiempo he estado tan concentrada en pensar que ella solo necesitaba sobrevivir al viaje, que no se me había ocurrido lo difícil que podría ser para ella continuar con vida cuando llegara.

Diez minutos más tarde, mi estómago sigue revuelto mientras cruzamos unas puertas altas y nos encontramos en una plaza seca. Una sola calle la atraviesa por el centro. Delante se ve una inmensa fortaleza de piedra moteada, oscura como el plumaje de un cuervo. Hay banderas con el símbolo real de un cráneo de toro ondeando al viento. En todos los balcones y a lo largo de la base del edificio hay guardias que vigilan, con sus armas preparadas. El silencio es inquietante, y en la desolada plaza resuenan los cascos de los demonios óricos. Mi pulso iguala el ritmo e incluso el peso de sus pasos; cada latido es pesado y tenso, como si mi corazón encerrara una piedra.

Mientras nos acercamos, flexiono los dedos, intentando devolverles la circulación. Mis músculos están inmóviles como la piedra de la que está hecho el palacio real.

Nuestra procesión se detiene a los pies de unas imponentes escaleras de mármol que conducen a una entrada alta y abovedada. Al principio no hay movimiento. Después, desde la entrada se despliega una franja dorada que se desenrolla entera por las escaleras, viscosa y líquida, como una cascada encantada y, en efecto, capto en el aire la vibración delatora de la magia.

Se abre la puerta de mi carruaje.

—Dama Lei-zhi —me saluda un sirviente, y extiende una mano para ayudarme a descender.

La franja dorada tiñe el suelo en torno a los carruajes como una alfombra metálica que resplandece. Cuando mis pies tocan el suelo, bajo la vista y veo ondas que se expanden a mi alrededor. Pero a pesar de la belleza semejante, aún no he logrado recobrarme de lo que acaba de suceder en el puente, y subo las escaleras detrás del resto de las chicas con los ojos clavados en mis pies para evitar las miradas fijas de los guardias.

El mundo parece aquietarse aún más cuando entramos al palacio y, aunque puede que sea obra de mi imaginación, cae sobre nosotras un silencio casi reverente. Mientras caminamos, observo con muda admiración el ambiente que nos rodea. Podemos ver salones deslumbrantes y estrechos pasillos. Jardines interiores con falsos techos mágicos que imitan un cielo nocturno. Largas escaleras que ascienden en espirales empinadas de piso en piso. Todo está hecho de la misma piedra negra que el exterior y, aunque no se puede negar que es bonita, provoca que el espacio produzca una sensación de encierro, imponente, como un mausoleo.

Pienso en las Chicas de Papel que me precedieron. En todos los sueños que se han debido perder entre estas paredes.

Llevamos más de veinte minutos caminando cuando al fin ordenan que nos detengamos. Ante nosotras se alza una arcada, y una gruesa cortina negra oculta la habitación que hay más allá.

Aún estamos en fila, ordenadas según nuestros nombres. Delante de mí, el cabello espeso de Chenna cae por su espalda en su habitual trenza, aunque esta noche tiene florecitas plateadas entrelazadas que hacen que parezca como si hubiese estado bailando por el universo y cazando estrellas. Sus hombros suben y bajan a causa de una respiración artificial. Estoy a punto de dar un paso hacia delante, de ofrecerle algunas palabras de apoyo, cuando oigo un gemido detrás de mí.

—Ay, dioses —dice Mariko—. Creo que voy a vomitar.

Me doy la vuelta al instante y me la encuentro doblada sobre sí misma y muy pálida.

—Respira hondo —le aconsejo, apoyando una mano en su brazo, pero me aparta de un empujón.

—¡No necesito la ayuda de una campesina! —responde, cortante.

Me aparto.

—Está bien, como quieras.

Estoy a punto de darme la vuelta cuando, por encima de la cabeza inclinada de Mariko, diviso a Wren.

Me paralizo. Está tan bella que es casi irreal, como si hubiera salido de una pintura perfecta, una obra de arte, un poco de vida, intensa y brillante, en un sitio como este tan frío y extraño. El diseño de su cheongsam no se parece en nada al mío. El mío tiene cuello alto; el de ella, un escote profundo que revela una sombra entre sus pechos. Mi vestido tiene una abertura en uno de los laterales; el de ella es ceñido hasta abajo, lo que destaca la longitud y la forma musculosa de sus piernas. A diferencia de mi tela casi transparente, la de ella es de un plateado oscuro, como el del metal de un arma, peligroso y tentador, y sugiere una armadura.

Recuerdo ligeramente lo que dijo Lill acerca de que nuestros vestidos representan nuestra personalidad. Detrás de mi asombro por su belleza, despierta mi curiosidad.

Como de costumbre, es Wren quien interrumpe el contacto visual. Pero me sorprendo cuando la veo inclinarse para decirle algo al oído a Mariko.

—No sé tú —murmura—, pero yo nunca he visto a una campesina con ese aspecto. —Me mira, con una media sonrisa en los labios—. Ahora sí parece que estás lista —dice, y en ese momento suena un gong detrás de la arcada.

Me doy la vuelta y veo que se abre la cortina.

—Amo Celestial y honorables miembros de la corte —anuncia una voz amplificada desde el recinto—. ¡Les presento a las Chicas de Papel de este año!

Delante de mí, Chenna se endereza y echa los hombros hacia atrás. Imito su actitud decidida y tomo aire con fuerza para afianzarme lo mejor posible a pesar de mi acelerado pulso, y una a una, cruzamos la arcada.

Pasamos a un recinto con columnas, profundo y cavernoso, adornado con guirnaldas de seda color bermellón. Las paredes parecen talladas en la roca de una cueva de mármol. En todos los laterales hay escalones empinados que descienden hasta un estanque que se encuentra más abajo. El agua negra como la tinta resplandece con el reflejo de los farolillos. Desde los palcos que rodean el recinto, cientos de demonios nos observan. Nuestros pasos resuenan mientras nos abrimos en fila antes de descender por los escalones. Me cuesta moverme, como si el silencio expectante de la multitud tuviera peso, una solidez que vuelve denso el ambiente, y aumentara la gravedad solamente aquí, en este salón.

Al principio mantengo la mirada baja sin dejar de observar el suelo. Pero algo no tarda en llamar mi atención. Algo atrae mi mirada por debajo de los escalones, más allá del estanque y hacia el estrado que se encuentra a la derecha. Y sé, antes de verlo, de qué —o, mejor dicho, *de quién*— se trata.

El Rey Demonio.

Arrellanado en su trono de oro y mármol. O, al menos, sentado con cierta informalidad: muestra una actitud presumida, casi irreverente, con las caderas deslizadas hacia adelante, los brazos colgando a cada lado y la cabeza inclinada hacia atrás apenas lo suficiente como para dar la impresión de que nos mira desde una posición superior, a pesar de que nosotras nos encontramos por encima de los escalones.

Eso es lo primero que me sorprende de él. La pose del rey se diferencia especialmente de la postura formal, con la espalda muy recta, de los tres soldados que lo flanquean: un hombre lobo gris, un enorme hombre cocodrilo de color musgo y una mujer zorro blanco, todos de la casta de la Luna.

Otro aspecto inesperado es su delgadez, sobre todo en comparación con el demonio cocodrilo que sobresale por detrás del trono. El rey tiene músculos magros, bien marcados, la fuerza de un toro en las extremidades de un hombre, debajo de su túnica negra con ribetes dorados. En una pelea entre él y su guardia cocodrilo, no me atrevería a apostar por el rey, salvo que... Tiene cierta energía, una energía alerta y preparada, una atracción magnética que impone atención y poder. Sus ojos celestes observan por debajo de unas largas pestañas. Encima de las orejas tiene unos gruesos cuernos con surcos incrustados en oro. Y al mirar su rostro desde lejos, hay un tercer aspecto que me sorprende.

El rey es apuesto.

Yo esperaba un rey viejo. Un toro exhausto, devastado por la guerra. Pero parece joven, no mucho más que un adolescente. Y su rostro tiene cierta elegancia. Así como el del general Yu es una fea mezcla de rasgos fuertes de toro, el rostro del rey es alargado, de forma casi delicada, mandíbula definida y boca ancha y elegante, en medio de la cual se destaca el arco de Cupido.

Su sonrisa indolente se hace más amplia. El rey se inclina hacia adelante y la luz de los farolillos le da un brillo resplandeciente a su pelaje de color nuez.

—Mis nuevas Chicas de Papel —dice, arrastrando las palabras—. Bienvenidas.

Su voz es profunda, densa como la noche.

Rápidamente, caemos al suelo en unas profundas reverencias. Mis manos se apoyan en el mármol fresco. Siento la mirada del rey sobre nosotras como si fuera un contacto físico, y mantengo la cabeza gacha, con la respiración agitada.

—¡Les presento a Dama Aoki-zhi de Shomu! —anuncia la voz.

Oigo que Aoki se pone de pie con pasos tentativos y justo después se oye el inconfundible sonido del agua cuando se introduce en el estanque. Dama Eira nos ha dicho que el agua es parte del ritual, que simboliza la purificación de nuestro cuerpo antes de conocer al rey. El agua está encantada para que no afecte a nuestro aspecto. Poco después, podemos oír la voz temblorosa de

Aoki cuando pronuncia el saludo que nos ha enseñado Dama Eira.

—Qué dulce —se oye la voz del rey, ahora más baja pero aun así profunda y potente—. Bonita nariz.

Aprieto los dientes. Habla como si ella fuera un juguete, algo con lo que puede entretenerse y más tarde descartar cuando se aburra.

Y eso es ella exactamente, me recuerdo, presionando más los dedos contra la fría piedra.

Eso es lo que somos todas.

El rey se toma más tiempo con Blue, a quien llaman a continuación, y también con Chenna, hasta que de pronto escucho que me anuncian a mí:

—¡Les presento a Dama Lei-Zhi de Xienzo!

Me pongo de pie, incómoda con este ridículo vestido, y con el hombro aún dolorido por el golpe que me he dado contra el lateral del carruaje. En el recinto hay un silencio atronador. La quietud parece rodearme, como un gato, provocando que mis nervios se aceleren. Empiezo a caminar e intento imitar el andar ligero de Dama Eira. Pero mis pasos son pesados. Igual que en el carruaje, la situación tiene un matiz de irrealidad, y mi corazón se acelera con el deseo imposible de que esto sea todo.

He aprendido a vivir con pesadillas. Podré soportar una más.

Aunque mantengo los ojos fijos en los escalones que estoy bajando —haciendo todo lo posible por no tropezar con este absurdo vestido— siento que la multitud me sigue con la mirada. *Dzarja*. La palabra resuena en mi cabeza. ¿Eso soy? ¿Eso es lo que ven los demonios, una chica que ha traicionado a los suyos?

Cuando llego a los pies de las escaleras, lanzo un suspiro de alivio… y entonces doy el primer paso para entrar en el estanque y me piso el dobladillo del vestido.

El público ahoga una exclamación cuando caigo hacia adelante. Extiendo los brazos sin ninguna elegancia y hago una mueca cuando golpeo la superficie del agua. Está fría, como un puñetazo de hielo. Creo que voy a atragantarme, pero el agua resulta ser como un aire viscoso, y consigo vencer el pánico y recuperar la compostura. O al menos, algo lo más similar posible a la compostura teniendo en cuenta que acabo de perder toda mi dignidad. Me pongo de pie a toda prisa y sigo caminando; el líquido oscuro del estanque encantado flota a mi alrededor como si fuera humo. Hago todo lo que puedo para salir por el otro lado con algo de elegancia. Cuando subo al estrado, me hinco a los pies del rey, sin atreverme a mirarlo.

—Es… es un honor servirlo, Amo Celestial —recito, ante el silencio aturdido que sobrevuela en el aire.

Más silencio.

Y entonces, el rey estalla en una carcajada.

—¡Miradla, pobrecita! —exclama, y su voz sonora resuena contra las cavernosas paredes—. Vestida como una reina y no sabe caminar en línea recta siquiera. ¿Cuánto licor le ha dado para calmarle los nervios, Madam Himura? —bromea, y la multitud ríe; el recinto reverbera con las risas de los demonios. Un sirviente se adelanta al instante para que me apresure, y me retiro con el rostro ardiendo.

11

—Mariko casi ha vomitado sobre los pies del rey.

—Pero no lo ha hecho.

—Creo que Zhen ha hecho mal la reverencia. Al menos, desde donde yo estaba, se veía rara.

—Aoki, yo me he caído de bruces. Delante de toda la corte.

Suspira.

—Tienes razón —admite—. Ha sido un desastre total.

Sonrío, y ella me empuja con el hombro, con un brillo en sus ojos verdes.

A la mañana siguiente, las dos nos sentamos temprano en los escalones que conducen hasta el patio de baño, bajo la luz gris y la quietud que reinan antes del amanecer. La tranquilidad que se respira hoy en el aire es un gran cambio respecto del ajetreo que había ayer en la casa, y me alegra tener este momento con Aoki antes de empezar el día, nuestro primer día oficial como Chicas de Papel.

Anoche, después de hacer el ridículo en la ceremonia, me sentía tan avergonzada que lo único que quería era encerrarme. No solo por lo humillante que fue caerme delante de toda la corte, sino además por la imagen que di ante el rey. Antes de anoche, creía que no me importaba lo que él pensara de mí.

Pero después de haber visto que se reía. Que se reía, como si yo fuera un chiste. Quiero, necesito, que sepa que no lo soy.

Que sepa que soy fuerte.

Que sepa que, pase lo que pase, no importa lo que se diga oficialmente, yo *no* le pertenezco.

Pero en cuanto regresamos a la Casa de Papel, Madam Himura la emprendió contra mí, tan furiosa que apenas podía hablar.

«¡No eres la única que has pasado vergüenza! ¡Me la has hecho pasar *a mí*!», gritó, y después me envió a mi habitación. Lill me siguió a toda prisa, con las mejillas tan encendidas como las mías.

—Tal vez sea cierto que no hay mal que por bien no venga —le digo a Aoki. Me enderezo y me aparto el pelo del rostro—. Ahora con total seguridad el rey no me llamará la primera. Con un poco de suerte puede que no me llame nunca.

Aoki se vuelve un poco para mirarme.

—¿No quieres que te llame?

—¡No! —respondo, con demasiado énfasis, y espío por encima de mi hombro, con miedo a que Madam Himura pudiera haberse acercado sin que la oyéramos. Bajo la voz y le pregunto—: ¿Tú sí?

—¡Claro que sí! —responde, también con demasiado énfasis. Inhala—. Es decir... no estoy segura. Yo... creo que sí. Es el rey, Lei. Es un privilegio.

Al menos en la última parte parece más convencida.

—Pero aun así —insisto—, ¿realmente es esto lo que quieres? ¿Lo que esperabas para tu vida?

Aoki entrelaza los dedos sobre su falda y se mordisquea levemente el labio inferior.

—Echo mucho de menos a mi familia. Mucho. Pero si no me hubieran elegido, habría tenido que quedarme en nuestra aldea durante el resto de mi vida. Tal vez habría sido feliz allí. Pero *mira* esto, Lei —dice, y señala el patio vacío, y sé que no se refiere solamente al patio sino a la casa, al palacio, a la belleza y la extravagancia que rodea todo esto.

Sin conmoverme, murmuro:

—Yo preferiría estar en Xienzo.

—¿A pesar de que ahora tu familia tiene el futuro asegurado?

Abro la boca para replicar, pero me detengo en el último momento. Aoki también proviene de una aldea pobre. Ella también ha conocido el hambre y las penurias, sabe lo que es tener frío y quedar dolorida después de un largo día de trabajo, con un cansancio que llega a los huesos.

Aun así. Me correspondía a mí ocuparme de su futuro, de mi padre y de Tien, no al rey.

Dzarja.

Su dinero es sucio. Es dinero de sangre.

—¿A quién elegirá primero? —murmura Aoki un momento después.

Su pregunta queda flotando entre las dos. Le ofrezco una sonrisa ladeada.

—Te apuesto a que será Blue.

Refunfuña.

—¡Dioses, no! Después tendríamos que oírla hasta el cansancio.

Las dos reímos, y en ese momento sale una criada desde el otro lado del patio, aún sin peinarse y arreglándose la bata. En cuanto nos ve, cae al suelo.

—¡Lo siento mucho, damas! —balbucea—. No... no sabía que ya estaban levantadas.

—No es nada... —empiezo a responder, mientras me pongo de pie, pero se va a toda prisa sin esperar a que termine de hablar. Me vuelvo hacia Aoki—. No sé si llegaré a acostumbrarme a eso. «Damas». Resulta tan...

—¿Antiguo? ¿Formal? —Ríe, divertida—. Supongo que esa es otra de las muchas cosas a las que el resto de las chicas están acostumbradas. Probablemente las han llamado así durante toda su vida.

—Adopta un acento sofisticado y gira la muñeca con gesto elegante—. Dama Blue, ¿le gustaría tomar un poco de miel con la leche de su madre?

Nos reímos a carcajadas, pero callamos al oír voces en la casa.

—Será mejor que nos vayamos —digo—. Es hora de prepararnos.

Volvemos en silencio a nuestras habitaciones, y poco a poco el significado de la pregunta que Aoki ha formulado antes empieza a pesarnos sobre los hombros, un poco más con cada paso. Después de mi desempeño de anoche, estoy segura de que no seré la primera a la que el rey llame. Pero igualmente rezo con todo mi ser por no estar equivocada.

Resulta ser que la vida de una Chica de Papel implica estudiar mucho, algo que en Xienzo apenas hacía. Dama Eira nos había advertido que tendríamos un plan de clases muy completo para desarrollar nuestras habilidades nu, que incluiría clases de etiqueta, caligrafía, práctica musical e historia de Ikhara, pero no me había dado cuenta de lo agotador que sería. Tal vez se deba a que nunca he podido ir a la escuela. Prácticamente desde que aprendí a caminar, empecé a ayudar a mis padres en la tienda, y Tien, una de mis únicas maestras, solía ser la primera en quejarse por la facilidad que tenía para distraerme. *El problema, pequeño incordio*, decía, *es que no eres capaz de prestar atención*.

Cuando volvemos a la Casa de Papel para almorzar, tengo la cabeza abarrotada de información tras cuatro horas de clases matutinas. La mayoría de las otras chicas están conversando, pero yo estoy aturdida, repasando todo lo que nos han dicho nuestros maestros con la esperanza de tener la suficiente fuerza de voluntad como para poder grabarlo todo en mi cerebro. Estoy tan concentrada que cuando nos sentamos en torno a la mesa de Madam Himura y ella dice algo que silencia al resto de las chicas, tardo un momento en entender lo que está sucediendo.

El rey ha elegido a la primera chica.

—¿Quién es? —pregunta Blue de inmediato, y enseguida, ante la mirada penetrante de la mujer águila, agrega—: Madam Himura.

Echo un vistazo a Aoki, pero está muy concentrada en Madam Himura, con los labios apretados. Después miro a Wren. A diferencia de las demás, no parece estar prestando mucha atención a lo que está ocurriendo. Parece más joven que anoche, cuando estaba maquillada y envuelta en *aquel* vestido, pero aun así mantiene su actitud estoica: mentón levantado, ojos apartados. De pronto, estoy segura de que el nombre que Madam Himura está a punto de anunciar es el suyo.

Con el aspecto que tenía anoche, ¿cómo podría ser de otra manera?

—Un mensajero real entregará el nombre de la elegida los días que el rey solicite compañía por la noche—explica Madam Himura ante el silencio expectante de todas—. Está de más que tenga que deciros que quien resulte elegida debe obedecer y acudir a su llamada.

Con un susurro de plumas, abre un paquete envuelto en seda y desplaza el trocito de bambú que contiene hacia el centro de la mesa con un espolón curvo. Después, en el silencio absoluto, retira la mano y queda al descubierto el nombre que trae escrito.

Chenna-zhi

La tinta de la caligrafía es roja, como una salpicadura de sangre.

Siento un alivio tan grande que, instintivamente, me contengo como si fuera audible. Pero todas las chicas están mirando a Chenna. Incluso Wren. Tiene los ojos encendidos con algo inesperado e intenso, aunque no con la envidia o el alivio que veo en la mirada del resto de las chicas. Es algo más… duro. Casi un desafío.

La propia Chenna no reacciona. O, al menos, no visiblemente. Su expresión es tranquila, tiene la espalda recta: es la imagen de la Chica de Papel perfecta. Tiene los ojos fijos en el trocito de bambú.

—Felicidades, Chenna —grazna Madam Himura y rompe el silencio. Nos mira como esperando nuestra reacción.

—Felicidades, Chenna —repite Wren sin alterarse.

—S... sí, felicidades —balbucea Aoki con una sonrisa insegura.

Las demás hacemos lo propio hasta que solo falta Blue. Tiene la boca tensa, pero consigue curvar ligeramente los labios.

—Sí, así se hace, Chenna. —Después da unos golpecitos en su tazón vacío y agrega—: ¿Y bien? ¿El almuerzo viene o no? —Con lo que consigue que Madam Himura le ofrezca una reprimenda que hasta parece agradecida de recibir.

El resto del almuerzo transcurre casi en silencio. Hay cierta tensión en la interacción de las chicas, y los ojos de todas vuelan cada dos por tres hacia Chenna; yo misma me descubro observándola, intentando ver qué hay detrás de su apariencia serena. Pero ella se mantiene tranquila; en su rostro, sus ojos permanecen velados y se concentra en comer lentamente pero sin detenerse demasiado.

—Chenna —ordena Madam Himura cuando llega la hora de asistir a nuestras clases de la tarde—. Tú te quedas conmigo.

Y entonces lo veo. Por primera vez desde que el trocito de bambú ha revelado su nombre: un temblor recorre sus manos.

Cuando empezamos a salir, Chenna aparta la mirada y hace un gesto inusual y fugaz con las puntas de los dedos en su frente y que puede que se trate de un símbolo religioso —o que tal vez, simplemente, estuviera apartándose el cabello del rostro— antes de que una de las criadas cierre la puerta detrás de nosotras.

Aunque presiento que quieren hablar de lo que acaba de ocurrir, las chicas se mantienen en silencio mientras caminamos por el pasillo. Pero en cuanto doblamos la esquina, Blue dice:

—Qué sorpresa, ¿no?

Algunas de las chicas murmuran respuestas indefinidas. Aunque detesto admitirlo, puedo comprobar que la mayoría está de acuerdo con ella. No obstante, me irrita la forma en la que lo dice.

—¿Cuál habrá sido su razonamiento? —se pregunta Mariko, con los labios apretados. Cambia de posición y lleva la cadera hacia un lado—. Chenna es bonita, supongo. Y su familia tiene cierto prestigio. Al menos, para ser de Jana.

—Puede ser por eso —sugiere Zhen, una de las mellizas—. Tal vez el rey solo pretenda conectar con esa parte de su historia.

Blue la mira con el ceño fruncido.

—¿Con qué parte? ¿Con las aldeas miserables del desierto?

—Quiero decir —aclara Zhen, aunque ahora está ruborizada—, que el Rey Toro original era de Jana…

—Y ahora se esconden allí la mitad de los nómadas rebeldes —la interrumpe Blue—. O al menos, eso se comenta. Dudo de que el rey quiera conectarse con eso.

Zhen levanta un hombro.

—Bueno, puede ser que quiera enviarles un mensaje con esto.

—O tal vez —interviene su hermana, Zhin, con una mirada serena dirigida a Blue—, esto no tenga nada que ver con la política. Tal vez simplemente ha elegido a la chica que le ha resultado más atractiva.

—Estoy de acuerdo —respondo—. Chenna es bonita, y parece inteligente e interesante. No me extraña que el rey la haya elegido.

Las mellizas asienten y me sonríen, y veo que Wren me mira con un destello raro en sus cálidos ojos de color pardo. A mi lado, Aoki se mantiene en silencio.

Blue y Mariko se miran con aire petulante. Pero si quieren insultarme, se las ingenian para contener el impulso.

—De todas formas —dice Blue, en un tono que deja bien claro que la discusión se ha acabado—, las primeras elecciones se basan en su impresión inicial de nosotras. Me interesa más ver a quién elige después. —Me echa un vistazo—. Y a quién no elige nunca.

12

A la mañana siguiente, aún estoy medio dormida cuando el sonido de una puerta que se abre me despierta. Oigo unos pies descalzos que caminan a través del pasillo, y después, voces apagadas, susurros que reflejan un entusiasmo apenas contenido. Con un bostezo, me desenredo de las sábanas y salgo al pasillo, con los brazos cruzados en la cintura.

—¿Cómo se ha portado contigo?

—¿Te ha contado algún secreto de la corte?

—Una de las criadas me ha contado que su habitación está completamente cubierta de ópalo y piedraluna… ¿es cierto?

La habitación de Chenna está justo al otro extremo del pasillo, y aunque no alcanzo a verla, pues solo veo las espaldas de Zhen, Zhin, Mariko y Aoki apiñadas en su puerta, supongo que se encuentra allí dentro. En efecto, un segundo después oigo su voz.

—No quiero hablar de eso.

Giro el cuello hacia uno y otro lado mientras me acerco, para aflojarme la rigidez que aún me acompaña después de haberme levantado. La puerta de Wren está cerrada, igual que la de Blue, pero cuando paso frente a la habitación de esta, advierto un movimiento detrás de la puerta transparente y veo la sombra inconfundible de Blue contra la puerta. Contengo el impulso de delatarla y continúo hacia donde están el resto de las chicas, amontonadas en la puerta que se encuentra al otro lado del pasillo. Zhen y Zhin me saludan cuando llego, pero Aoki y Mariko no dejan de mirar a Chenna.

—Solo algunos detalles —insiste Mariko, inclinándose hacia dentro, y la bata se le resbala del hombro y cae sobre su brazo. Se la levanta, distraída—. De todas formas, no vamos a tardar en enterar-nos por nosotras mismas.

—Exacto. —El rostro de Chenna está tenso, y tiene un ligero rubor que oscurece sus mejillas. Pero fuera de eso, parecer encon-trarse igual que ayer: tranquila. La propia imagen de la compostu-ra—. Así que no vais a tener que esperar mucho.

Mariko hace muecas al oírla, pero las mellizas asienten.

—Discúlpanos —dice Zhin—. No es necesario que nos cuentes nada si no quieres.

—Pero si necesitas hablar —insiste Zhen—, aquí estamos.

Con una sonrisa bondadosa, las mellizas vuelven a sus habita-ciones entrelazando sus brazos, con sus cabezas casi unidas. Mien-tras Mariko se aleja, ofendida, me acerco a Aoki, que se sorprende al verme aparecer.

—¡Ah! Hola, Lei. —Vuelve a mirar a Chenna—. Bueno, gracias, de todas formas… —mascula, antes de alejarse.

—Lei —me saluda Chenna, sin sonreír—. Supongo que tú tam-bién quieres hacerme un montón de preguntas.

—En realidad, solo una. —Bajo la voz—. ¿Cómo te encuentras? Espero… espero que estés bien.

Chenna me mira, sorprendida. Sonríe, aunque es una sonrisa tensa.

—Estoy bien. Gracias por preguntar.

Sus ojos se dirigen más allá de mi hombro cuando la puerta que se encuentra detrás de mí se abre. Me preparo para el comentario mordaz que seguramente llegará en cualquier momento, pero la voz de Blue llega tranquila y amable.

—Buenos días, Chenna. Nueve.

Levanto una ceja, y al darme la vuelta veo a Blue alejándose por el pasillo, meciendo su largo cabello negro azulado.

—Caramba —observa Chenna cuando desaparece—. Qué en-fadada está.

La miro con una sonrisa burlona.

—Ella estaba muy segura de que sería la primera.

Chenna frunce el ceño.

—¿Sabes? Yo pensaba lo mismo, dada la posición de su padre en la corte. Pero cuando le pregunté al rey por qué me había elegido, me explicó que la razón se debía a que había tenido un sueño durante la noche anterior. En el sueño estaba en Jana, volando sobre los desiertos del sur. Pensó que era una señal de los regidores celestiales de que querían que me eligiera.

—Tal vez puedo sobornar a un hechicero para que no lo deje soñar con Xienzo —murmuro.

Antes de cerrar la puerta, Chenna añade, sin mirarme del todo a los ojos:

—Ni con ninguna otra parte de Ikhara, ya que estamos.

A medida que pasan los días, mi vida se convierte en una suma indefinida de rutina y rituales. Me sorprende la rapidez con que me adapto a los ritmos del palacio, la forma en la que todo el mundo que tenía antes de venir aquí empieza a borrarse como la tinta bajo el agua, y en su lugar queda una nueva vida de chismes, banquetes y ceremonias, reglas y ritos. No se me olvida que me gustaría descubrir qué pasó con mi madre, pero estoy tan ocupada que no tengo tiempo para averiguar nada. Además, sé que algo así no pasaría inadvertido sin más, y aún tengo muy fresca en mi mente la amenaza del general Yu.

Vas a hacer el intento, ¡y vas a conseguirlo! Si no, tu familia, lo poco que queda de ella, sufrirá las consecuencias. No te equivoques, keeda. Su sangre estará aquí. ¿Me entiendes?

En tus manos.

Cada vez que siento el impulso de rendirme o de desobedecer las órdenes de Madam Himura, vuelvo a recordar la fría voz del general, y sé que la única opción que tengo es la de seguir adelante.

Al menos, por ahora.

Cada día en mi vida como Chica de Papel comienza con el gong matutino. Las criadas se despiertan antes para preparar todo lo necesario para nuestros baños y encender incienso, cuyo aroma dulce y ahumado está siempre en el aire. Lill me lleva al patio de baño para lavarme; después me viste con ropa sencilla de algodón y me recoge el cabello en un moño alto. Una vez que estamos listas, desayunamos; por lo general, albóndigas de arroz, vegetales encurtidos y pescado salado. Para terminar, siempre nos preparan diferentes frutas frescas que nos ofrecen en delicados cortes —melocotón, papaya, manzana, melón de invierno— antes de dirigirnos a nuestra primera clase del día.

Después del vergonzoso espectáculo que di en la Ceremonia de Inauguración, muy pocas maestras esperan algo de mí. Una en particular me demuestra su disgusto hacia mí de una forma instantánea. Madam Tunga es una mujer de caderas anchas y ojos separados que nos da clases sobre movimiento, desde cómo caminar con elegancia hasta el modo apropiado de arrodillarnos con nuestros vestidos. A menudo me señala como ejemplo de lo que *no* se debe hacer. Me hace caminar por el salón delante de las demás chicas, con un bloque de práctica entre las rodillas, mientras le señala al resto cada error que cometo. «¡No, no, camina más erguida, Lei-zhi! ¿Recuerdas lo que dije la semana pasada? Imagina que tienes un cordón que va desde la planta de tus pies hasta la coronilla de tu cabeza. Ahora, inclínate así y deja que tus caderas asomen un poco… ¡Así no! De esa forma parece que estás a punto de caerte por haber bebido demasiado sake. Tras lo ocurrido en la Ceremonia de Inagunarción, lo último que queréis es que la gente piense algo así de vosotras. ¡Bueno, silencio, chicas! Que os burléis de ese modo de una compañera no os sienta nada bien».

En las clases de baile, es lo mismo. Nos las da Madam Chu, una anciana circunspecta, un demonio con forma de cisne; sus plumas perladas recubren su cuerpo delgado con matices de gris. Se mueve a nuestro alrededor, y sus plumas susurran mientras nos coloca en las posiciones adecuadas. Esto no es como bailamos en mi pueblo, con despreocupación, risas y soltura de brazos y piernas. Esto es algo técnico, como el mecanismo de un reloj. Cada giro de una muñeca, cada curva y flexión de una pierna o un brazo es mesurada… o no, como suele ser mi caso.

Después de las clases matutinas volvemos a la Casa de Papel para almorzar, ya sea con Dama Eira o con Madam Himura, para ponerlas al tanto de nuestros avances. Si el rey desea la compañía de alguna de las chicas, por lo general se nos notifica en ese momento, y la chica en cuestión se separa del grupo para los preparativos. Para las demás, las clases continúan hasta el anochecer. Cuando terminamos, estoy desesperada por dormir, pero por las noches también estamos muy ocupadas. Se suelen celebrar banquetes con funcionarios de la corte, salidas al teatro y a espectáculos de danza, ceremonias a las que debemos asistir.

Cuando al fin volvemos a nuestras habitaciones, a menudo es pasada la medianoche. A pesar del cansancio, Aoki y yo solemos quedarnos levantadas un rato, bebiendo té y comiendo pasteles de piña que Lill nos trae de contrabando de las cocinas. En esos momentos robados, se disuelve todo el estrés de nuestras clases, de estar lejos de nuestras familias y de tener que adaptarnos a esta nueva vida, y después me duermo con una sonrisa en los labios y con una calidez en el pecho que se parece mucho a la felicidad.

Pero no tanto.

A medida que pasan los días sin que mi nombre aparezca en el trocito de bambú, una idea incómoda empieza a formarse dentro de mí: que eso no sucederá nunca. Y, aunque una parte, la mayor parte de mí, siente alivio de que sea así, otra también se avergüenza y siente el cruel dolor del fracaso.

A pesar de que Aoki tampoco ha resultado elegida hasta ahora, Madam Himura me reprende a mí. Cada día, me recuerda que soy una gran decepción. «Será mejor que encuentres la manera de revelarle pronto al rey esos ojos tuyos bendecidos por los cielos antes de que decida echarte de aquí, porque hasta ahora solo has resultado ser un desperdicio de tiempo y de espacio».

En una ocasión, sueño con la Ceremonia de Inauguración. Pero cuando salgo tambaleándome del estanque encantado, quien me mira desde el trono del rey, con el rostro torcido por una sonrisa torcida es el general Yu.

«Mira lo que has hecho». Levanta los brazos. De sus manos, cuelgan las cabezas cortadas de mi padre y de Tien, y su sangre gotea en el suelo. «Atrápalas», dice, y me las arroja.

Despierto con un grito en los labios.

Nada me gustaría más que intentar escapar. Volver a casa. Pero cada vez que lo pienso, recuerdo la amenaza del general, junto con el sonido del garrote del guardia al caer de lleno sobre la cabeza de la mujer en el puente, frente al Sector Real. Y recuerdo que, si fracaso, existe la posibilidad de que no tenga un hogar al que volver siquiera.

Al cabo de un mes de vivir en el palacio, no he logrado mejorar demasiado en las clases. Cuando intento hacer la danza del abanico que nos enseña Madam Chu y termino agitándolo con tanta fuerza que se me escapa y va a parar justo entre sus ojos —lo que, lamentablemente, no le hace ninguna gracia— me obliga a quedarme después de clase.

—Pero el almuerzo… —protesto, sin esperanza.

Agita uno de sus brazos alados.

—¿No tienes un banquete esta noche? No va a pasarte nada por que omitas una comida. —Después levanta la voz y agrega—: Tú también, Wren-zhi.

Wren se detiene en la puerta, mientras las otras chicas van saliendo.

—¿Madam Chu? —pregunta.

—Practica con Lei-zhi. Tal vez aprenda algo de ti.

Después, la mujer cisne sale a grandes pasos, con las plumas erizadas.

—Bueno —le digo al silencio—. Al menos tenemos una hora sin Blue.

Wren no ríe, pero cuando se me acerca su expresión es un poco más suave que de costumbre.

—Dime, ¿qué es lo que más te cuesta?

—Esto… ¿todo?

Arquea una ceja.

—Eso me ayuda mucho.

Suspiro.

—No lo sé. Es que todo es tan… preciso. No puedo controlar mi cuerpo como tú.

—¿Esa es la impresión que tienes cuando bailo? —me pregunta, y se le forma una arruga en la punta de la nariz—. ¿Que lo controlo?

Me sorprende; habla como si le hubiera hecho daño.

—¡No! —me apresuro a explicárselo—. Es justamente eso. Lo controlas, pero no lo parece. Me refiero a que fluyes. Parece que te sale de forma natural.

Es verdad. He observado a Wren en nuestras clases, y aunque le va muy bien en todas, en las clases de danza brilla. Sus movimientos tienen una naturalidad que me recuerda a los demonios aviformes que solía ver volar sobre las montañas que estaban cerca de nuestro pueblo. Tiene gracia. Libertad. Cuando baila, pierde su actitud altiva y distraída, y sus rasgos se suavizan… y me producen una sensación nueva y cálida que no alcanzo a identificar.

Wren recoge un abanico del armario que se encuentra en uno de los laterales del salón y lo abre.

—De acuerdo. Empezaremos con algo sencillo.

Su postura se afloja, flexiona ligeramente las rodillas y ladea un poco la cadera. Cierra los ojos y mantiene los brazos a ambos lados de su cuerpo. Se detiene así, y su quietud es tan intencional como el movimiento. Por las paredes de papel de arroz del salón de ensayo se filtra un rayo difuso de luz, que le ofrece a su cuerpo un resplandor ambarino, y mis ojos recorren los arcos altos de sus pómulos, delineados en oro. Con la misma gracia que todas las veces en las que he podido verla haciendo esto, coloca el abanico frente a su pecho y lo mece como si fuera una ola.

Después abre los ojos.

—Ahora te toca a ti.

—¿*Eso* es sencillo? —refunfuño, cuando me entrega el abanico y nuestros dedos se rozan.

—Inténtalo. —Pero en cuanto me coloco en la posición, Wren me interrumpe—. Así no. Tus movimientos son demasiado enérgicos. Tienes que moverte con más ligereza. ¿Ves? —Sus ojos recorren mi cuerpo—. Hasta la forma en la que te detienes está mal.

Siento una oleada de irritación.

—No sabía que para ser una Chica de Papel uno de los requisitos era saber detenerse —replico—. Yo pensaba que al rey le interesaban más las actividades en horizontal.

Frunce los labios.

—No es necesario que lo digas así.

—Pero es verdad, ¿o no? ¿Para qué es todo esto, todas estas estúpidas clases? En realidad, solo estamos aquí para una cosa.

Y ni siquiera para eso me han llamado.

La idea se infiltra en mi cabeza antes de que pueda evitarlo.

—Tienes que pensar en el futuro —responde Wren, con el ceño fruncido—. Después de este año, aún tendrás un rol que cumplir en la corte. ¿Qué quieres hacer? ¿Quién quieres *ser*?

—Bailarina, no, eso es seguro.

Eso le arranca una media sonrisa.

—Vamos. Al menos inténtalo. Tal vez, si trataras de concentrarte, te saldría mejor de lo que esperas. Y nunca vas a mejorar si no te das una oportunidad para hacerlo.

Abro la boca para discutir, pero luego lo pienso mejor y permanezco en silencio. Porque tiene razón. No he estado poniéndolo todo de mi parte. Aunque me he adaptado a la rutina de la vida en el palacio, mi corazón se encuentra en otro lugar.

¿Cómo podría no estarlo? Se quedó en Xienzo, con mi padre y con Tien, y con una vida que extraño todos y cada uno de los días.

—Oh, está bien —murmuro, enfadada.

Se me llenan los ojos de lágrimas, y lo último que quiero es llorar delante de Wren. Aprieto los dientes y hago varios intentos de conseguir el movimiento que me ha indicado mientras ella permanece cerca de mí, dándome consejos. Intento concentrarme en el ondular de mi muñeca, en la inclinación de mis caderas, pero no me sale bien y con cada intento solo consigo frustrarme más. Inesperadamente,

Wren se me acerca y me sujeta del brazo para colocarlo en la posición correcta. La intimidad del contacto, su cercanía, me turban y se me cae el abanico.

—¡Concéntrate! —me reprende.

Aprieto los dientes.

—*Estoy* concentrada.

—No es cierto.

Me encojo de hombros para apartarme.

—Bueno, tal vez no quiero que me salga bien. Puede que no quiera nada de esto.

—¿Y crees que yo sí? —Por debajo de su habitual tono severo hay algo delicado, a punto de romperse. Levanta la frente y sus ojos pardos me observan—. Ninguna de nosotras ha elegido esto. Pero lo hacemos por nuestras familias, porque si no, el rey va a…

Se interrumpe abruptamente. El final de la oración queda en el aire entre las dos.

Recuerdo la amenaza del general Yu. Tal vez no he sido la única que ha recibido una amenaza semejante. Puede que el dinero y la fortuna que reciben las familias de las Chicas de Papel sean, más que una recompensa, un recordatorio de que el rey ha comprado la obediencia de sus hijas. Y de que, si desobedecen…

—Está bien. —Suspiro y recojo el abanico—. Vamos a probar de nuevo.

Al cabo de media hora, y después de que se me haya caído demasiadas veces el abanico, Wren y yo volvemos a la Casa de Papel. Desde la suite de Dama Eira se oye la charla de las chicas y los pasos apagados de las criadas. Mi estómago gruñe ante los aromas tan deliciosos que llegan hasta nosotras. Pero cuando Wren está a punto de entrar, extiendo una mano para hacer que se detenga.

—Gracias —le digo—. Por ayudarme. Tenías razón: no estaba esforzándome en serio. —Tomo aire y me froto la nuca—. Supongo que sentía que estaba decepcionando a mi familia o algo así. Como si lo hiciera de algún modo por sentirme feliz aquí.

Aparta la mirada.

—No creo que ninguna de nosotras se sienta feliz aquí.

—¿Disculpa? ¿No conoces a Blue?

—Cierto —responde, arqueando las cejas—. Porque ella siempre se siente feliz.

Me sorprende su respuesta, y cuando Wren abre la puerta, su expresión vuelve a velarse. Entro detrás de ella, hago una rápida reverencia en dirección a Dama Eira y después me arrodillo al lado de Aoki.

—Gracias a Dios que queda comida —murmuro mientras tomo mis palillos—. Me muero de hambre.

No levanta la mirada. Su expresión está congelada, y sus ojos están clavados en algo pequeño que tiene en la mano. Cuando espío para ver de qué se trata, mi propio rostro se congela.

Caligrafía roja; es una citación en color escarlata.

Aoki-zhi

Lentamente, apoyo mis palillos.

—¿Estás bien? —pregunto en un susurro.

Sacude una vez la cabeza en un movimiento que interpreto como una respuesta afirmativa.

La voz de Zhin nos llega desde el otro lado de la mesa.

—¡Debes de estar muy entusiasmada, Aoki! —exclama; una sonrisa sincera se extiende en sus mejillas.

Sin apartar la mirada de sus manos, Aoki vuelve a asentir muy tiesa. Observo que le tiemblan los dedos. Por debajo de la mesa, presiono su muslo contra el mío.

Se oye una risa áspera.

—Parece que al fin nuestra pequeña Aoki va a convertirse en mujer —ronronea Blue—. Y con tan solo dieciséis añitos. —Echa una mirada a todas las chicas que están sentadas a la mesa, evitando deliberadamente mis ojos—. Entonces, ya estamos todas, ¿no?

—Te olvidas de Lei —le recuerda Mariko en tono burlón.

Los ojos oscuros de Blue se dirigen brevemente hacia mí.

—Ah, cierto. Me había olvidado de ella.

Cierro los puños, pero antes de que llegue a decir nada, Dama Eira se pone de pie.

—A mí, el rey no me llamó hasta dos meses después de nuestra ceremonia —anuncia con calma mientras me sonríe.

Eso les borra la sonrisa a Blue y a Mariko.

—Con algunas chicas —prosigue Dama Eira—, a él le gusta esperar. —Se acerca y extiende una mano—. Ven, Aoki. Te ayudaré a prepararte.

Aoki hace una mueca de dolor. Me mira con la respiración entrecortada; sus labios están más blancos en la parte donde se mordisquea.

—Es lo que yo quería —susurra mientras se pone de pie, un susurro que solo oímos las dos, y no estoy del todo segura de a cuál de las dos intenta convencer.

Esa noche, mientras espero despierta a que vuelva Aoki, escribo a mi casa.

Querido Baba:

Hace más de un mes que te envié mi primera carta y aún no tengo noticias de ti. Espero que sea porque estás muy ocupado con la tienda y que, ahora que te has convertido en una celebridad en Xienzo, ya no tengas tiempo para tu hija (¿te acuerdas de ella?). O tal vez Tien está dándote mucho trabajo (eso es más probable). Por la razón que sea, por favor, escríbeme pronto. Te echo de menos.

La vida en el palacio no es tan maravillosa como la gente cree. Nos pasamos el día tomando clases, incluso nos preparan para salir de la habitación y hay reglas para todo. A Tien le encantaría. Además, la comida es horrible.

Bueno, en realidad, no. Pero aun así, la cambiaría sin dudarlo por una de tus empanadillas de queso.

Con todo mi amor,
Lei

Detengo el pincel sobre el papel; me gustaría poder contarle más cosas. Pero Dama Eira me ha dejado muy claro que no debo dar detalles acerca del palacio ni de mi vida aquí. De todas formas, no querría que mi padre y Tien supieran lo difícil que me está resultando todo. Dejo el pincel y permito que la tinta se seque antes de tocar el papel. Mientras recorro cada carácter con los dedos, imagino las manos de Baba y de Tien haciendo lo mismo en unos días. Me llevo el papel a los labios y le estampo un beso. Después enrollo la carta y la cierro con una cinta.

A esta hora, la única luz proviene del farolillo que mantengo encendido en un rincón de mi habitación. El golpeteo de la lluvia corta el silencio de medianoche. Me acuesto sobre mi esterilla y recojo las piernas contra el pecho. Es la tercera carta que envío a casa y aún no he recibido respuesta alguna. Probablemente no debería preocuparme demasiado; hay muchas explicaciones posibles para esa falta de respuesta. Pero no puedo evitarlo. Tal vez Madam Himura ha descubierto lo de las cartas y ha impedido que las enviaran como castigo por haberla avergonzado en la Ceremonia de Inauguración. Se me hace un nudo de culpa en el estómago al recordar la advertencia de Wren. Tal vez, si me hubiera esforzado un poco más en las clases…

Un movimiento en el pasillo interrumpe mis pensamientos.

Me levanto, me coloco el pelo detrás de las orejas y me acerco hasta la puerta. Una figura pasa con pasos ligeros.

Aoki ya ha regresado.

Me arrebujo en mi bata de seda y abro la puerta. El aire está limpio a causa de la lluvia y las tablas del suelo resultan frescas bajo mis pies descalzos.

—¿Aoki? —llamo en voz baja a la figura que se aleja.

No se detiene.

Me apresuro por el pasillo y la sigo. Dobla la esquina y desaparece por una puerta que da a los jardines, al fondo de la casa. Vacilo. No se nos permite salir de nuestras habitaciones durante la noche y, mucho menos, salir de la casa. ¿Y si Aoki quisiera que fuera con ella, no habría dejado la puerta abierta?

Insegura, entreabro la puerta. El aire aún fresco por la lluvia me recibe. Más allá de la casa y de los jardines, desde el césped cuidado y los maceteros de flores hasta un denso bosque de pinos a lo lejos, la luna ilumina las copas de los árboles. Diviso la figura de Aoki alejándose hasta desaparecer en la franja oscura del bosque.

Solo que no es Aoki.

Es Wren.

A la luz de la Luna, su silueta es inconfundible: piernas largas y hombros anchos, y ese andar furtivo, felino.

Sigo mirando hacia el punto por el que ha desaparecido entre los árboles, resistiendo el impulso de seguirla. Porque si alguien nos descubre caminando por la casa de noche nos costaría una bofetada y un sermón de Madam Himura, pero salir de la casa para ir quién sabe a dónde con quién sabe quién sin duda nos acarrearía consecuencias mucho más graves.

Aprieto los labios. Y *ella* me dijo que *yo* tuviera cuidado.

Vuelvo a mi habitación de puntillas. Durante un buen rato, no consigo conciliar el sueño. No puedo dejar de imaginar a Wren caminando por el bosque, rodeando los pinos con facilidad, sonriendo al divisar a la persona con la que ha ido a encontrarse incluso bajo la lluvia. En mi cabeza, es un hombre alto y misterioso. La recibe con los brazos abiertos y ella se refugia en él, se disuelve en sus brazos, y en el fondo de mi vientre se despierta algo oscuro.

13

No tengo oportunidad de hablar con Aoki hasta la mañana siguiente. Se me acerca mientras caminamos por las pasarelas elevadas hacia el lago que está al sur del Sector de las Mujeres, donde nos da clase Don Tekoa, nuestro maestro de artes del qi. Es una bonita mañana de verano, luminosa y fresca, y aún quedan gotas de la lluvia de anoche en las hojas y en los edificios de madera, como manchas oscuras. Sin embargo, la luz del día revela lo cansada que parece estar Aoki. Tiene los ojos hinchados y los labios agrietados.

Antes de que pueda decirle nada, Blue se da la vuelta.

—¡Pequeña Aoki! —dice mientras se acerca—. ¿Cómo te encuentras después de tu noche especial? —Su sonrisa es toda dientes—. Me sorprende que puedas caminar —prosigue y le lanza una mirada a Mariko—. Creía que el rey te habría echado a perder.

Mariko ríe, pero las otras chicas guardan silencio.

—Vete, Blue —le digo, cortante, y entrelazo mis dedos con los de Aoki.

Blue arquea una ceja.

—¿No quieres enterarte de los detalles más sabrosos, Nueve? Me sorprende. Pensaba que, como tú todavía no has tenido nada de eso…

—Pues te equivocas. No es nada nuevo —añado, y veo que a Wren, que viene al final del grupo, le tiemblan los labios.

Blue me ignora.

—Vamos, Aoki. Cuéntanos los detalles.

—¡Sí, cuéntanos! —insiste Mariko—. ¿Te trató con cuidado? ¿O prefirió hacerlo a lo bruto?

Las mejillas de Aoki se sonrojan, y sus pecas desaparecen bajo el color.

—Eso… es privado —balbucea. Baja la cabeza y un mechón de pelo castaño rojizo le cae sobre el rostro.

—¿Privado? —Blue la observa con los ojos entornados—. ¿No te acuerdas de lo que nos dijo Dama Eira? Para una Chica de Papel no existe la privacidad.

Y aunque quizá sea cosa de mi imaginación, me parece detectar cierta amargura en su voz.

—No les hagas caso —digo, y tiro de la mano de Aoki—. Vámonos de aquí. —Miro a Wren. Antes de que me dé tiempo a dudar de lo que estoy haciendo, me acerco a ella, sin soltar a Aoki—. ¿Podrías transmitirle a Don Tekoa nuestras disculpas por faltar a su clase? —le pregunto en voz baja—. Dile que hemos tenido una… emergencia femenina.

Wren frunce ligeramente el ceño, pero asiente.

—Claro.

—Gracias —le digo.

Se encoge de hombros.

—No es nada —responde, aunque eso no es cierto. Si Don Tekoa decide averiguar el porqué de nuestra ausencia, descubrirá que Wren le ha mentido. Y no solo nos castigarían a Aoki y a mí, sino también a ella. Pero estoy contando con el hecho de que le resultaría demasiado embarazoso hacer más averiguaciones sobre la «emergencia femenina». Don Tekoa es el único maestro hombre que tenemos. El rey le otorga un permiso especial para entrar al Sector de las Mujeres por insistencia de Madam Himura, que afirma que es el mejor practicante de artes qi de todo el palacio.

El resto de las chicas siguen mirándonos, casi todas con aprensión. Chenna y las mellizas se llevan bien con Aoki y, a diferencia de mí, seguramente saben por lo que está pasando. Todas las chicas se han mostrado taciturnas tras su primera noche con el rey, incluso Mariko y Blue, aunque estoy segura de que ellas no lo admitirían.

Con una mirada intencionada hacia Blue, como desafiándola a intervenir, Chenna se nos acerca.

—La primera vez, yo lloré toda la noche —dice; se inclina y sujeta a Aoki por los hombros.

Ella se sorprende y levanta la vista, con un sollozo.

—¿En serio?

Chenna asiente.

—Para mí tampoco fue fácil.

Por encima de su cabeza, Wren se vuelve hacia mí.

—No te preocupes, Lei —dice—. Marcharos.

Cuando me mira a los ojos, se me enciende una chispa de calor en el pecho. Tardo un momento en darme cuenta de que es la primera vez que me llama por mi nombre. Me sorprende la suavidad con que sale de su boca la única sílaba que lo compone, ligera, como una gota de lluvia. Pienso en ella anoche en los jardines, a la luz de la luna. ¿Por qué saldría de la Casa de Papel? Pero no solo eso: ¿por *quién*?

Y algo más: ¿por qué me importa tanto?

Aparto la mirada y murmuro un agradecimiento, luego me apresuro para alejarme con Aoki.

Encontramos una galería apartada, en la parte trasera de una casa de té que no se encuentra demasiado lejos y en la que podemos pasar el tiempo que dura la clase. Da a un jardín de rocas y una anciana jardinera está barriendo las piedras con un rastrillo. No levanta la vista cuando nos arrodillamos la una al lado de la otra al borde de la galería, y el ritmo de su rastrillo resulta reconfortante: una raspadura constante que sirve de fondo a los sonidos de la casa de té y al trinar de los pájaros en los árboles cercanos.

—No es necesario que me cuentes nada —digo, ante el silencio de Aoki. Sigue evitando mirarme y tiene los ojos clavados en sus dedos, que juegan con el cinturón de su ropa—. Pero he pensado que te vendría bien estar un rato a solas y lejos de las demás.

Asiente. Se le llenan los ojos de lágrimas. Las enjuga con su manga y mascula rápidamente:

—Es una tontería. Tenía que suceder en algún momento, y no es que yo no quisiera. Yo quería hacerlo. Es decir, es el rey. Pero… —su voz vacila—… no pensaba que sería así.

Apoyo un brazo en su hombro.

—Era tu primera vez, Aoki. Es normal que te afectase. Supongo que por eso debemos esperar hasta casarnos —arguyo, tratando de aparentar que sé de lo que hablo—. Hasta que nos sintamos seguras de la otra persona. Y de nosotras mismas.

Aoki solloza.

—En una ocasión pude oír a una de mis hermanas mayores hablando de eso con su amiga. Mis padres estaban llegando a un acuerdo para que se casara con un muchacho del pueblo vecino, y ella se reunió con él en secreto una noche, antes de que el acuerdo fuera definitivo. —Se acomoda el cabello detrás de una oreja y me mira con una sonrisa débil—. Hicieron… cosas. No todo. Pero sí lo suficiente como para saber que se metería en un problema si mis padres se enteraban. Sin embargo, al día siguiente les confesó que quería casarse con él. —Se le borra la sonrisa—. Tendría que haber sido una buena noche —añade, con voz más apagada. Y después, más bajo aun—: Tuve mucho miedo.

La atraigo hacia mí, y algo caliente se enciende en mi pecho. Cómo se *atrevía* a asustarla. Aunque no he visto al rey desde la Ceremonia de Inauguración, aún recuerdo su rostro con claridad.

Me imagino dándole un puñetazo.

Aoki se frota la nariz con una mano y me mira entre sus pestañas mojadas.

—¿Y tú, tienes miedo? ¿Para cuando te toque a ti?

Algo en el tono de su voz me produce un escalofrío.

—¿Debería?

Aoki se vuelve hacia el jardín con la mirada perdida.

—En el pueblo había un muchacho —me cuenta—. Jun. También trabajaba en el arrozal. No hablábamos mucho, pero cada vez que lo veía, cada vez que estaba *cerca* de él, sentía calor en todo el cuerpo y me ponía tan nerviosa que nunca sabía qué decirle. Él me sonreía y yo me ruborizaba como una idiota. Cada vez que me miraba era como… como si me estuviera ofreciendo el sol. —Su voz vacila, y las lágrimas trazan senderos mojados en sus mejillas. Aún con el cinturón enredado entre sus dedos, murmura—: Yo… pensaba que con el rey me pasaría lo mismo.

—Quizá te pase la próxima vez —sugiero, mientras le enjugo las lágrimas con las puntas de los dedos—. Puede que con algunas personas lleve un poco más de tiempo.

—Puede ser —responde.

Pero puedo darme cuenta de que no lo cree.

Durante el resto del día, Aoki sigue taciturna. No me había percatado de lo mucho que contaba con su charla alegre, con su ánimo chispeante, para levantar mi propio ánimo. Intento hacerla reír, le susurro chistes cuando las maestras no miran y robo para ella hopias azucaradas rellenas de pasta de cacahuete, sus preferidas. Pero dice que no tiene hambre.

Eso, dicho por una chica que, por lo general, es capaz de comerse diez pastelitos de estos en una sola sentada, sin hartarse.

Como si reflejara el ánimo de Aoki, el tiempo cambia durante el transcurso del día. El cielo se cubre de nubes densas, tan bajas que casi puedo saltar y tocarlas. Volvemos a toda prisa de nuestra última clase y llegamos a la Casa de Papel justo cuando comienza a llover.

De camino al baño me cruzo con Chenna. Me saluda con la cabeza al pasar, pero le toco el hombro para detenerla.

—Gracias —le digo—. Por lo de hoy.

Me sonríe a medias como de costumbre.

—No es nada. Tengo una prima pequeña en casa. Aoki me recuerda mucho a ella. Sé que tiene dieciséis años, pero a veces parece mucho más joven.

Asiento.

—Me gustaría que Blue y Mariko la dejaran en paz de una vez.

—¿Como a todas las demás?

Chenna lo dice seria, así que tardo un momento en captar el chiste. Río.

—Tienes razón. Es mucho pedir.

—El caso —prosigue— es que, en realidad, Mariko es bastante agradable cuando no está con Blue. Y yo no daría mucha importancia a lo que diga Blue.

Parece a punto de agregar algo más, así que me inclino hacia ella con el ceño fruncido.

—¿Qué dices?

—Bueno, en realidad no me gusta hablar de asuntos ajenos. Pero tratándose de Blue… —Se humedece los labios—. ¿Sabes quién es su padre?

—Alguien importante en la corte, ¿no?

—No solo alguien importante: es el *único* consejero del rey en todo lo que tenga ver con la casta de papel. Ni siquiera los Hanno están tan involucrados en el consejo real. Todo el mundo sabe que el rey es un paranoico con todo aquello que tenga algún tipo de relación con los clanes. Probablemente le preocupa la posibilidad de que algún día se enfaden y se vuelvan contra él. Pero al padre de Blue lo expulsaron de su clan hace años.

—¿Por qué? —le pregunto.

Chenna se encoge de hombros.

—Hay muchos rumores. Pero no importa por qué haya sido; el hecho es que vino a parar aquí, y como no representa a su clan sino que es independiente, parece que el rey confía más en él que en casi nadie.

—¿Y eso qué tiene que ver con Blue?

—Todo el mundo sabe que su padre busca un ascenso. El primer consejero ha muerto justo este año y el rey aún no ha nombrado a su sucesor. —Los ojos negros de Chenna no se apartan de los míos—. Blue tiene dieciocho años. Podría haber entrado antes en la selección para las Chicas de Papel. O sea que parece bastante oportuno que su padre la haya presentado por primera vez este año, ¿no crees?

Frunzo el ceño.

—Pero el proceso de selección…

—No es obligatorio para las hijas de los funcionarios de la corte. —Asiente—. Claro que no hay muchos funcionarios de la corte que sean de la casta de papel, por supuesto. Pero a los pocos que hay se les concede la excepción. Así que…

—Si la familia *quiere* que se la tenga en cuenta, pueden hacer que acceda de forma voluntaria —completo la oración.

—Además —prosigue Chenna— pude oír a unas criadas hablando sobre el tema, y al parecer Blue no quería acceder como Chica de Papel.

Ambas permanecemos en silencio. De todas las chicas, yo habría apostado a que Blue había luchado con uñas y dientes para resultar seleccionada. La imaginaba siguiendo la selección desde niña, jugando con sus criadas a vestirse de Chica de Papel, imaginando que sería una de las elegidas.

—Su padre la ha utilizado —declaro, consternada.

—Ella habría hecho exactamente lo mismo—responde Chenna, levantando un hombro.

La indiferencia de su voz me sorprende. Tien me había dicho que las familias de las Chicas de Papel ofrecen a sus hijas con la esperanza de ganar los favores de la corte. Pero oír a Chenna hablar de eso con tanta franqueza…

No puede ser nada agradable que tu propio padre te utilice como moneda de cambio contra tu propia voluntad. Ni siquiera para alguien como Blue.

—Chenna —pregunto cuando se aparta—, ¿cómo sabes todo esto?

Algo vacila en sus ojos oscuros.

—El rey habla mucho —responde, con cierta tensión en la voz—. Especialmente después de unos cuantos vasos de sake.

Al regresar del baño al fin entiendo la importancia de las palabras de Chenna.

Tal vez la única persona que pueda decirme lo que ha sido de mi madre sea la última a la que me gustaría preguntárselo.

Durante la cena, Madam Himura nos anuncia que esta noche asistiremos a un espectáculo de baile.

—El rey estará presente —dice. Me mira—. Así que no quiero errores.

Las chicas murmullan excitadas. Zhen y Zhin juntan sus cabezas y hablan entre murmullos, y Blue y Mariko intercambian una mirada como si entendieran de lo que habla. Es la primera vez que van a cruzarse con el rey en público y, aunque algunas de las chicas parecen alegrarse por la noticia, yo me quedo helada cuando escucho que lo mencionan.

Miro a Aoki, que está sentada al otro lado de la mesa. No da señal alguna de haber oído la noticia; sigue empujando su comida con los palillos, con la cabeza apoyada en una mano.

Cuando nos ponemos de pie para salir, observo que Blue se queda un poco atrás. Me quedo en la puerta, simulando que estoy poniéndome bien los zapatos. Cuando Madam Himura se levanta de la mesa, Blue se le acerca con paso decidido.

—¿Qué sucede? —le pregunta con irritación la mujer águila.

Blue hace girar los hombros.

—Yo… quiero saber si mi padre asistirá a la función de esta noche —declara.

—No es mi deber memorizar las listas de invitados, jovencita.

—Pero…

—Envía un mensajero para que pregunte.

Blue masculla algo.

—Bueno —responde Madam Himura mientras levanta uno de sus brazos emplumados—, no es problema mío. Tu padre es un hombre importante. Él responderá cuando lo considere apropiado.

Me alejo a toda prisa antes de que me descubran escuchando. Algo agrio me revuelve el estómago al recordar la conversación con Chenna, pero tardo un rato en reconocer el sentimiento porque no es algo que yo habría asociado con Blue.

Es pena.

De nuevo en mi habitación, Lill tararea mientras me viste con un hanfu aterciopelado de color amatista con un bordado de motivos florales.

—Esta noche, dama —anuncia con una sonrisa—, va a estar tan guapa que el rey no podrá quitarle los ojos de encima.

Arqueo una ceja.

—Eso mismo me dijiste la última vez. ¿Recuerdas lo que pasó?

—¡No me lo recuerde! —Mientras se esmera en colocar bien todas las telas superpuestas, añade—: He oído a uno de los mensajeros de la corte hablando con Madam Himura.

Su sonrisa se va haciendo cada vez más ancha.

—Ay, no. —Hago una mueca—. Y ahora, ¿qué?

Lill aplaude y hace un bailecito de puntillas, después exclama:

—¡La han elegido para sentarse al lado del rey esta noche!

Me pongo nerviosa y aparto la mirada, Lill vacila.

—¿No… no está contenta?

Le respondo con los dientes apretados:

—No veo la hora.

—No se preocupe, dama —dice. Apoya su mano pequeña en la mía—. Cuando hoy la vea así, mañana la elegirá. Estoy segura

Lo que no le digo es que es precisamente eso lo que me asusta.

No puedo negar que cada vez que el mensajero real entrega el trocito de bambú y mi nombre no aparece escrito, me invade la vergüenza. Al margen de los comentarios desdeñosos de Blue y de las constantes amonestaciones de Madam Himura, no me ha resultado nada fácil ser la chica que todavía no han elegido. Todos los días pienso en la amenaza del general Yu. ¿Durante cuánto tiempo más van a permitirme permanecer en el palacio sin que el rey me elija? ¿Y qué sucederá si *nunca* me elige? ¿Es probable que terminen echándome? No creo que Madam Himura vaya a despacharme sin más con alegría, con algo de dinero y comida para el viaje, y ofreciéndome sus mejores deseos para mí y mi familia en el futuro.

Pero ni siquiera el temor a lo que podría suceder ha sido más fuerte que el alivio. No tener que enfrentarme al rey, al menos, durante un día más. De poder ignorar la verdadera razón por la que estoy en el palacio. Y si bien he descubierto que un mes no basta para olvidar unos rasgos como los suyos, sí es suficiente para establecer distancia con su rostro y con el demonio al que pertenece.

Más tarde, mientras recorremos el palacio camino al recinto donde tendrá lugar la función, su presencia empieza a revelarse, como el humo en el viento, como un sabor amargo que me revuelve el estómago

La lluvia cae sobre los carruajes cuando nos detenemos frente a uno de los teatros del Sector Interno. Las paredes de madera oscura están mojadas a causa de la lluvia. Por encima del ruido de la tormenta, se oye la música que proviene desde dentro: el sonido melancólico de un ehru, de flautas, de tambores graves. Un ejército de sirvientes nos acompaña hasta el interior con paraguas. Entramos en fila a la sala principal del teatro, un majestuoso recinto en forma de círculo. En el centro hay un escenario redondo rodeado de almohadones.

Dama Eira me sujeta del brazo.

—Tú estás conmigo, Lei.

Sonríe y me conduce hasta la primera fila.

A nuestro alrededor los cortesanos se colocan: una variedad de formas de demonios, distorsionadas por las sombras que proyecta el resplandor de los farolillos. Mi respiración se vuelve más superficial cuando nos arrodillamos en nuestros almohadones; trato de mantener una postura rígida e intento no atemorizarme cada vez que oigo los pesados pasos de los cascos. Para distraerme, me concentro en el escenario. Está cubierto por un polvo blanco que parece nieve.

Dama Eira sigue mi mirada.

—Es azúcar en polvo —dice.

Miro alrededor.

—¿Para qué es?

—Los bailarines la levantan con sus movimientos, con ello provocan que se deposite en nuestra ropa y en nuestra piel. La verdad es que no es más que un efecto visual. Pero también se dice que favorece los pensamientos sensuales. —Baja la voz—. Hombres y mujeres sabrán que, esta noche, la piel de sus parejas tendrá un sabor dulce.

Se forma una imagen en mi cabeza: el rey acercándose a mí, y una lengua gruesa deslizándose por mis clavículas desnudas.

—Yo… no puedo —digo de pronto. Apoyo las manos en el suelo y empiezo a levantarme.— No puedo, no lo haré…

Dama Eira me aferra el brazo.

—¡Silencio, Lei! —me reprende con un susurro, y tira de mí hacia abajo con sus dedos, que se clavan firmes en mis brazos—. Nunca puedes hablar así en público. *Jamás.* ¿Entiendes? Imagínate si se enterara Madam Himura. O el rey. —Espera mientras pasa un elegante demonio con forma de león, que sujeta por el hombro a otro león más menudo. Al pasar, unen sus hocicos en un gesto púdico. Dama Eira afloja un poco la presión en mi brazo y prosigue—: Comprendo que estás asustada, pero tienes que verlo como un aspecto más de tu trabajo. Ni siquiera lleva demasiado tiempo: solo son unas horas y cuando quieras darte cuenta estarás de nuevo en la Casa de Papel. Y aunque no puedo prometerte que vayas a disfrutarlo, puede que no sea tan malo como crees. Recuerda que incluso aquello que al principio parece imposible se puede superar con una mente y un corazón fuertes.

Es un viejo dicho que conoce todo el mundo en Ikhara. Lo hago rodar por mi lengua, buscando consuelo en sus palabras. Por alguna razón, me hace pensar en Wren. La forma en la que a menudo sus ojos se pierden a lo lejos durante las cenas y las clases, cómo si se retirara a alguna parte en el fondo de su alma. ¿Será así cómo soporta acostarse con el rey? ¿Protegiendo su verdadero ser al guardarlo en algún lugar en el que él no pueda encontrarlo?

Miro hacia el otro lado del escenario, donde ella está sentada, pensando que la encontraré con la mirada fija en la lejanía. Pero contengo el aliento… porque está mirándome directamente. Y en esta ocasión no es una mirada vacía lo que me dirige, hay fuego en sus ojos.

Entonces se oye una voz en todo el teatro, y nuestra conexión se interrumpe.

—Honorables miembros de la corte, les presento a nuestro Amo Celestial, el gobernante ungido por los dioses y comandante de todos los seres que caminan por el reino de los mortales: ¡el rey!

Todos los presentes se inclinan en una reverencia. Aún tengo las mejillas encendidas por la mirada de Wren mientras bajo la frente al suelo, pero el resto de mi cuerpo se congela a causa de un sudor frío. Todo el mundo permanece en silencio. No se oye más que un roce de telas y el golpeteo de la lluvia en el techo. Y, bajo mis costillas, los latidos frenéticos de mi corazón. Me parece imposible que nadie más pueda oírlo. Pienso incluso que Baba y Tien, que ahora deben de estar cenando en Xienzo después de otro largo día ajetreado de trabajo, se preguntarán, levantando la cabeza, qué serán esos tambores lejanos.

El recinto queda en silencio unos momentos más. Después... pasos de cascos.

Contengo el impulso de levantarme mientras se acercan lentamente y se detienen justo a mi lado. El cuerpo del rey irradia calor mientras se arrodilla, cerca, sin tocarme, pero tan cerca que su presencia es densa como un cielo cubierto de nubes tempestuosas, y su olor invade mi nariz, ese fuerte olor a toro, crudo y masculino.

—Amo Celestial —murmuro, junto a todos los demás.

Todos vuelven a incorporarse y sus ropas susurran mientras lo hacen. Me enderezo, pero dejo los ojos clavados en el suelo, consciente de que está mirándome.

—Lei-zhi —dice, arrastrando las letras. Hay un dejo de burla en su voz—. ¿Acaso siempre voy a encontrarte boca abajo en el suelo?

—Si así lo desea —respondo con todo el desdén que me atrevo a dar a mis palabras, y enseguida añado, para más seguridad—: Amo Celestial.

Lanza una carcajada que me estremece hasta los huesos.

—¿Y bien, qué te ha parecido tu primer mes en el palacio? Espero que haya sido placentero.

—En... ciertos aspectos, sí —respondo con cuidado.

—¡En ciertos aspectos! Dime cuáles no son de tu agrado, y veré qué puedo hacer.

Bueno, solo el pequeño detalle de que soy una prisionera aquí. Pero en lugar de decir eso, mantengo la mirada baja y respondo:

—Los días comienzan muy temprano. Y tenemos muchas clases. Y supongo que la comida podría ser mejor.

Nuevamente, su risa me sobresalta.

—Bueno, sé que al menos una de esas cosas no es verdad. Tenemos los mejores chefs de todo Ikhara. No encontrarás ninguno mejor. Pero tal vez —prosigue, en tono un poco más frío— es que tu paladar aún no se ha acostumbrado a la buena comida. Apenas puedo imaginar lo que comías en Xienzo. No te preocupes, Lei-zhi. Estoy seguro de que pronto te acostumbrarás a las delicias del palacio.

El doble sentido de sus palabras me pilla desprevenida, pero solo cuento con unos segundos para vacilar porque no tarda en volver a hablar, ahora con voz llana y seria.

—Dicen en la corte que has sido bendecida con unos ojos propios de la mismísima Diosa de la Luna. Enséñamelos.

Tomo aire profundamente, adopto una expresión lo más serena que puedo y levanto el mentón. Y por fin, después de todas estas semanas, la mirada tranquila del rey se encuentra con la mía.

Su espalda se pone rígida. No por miedo, ni siquiera por sorpresa, sino como un gato que acaba de divisar a un ratón. De la misma forma en la que el mundo queda en silencio antes del rugido de una tempestad. Su quietud parece extenderse a todo el recinto hasta que todo se detiene, y todo el mundo permanece concentrado en nosotros dos, en este encuentro de ojos dorados y azules.

Una sonrisa asoma a sus labios y acentúa la forma de su arco de Cupido.

—Vaya. No estaban exagerando.

Bajo la cabeza.

—Es un cumplido inmerecido, Amo Celestial.

Hay una pausa.

—No me has dado las gracias por el otro.

Levanto el rostro.

—¿El… el otro?

—Seguramente estarás preguntándote por qué aún no te he llamado, ¿verdad? —El rey se me acerca hasta que su rostro queda a tan solo unos milímetros del mío y apoya una mano en mi mejilla, con un poquito de demasiada fuerza—. ¿No sabías, Lei-zhi

—murmura, y su sonrisa se hace más amplia—, que siempre guardo lo mejor para el final?

Se vuelve a oír la voz del presentador, que da inicio al espectáculo. Pero el rey no aparta la mirada… y yo no me atrevo.

De reojo, veo que sube al escenario una bailarina con forma de perro. Empieza a sonar una melodía de una sola cuerda. La mujer perro empieza a moverse. Tiene cintas atadas a las muñecas, que al bailar forman grandes ondas. Danza por todo el escenario, moviendo sus piernas y sus delgadas caderas, y a su alrededor el aire se convierte en un remolino rojo.

Una lluvia de azúcar en polvo cae sobre nosotros. Lentamente, sin apartar sus ojos de los míos, el rey pasa un pulgar por mis labios, se lo lleva a los suyos y lo saborea con la lengua.

—Qué delicia —gruñe.

Al día siguiente, el nombre que aparece en el trocito de bambú es el mío.

14

La mesa estalla, todas las chicas hablan al mismo tiempo. Madam Himura tiene que dar un fuerte golpe en la mesa para que se callen.

—¡Esto no es un juego de mahjong entre amas de casa! —grita, y sus ojos amarillos parecen echar fuego—. ¿Acaso habéis olvidado quiénes sois? —Señala la puerta con el espolón de su dedo—. ¡Marcharos ya! Madam Tunga os está esperando. —Cuando empiezo a levantarme, suspira con exasperación—. Tú no, Lei.

Las chicas salen murmurando entre ellas. Aoki me mira por encima del hombro antes de marcharse, y me ofrece una sonrisa que no soy capaz de devolverle. Wren también se detiene un momento en la puerta. Mira a su alrededor. Así como anoche nuestras miradas se cruzaron de un lado al otro del escenario, ahora hay en sus ojos un brillo que me despierta algo en la boca del estómago.

—Buena suerte, Lei —dice—. Estaré pensando en ti.

Cierra la puerta y me quedo mirándola.

—Así que el rey te ha convocado por fin.

La voz de Madam Himura interrumpe el silencio. Bajo la mirada a mi falda y entrelazo los dedos.

—Dama Eira lo predijo —prosigue—. Parece que anoche quedó cautivado por ti en la función de danza. —Con un roce de plumas, rodea la mesa y se arrodilla a mi lado—. No es nada de lo que debas avergonzarte, Lei-zhi. Es normal estar asustada cuando se trata de tu primera vez. Les sucede a todas.

Me muerdo el labio.

—¿Hay... hay alguna manera de...?

Chasquea el pico.

—No me pidas lo imposible. La decisión del rey no se discute. —Apoya una garra en mi hombro con una suavidad sorprendente—. Te sentirás mejor cuando termine. Con el tiempo, hasta puede que llegues a disfrutarlo.

Recuerdo el rostro de Aoki bañado en lágrimas.

—Lo dudo —murmuro.

Madam Himura retira la mano, y su voz recupera el habitual tono insensible con la misma rapidez con que lo había perdido.

—No viene al caso si lo disfrutas o no. Es tu trabajo. Y tal como sucede con todas tus obligaciones, debes cumplirlo de la mejor manera posible. Aunque no pareces capaz de mucho. —Da un golpe con el bastón en el suelo—. ¡Rika! —llama a una de las criadas—. Lleva a Lei a su clase de ye.

Frunzo el ceño.

—¿Clase de ye?

—Habilidades nocturnas —responde sucintamente Madam Himura—. Para prepararte para esta noche.

No la menciona, pero la palabra está en el aire entre nosotras, clara, cortante y fría.

Sexo.

Finalmente van a prepararme para la función más importante de una Chica de Papel… y a la que más miedo le tengo.

Escondidos en la esquina sudeste del Sector de las Mujeres, entre muros altos y jardines perfumados con la fragancia intensa y embriagadora de los jazmines y las plumerias, se encuentran los edificios donde viven las cortesanas del palacio. Las Casas de Noche. El día que llegamos a palacio, Dama Eira nos describió las distintas áreas, pero de este sector no comentó demasiados detalles; solo nos dijo que teníamos estrictamente prohibido venir hasta aquí a menos que tuviéramos permiso explícito de ella o de Madam Himura. Ahora, mientras nos detenemos frente a la casa de las concubinas, me pregunto por qué. No es un sitio al que podamos entrar como si nada. Además de los altos muros, hay docenas de guardias custodiando el portal de entrada. El sol arranca destellos a sus armaduras de cuero y a las fundas de las espadas jian que llevan cruzadas sobre el pecho.

Rika, la criada de Madam Himura, me ayuda a bajar del carruaje. Los guardias no se mueven, pero me miran. Al pasar, miro a una guardia alta, con forma de guepardo. Tiene un rostro sorprendentemente dulce, pelaje color arena casi tan pálido como si fuera piel humana, y marcas negras en torno a los ojos. Me dirige una sonrisa que resulta amistosa a pesar de los caninos largos.

Mis ojos pasan de ella al demonio que está a su lado, y después al siguiente. Me vuelvo hacia Rika.

—¡Son todas hembras! —exclamo.

Asiente.

—Los guardias masculinos no pueden tener un puesto fijo en el Sector de las Mujeres.

—Pero ¿y los visitantes? ¿Acaso no son hombres?

—Hay una entrada lateral por la que pueden entrar directamente desde el Sector de la Ciudad. —Después añade, casi como si acabara de ocurrírsele—: Allí también está la casa de los cortesanos.

—¿Cortesanos hombres? ¿Son para las mujeres de la corte?

—No, dama. También son para los hombres de la corte.

Permanecemos en silencio. No puedo decir que me sorprenda la novedad. En los eventos nocturnos a los que solemos asistir, a veces hay demonios hombres acompañados por otros iguales, como los dos leones que vi anoche. Pero nunca lo he visto al revés, una pareja de dos mujeres.

Sin decir más, caminamos por un sendero sinuoso que atraviesa los jardines. Hay paz entre los árboles, y el suelo está moteado por el sol. El jardín es exuberante y silvestre; hay árboles esbeltos y arbustos floridos enredados entre sí, aún brillantes tras la tormenta de anoche. El césped está salpicado de semillas rojas de coralito. Se oye el trinar de los pájaros y el susurro de las hojas en la brisa. Entre el follaje se divisan las vigas violetas de algunos pabellones que se encuentran semiescondidos. Al pasar por uno, me llama la atención un movimiento en el interior. Hay un árbol de ginkgo que me bloquea parcialmente la vista, pero alcanzo a distinguir la figura de una mujer desnuda más allá del balcón enrejado.

Su largo cabello negro llega hasta el suelo. De su coronilla salen dos elegantes astas de ciervo. Echa la cabeza hacia atrás y cambia de posición, y debajo de ella se incorpora el cuerpo recubierto de pelaje marrón de un demonio con forma de oso. Este la sostiene por los hombros cuando ella se coloca sobre él. No puedo oírlos desde aquí, pero resulta evidente lo que están haciendo.

Me arden las mejillas. Aparto la mirada rápidamente y aprieto el paso, con los ojos fijos en el suelo.

Al cabo de unos minutos, los jardines se abren y llegamos a un espacio cuadrado donde hay un grupo de edificios bajos, de dos pisos. Por sus paredes verdes y rojas sube el musgo. Sobre sus entradas hay banderines, cada uno de ellos tienen el mismo carácter dibujado con una caligrafía amplia: ye.

De la casa de en medio sale una figura.

—Llegáis tarde.

La mujer ladea la cabeza y se cruza de brazos. Es un demonio con forma de perro, de la casta de la Luna, y el pelaje ocre que recubre su cuerpo ágil empieza a encanecer. Por la abertura en su túnica color bermellón asoman sus largas piernas, una mezcla de muslos humanos y caderas de perro. Aunque tiene las orejas en una posición de reposo, la suavidad que esto da a su aspecto se ve contrarrestada por los contornos agudos de su rostro y por la mirada de acero que nos dirige cuando nos acercamos.

Rika se inclina.

—Mis más sinceras disculpas, Madam Azami.

Cuando empiezo a mascullar un saludo, la mujer perro se acerca y me sujeta por el brazo.

—Durante estas clases, tu trabajo no es hablar —me dice en tono cortante, mientras tira de mí hacia las escaleras de la casa—, sino escuchar. *Solo* escuchar. ¿Puedes hacer eso? ¿Puedes mantener cerrada esa boquita que tienes por unas horas?

Casi tropiezo con el borde de un escalón.

—S…sí, dama.

—¿Qué te *acabo* de decir? *Aiyah*, eres algo lenta para aprender, ¿verdad? Esperemos que tengas talento entre las sábanas para compensar eso.

Chasquea la lengua con irritación y me conduce por unas escaleras hasta la planta de arriba, y después, por un estrecho pasillo. Apenas alcanzo a tener una impresión rápida del interior del edificio: pasillos bajos en penumbras, sombras que se mueven por detrás de los paneles de papel de arroz, y sonidos, desconocidos pero en cierto modo… no. Gruñidos pesados. Un gemido ahogado.

Madam Azami llama a una de las puertas.

—¡Zelle! —ladra—. ¡Abre! Ya está aquí tu Chica de papel para su clase.

Una voz sedosa responde desde dentro.

—¿Por qué nunca me lo pide de buena manera, dama?

—¿Y tú, por qué nunca haces lo que se te dice? —refunfuña la mujer perro; abre la puerta y me empuja hacia adentro—. Tres horas. Lo básico. Adelante.

Cierra la puerta de un golpe.

Casi tropiezo al detenerme y trato de alisarme la ropa lo más rápido posible. Mis ojos se cruzan con los de una chica de la casta de papel, apenas unos años mayor que yo. Está tumbada junto a la ventana, y la luz crepuscular que entra por los postigos semicerrados tiñe de oro su delgada figura. Su falda de color índigo tiene una abertura que revela toda la longitud de sus piernas.

Me mira y me ofrece una sonrisa ladeada.

—La famosa Nueve. Estaba ansiosa por conocerte.

Me molesta que me llame por el apodo de Blue, pero me obligo a hacer una reverencia.

—Es un honor aprender hoy de usted, Dama Zelle.

—Por favor —suspira, con exasperación—. Llámame Zelle. Cuando me dicen *Dama* me hacen sentir vieja. —Se acerca a mí acompañada por el susurro de las telas, se arrodilla en la esterilla de bambú y me indica que haga lo mismo—. ¿Nunca te aburres? Tanto

Dama por aquí, Madam por allá. Al menos, en mi trabajo no tengo que charlar. Salvo, claro, que algún cliente prefiera eso.

Me guiña un ojo.

No sé cómo responder a eso. Sin decir nada, observo la habitación. Es muy diferente a la mía en la Casa de Papel. En las paredes hay pergaminos con pinturas y caligrafía, y las mesillas auxiliares y los armarios están muy elaborados, tallados en teca y caoba con incrustaciones de madreperla. En uno de los laterales de la habitación hay una cortina de tela fina que se mece con la brisa que entra por la ventana. La transparencia de la tela permite advertir una cama al otro lado, baja y ancha, con muchos almohadones encima.

—Eres de Xienzo, ¿verdad? —pregunta Zelle, siguiendo mi mirada—. Supongo que nunca habías visto una.

—¿Una cama? —Meneo la cabeza—. En casa dormíamos sobre esterillas. Igual que aquí, en nuestras habitaciones.

Lanza una carcajada.

—Por supuesto. No vaya a ser que se os ocurra llevar algún amante a vuestro dormitorio. Aunque eso no disuade a *todas* las chicas.

Una sonrisa ladeada se extiende en sus labios, y sonrío también. Hay algo amistoso en esta chica, con sus ojos brillantes y su voz jocosa.

—Bien —murmura, mirándome—. ¿Qué te enseño…?

—Madam Azami ha dicho que lo básico.

Zelle alza una mano.

—Lo básico es aburrido. Podría explicarte cómo funciona, dónde tienen que ir ciertas partes, la anatomía y la mecánica. Pero ¿para qué? De todas formas vas a descubrirlo cuando suceda. El mejor sexo es el que nace de una forma espontánea. Por instinto. La idea es que seas capaz de soltarte, no de que estés repasando mentalmente una lista de movimientos. Por eso detesto toda esta etiqueta y todas estas formalidades. Lo echan todo a perder… La crudeza. La pasión. —Hace una pausa—. Piensa que es como una cuestión de acción y reacción. De contacto y respuesta.

Con una sonrisa pícara, se inclina para sujetarme la mano. Cuando lo hace, se le mueve el escote y revela la sombra que se forma entre sus pechos. Zelle no parece notarlo. Me levanta la manga, apoya la punta de un dedo en la cara interna de mi codo y, sin apartar sus ojos con pestañas espesas de los míos en ningún momento, baja el dedo por mi brazo.

Lenta. Leve. Provocativa.

Siento un calor entre las piernas.

—¿Cómo te hace sentir eso? —pregunta, con voz sedosa, observándome.

Me trago el nudo que se ha formado en mi garganta.

—Estò… bien, creo.

Zelle ríe, aunque no con maldad.

—En el sexo no se puede mentir, Nueve. Tu cuerpo siempre te delata. —Me toca la mejilla y murmura—: Mira cómo te has ruborizado. —Sus dedos rozan mis labios—. Tu boca está abierta, expectante. Lista para el beso. —Apoya la palma de la mano en mi pecho; siento su piel caliente sobre la mía—. Tu corazón late acelerado. Excitado. ¿Qué encontraría si deslizara mi mano entre tus piernas? ¿Allí también te delataría tu cuerpo?

Bajo la mirada y Zelle se aparta.

—No tienes nada de qué avergonzarte —dice, ahora en tono más suave—. Puedes ser sincera conmigo. Muchas ansiamos que nos toquen. Que alguien nos quiera.

—Pues yo —respondo, enfadada— *no ansío* que me toque el Rey Demonio.

La respuesta me sale con una voz más áspera y más fuerte de lo que pretendía.

—D… digo, es un demonio —aclaro—. Y yo, no.

Zelle frota un mechón de su pelo entre el índice y el pulgar.

—A muchas chicas les cuesta entender eso —comenta, asintiendo—. La atracción entre castas. Pero, en realidad, no es tan poco común como se podría creer.

—¿No?

—Piénsalo así. La casta de la Luna proviene de la de papel, según los antiguos mitos de las *Escrituras Mae*, ¿cierto? Y los de acero son el resultado de la mezcla entre papel y Luna. Así que, en realidad, papel, acero y Luna no son tan distintos. Simplemente, estamos en distintos puntos de la escala. Por eso tenemos aspectos diferentes. —Se encoge de hombros—. Pelaje, plumas… no son más que decoración. Nuestra constitución y nuestra estructura son las mismas, en lo básico.

Sus palabras me recuerdan a lo que Mama me dijo sobre el hecho de que los humanos y los demonios teníamos en realidad la misma sangre. Y al recordar a mi madre pienso en aquel día, hace siete años: el día en que dejé de creer en sus palabras porque ¿cómo era posible que fuéramos iguales si los demonios eran capaces de hacer *eso*?

—Pero si se consideran tan superiores a nosotros —pregunto enfadada—, ¿por qué nos *desean* de esta manera?

Zelle levanta un hombro.

—En parte, por la tentación de lo prohibido, supongo. La excitación de quebrantar las reglas. Especialmente en un sitio como este, como el palacio, que está lleno de gente de las castas de la Luna y de acero; quizá los rasgos delicados de las chicas humanas tengan un atractivo exótico para ellos. —Algo se endurece en su expresión—. Pero en general, creo, es una cuestión de poder. Los demonios pueden tomar de nosotros lo que quieran. Nuestro hogar. Nuestra vida. Nuestro cuerpo. —Después, como si no hubiera llegado a alterarse, recupera su semblante despreocupado—. Además, claro, está nuestra belleza. Dime, ¿quién se puede resistir a esto? —Echa su cabello hacia atrás y me guiña un ojo—. Pero lo importante ahora es cómo podemos ayudarte a ti a que te sientas cómoda con el rey.

Cambio de posición, incómoda, al recordar lo que ocurrió anoche: la cercanía del rey, su pulgar recorriendo mis labios, la forma con la que se atrevió a tocarme, con la intimidad, la seguridad de quien ya ha conocido otros cuerpos.

O de alguien, tal vez, que se siente cómodo al apoderarse de aquello que no le pertenece como si fuera suyo.

Me invade la repulsión, junto con algo que me quema. Quiero levantarme de un salto y gritarle a Zelle. ¿Acaso no es obvio? ¿No es comprensible que no quiera sentir el cuerpo de un extraño contra el mío, especialmente si se trata de un demonio cuyo poder ha causado tanto dolor en Ikhara, a familias como la mía?

Dzarja. Es, en efecto, una traición.

Cada día que paso en el palacio es una traición.

Pero me trago las palabras, pues no sé cómo reaccionaría Zelle. En lugar de eso, invento una excusa:

—No sé nada de él. Solo hemos hablado en una ocasión. Muy poco. ¿Cómo puede atraerme alguien que no conozco?

—¿Estás diciéndome que nunca te ha atraído nadie por su aspecto? —pregunta Zelle, arqueando una ceja—. No es ser superficial, Nueve. La atracción es una parte franca, instintiva, de la vida. Y el aspecto de una persona es mucho más que sus rasgos físicos. Es su porte. Su manera de moverse. Las cosas que puedes averiguar sobre ella sin la necesidad de hablar. ¿Cuántos años tienes?

—Diecisiete.

—Diecisiete —repite, con un dejo de nostalgia en la voz, aunque ella no debe tener muchos más—. Qué edad tan bonita. Aún joven, y la atracción y el deseo te resultan una novedad, pero tienes los años suficientes para saber qué hacer con ellos. Lo más seguro es que ya te hayas fijado en alguna persona y deseado conocerla. Te habrás preguntado si podrías estar en sus pensamientos.

Y de pronto siento calor en las mejillas… porque es una descripción perfecta de lo que he estado sintiendo por alguien.

Wren.

De pronto lo entiendo, la comprensión me llega como cae el crepúsculo: de forma instantánea. Como un parpadeo, un salto en el tiempo que deja solo el antes y el después, y los efectos ineludibles del cambio.

Cada mirada que se prolonga, cada momento robado, observándola de reojo, encaja como una pieza en un rompecabezas. Cómo me turbo siempre que estoy con ella. Lo celosa que me puse al creer que tenía un amante. Cómo, al verla bailar, algo me *duele* por dentro. Y aunque no hemos hablado mucho —Wren sigue manteniendo esa actitud de desinterés que la separa del grupo— Zelle tiene razón. Es cierto que puedo averiguar cosas sobre ella solo por su comportamiento. No es tan difícil de conocer como ella piensa. He observado la forma en la que se relaja cada vez que tenemos una clase de aptitudes físicas, como si agradeciera disponer de ese tiempo para mover su cuerpo. Cómo esconde su desnudez en el patio de baño, no tanto por pudor sino más bien, supongo, por mantener la distancia que ha creado entre ella y las demás.

A veces, también he notado que ha empezado a observarme, y cómo… con ojos ardientes.

Algo que hacía mucho tiempo que no sentía despierta en mi vientre. Esperanza. Porque tal vez Wren ya lo ha entendido.

Tal vez sus ojos estaban revelándome lo que yo apenas acabo de comprender.

Zelle me observa con paciencia, con una semisonrisa.

—¿Ves? Tu cuerpo no miente. Sí hay alguien.

Respiro tranquilamente y acomodo la tela de mi falda antes de responder, en tono tentativo:

—Pero… no es el rey.

Quiero agregar: *Y tampoco es un hombre*, pero me parece demasiado revelador.

—¿Y qué? —responde—. No se espera que te atraiga la persona con quien te obligan a acostarte. Fíjate en mis clientes. Casi todos son perros del gobierno. —Zelle resopla—. A veces, literalmente. Pero de vez en cuando aparece alguien… —Su rostro se empaña con un recuerdo secreto, tal vez de unas manos y bocas más gentiles, menos egoístas—. Tienes que encontrar maneras de evocar esos sentimientos incluso cuando estés con alguien que te repugna. Puede parecerte imposible, pero en realidad es muy fácil, cuando sabes hacerlo. Te lo demostraré. Quítate la ropa —ordena en tono brusco.

Instintivamente, me aferro al cuello de mi túnica.

—¿Q… qué?

—Deja la timidez a un lado, Nueve. Trabajo *aquí*, ¿te acuerdas? Lo he visto todo. Además, si no eres capaz de desvestirte delante de mí, ¿qué esperanzas son las que tienes para cuando estés frente al rey?

Sus palabras me producen escalofríos. No solo por el sentido que les da, sino también por el doble significado que esconden.

Porque la respuesta a su pregunta es muy fácil: ninguna. No tengo esperanzas. Ni de ser libre, ni de escapar de lo que me espera esta noche.

Pero si hay algo que la vida en el palacio me ha enseñado, es a seguir órdenes. Aunque por dentro me esté muriendo por desobedecerlas.

Bajo la cabeza y me suelto la faja que me sujeta la ropa. Después, lentamente, me quito la túnica de algodón por encima de los hombros. Me quedo mirando al suelo, sintiéndome expuesta.

—Dioses —murmura Zelle—. Eso ha sido tan sensual como la extracción de una muela. Mejor pon atención.

Ladea el rostro y su mirada se vela, se desenfoca. Se quita el hanfu lentamente, y lo único que puedo hacer es asombrarme ante la transformación de su semblante. De pronto, parece una mujer enamorada. Cada movimiento que lleva a cabo está lleno de anhelo. Hay deseo en su respiración, que se acelera mientras su ropa se desprende de su cuerpo; simula timidez al mirarme y bajar los ojos al suelo. Y en sus labios separados, hay ansia.

Después sonríe, y el espejismo desaparece.

—Eso ha sido asombroso —admito.

Zelle se encoge de hombros y vuelve a vestirse, aunque habla con un orgullo genuino.

—Por supuesto que sí. No esperarías menos de la cortesana mejor paga del palacio, ¿verdad? Ahora vístete y vuelve a intentarlo. Imagina que estás con la persona a la que deseas. Estás desvistiéndote por primera vez en su presencia. ¿Cómo te sentirías? ¿Y cómo se sentiría esa persona? Imagina su deseo y aprovéchalo para despertar el tuyo.

Cierro los ojos y hago lo que me dice, soñando con Wren.

Durante las siguientes horas, Zelle me enseña más técnicas para que las ponga en práctica en la habitación del rey, desde la forma en la que debo tocarlo —que, según le han contado otras Chicas de Papel, a él le gusta— hasta los ejercicios que debo practicar para sentirme más segura de mi propia sensualidad. A veces me mira de un modo que me hace creer que sabe en lo que estoy pensando. O, más específicamente, *en quién*.

—¿Volveré a tener clases contigo? —le pregunto cuando terminamos, mientras recojo el dobladillo de mi túnica y me pongo de pie.

—Siempre que el rey te convoque —responde Zelle—. Aunque no hay mucho más que pueda enseñarte. Como ya te he dicho, en realidad es algo espontáneo. Solo necesitas práctica. Pero Madam Himura cree que es bueno que todas vengáis a tomar clases conmigo, y así puedo tener algunas horas libres, sin clientes. —Me sonríe—. Estoy ansiosa por saber cómo te va esta noche, Nueve. Creo que te irá bien.

Siento calor —y no del agradable— en la piel al pensar en las manos del rey sobre mi cuerpo. Todo el mundo habla de nuestro trabajo como si fuera algo absolutamente normal. Como si la intimidad física fuera algo que se exige, no algo que se ofrece o se comparte. No algo que se hace con amor, como lo he soñado desde niña, cuando imaginaba el matrimonio en lo que pensaba era en los besos cariñosos que se daban mis padres cuando creían que yo nos los veía, la forma en la que se sentaban justos en la galería de atrás muchas noches, en silencio, pero que de alguna manera hacían que pareciera que se hablaban con la mirada.

Algo me bloquea la garganta.

—Aún no estoy lista.

—Sé que hoy te he dado mucha información —me dice Zelle con suavidad—. Solo recuerda que es tu primera vez. El rey no espera que sepas hacer muchas cosas. De hecho, probablemente le guste la idea de que no tengas experiencia. A muchos hombres les gusta eso, quitarle la virginidad a una chica.

—¿Por qué? —La pregunta sale con amargura. Todas las cosas malas de mi vida han ocurrido por causa de la codicia de los hombres: primero, cuando se llevaron a mi madre, y después, siete años más tarde, cuando volvieron a por mí. Añado con voz áspera—: De todas formas ya tiene todo el poder.

Zelle me dirige una mirada significativa.

—¿Eso crees? Sí, les gusta pensar que ellos mandan, que pueden darnos órdenes y apropiarse de una mujer cada vez que les apetezca. Pero ¿es poder de verdad? Pueden arrebatar, robar y destruir todo lo que quieran, pero hay una cosa que no pueden controlar. Nuestras *emociones* —dice al verme tan desconcertada—. Nuestros sentimientos. Nuestros pensamientos. Ninguno de ellos podrá jamás controlar lo que sentimos. Nuestra mente y nuestro corazón es solo nuestro. Ese es nuestro poder, Nueve. No lo olvides nunca.

Hay una extraña serenidad en su expresión, aunque se adivina algo oscuro detrás de sus ojos. Justo antes de salir, me detengo y la observo desde la puerta.

—Acerca de mi apodo…

Zelle asiente; adivina lo que voy a preguntarle.

—Es cierto, se lo he copiado a Blue. Pero yo no lo digo con la misma intención que ella.

—¿Cómo lo dices?

Como siempre, me ofrece una sonrisa ladeada.

—Como un cumplido, claro.

15

De nuevo en la Casa de Papel, paso dos incómodas horas con un grupo de criadas que no paran de charlar mientras me asean y me depilan, después me dejan en una bañera llena de leche con miel y especias. Supuestamente, es para suavizarme la piel y perfumarla, pero no puedo dejar a un lado la sensación de que me siento como un animal al que están sazonando para un banquete y, mientras me remojo en la bañera, una inquietante imagen no deja de vagar por mi mente, la del líquido aromático entrando por cada poro de mi cuerpo hasta llegar a mis huesos, hasta que lo único que queda de mí es fragancia y suavidad. Como si pudiera desaparecer al más leve contacto.

Después, Lill me viste con una falda larga bordada en color crema y carbón, amarrada a la cintura con una cinta de terciopelo sobre una blusa color perla con mangas drapeadas. Es la mezcla provocativa de un estilo conservador con uno sensual. La falda larga esconde mis piernas, pero la transparencia de la blusa revela la forma de mis pechos y la delgada curva de mis hombros. Me hace sentir muy consciente de para qué me visten con estas prendas.

O, mejor dicho, *antes de qué*.

Lill trabaja en silencio, pues percibe mi estado de ánimo. Antes de salir, coloca un atado envuelto en hojas en la cabecera de mi esterilla.

—Tengo que recordarle que debe mezclar esto con agua en cuanto vuelva —dice, y evita mirarme a los ojos—. Y tiene que beberlo todo, dama. Aunque tenga mal sabor.

Las hierbas para evitar el embarazo. Se me habían olvidado.

Asiento para que sepa que he entendido lo que me ha dicho. Pero ya siento el estómago revuelto, y no tengo idea de si podré retener siquiera unos sorbos después de lo que tiene que ocurrir esta noche. Mientras Lill me conduce hasta donde espera un palanquín, tengo que hacer un esfuerzo enorme por no vomitar aquí mismo.

El pequeño empuje de coraje que me ha dado la clase de Zelle empieza a desvanecerse cuanto más cerca me encuentro del rey: Lill me desea suerte mientras subo al palanquín; el paso tambaleante de los órices me trasladan por el palacio al anochecer. Al llegar al Sector Real, la hilera de soldados que montan guardia delante de la fortaleza del rey me intimida tanto como en mi primera visita: una fila de armaduras y cuernos. Una vez dentro, me llevan hasta una habitación sin ventanas para una ceremonia de purificación. Un grupo de Hechiceros Reales camina a mi alrededor, meciendo incensarios de oro mientras recitan. Los círculos de incienso envuelven mi cuerpo como si fueran cuerdas: una manifestación física de lo atrapada que me siento.

Cuando me conducen hacia las habitaciones privadas del rey, ya siento un pánico profundo, físico. Todo en mí quiere darse la vuelta. Huir. Pero me obligo a recordar la amenaza del general Yu, y el recordatorio de Wren de que nuestros actos no nos afectan solo a nosotras sino también a nuestras familias.

Tengo que mantener a Baba y a Tien a salvo. Y tal vez, solo tal vez, el rey pueda darme algunas respuestas sobre mi madre.

Una mujer con forma de zorro de la casta de la Luna encabeza la escolta de soldados que me acompañan; la reconozco como a uno de los demonios que estaban junto al rey durante la Ceremonia de Inauguración. Debe ser parte de su guardia personal. No cabe duda de que es bonita: tiene ojos vivos, vulpinos, y un cuerpo delgado que combina a la perfección al humano y al zorro bajo un pelaje brillante del color de la nieve recién caída. Algo en ella me despierta una profunda inquietud. Durante mi vida en el palacio he ido acostumbrándome poco a poco a la presencia de los demonios, pero aún me pone nerviosa estar tan cerca de ellos. Especialmente si son de la casta de la Luna, con sus potentes extremidades animales. Me dan la impresión de que, si lo decidieran, podrían destrozarme en cualquier momento.

Nos detenemos ante unas gruesas puertas opalinas que están situadas en una entrada con forma de arco en la pared de piedra. La mujer zorro golpea con los nudillos y las puertas se abren lentamente, y al abrirse revelan un túnel negro de techo alto. El aire cálido y perfumado que emana de allí me provoca una arcada.

La mujer zorro me mira por encima de su nariz blanca, como empolvada.

—El rey te espera.

Su voz suena aguda y fría, y cada sílaba refleja un profundo disgusto. Es obvio que detesta que su adorado rey lleve chicas de la casta de papel a su cama.

Lo cierto es que me gustaría poder decirle que a mí tampoco me agrada la idea. Pero no lo digo, no puedo decir nada. La oscuridad del túnel atrae mi mirada. Es como una fuerza que me llama, que me impulsa a avanzar. Pero mis pies no se mueven.

El rey se encuentra ahí dentro.

Esperándome *a mí*.

La mujer zorro sisea entre dientes.

—¿Qué pasa? —gruñe, con un movimiento rápido de su cola—. ¿Nunca has visto una puerta? Ah. Cierto. Había olvidado que eres de Xienzo. Supongo que los campesinos keeda no pueden darse el lujo de tenerlas. —Después me sujeta por el hombro y me susurra al oído para que nadie más la oiga: «¡Puta!», luego me empuja hacia dentro.

Tropiezo, pero consigo mantenerme de pie mientras las puertas se cierran detrás de mí con un fuerte golpe seco. El túnel queda a oscuras. El aire pesado parece encerrarme por todas partes; me rodeo con los brazos y respiro con fuerza. Me tienta la idea de quedarme aquí sin moverme, pero solo estaría postergando lo inevitable. Tomo aire de forma temblorosa, enderezo la espalda y empiezo a caminar.

Pronto distingo una mortecina luz roja delante de mí. Apresuro un poco el paso. Momentos después, entro en una habitación alta y abovedada. El resplandor rojizo proviene de las cientos de velas que hay por toda la habitación —en el suelo, en grupos encima de los armarios y las mesas, y hasta flotando en el aire— que irradian calor y un aroma empalagosamente dulce que me revuelve el estómago. Y allí, justo en medio de toda la estancia, en un enorme trono dorado...

El rey.

Tiene puesta su ropa de siempre, negra y dorada, pero esta noche solo la lleva ligeramente atada, por lo que una abertura en forma de V enseña parte de su torso, revelando su pelaje castaño y el relieve de sus músculos. Me sorprende lo humano que es su cuerpo, y recuerdo las palabras de Zelle acerca de lo similares que son las castas en realidad. Si uno no se fijara en su pelaje de toro y en su mandíbula alargada, el rey casi podría pasar por humano. Después mis ojos bajan hasta las musculosas pantorrillas, que se afinan hasta llegar a los cascos grises chapados en oro, grandes como un par de pesas de piedra, y recuerdo el sonido de los pasos de los demonios, tan ajenos a nuestro pueblo, hace siete años.

Me inclino en una reverencia, con las rodillas y la frente en el suelo. Siento la roca pulida fría contra mi piel.

—A...amo Celestial —lo saludo, y me enfado conmigo misma por el temblor de mi voz y por la forma en la que se me oye, débil, dentro de la amplia estancia.

—Vamos, Lei-zhi —responde el rey con tranquilidad—. No es necesaria tanta formalidad. Solo estamos tú y yo.

Habla con tono ligero, pero sus palabras reflejan una orden clara. Cuando me incorporo, me hace una seña para que me acerque e indica la mesa que está delante del trono.

—Los chefs reales nos han preparado la cena. Me he tomado algo de tiempo para averiguar cuáles son tus platos preferidos. —La luz de las velas resalta el pelo cobrizo de su cuerpo. Sonríe. Una sonrisa ladeada, casi aniñada, que contrasta con su voz profunda—. Yo también tengo debilidad por las almendras azucaradas.

Mis ojos recorren brevemente los tazones y los platos que se distribuyen por toda la mesa. Hay empanadillas de langostino y panecillos de cebolletas, croquetas de nabo al vapor y cortes de pollo asado bañado en salsa, dátiles remojados en vino y albóndigas de masa de habichuelas rojas recubiertas de jarabe y copos de coco. A un lado hay una jarra de sake, y dos tazones para servirse. Pero aunque la comida parece deliciosa, no puedo oler otra cosa que no sea la horrible fragancia dulce de las velas. Me congela la sangre en las venas.

Mantengo la cabeza baja y me arrodillo junto a la mesa frente al rey, aún conteniendo las ganas de vomitar.

—Su generosidad me conmueve, Amo Celestial —murmuro.

Da una palmada en el apoyabrazos del trono.

—¿Qué *acabo* de decirte? —exclama, y su voz resuena en la amplia habitación—. Vosotras sois todas iguales. Amo Celestial por aquí, Amo Celestial por allá. Es agotador. A veces pienso que todas esas reglas se hicieron solo para aburrirme. —Se inclina hacia adelante y clava su fría mirada en mí; las puntas doradas de sus cuernos brillan con la luz—. ¿Sabes por qué mi antepasado, el primer Rey Demonio de Ikhara, estableció el título de Amo Celestial?

—N... no.

Se acomoda en el trono.

—A otros caudillos y líderes de los clanes se los individualiza por sus nombres, por las familias de las que descienden. Eso facilita el reconocimiento. La reverencia. Pero también significa que cualquiera puede hacerse con un nombre. Después de salir victorioso en la Guerra Nocturna, el Rey Toro decidió dejar atrás su nombre por completo. Lo vio como algo simbólico. Una manera de elevar su estatus. En lugar de ser meros mortales, él y sus sucesores seríamos reverenciados como entidades todopoderosas. Seríamos dioses. —Algo desagradable distorsiona el rostro del rey—. Dime, Lei-zhi, ¿qué sentido tiene tener un dios cuyo pueblo no sabe nada de él? ¿Cuyos seguidores no pueden llamarlo por su propio nombre? —Bufa—. Es como venerar a un fantasma.

Me esfuerzo por no mirarlo con odio. *Ojalá tú fueras uno.*

—¿Y sabes —prosigue— que cuando nacen los hijos del rey se los conoce solo por la secuencia en la que han nacido? Antes de hacerme cargo del reino de mi padre, yo era Tercer Hijo. *¡Tercer Hijo!* —Da otra palmada y me sobresalto. El sonido estalla como un trueno—. ¡Como si yo fuera tercero en algo! —Pero en su sien se crispa un músculo, y hay cierto tono astillado en su voz. Hay algo más detrás de la ira. ¿Pesar? ¿Temor?

—¿Qué pasó con sus hermanos mayores? —pregunto tentativamente.

El rey se humedece los labios.

—Los maté para heredar el trono.

Sus palabras congelan el aire, pero él irradia poder y calor. Después, de pronto, su rostro recupera aquella sonrisa amplia, llena de dientes.

—¿Qué te parece si empezamos? Seguramente tengas hambre y no quiero que se enfríe la comida.

Tal como nos han enseñado, me extiendo hacia la jarra de sake para servírselo. Pero él me detiene con una seña.

—Eres mi invitada, Lei-zhi. Permíteme atenderte.

Sirve dos cantidades generosas. Me entrega un tazón, y por un breve instante sus dedos peludos rozan los míos, lo que me eriza la piel de los brazos. Alzamos nuestros tazones e inclinamos la frente hacia el borde, antes de acercárnoslos a los labios. El rey se bebe el suyo de golpe. Intento hacer lo mismo; nos han enseñado que sería descortés no hacerlo. Pero cuando llego más o menos a la mitad, me quema la garganta, y apoyo mi tazón con lágrimas en los ojos.

—¿No bebes? —me pregunta.

—Solo en ciertas ocasiones. —Aún tengo la voz ronca por el alcohol. Toso para aclarármela—. Fuera de eso, no lo tenemos permitido.

—A veces es necesario quebrantar las reglas. —Las comisuras de su boca se elevan en una sonrisa feroz—. A mí me dicen que no puedo salir de los Sectores Internos sin mis guardias. Pero yo sé arreglármelas.

Parece una amenaza. De pronto, me siento muy consciente de mi piel, de cuánto se ve a través de la blusa. Trato de colocar mi pelo hacia delante, sobre mis clavículas, pero entonces oigo la voz del rey.

—Alto.

Me detengo en seco al oír la orden.

—Me gustas más con el cabello hacia atrás. Realza más tu belleza. Tus ojos.

Con el pulso acelerado, bajo los brazos para que pueda mirarme. Siento intensamente el ambiente cerrado y la cercanía del rey; el aire me resulta pesado y áspero como el cemento. Estoy mirando hacia abajo, pero aun así siento el roce de su mirada lasciva en la piel, como una proyección de sus manos, y fijo los ojos en un punto de mi falda, intentando calmar mi respiración.

—Vamos a comer algo —dice por fin.

Durante la siguiente media hora, me obligo a comer de un plato tras otro. El rey no para de hablar. Al igual que con la comida, no registro la mayor parte de lo que dice. Estoy tan concentrada en no pensar en lo que ocurrirá después de la cena que ha llegado a ser lo *único* en lo que puedo pensar. Pero cuando lo oigo mencionar el nombre del general Yu, mis oídos se ponen alertas.

—… su regalo. Debo admitir que me sorprendió. No esperaba mucho de él, especialmente después del pésimo desempeño que tuvo en Jana.

Me trago el trozo de pescado salado que estaba masticando.

—Amo Celestial —empiezo a decir, pero ante la mirada que me dirige, me corrijo de inmediato—. Digo, mi rey…

Parece que eso sí le gusta. Se inclina un poco hacia mí, y en su expresión se adivina algo de satisfacción.

—¿Sí?

—Acerca del general Yu. Si no le molesta mi pregunta, mientras viajábamos hacia aquí él mencionó algo acerca de un… ataque a un pueblo. A mi pueblo, hace siete años. Me pregunto si usted…

En un segundo, el rostro del rey se endurece.

—¿Por qué quieres saber sobre eso? —gruñe, sin dejarme terminar.

—Ah. Solo… esperaba que…

—Es necesario mantener el orden. ¿Acaso sugieres que debo permitir que cada quien haga lo que le plazca en el reino?

—No, claro que no…

—¿O que puedo contarte cualquier cosa, solo porque vamos a compartir la cama?

Me ruborizo.

—*No*. Simplemente…

El rey se adelanta en su trono; los músculos de su cuello están tensos.

—No me subestimes, Lei-zhi. Seré joven, pero sé ejercer como rey. *Nací* rey. No necesito que una Chica de Papel me haga preguntas estúpidas acerca de cosas sobre las que no sabe nada.

Por debajo del miedo, cobra vida una chispa de ira. ¿Algo sobre lo que no sé *nada*?

Exhalo lentamente. Después, con la mayor cautela posible, prosigo.

—Lo siento, mi rey. Es que durante aquel ataque se llevaron a mi madre.

Hay un instante de silencio.

—Es una pena —responde, tenso.

—¿Sabe qué puede haber sido de ella? —Entrelazo las manos sobre la falda y me obligo a adoptar la expresión más comedida que puedo—. Me gustaría saberlo. Para estar en paz.

Me observa en silencio unos segundos más. Después ladea ligeramente la cabeza, y un brillo escarlara resalta en la curva de sus cuernos dorados.

—Fíjate en la lista de cortesanas de las Casas de Noche. —Toma con sus palillos una rebanada de vientre de cerdo asado y se la lleva a la boca; la salsa da brillo a sus labios oscuros y arqueados—. Si la trajeron al palacio —murmura mientras mastica—, estará allí.

Hago una reverencia, en parte para disimular la súbita oleada de esperanza que me recorre, y balbuceo un agradecimiento al suelo.

—¿Lo ves? —dice el rey con su voz sedosa. Oigo el roce de su ropa cuando se pone de pie, y los golpes de sus cascos en el suelo cuando rodea la mesa—. Soy bueno con mis Chicas de Papel, si ellas se portan bien conmigo. Ahora, Lei-zhi. A la cama.

Las palabras me erizan la piel. Me ofrece una mano, y no puedo hacer otra cosa que aceptarla. Cuando sus dedos se cierran sobre los míos, la palma de mi mano parece diminuta entre la suya; el suelo parece moverse y todo se desequilibrara y, aunque es lo último que quiero hacer, dejo que me levante del suelo.

La alcoba del rey se encuentra dentro de otra profunda estancia. Una inmensa cama domina la habitación, y de los postes que tiene en cada esquina cuelgan amuletos y campanillas de cobre cuyo propósito puedo adivinar. Después descubro que, en realidad, la habitación no es tan grande: es un efecto de los espejos que cubren las paredes y el techo. Hay espejos rotos, manchados y viejos, con grietas profundas e irregulares, y otros tan pulidos como la superficie de un lago. Lo refractan y reflejan todo en un vertiginoso caleidoscopio de imágenes: el resplandor de las velas, los músculos del pecho desnudo del rey cuando se acerca, la línea tensa de mi mandíbula cuando me aparto.

—*Mírame* —gruñe.

Obedezco, con el corazón desbocado.

Sus dedos callosos me acarician la mejilla.

—Me he acostado con muchas mujeres durante mi reinado —musita, mientras desliza la mano desde mi cuello hasta la delantera de mi blusa, donde se ata la falda—. Y, sin embargo, siempre hay algo nuevo que descubrir en cada una. Aprendí que la belleza no lo es todo. No se puede domar el deseo.

Tienes razón. Quiero empujarlo, gritarle: ¡*Doma esto!* Pero el miedo me paraliza.

Entonces sus dedos encuentran el lazo que me sujeta la falda.

—Por favor —susurro—. No…

Ruge.

—¡No puedes darle órdenes al rey!

Con un movimiento súbito, me arranca el lazo. La falda se abre. Una mezcla de sollozo y gruñido escapa de mis labios. Sujeto sus manos, intentando apartarlas de mí, pero me hace a un lado, engancha un dedo en la delantera de mi blusa y la rasga por el centro.

Las lágrimas bañan mis mejillas. Me cubro con las manos, pero él me las aparta y me empuja sobre la cama. Las campanillas suenan cuando se sube sobre mí y empieza a quitarse la ropa. Cierro los ojos con fuerza. Todo su cuerpo es duro, musculoso, pero la parte más dura de él presiona contra mi pierna.

Me echo hacia atrás, disgustada.

—A ver si estás tan deliciosa como anoche —susurra con voz ronca, y luego acerca la boca a mi cuello. Saca la lengua… áspera. Caliente.

La repulsión corre por mis venas. Lo golpeo con los puños, pero no sirve de nada; es demasiado grande y pesa demasiado.

Su boca empieza a bajar. Uno de sus cuernos me presiona en la parte blanda del cuello, bajo el mentón: el filo de un cuchillo, una amenaza muda.

Mi corazón late tan fuerte que parece que va a romperme las costillas. Esto está mal. Muy mal. Todo lo que Zelle me ha enseñado me parece incomprensible, infantil a la luz de esta horrible realidad, mucho peor que cualquier cosa que pudiera haber imaginado. Pienso con desesperación en Wren, pero ni siquiera consigo imaginar su rostro, y las lágrimas salen a raudales, mi respiración se agita más y más, y comprendo que no puedo hacer esto. Moriré si tengo que soportar siquiera un segundo más.

El rey continúa descendiendo por mi cuerpo, al llegar a mi ombligo cambia de posición y me quita suficiente peso de encima como para que pueda moverme.

Lo golpeo.

Lo empujo hacia atrás.

Giro sobre mí con esfuerzo y me caigo de la cama. Me hago daño en la espalda al dar contra el suelo. El rey ruge lleno de rabia, tan profundamente que me estremezco hasta los huesos, pero ya estoy corriendo, más rápido de lo que puede seguirme; la desesperación impulsa mis pasos. Salgo de la alcoba y entro en la habitación principal, veo la marea de velas alejándose como en oleadas.

Corro por el pasillo. La puerta se abre cuando llego. Paso como una tromba junto a los soldados y sirvientes, que lanzan exclamaciones

de sorpresa, sin importarme que estoy semidesnuda ni que no tengo ni
idea de a dónde ir, solo quiero salir, salir, salir…

Algo me golpea la cabeza por detrás.

Caigo al suelo, me desplomo en la oscuridad.

16

Cuando era pequeña, Mama me enseñó un método para abordar las situaciones que me afligían. «Todo tiene que ver con el yin y el yang», me dijo, acariciándome el cabello con aquella lentitud que me sosegaba, su voz tan dulce y delicada como la lluvia de verano. «De equilibrar tu energía. Cuando estés enfadada o molesta, detente un momento y cierra los ojos. Respira lentamente. Mientras lo haces, imagina que el aire que inhalas es brillante y dorado, bello y claro como tus ojos. Deja que ese brillo inunde tu vientre. Después, al exhalar, imagina la oscuridad que había dentro de ti (lo que sea que te haya molestado) y visualiza que sale de tu cuerpo al soltar el aire. La luz dorada y gozosa entra… la oscuridad sale. Haz la prueba ahora conmigo».

Siempre había imaginado así la felicidad: como una luz, algo que podía invocar cuando quisiera para expulsar la oscuridad que me envenenaba por dentro. Pero nada más despertar, el recuerdo del contacto con el rey es tan opresivo que no consigo imaginar que pueda salir de mi cuerpo. Es algo más que oscuridad.

Todo es un cielo nocturno, frío y sin estrellas.

Vuelvo en mí lentamente, desorientada. Estoy tendida en una esterilla. Alguien me ha puesto un camisón, limpio y fresco contra mi piel. Debo de estar en la Casa de Papel, aunque nunca había visto esta habitación. Es pequeña y con pocos muebles, como la mía. A través del diseño cuadriculado de una puerta shoji, me llega la luz de un farolillo. Hay silencio en el edificio y la habitación está en penumbras. Aún es de noche.

Permanezco inmóvil durante un rato; siento las piernas tan pesadas como si fueran de plomo, pero a la vez me siento hueca, como si me hubieran arrebatado la fuerza vital que comúnmente hace circular nuestra sangre y mueve nuestros músculos. Siento un dolor apagado en la zona en la que me di el golpe contra el suelo de piedra, y me duele la parte de atrás de la cabeza. Recuerdo el golpe repentino. La caída. Lo más seguro es que alguno de los soldados me golpeara.

Hago una mueca e intento incorporarme, pero algo me detiene. Al principio, creo que es mi propio peso, que solo es el cansancio. Después reparo en las bandas de oro que me rodean las muñecas. Con movimientos torpes e irregulares, consigo apoyarme en los codos, y veo que tengo las mismas bandas en los tobillos: dos pares de círculos dorados, finos como cordones, tibios de magia. Pero aunque parecen delicados, pesan tanto que apenas puedo levantarlos.

Obra de los hechiceros.

Vuelvo a incorporarme, esta vez con cuidado; mis brazos son como un peso muerto a cada lado de mi cuerpo. En ese momento, oigo pasos rápidos en el pasillo.

—Por favor, deja que se recupere…

—¡Has sido demasiado blanda con esa chica desde que llegó! No me importan las órdenes del rey. ¡Hay que darle una lección! ¿A quién se le ocurre? ¡Negarse ante el rey! ¿Quién se ha creído que es?

—Estaba asustada…

—¡Todas lo están! Pero ¡eso no les ha impedido a las demás hacer su trabajo!

De pronto, se abre la puerta. Entra Madam Himura, seguida de cerca por Dama Eira. Me retraigo contra la pared, pero la mujer águila cae sobre mí en cuestión de segundos; con una de sus manos con forma de ala me aferra por el cuello del camisón y me levanta del suelo. Con la otra, me estampa una bofetada tan fuerte que me vuelve el rostro.

—¡Tienes suerte de que él no te haya matado! —chilla, y me salpica con saliva—. ¡Chica estúpida! ¿Acaso creías que estabas por encima de tus obligaciones solo por el tratamiento especial que te hemos dado al aceptarte aquí como una excepción? ¡Cómo te atreves! Nos has avergonzado ante el rey en persona. ¡Y después de todo lo que hemos hecho por ti!

Vuelve a golpearme, con tanta fuerza que se me nubla la vista. Sus anillos de plata me cortan la mejilla. Siento la tibieza de la sangre besándome la piel.

—¡Himura, vas a matarla! —exclama Dama Eira.

—¡Es lo menos que merece!

—Pero ¡piensa en el daño que le harás a su rostro!

—Los hechiceros pueden curarla. No te preocupes, Eira, quedará tan bonita como antes… ¡aunque espero que no tan estúpida!

El brazo de Madam Himura vuelve a caer y me golpea una vez más. Sigue golpeándome hasta que veo luces, me zumban los oídos y siento que la boca se me llena de sangre. Cuando estoy a punto de desmayarme, me arroja al suelo.

Me acurruco, a la espera de más golpes. Al ver que no llegan, espío con los ojos hinchados, la saliva se desliza por mi mentón.

—Lo… lo siento —balbuceo con dificultad.

—¡No te atrevas a hablarme! —Con el pecho agitado, Madam Himura se agacha y me clava un espolón en las costillas. Sus ojos amarillos me taladran con su mirada fija y fría—. Déjame explicarte lo que va a pasar. La única razón por la que el rey no ha mandado que te maten es porque aún te desea, sabrán los dioses por qué. Ha ordenado que te tengamos aislada durante una semana sin alimento ni comodidades. Ni se te ocurra intentar escapar. Esas bandas mágicas te lo impedirán, y en todo momento habrá un guardia apostado en la puerta de esta habitación. Una vez transcurrida la semana, retomarás tus obligaciones. Después, el rey te llamará a su alcoba cuando esté listo, y cuando lo haga, no vas a negarte. —Habla con dureza—. Ayer te consolé. No vuelvas a esperar bondad por mi parte.

Con una última mirada fulminante, sale de la habitación.

Dama Eira no la sigue de inmediato. En silencio, se acerca, me ayuda a acostarme y me cubre suavemente con una manta. Me apoya una mano en la frente, con cuidado de no tocar donde estoy magullada.

—Oh, Lei —suspira—. ¿Qué has hecho?

—Yo… no pude soportarlo.

Mi voz sale áspera.

Dama Eira recorre mi frente con el pulgar a lo largo del nacimiento del cabello.

—Tienes que hacerlo, mi niña. No tienes alternativa.

—Por favor, dama. —Inhalo con dificultad y la miro con los ojos llenos de lágrimas—. Dígame la verdad. ¿Después será mejor?

Me mira con una media sonrisa.

—Sí. Te lo prometo.

Pero aparto la mirada; no creo lo que me dice.

—¡Eira! ¡Vamos!

Al oír que Madam Himura la llama, Dama Eira se pone de pie.

—Lo siento mucho, Lei —susurra—. No puedo hacer nada. Tendrás que encontrar la manera de soportarlo… y sé que lo harás. Eres más fuerte que la mayoría de las chicas que han llegado hasta aquí.

Cuando se dispone a salir, me esfuerzo por levantar la cabeza a pesar de las bandas que me retienen.

—Mi padre —digo—. Tien. Esto no los afectará, ¿verdad? ¿No les harán daño?

Vacila.

—No lo creo. Al menos, el rey no nos ha dicho que tenga planes de hacerlo.

Siento alivio. Después agrego:

—¿Sabe si su mensajero pudo entregar mis cartas? Aún no me han respondido, y ya hace más de un mes…

—Voy a averiguarlo —responde Dama Eira, volviéndose hacia la puerta—. Ahora debo irme.

Cuando se cierra la puerta, oigo pasos de botas en el exterior: un guardia asumiendo su puesto.

Me dejo caer. Cierro los ojos con fuerza e intento desacelerar mi respiración. Inhalo luz, exhalo oscuridad, me recuerdo. Mi padre y Tien están a salvo. El rey me ha dado una pista sobre mi madre. Las cosas no van tan mal. Inhalo luz, exhalo oscuridad.

Pero por más que lo intento, no lo consigo. Pasan los minutos, tomo aire una y otra vez, pero lo único que hay en mis pulmones es oscuridad.

Esa noche sueño con mi hogar.

No es la pesadilla: este sueño es tranquilo, como un bordado de retazos de mi vida, del pequeño mundo en el que vivía antes de venir al palacio. El viento que agita las hojas en el jardín. El aroma de las hierbas. Los pasos de Tien en la herboristería. Una tos desde una habitación en la planta alta. ¿Baba? ¿Mama, incluso, antes de que se la llevaran? Como si solo fuera un eco, justo allí en medio, yo lo observo todo sin poder moverme ni sentir otra cosa que las lágrimas en mis ojos.

El tiempo y la forma en la que transcurre suele ser un misterio. En la tienda, había días que duraban una eternidad y se hacían largos, densos y pesados como la maleza. Otros días, en los que el trabajo resultaba divertido o teníamos algún festival que celebrar, el tiempo se volvía quebradizo, como el hielo. Yo corría por él y lo rompía en pedazos a mi alrededor, momentos cristalinos de felicidad y risas y, en los que cuando quería darme cuenta, el día había terminado.

El tiempo que paso encerrada en la habitación transcurre tan lentamente que empiezo a olvidar cómo era la vida antes de mi cautiverio. El hambre me carcome el estómago. Cada día me traen un tazón de agua, y bebérmela poco a poco me ofrece cierto alivio, pero aun así me siento vacía, como si alguien me hubiera arrancado las entrañas con una cuchara gigantesca y hubiera esparcido todo lo que hay en mi interior en la tierra.

Además, echo de menos a las chicas. No a Blue, desde luego, ni a Mariko. Sino a las demás. Desde mi llegada al palacio, siempre he estado rodeada de mujeres, el único momento de soledad es la noche, e incluso entonces podía oír los sonidos leves de las chicas que duermen en los cuartos contiguos, percibir su cercanía, los sueños que agitan sus párpados. No tenía ni idea de cuánto podría echar de menos eso hasta que me lo han quitado.

Con el tiempo, una cosa me lleva a la otra y comprendo que ahora este es mi hogar. En cierto modo, estas paredes, estas habitaciones, han llegado a resultarme tan cómodas y familiares como mi casita en la trastienda, en Xienzo. Y las chicas que las habitan, también. Porque, aunque aún no he podido encontrar a mi madre, sí he hallado otra cosa durante mi estancia aquí.

Amigas. Incluso una nueva especie de familia, aunque rara, disfuncional, y a veces, irritante.

A pesar de todo, es una familia. Un hogar.

El sentimiento de culpa es tan grande que me doblo en dos y aprieto los dientes para contener las lágrimas.

En mi cuarta noche de aislamiento, me cuesta conciliar el sueño. Ha hecho calor todo el día y, sin ventanas, el aire en la habitación no circula y está viciado. Para refrescarme, me he aflojado la túnica y estoy extendida en el suelo; mi piel suplica por un poco de brisa fresca. Observo el techo con los ojos entrecerrados. Oigo el canto de los grillos en el exterior, en el césped, pero más allá de eso, la noche se mantiene silenciosa. Por eso puedo percibir de inmediato que los pasos del guardia que custodia mi puerta se alejan por el pasillo.

Me incorporo con dificultad; me retienen las bandas en las muñecas y en los tobillos. Durante un momento, no sucede nada. Después percibo movimiento al otro lado de mi puerta.

Se me eriza el vello de los brazos. Podría ser el Rey Demonio. Me dijo que se las arreglaba para entrar en el Sector de las Mujeres. Tal vez ha decidido que no quiere esperar más y ha venido a tomar lo que me negué a darle.

Me pongo de pie, tambaleante. No es una postura que resuma elegancia, y estoy encorvada por el peso de las bandas; jadeo agitada y se me nubla la vista. Aun así, suelto el aire de mis pulmones y me obligo a permanecer firme. Me enfrentaré a él de pie aunque eso me mate. Pero un momento después, cuando se abre la puerta, la figura que entra con sigilo es más menuda que la del rey, e infinitamente más encantadora.

—¿Lei? —susurra una voz ronca.

—¿Wren?

Me adelanto, y al hacerlo caigo en la cuenta de que cuatro días sin comer no ayudan a que una persona pueda mantenerse en pie.

Wren me sostiene justo cuando se me doblan las rodillas. Me rodea los hombros con un brazo y me ayuda a acomodarme en el suelo. No me suelta enseguida, y me estremezco por su cercanía, al sentir sus manos tibias sobre mí. Su aroma fresco, marino, se esparce en el aire y despierta algo en el fondo de mi pecho.

—¿Qué haces aquí? —le pregunto, en voz baja—. El guardia podría volver en cualquier momento.

Menea la cabeza.

—Tardará un rato.

—¿Cómo lo sabes?

—Llevo varios días observándolo —responde simplemente, como si no tuviera importancia. Como si espiar a los guardias reales fuera algo de lo más normal—. Siempre se va más o menos a esta hora y tarda en volver como una media hora. Va a ver a una de las chicas que se encuentra aquí.

—¿A una de nosotras?

No responde. Hunde la mano entre los pliegues de su ropa y saca un rollito pequeño envuelto en una hoja de plátano.

—Ten. He pensado que tendrías hambre.

Sus dedos rozan los míos cuando me lo entrega. Abro la hoja y veo una porción de arroz con cacahuetes asados y pescado frito. La fragancia del arroz cocido al vapor con coco, caliente y dulce se levanta en el aire y se me hace la boca agua. Nunca había sentido un aroma tan delicioso.

Resisto el impulso de devorarlo entero de golpe.

—No sé qué decir —murmuro, y Wren sonríe; sus ojos brillan en la oscuridad.

—Bien —responde—. Porque no tienes que decir nada. Lo que tienes que hacer es *comer*.

La habitación no tiene ventanas. La única luz llega a través de los paneles de papel de arroz de la puerta, e incluso esa luz es tenue, apenas un leve resplandor ambarino del único farolillo que hay en el pasillo. En la penumbra, me cuesta distinguir los detalles del rostro de Wren. Aun así, algo en ella parece diferente. Tardo un momento en caer en la cuenta de que es la primera vez que la veo sonreír. Es decir, sonreír bien. Abiertamente.

Sin recelo.

Eso la transforma por completo. Desaparece la máscara fría y dura que lleva siempre, y en su lugar queda una ligereza tan bonita que me deslumbra. Sus ojos se curvan hacia arriba, con pliegues. Incluso tiene *hoyuelos*.

—¿Qué? —pregunta Wren arqueando una ceja.

—Es solo que… nunca te había visto sonreír de ese modo. —En un segundo, su sonrisa desaparece—. Ay, lo siento.

—Supongo que no he tenido muchas razones para estar contenta desde que llegué al palacio —responde tras una pausa. Después señala la comida—. Come, o no habrá tiempo para los dulces.

Ahora soy yo quien arquea las cejas.

—¿Has traído dulces?

Saca otro paquetito envuelto en una hoja de entre sus ropas.

—Supuse que te gustarían. Sé que tu provincia es famosa por tener los mejores del reino.

Lo abro y encuentro cuatro diamantes pequeños de kuih de coco verde y blanco. La última vez que pude comer algo así fue en el desayuno con Baba y Tien, la mañana que me raptaron.

Durante un rato, no puedo hablar a causa de la emoción.

—Gracias —digo, por fin.

—No es nada.

—Wren. Te has escabullido hasta aquí en mitad de la noche a pesar de las órdenes de Madam Himura, y ni hablar de las del rey, para traerme comida que has robado… ¿y dices que no es *nada*?

Vuelve a sonreír, esa sonrisa que es como un sol que ilumina toda su cara y parece entibiar la oscuridad, aunque sea por un instante.

—Bueno, si lo dices así…

Ríe, pero yo no.

—¿Por qué lo haces? —le pregunto.

Frunce el entrecejo.

—¿A qué te refieres?

—Ponerte una máscara delante del resto de las chicas. —Antes de que llegue a interrumpirme, añado—: ¿No quieres conocernos?

—Claro que sí.

—Entonces, ¿por qué te distancias tanto?

Vacila. Aparta la mirada un momento; sus largas pestañas ocultan sus ojos oscuros.

—Antes de venir aquí, me prometí que no haría amigos. Pensé que sería más fácil si me aislaba de todo el mundo. Si pasaba por esto sola.

—En ese caso, ¿por qué estás ayudándome?

—Porque lo *has intentado*. Porque has sido valiente. —Wren se me acerca y prosigue con ferocidad, aunque solo susurra—: Nuestra vida está definida por otros; lo deciden todo por nosotras, sus manos tejen nuestro destino. Pero tú te has puesto de pie y has dicho que *no*. Incluso sabiendo lo que podía costarte. Tienes integridad, Lei. Tienes capacidad de resistirte. Yo respeto eso.

Bajo la mirada.

—Pero no he conseguido nada. El rey… volverá a llamarme algún día. Y entonces no podré volver a negarme.

Menea la cabeza.

—No le restes valor a lo que has hecho.

Después, tensa, me sujeta la mano.

Hay un momento de incomodidad. Estoy a punto de retirar la mano, más por la sorpresa que por otra cosa. Pero después nos relajamos y nuestros dedos se entrelazan. La velocidad del pulso de Wren contra el mío es como una descarga eléctrica en mis venas.

—Has rechazado al Rey Demonio, Lei. No hay en el reino muchas personas que puedan decir eso, mucho menos una Chica de Papel.

Cuando me suelta, la piel donde me ha tocado arde.

Hablamos en susurros mientras como. Por primera vez, no hay muros entre nosotras. No hay máscaras. Nos resulta fácil hablar con franqueza después de haber estado de la mano, tan cerca en la habitación oscura y silenciosa. Le hablo sobre mi pasado y ella me habla del suyo. De su vida como hija única en el palacio de los Hanno en Ang-Khen. Años de disciplina, rutina, expectativas. Cuando me cuenta que su padre le prometió al rey que se la entregaría antes incluso de que naciera, me recuerda a Blue.

—¿Y tú querías eso? —le pregunto—. ¿Ser una Chica de Papel?

Vacila, con los labios apretados.

—Eso es irrelevante. En mi vida, lo importante ha sido siempre el deber. Siempre, y solamente.

—¿Y tu futuro?

Responde en tono desapasionado.

—El rey.

No puedo ni imaginar lo que ha tenido que ser para ella crecer sabiendo eso. No haber saboreado nunca la libertad, no haber sentido nunca el viento dorado y soleado bajo sus alas.

—¿Qué habrías hecho si no te hubieran elegido para ser una Chica de Papel? —insisto.

Al instante, su expresión se vuelve rígida.

—Pues… nunca lo he pensado.

—Pero debes tener alguna idea. Cosas que te guste hacer, pasatiempos…

—No tengo pasatiempos.

Lo dice con tanta seriedad que casi río, pero me contengo a tiempo.

—¿Cómo que no? Todo el mundo tiene pasatiempos, Wren. La verdad es que yo pasaba casi todo mi tiempo en la tienda. Pero aun así había cosas que me gustaba hacer cuando tenía la oportunidad. Jugar con Bao, cocinar con Tien…

—Bueno —dice después de un momento—, yo nunca tuve la oportunidad.

Su rostro queda cubierto por las sombras, y busco respuestas entre sus líneas fuertes y sus ángulos felinos, en los estanques negros que se le forman en el hueco de las mejillas. Me pregunto, no por primera vez, qué palabra escondería el relicario de bendición natal de Wren. Con diecinueve años, ya debería haberlo abierto. Intento imaginar su reacción cuando la carcasa dorada se abrió. Si pudo descubrir algo nuevo dentro o si la palabra que escondía solo fue una confirmación de lo que siempre ha sabido, de un destino o una verdad que siempre había presentido, como un dolor en los huesos. Al ver cómo me habla de su vida, siempre en términos de deber, y de su futuro con el rey, me preocupa que tal vez no fuera lo que ella esperaba. Pero es un tabú preguntar a alguien por su palabra de bendición natal, así que contengo la curiosidad.

Antes de marcharse, Wren vuelve a esconder las hojas ahora vacías entre su ropa para que Madam Himura no sospeche nada.

—Podemos hablarnos con sinceridad, ¿cierto? —le pregunto mientras me ayuda a ponerme de pie. Cuando asiente, me humedezco los labios y prosigo—: Te vi salir de la Casa de Papel. Hace algunas noches. Ibas hacia el bosque.

—¿Me *seguiste*?

Me sorprende la dureza de su voz.

—¡No! Te... te vi desde la galería. No sé a dónde fuiste.

—¡Bien! —responde, cortante.

Los brazos se me tensan.

—Solo te lo pregunto porque es peligroso, Wren. Si te descubren...

—Sé lo que pasará.

—Pues entonces debes tener más cuidado.

—Siempre lo tengo.

Me paralizo por la sorpresa.

—¿O sea que lo has hecho más de una vez?

Aparta la mirada y en su cuello se crispa un músculo.

—Y vas a volver a hacerlo —adivino.

Su silencio me responde.

Mi siguiente pregunta sale en voz más baja, poco más que un susurro.

—¿Estás encontrándote con alguien?

—Por supuesto que no —responde mirándome.

—Entonces, ¿qué es, Wren? ¿Qué puede ser tan importante para que corras el riesgo de que Madam Himura te descubra?

La luz del pasillo incide sobre uno de los laterales del rostro de Wren. Sus rasgos son duros, pero cierra los ojos un instante, respira profundamente, y el resplandor del farolillo se estremece sobre su párpado derecho, que parece tan suave que me dan ganas de acariciarlo con el pulgar.

Por fin, suspira y sus hombros se aflojan.

—No puedo decírtelo, Lei. Lo siento. Por favor, actúa como si nunca me hubieras visto. ¿Puedes hacer eso? —Cuando no respondo, se acerca más y añade, ahora con voz más suave, ronca y baja—: ¿Nunca has tenido un secreto que era necesario guardar?

Sí, quiero responderle. *Esto que siento por ti.*

En lugar de decirlo, aparto la mirada.

Wren extiende la mano y sus dedos rozan los míos.

—Estás haciendo que esto me resulte muy difícil —dice—. ¿Lo sabes?

Y sin esperar respuesta, abre la puerta y desaparece por el pasillo.

17

Tres días más tarde, Dama Eira viene a liberarme de mi encierro. Trae consigo a un hechicero, que me retira las bandas de oro de los tobillos y las muñecas; su magia me entibia la piel y me hace estremecer. Solo tarda unos minutos. Cuando se va, levanto los brazos y giro las manos, maravillándome de lo ligeras que me parecen de pronto, como si pudieran alejarse flotando. Pero cuando Dama Eira me ayuda a levantarme, me inclino hacia adelante. Mi cuerpo pesa como si aún tuviera los grilletes. Tengo que sujetarme a ella para no caerme.

—Estás débil —dice—. Necesitas comer. He pedido que te preparen una comida especial. Está esperándote en tu habitación.

—¿Solo una?

Me sonríe.

—Hoy, Lei, puedes comer todas las veces que quieras.

Con la ayuda de Dama Eira, camino hasta la puerta. En cuanto empieza a abrirla, Lill entra corriendo, con los ojos llenos de lágrimas, se lanza de lleno contra mí y casi me hace caer de rodillas.

—¡Dama! —exclama, y me abraza por la cintura. Sus orejas de ciervo aletean contra mi mejilla—. ¡Cuánto me alegro de que esté bien!

La abrazo con fuerza. Siento que las lágrimas quieren asomar a mis ojos, y parpadeo rápidamente para que no lo hagan.

—Claro que estoy bien —le digo, intentando hablar con un tono despreocupado—. He podido con Blue a primera hora de la mañana. Después de eso, todo lo demás es fácil.

Lill no ríe. Desde la puerta, Dama Eira asiente en señal de aprobación y nos deja solas.

Me aparto de Lill.

—Me alegro de volver a verte.

Lill no me devuelve la sonrisa. Aunque su rostro joven no pierde su belleza, hay un rictus de preocupación en su boca pequeña, y observo que tiene ojeras, como un par de higos magullados. Mi corazón da un pequeño vuelco.

—¿Madam Himura ha sido cruel contigo? —le pregunto mientras apoyo una mano en su hombro.

—No más que de costumbre. —Se muerde el labio—. Pero ni siquiera me habría dado cuenta. Ay, dama, he estado muy preocupada. —Su mirada me recorre—. La veo…

—¿Radiante? ¿Deslumbrante?

Lo digo como si fuera una broma, pero sus lágrimas empiezan a caer en un instante. Se las enjugo con los dedos.

—Oh, Lill —digo—. Lo siento. Y lamento mucho que hayas tenido que preocuparte por mí. Yo tampoco he tenido una buena semana. —Se me hace un nudo en el estómago porque es muy poco decir. Me obligo a sonreír—. Pero ya estoy bien. He salido airosa, y tú también. Eso es lo que importa.

Solloza. Vuelvo a abrazarla y apoyo una mano en la curva de su cabeza. Cuando veo que ha dejado de llorar, me aparto.

—Dama Eira me ha dicho que hay comida esperando en mi habitación. ¿Quieres desayunar conmigo?

Y por fin… una sonrisa.

Lill se frota los ojos con el dorso de la mano.

—Si no la liquida usted primero —murmura.

Río. Me invade una oleada tan intensa de afecto que me hace olvidar por un momento el agotamiento. Y aunque tardamos el doble de lo que deberíamos en cruzar la Casa de Papel hasta mi dormitorio, porque camino con pasos débiles y cada poco tiempo necesito detenerme para contener las náuseas, conservo la sonrisa por ella.

Tras rematar la comida que Dama Eira ha ordenado para mí —y dos platos más—, Lill me lleva a darme un baño. Aún falta un rato para que el resto de las chicas se despierte. Aunque el sol acaba de asomarse en el horizonte, la noche aún se resiste a marcharse. Dado el calor que hemos tenido a finales del verano, ha sido fácil olvidar que pronto llegará el otoño con el décimo mes, pero ya se advierte que los días son más cortos. El aire de la mañana está fresco. Del agua caliente de las bañeras se eleva un vapor con fragancia de hierbas.

Con cuidado para no hacerme daño, Lill me ayuda a quitarme la ropa sucia. Recibo el aire fresco con placer, como si fueran besos sobre mi piel.

Entonces, recuerdo la última vez que estuve desnuda.

Lo que sentí en mi piel no eran besos, sino *dientes*.

Me meto deprisa en el agua, que se derrama por los laterales de la bañera. Lill se acerca para lavarme, pero le detengo las manos y tomo la esponja.

—Me gustaría hacerlo por mí misma, si no te molesta —le digo, y ella asiente; parece comprender.

Lentamente, me paso la esponja por el cuerpo. Me tomo mi tiempo, metódica, con cuidado de alcanzar cada centímetro, cada parte de mi pálida piel. No estoy tan sucia como aquella primera noche, cuando llegué al palacio. Al menos, no físicamente. Pero mientras me lavo tengo una sensación similar de depuración, como si mi cuerpo fuera haciéndose más ligero a medida que la suciedad enturbia el agua. Y con los trinos agudos de los pájaros en los aleros y los sonidos familiares del despertar de la Casa de Papel, empiezo por fin a relajarme. Me gusta poder mover de nuevo mis extremidades con libertad, especialmente ahora que he empezado a recuperar mis energías gracias al desayuno gigante; levanto la cara hacia el cielo y agito el agua mientras mi pelo se abre como un abanico en torno a mí.

Llegamos a mi habitación justo cuando suena el gong matutino. Segundos después, mi puerta se abre súbitamente. Aoki entra corriendo, aún en camisón y con el cabello corto despeinado.

—¡Lei! —exclama. Igual que Lill, se lanza de lleno hacia mí. Sus latidos se entremezclan con los míos mientras me abraza con ferocidad—. ¡Me asusté mucho cuando Madam Himura nos contó lo que habías hecho! Pensaba que… bueno, no quieres saber lo que pensaba. De hecho, sentí alivio cuando nos dijo que estarías encerrada una semana como castigo.

—Supongo que es una suerte que el rey no me haya expulsado —digo cuando me suelta.

Ni matado, agrego por dentro.

Aoki aprieta los labios.

—Debe desearte mucho. —Su voz parece extrañamente ahogada. Luego me sujeta las manos y se me acerca, radiante—. ¡Esto ha sido horrible sin ti, Lei! Madam Himura estaba peor que nunca, nos reprendía por cualquier tontería…

—¿Que yo hacía *qué*?

A Aoki casi se le salen los ojos de las órbitas.

Se da la vuelta. Desde la puerta, Madam Himura nos mira enfadada, con el pico levantado.

—¡M… Madam Himura! —balbucea Aoki—. No quería…

La mujer águila golpea el suelo con el bastón.

—¡Silencio, jovencita! Es demasiado temprano para oír tu parloteo. —Furiosa, fija sus ojos en mí—. En adelante, espero que demuestres tu mejor desempeño en todas tus clases, Lei-zhi. Los profesores me darán un informe después de cada clase. Y para asegurarme de que tengas una buena influencia —lanza una mirada fulminante hacia Aoki—, he ordenado que una de las otras chicas te acompañe durante las próximas semanas. Harías bien en aprender de ella. —Levanta una mano y señala con el espolón—. ¡Ahora, a prepararte para tus clases! Y tú… a bañarte. Y lávate esa boca sucia que tienes.

Mientras la mujer águila la aleja de la habitación, Aoki me mira por encima del hombro con una expresión de puro terror.

Contengo la risa. Será aterradora, pero hay cosas mucho peores que soportar los gritos de Madam Himura.

Más tarde, cuando salgo de mi habitación, encuentro a Wren esperando en el pasillo. Me ruborizo al recordar lo cerca que estuvimos hace algunas noches, la intimidad que compartimos. Está igual que aquella noche: tiene el rostro despejado y el pelo suelto cae suavemente ondulado sobre sus hombros. Mi mano se levanta hacia ella en un movimiento impulsivo, pero enseguida lo disimulo colocándome el cuello de la ropa.

—Así que tú vas a ser mi niñera.

—¿Quién más podría ser? ¿No sabías, Lei, que soy la primera de la clase?

—¿En serio? —Miro a mi alrededor para asegurarme de que el resto de las chicas no pueden oírme y agrego—: ¿La primera de *qué* clase? ¿De hurto?

Le brillan los ojos, pero habla sin alterarse.

—Sí, dicen que ha desaparecido comida en las cocinas. Un verdadero misterio. ¿Tienes idea de dónde puede haber ido a parar?

Sonrío.

—A la barriga de alguien, supongo.

—Bueno, espero que esa persona la haya disfrutado.

—Estoy segura de que así fue.

Wren sonríe, una curva cálida y dulce en sus labios que atrae mi mirada. Antes de que alcancemos a decir nada más, la puerta que hay justo detrás de ella se abre.

—¡Lei! —exclama Aoki mientras sale de su habitación y me sujeta del brazo—. Vamos, no puedes llegar tarde el primer día.

Y aunque echa un vistazo a Wren con curiosidad, no dice nada; se limita a mirarme con las cejas levantadas como diciendo: *Bueno, qué se le va a hacer.*

Con una sonrisa divertida, Wren se pone en marcha a mi lado, y las tres juntas recorremos el pasillo. Aunque no volvemos a mencionarlo, percibo el secreto de lo que pasó entre Wren y yo hace tres noches como un cordón, un hilo invisible que va desde su cuerpo al mío. Cada vez que hace algún movimiento, incluso uno tan ínfimo como quitarse una mota de polvo del pelo o acomodarse la faja, instintivamente mis ojos se desvían hacia ella, y me pregunto si ella también percibirá ese vínculo, esa atracción entre nosotras.

Durante los primeros días de mi encierro, estuve probando una y otra vez, en vano, la técnica de respiración que mi madre me enseñó, sin poder hallar consuelo en ella. Inhalo luz, exhalo oscuridad. Atrapada en aquel cuartucho, no parecía haber más que oscuridad, y si bien quería que me liberaran, sabía también que en cuanto lo hicieran, yo tendría que volver de inmediato a mi vida como Chica de Papel.

Y al rey.

Pero luego llegó Wren, con la comida que había robado y sus manos tibias, y en la habitación entró una chispa de algo, una mínima pizca de luz. Y después de eso, sentí que mi respiración se hacía un poco más fácil, más luminosa. No del todo dorada, pero sí tenía algo de sol.

Ahora observo a Wren de reojo; el parloteo de Aoki nos envuelve. Me mira con una breve semisonrisa.

—¿Va todo bien? —articula sin emitir sonido.

Asiento.

Y aunque no es toda la verdad, tampoco es mentira.

El pabellón donde tenemos nuestras clases de artes del qi es un edificio ornamentado, de dos pisos, con vigas rojas y tejado color magenta. Sus colores vívidos contrastan con el verde desvaído de los jardines que lo rodean. Se encuentra en el centro de un lago circular poco profundo cuya superficie resplandece al sol. Las aves vuelan bajo, muy cerca del agua, en busca de peces pequeños e insectos, y su aleteo produce ondulaciones en el azul.

Pasamos por debajo del susurro de las hojas con oraciones que cuelgan de los aleros del pabellón y se mueven con el viento. Como de costumbre, Don Tekoa está esperándonos en el suelo. Tiene unos pantalones envolventes holgados y está sentado con las piernas cruzadas y el torso delgado desnudo a pesar del frío. Por la cintura de sus pantalones emerge un rabo de mono... y se ve el pelaje duro y cobrizo que le recubre las piernas, lo único que delata su condición de acero.

—Ocupad vuestros sitios —nos dice, sin levantarse.

Aoki, Wren y yo somos las últimas en llegar. Aún no he tenido que enfrentarme a las demás, y mientras cruzo hacia el fondo del pabellón, todas me miran. Camino con la cabeza gacha. La energía que me ha dado la comida de esta mañana ha desaparecido con la caminata hasta aquí y, aunque intento arrodillarme lentamente cuando llego a mi sitio habitual, lo único que consigo es caerme de una forma poco elegante. Durante mi segundo día de encierro, Madam Himura envió a un hechicero para que hiciera desaparecer de mi piel cualquier marca que me hubiera dejado ella o el rey, pero le pidió que me dejara el dolor, como recordatorio de mis faltas. Aún puedo sentir un dolor apagado en los músculos. Giro los hombros, intentando aflojar la rigidez de mi espalda.

Delante de mí, Zhen y Zhin me miran por encima de sus hombros.

—Estábamos preocupadas por ti, Lei —susurra Zhen, con su frente cruzada por una línea.

Su hermana asiente.

—¿Cómo te encuentras?

—Podría estar peor —respondo—. Gracias por preguntármelo. ¿Me he perdido algo importante?

Zhin esboza una sonrisa ladeada.

—Solo si consideras importante que una noche Mariko se embriagó durante la cena y casi sale ardiendo al caer sobre una hilera de farolillos.

Contengo la risa.

—Sin duda. Por casualidad, ¿no le prendió fuego a nada más?

—Lamentablemente, no —suspira Zhin—. Aunque mi criada me ha contado que vomitó en unos arbustos frente al dormitorio de Madam Himura, y durante todo el día siguiente Madam Himura estuvo con un ánimo de perros porque no sabía de dónde provenía el mal olor.

Esta vez no puedo evitar el asomo de una carcajada. Las mellizas me sonríen por igual y se dan la vuelta.

Empezamos la clase con ejercicios de respiración para canalizar el flujo de nuestra energía interna. El arte del qi es un movimiento meditativo que combina la manipulación interna y externa de la energía. Don Tekoa habla con voz leve pero imponente. Me concentro en sus palabras para cerrar mi mente a los sonidos que nos rodean: el trinar de los pájaros, el susurro del viento que peina la hierba. Esta es una de las únicas clases que disfruto, y esta mañana me siento agradecida por su efecto sedante. A diferencia de la mayoría de nuestras otras clases, las habilidades que nos enseña Don Tekoa no tienen nada que ver con la precisión ni con tener cierto nivel de desempeño, sino que se trata más bien de conectarnos con nosotras mismas, de encontrar paz y fortaleza en nuestro interior. Me trae recuerdos lejanos de mis padres practicando taoyin en la galería, bañados por la luz del alba y en perfecta sincronía; sus movimientos eran como una suave corriente submarina.

Mientras repetimos la secuencia de movimientos que nos ha enseñado, Don Tekoa camina entre nosotras para observarnos. Por lo general, prefiere mantenerse al margen e indica las correcciones en silencio, pero cuando llega hasta mí, se detiene. Me mira un momento, y luego dice de pronto:

—Fuego. Cuánto fuego.

Vacilo en mitad de un movimiento.

—Un fuego tan ardiente que hasta puede convertir el hielo en cenizas. Un fuego capaz de devorar el mundo entero.

Las mellizas se dan la vuelta, con el ceño fruncido. La voz de Don Tekoa ha adquirido una aspereza que nunca le había oído. Mira hacia donde estoy sin parpadear, con ojos vidriosos, y me da un vuelco el estómago cuando veo que sus pupilas están dilatándose más y más hasta cubrirle los ojos de negro, como sangre negra que se derrama de una herida. Su cuerpo irradia un frío que me hace estremecer.

—A… algo va mal —digo, mientras las otras chicas se dan la vuelta para mirar—. Creo que Don Tekoa está sufriendo una especie de ataque…

Escucho risas.

—¿Qué le has hecho, Nueve? —grazna Blue desde el frente del pabellón—. No puedes dejar que ningún hombre se te acerque, ¿verdad? ¿Qué te pasa? No me digas que te gustan las *chicas*.

Wren se me acerca de inmediato.

—Cállate, Blue —le dice en un tono cortante.

Blue se sorprende.

—¿Desde cuándo vosotras sois amigas?

—Fuego desde su interior —dice Don Tekoa antes de que Wren llegue a responder. El aire que lo rodea está helado, y quiero apartarme de su horrible mirada negra, pero mis pies parecen clavados al suelo. Su voz se hace más alta, se va acelerando, y su rostro inexpresivo contrasta con la intensidad con la que está hablando—. Un fuego que le abrasa la piel y todo lo que toca. Un fuego tan intenso que puede cegar a quienes la miran.

Blue hace un gesto con la mano como si no tuviera importancia y dice, riendo:

—Ah, entonces no puede estar hablando de ti, Nueve. Tú no eres…

—¡Llamas rojas en el palacio! —ruge el Maestro Tekoa, y nos sobresalta a todas—. ¡Llamas rojas, que se encienden desde dentro! ¡Durante la noche del incendio, llegarán más para prenderle fuego a él!

Hay un momento de silencio tenso.

Luego, el maestro parpadea.

La oscuridad se retira de sus ojos como la miel se desliza por una cuchara. Aunque desaparece el frío que lo rodeaba, aún tengo erizada la piel de los brazos. Me los froto mientras lo observo, boquiabierta.

—Estáis… todas mal colocadas —dice Don Tekoa, mirando con leve sorpresa nuestros rostros estupefactos.

Carraspeo.

—Maestro —digo—, ¿se encuentra bien? Estaba hablando de… fuego.

Me mira sin entender por un momento.

—Ah. Sí. El fuego del qi, nuestra energía interna. Lo que estáis aprendiendo a controlar con estas prácticas. —Se dirige hacia la parte de delante del pabellón; el sol le da en la espalda y dibuja su contorno en oro—. Hemos terminado por hoy.

Cuando estoy a punto de hacerle una pregunta, Wren me apoya una mano en el brazo.

—No tiene sentido, Lei. No creo que sea consciente de lo que acaba de pasar.

En cuanto salimos del pabellón, Zhin nos habla a todas con cara de preocupación.

—Deberíamos decírselo a Dama Eira y a Madam Himura. Parecía estar bastante mal.

Su hermana asiente.

—¿Estará enfermo? —pregunta Mariko.

—O tal vez ha tenido una especie de premonición —sugiere Zhen.

Blue pone cara de exasperación.

—Es obvio.

—Un trance espiritual no es una broma —replica Chenna, lanzándole una mirada serena a Blue, que hace muecas y aparta la vista.

—Pues yo pienso que no deberíamos decírselo—opina Mariko—. Solo le daríamos un nuevo motivo a Madam Himura para que nos castigue.

—Para que castigue a *Nueve*, querrás decir —replica Blue—. Al fin y al cabo, Don Tekoa le hablaba *a ella*.

El resto de las chicas se dan la vuelta hacia mí, que me he quedado un poco rezagada del grupo. Si bien veo que no les gusta la forma en la que Blue lo ha dicho, percibo que en parte están de acuerdo con ella.

—Bueno —digo, con mucha más tranquilidad de la que siento—, al menos sabemos que Don Tekoa *arde* por mí.

Las mellizas lanzan una carcajada. Incluso Mariko ahoga una risa, y Blue la mira furiosa. Las únicas que no se ríen son Wren y Chenna.

Al menos, parece que mi broma ha servido para calmar un poco la tensión. Poco después, mientras volvemos a la Casa de Papel, la perplejidad por la crisis de Don Tekoa empieza a desvanecerse con la calidez del día y el entorno familiar del Sector de las Mujeres. Lo ocurrido en el pabellón empieza a resultarnos irreal, como un extraño sueño que hemos compartido. Aoki nos cuenta a todas que su hermano es sonámbulo —«Una vez estaba convencido de que yo era una jirafa llamada Arif»—, pero apenas la escucho.

He recordado algo que sucedió hace algunos veranos, cuando llegó a nuestra aldea una adivina.

Era un demonio anciano de forma gatuna, con pelaje gastado y ojos ciegos, velados como por leche cuajada. Montó un pequeño puesto en uno de los laterales de la calle principal: tan solo una mesa con una pequeña hoguera en el centro. Aunque yo debía volver directamente a la tienda después de hacer un mandado, me quedé a observar mientras una joven de nuestro pueblo se arrodillaba junto a la mesa y le entregaba un puñado de monedas a la adivina. Los videntes trabajan de distintas maneras: leen las hojas del té, las líneas de la mano o de las piernas de una persona, queman ofrendas de papel, analizan los sueños. Esta anciana practicaba la osteomancia. Hizo que la joven tallara su pregunta en un hueso y luego lo arrojó a la hoguera. Recuerdo mi asombro al ver la nube negra, como una mancha de tinta, que se extendió sobre los ojos de la mujer gato cuando retiró el hueso del fuego y lo recorrió con sus garras para leer las grietas.

Aquello me impresionó tanto que regresé a casa corriendo. Siempre he pensado que aquella imagen solo formaba parte de mi imaginación. Que ese cambio en sus ojos había sido una especie de ilusión óptica. Pero ahora que lo he visto en Don Tekoa, sé que es real. Debe ser lo que sucede cuando alguien entra en un trance de videncia.

A pesar del sol, siento un escalofrío que me recorre la espalda. Si la predicción de Don Tekoa es acertada, un incendio va a destruir el palacio. Pero lo que más me asusta es que, aparentemente, él piensa que el fuego ya está ardiendo, nada menos que dentro de *mí*.

18

Sin prisa pero sin pausa, la vida vuelve a la rutina del palacio.

El rey está de viaje por motivos oficiales durante más de un mes —algo relacionado con la actividad rebelde en el sur, según los rumores— y no ha ocurrido nada raro después de las predicciones de Don Tekoa, así que me entrego a nuestro ritmo estable de clases, cenas y funciones nocturnas. Mis maestros observan que me dedico más, y un día Dama Eira me felicita por ello, me dice que está orgullosa de que haya aprovechado lo ocurrido con el rey como punto de inflexión. Y tiene razón. Es verdad que fue como un despertar para mí.

Pero no en el sentido que ella cree.

Aunque tardo tan solo un par de semanas en recuperar el peso que perdí durante mi encierro, me lleva mucho más tiempo volver a la normalidad, o al menos, a algo que pueda parecerse a la normalidad. Vivo a la sombra de aquella noche con el rey. El recuerdo nunca se aparta; es como una presencia constante que permanece en alguna parte de mi consciencia, como el brillo de la luna en la superficie de un lago.

Aunque el rey no está en el palacio, a veces tengo la sensación de que me observa. Sin embargo, cuando me doy la vuelta, solo encuentro un pasillo vacío o la mirada interrogante de una de las chicas.

—¿Seguro que estás bien? —me pregunta Wren una tarde cuando, de camino a una clase, me detengo en mitad de la conversación y miro por encima de mi hombro con la certeza de que el rey está allí, justo detrás de mí, con la cabeza ladeada y una sonrisa descarada.

Contengo un escalofrío y sigo caminando.

—Sí. Claro. Mejor que nunca.

—Lei. —Sus dedos me rozan el brazo—. Dime la verdad. No estás bien desde lo que pasó con el rey…

—¡Por supuesto que no! —exclamo enfadada y me aparto. Aoki está conversando con Chenna justo delante nuestro, y nos mira por encima del hombro. Bajo la voz y prosigo—: Lo que quiero decir es que fue horrible, Wren. Y algún día volverá a pasar. Odio esta… *espera*. No sé si podré soportarla.

Wren asiente.

—A mí me pasa lo mismo. Pero no podemos hacer otra cosa.

—¿No? —respondo en voz baja.

Se pone tensa y aparta la mirada con los labios apretados.

Quiero preguntarle cómo lo hace para soportarlo. Si sueña con la libertad como yo, a altas horas de la noche, cuando lo único que interrumpe la oscuridad es el brillo de la luna, y pienso en mi hogar, y en ella y en las otras chicas, en el futuro que podríamos tener si tan solo pudiéramos escapar del palacio. Pero me trago las palabras. Ya conozco su respuesta, porque es la misma que me hace desistir cada vez que sueño con escapar.

Su sangre estará aquí. ¿Me entiendes? En tus manos.

Seguimos caminando en silencio.

Nuestra profesora de historia y política, Madam Tharazi, es un demonio con forma de lagarto de edad avanzada, sus escamas son del color de las hojas caídas. Su habitación está en la planta baja de una casa ubicada en el sudoeste del Sector de las Mujeres; es pequeña y cálida, siempre bajo el cobijo de las sombras gracias a los postigos bajos y al tronco retorcido de un arce que crece frente a su ventana, cuyas ramas nudosas se extienden sobre la casa como los brazos huesudos de un espíritu arbóreo. En su habitación, siempre parece que sea la hora del crepúsculo, y a menudo veo que las chicas se adormecen durante sus clases. Tampoco ayuda el hecho de que Madam Tharazi es la más permisiva de todos nuestros maestros, y mientras habla de un tema u otro los ojos se le ponen vidriosos. Probablemente la mayoría de las chicas ya conocen la historia y la política de Ikhara. Pero yo siempre pongo atención. Este tipo de clases son de las pocas que me ofrecen la oportunidad de aprender más sobre el mundo que hay más allá de las paredes del palacio y las valoro mucho, pues necesito recordar que, en efecto, hay un mundo más allá de estas paredes.

No solo un mundo. Un *futuro*.

Hoy hace frío y está nublado. Una luz mortecina se refleja en las escamas de Madam Tharazi. A mi lado, a Aoki se le afloja el mentón, y ella se sobresalta y levanta la mirada con una sonrisa avergonzada.

La lección de hoy es sobre los Amala, el Clan de los Gatos.

—Tras el fracaso del levantamiento de Kitori —nos cuenta Madam Tharazi, mirando por la ventana como si no estuviéramos allí—, se redujeron casi a la mitad. El clan se replegó a los desiertos del sur de Jana para recuperarse, y allí viven desde entonces como nómadas. La hija de Lord Kura, Lady Lova, quedó a la cabeza del clan un año más tarde, tras la muerte de su padre. Tan solo tenía dieciséis años. Y por cierto, es la cuarta vez que tenían a una mujer como líder. A diferencia de muchos clanes, los Amala tienen una actitud progresista hacia las mujeres...

—La general Lova.

Miro de reojo al oír el susurro de Wren. Madam Tharazi sigue hablando en tono monocorde, y mientras habla, la punta de su cola se mueve con indolencia. A veces creo que Madam Himura la eligió a propósito para nosotras. Dudo de que quieran que aprendamos demasiado sobre política; solo lo suficiente para poder hablar con los funcionarios de la corte en una cena, pero no para que podamos llegar a formar nuestras propias ideas.

—¿Qué? —susurro a Wren.

Se sorprende. Parece que no se ha dado cuenta de que ha hablado en voz alta.

—Ah. Es solo que Lova se hace llamar general, no Lady. Insiste mucho en eso.

—¿La conoces?

Wren asiente.

—Hace unos años, mi padre organizó un consejo para algunos de los clanes más importantes. El rey no quería invitar al Clan de los Gatos. Seguro que habrás oído hablar sobre sus desacuerdos. Pero mi padre insistió. Le dijo al rey que lo más conveniente era mantenerlos vigilados de cerca.

—¿Cómo era? —pregunto—. La general Lova.

Algo brilla en el rostro de Wren. Tardo un momento en identificar qué es, porque me resulta muy inesperado viniendo de ella: la vacilación, el rubor en las mejillas.

Está avergonzada.

—Es muy hermosa —admite, con un dejo de nostalgia en la voz—. Y fuerte. Acababa de cumplir dieciocho años, o sea que hacía apenas dos que estaba al mando, y la mayoría de los demás líderes tenían por lo menos el doble de su edad. Pero Lova tenía una manera de caminar… Era como si fuera la dueña de todo lo que pisaba. Como si desafiara a cualquiera a cuestionar su derecho de estar allí.

Vacilo.

—Parece que pasaste mucho tiempo con ella.

—No, no mucho —responde Wren, pero suena diferente. Su voz sale demasiado aguda, y capto también cierta amargura, un matiz que está entre la ira y la tristeza.

Más tarde, durante la cena, Madam Himura nos recuerda que mañana no tendremos clases por las fiestas de koyo. El primer día del décimo mes hay festivales en todo Ikhara para celebrar la llegada del otoño.

Aún no puedo creer que hace ya casi cuatro meses que llegué al palacio. En el paisaje exuberante del Sector de las Mujeres, el cambio de estación es algo físico, algo que podemos ver en cada árbol y en cada planta. Las hojas adoptan tonos carmesí y jengibre. Las flores se desprenden de sus pétalos y estos caen al suelo. Durante la última semana, los jardines que veo desde mi ventana han pasado de ser un mar verde a uno del color del fuego y las brasas.

—Mañana por la noche asistiréis a una fiesta en los Sectores Internos —anuncia Madam Himura mientras come y extiende sus palillos para tomar el último trozo de sepia salada—. El rey estará presente. Ha llegado al palacio esta mañana temprano. Dicen que el viaje le ha resultado agotador, así que espero que os portéis bien.

Siento que Wren me mira desde el otro lado de la mesa. Evito mirarla y bebo un largo sorbo de té para intentar abrir mi garganta, que se ha cerrado de pronto. Acuden recuerdos a mi mente: el rugido del rey, su larga mandíbula torcida en un gruñido. Sus dedos ásperos aferrando mis brazos.

Aoki acerca su hombro al mío.

—¿Estás bien? —susurra.

Me humedezco los labios.

—Lo… estaré.

—¿Qué vamos a hacer hasta la fiesta? —pregunta Chenna, que se encuentra justo a mi otro lado.

—Debéis quedaros en la Casa de Papel —responde Madam Himura—. Vuestras criadas empezarán a prepararos por la tarde

Hay un murmullo de entusiasmo. Aún no hemos tenido ningún día libre. Pero aunque me gustaría descansar tanto como al resto de las chicas, se me ocurre una idea para aprovechar mejor esta oportunidad.

Espero hasta que todas están disponiéndose a salir y me acerco a Madam Himura.

—¿Y ahora qué? —grazna cuando nota mi presencia a su lado.

—Madam Himura —digo, haciendo uso de mi tono de voz más amable y con las manos entrelazadas en la espalda—, quería preguntarle si puedo tener una clase extra mañana.

Aún sin levantar la vista, tamborilea sobre la mesa con el espolón de uno de sus dedos.

—No cabe duda de que la necesitas. Pero ninguno de tus maestros trabaja mañana. Todos tienen el día libre por las celebraciones.

—¿Tampoco las Casas de Noche?

Levanta la cabeza.

—Porque esa es la clase a la que me gustaría asistir —aclaro enseguida—. Con Zelle. La última vez, estaba tan nerviosa que no llegué a aprender mucho, y después de lo que pasó con el… —Me obligo a adoptar una expresión tímida—. Quiero enmendar mi error.

Me mira con suspicacia.

—El rey no ha vuelto a llamarte desde entonces. Quién sabe cuándo volverá a hacerlo.

—Pero estará en la fiesta del koyo. Al menos, me gustaría intentar darle una buena una impresión allí. Por favor, Madam Himura. Estoy haciendo un esfuerzo.

Me observa durante un buen rato. Luego alza un brazo y vuelve a concentrarse en el tazón que tiene delante.

—Supongo que no estaría de más.

Antes de que cambie de idea, le doy las gracias y salgo del salón a toda prisa… y tropiezo con Wren de lleno. Me ruborizo mientras nos separamos y su mano se demora en mi brazo.

—¿Qué ha sido eso? —pregunta en voz baja.

—Mañana tendré una clase extra con Zelle —respondo.

Me estudia con la mirada.

—¿Por qué?

—Pues, se me ha ocurrido que ya que voy a tener que verlo de nuevo…

—Esa no es la razón —me interrumpe. Sus dedos me sujetan el hombro, luego baja la voz y se acerca a mí—. Te conozco, Lei. Sé que no quieres complacerlo.

—No es cierto, sí quiero.

Wren se pone tensa. Evito su mirada, pero presiento que sus ojos me taladran. Cuando el silencio se hace casi insoportable, levanto la vista, pues de pronto deseo explicarle cuál es mi plan. Pero me paralizo al ver su expresión. Sus ojos parecen de acero. Me miran con una expresión dura y dolida.

—Por favor, no me mientas —dice Wren. Sus dedos rozan los míos mientras se aparta, y añade en voz baja—: Sobre eso, no. A mí, no.

Voy a murmurar algo, pero me callo y la dejo ir. Porque sé que mañana estaré frente al rey, y aún no estoy lista para decir la verdad sobre lo que siento. Y si no puedo mentirle, no tengo nada que decir.

19

—Has hecho historia, Nueve —me dice Zelle a la mañana siguiente, cuando Madam Azami me conduce hasta su habitación.

Está tan hermosa como la última vez que la vi. Lleva puesto un vestido de color óxido que le llega hasta las rodillas y deja al descubierto sus delgadas pantorrillas, y un collar de hojas de oro adorna sus clavículas. Se apoya en un codo y me observa con la cabeza ladeada mientras me arrodillo frente a ella y me quito el manto y el abrigo. En su habitación hace una temperatura agradable. Tiene los postigos cerrados para que no entre el viento y en un rincón hay un brasero encendido. En su cama, en lugar de sábanas de seda, ahora hay pieles, lo que me indica cuánto tiempo ha pasado desde la primera vez que vine a verla.

Dos meses. Me parece toda una vida, pero también siento que fue ayer, hace tan solo un momento, un latido.

Me obligo a sonreír.

—¿Sí?

Zelle sonríe.

—De las Chicas de Papel a las que he enseñado, eres la única que se ha atrevido a negarse a la hora de estar con el rey.

Se me borra la sonrisa.

—Ah —dice, y también deja de sonreír—. Disculpa. Pensaba que estarías orgullosa de saberlo.

—En realidad, me sentiría mejor si supiera que *todas* las Chicas de Papel intentaran negarse a estar con él.

Su mirada se agudiza. Pasa un segundo y luego murmura:

—Eso sí que sería digno de ver.

Empezamos la clase repasando lo que vimos la última vez. Intento parecer concentrada, pero a medida que pasan los minutos, echo un vistazo tras otro hacia la puerta. Zelle me debe ver muy inquieta, porque finalmente me pregunta:

—¿Te pasa algo? Madam Azami me ha dicho que tú misma has pedido esta clase. Si has cambiado de idea…

—No es eso —respondo enseguida—. Es solo que… ¿podría ir al baño? Estoy desesperada.

Pone cara de exasperación.

—Anda, ve. Pero que no te vea Madam Azami. Se supone que no debo dejarte salir hasta que termine la clase.

Me levanto de un salto, le doy las gracias alegremente y salgo a toda prisa. Normalmente a estas horas la casa está en silencio. Mis pasos se oyen demasiado, e intento amortiguarlos mientras me dirijo a la planta de abajo. En las escaleras, me cruzo con una demonio escultural con forma de pantera, de la casta de la Luna, con sus orejas felinas adornadas con joyas y un vestido color amatista con un hombro caído que revela su brazo cubierto de un suave pelaje. Me mira, se encoge ligeramente de hombros y esboza una media sonrisa como diciendo *Qué noche más larga*.

Cuando llego a la planta de abajo, en lugar de encaminarme hacia el baño, cruzo hacia el pasillo principal que sale del vestíbulo. No he visto mucho de las Casas de Noche, solo la habitación de Zelle, pero la disposición es similar a la de otros edificios del Sector de las Mujeres; por lo tanto, como directora de la casa, lo más seguro es que Madam Azami tenga su suite en la planta de abajo, al fondo. Paso por algunas habitaciones silenciosas —y algunas no tanto— y me detengo ante la última puerta del pasillo.

Apoyo la oreja contra la madera. Silencio.

Preparo una excusa por si ella se encuentra dentro y llamo a la puerta. Nada. Con cuidado, entreabro un poco la puerta, vuelvo a esperar, y por fin la abro del todo y entro.

Tal como esperaba de alguien tan cuidadosa y ordenada, la habitación está inmaculada, en total orden, y no hay nada fuera de lugar. Veo una mesita baja que domina el ambiente y supongo que esta es la sala donde Madam Azami recibe a sus visitas. Me acerco con sigilo hacia unas puerta que se encuentran al fondo a la derecha y, tras esperar un instante para ver si oigo ruidos, entro a lo que debe ser su oficina. Hay armarios contra las paredes. Veo un hilo de humo que sube desde un recipiente para incienso en un rincón, donde hay un altar lleno de estatuillas de jade de los regidores celestiales. Hay solo dioses del cielo; Madam Azami debe ser del norte, como yo. Estoy avanzando hacia el armario más cercano cuando oigo un golpe en la habitación de arriba.

Me paralizo.

Otro golpe; tablas del suelo que crujen, risas apagadas. Una de las cortesanas y su huésped. Miro a mi alrededor como si Madam Azami pudiera aparecer en cualquier momento y abro la primera gaveta del armario más cercano, con la respiración agitada.

Dentro hay pergaminos enrollados y papeles sueltos. Los miro por encima, pero solo parecen ser facturas y cuentas, así que paso a la siguiente gaveta, y a la siguiente. Casi estoy resignada a tener que volver a la habitación de Zelle antes de que empiece a sospechar —y de que mi plan de aprovechar esta clase sea un fracaso— cuando abro una gaveta en el último armario y encuentro varios pergaminos envueltos en cuero y amarrados con esmero. Las pinceladas los identifican como los registros de cortesanas de las Casas de Noche.

Se me eriza el vello de los brazos al recordar lo que me dijo el rey: que si habían traído a mi madre al palacio, estaría aquí

Cada pergamino tiene una fecha. Los examino, y me sobresalto al encontrar el de hace siete años. Con cuidado, echo un vistazo por encima del hombro y tiro del lazo. Apenas me atrevo a respirar. Si encuentro aquí el nombre de Mama, podría significar que aún está con vida… Incluso podría estar *aquí mismo*, en uno de estos edificios.

La idea de estar tan cerca de ella hace que algo dentro de mí, muy en el fondo, se paralice.

Mientras recorro con la mirada la lista de nombres, el papel tiembla entre mis dedos. Cuando los soldados llegaron a nuestra aldea, era primavera: había pétalos en el aire. Su nombre debería figurar entre los primeros. Sin embargo, llego al final del pergamino y no lo encuentro. Compruebo los nombres una y otra vez, deseando que aparezca el suyo, como por arte de magia, o que algún dios bondadoso me dé algo bueno a lo que pueda aferrarme.

Siento lágrimas en los ojos. Apenas consigo distinguir los caracteres, con la mirada clavada en el pergamino, intentando contener el impulso de hacerlo pedazos con los dientes.

—¿Qué estás haciendo?

Me doy la vuelta rápidamente. Zelle está en la puerta.

—Yo… estaba buscando algo —explico, y me paso una manga por el rostro mientras ella se acerca. Tengo las mejillas bañadas en lágrimas que no me había percatado de que estaban cayendo, y parpadeo para quitármelas.

—Ya veo. —Habla con dureza, pero no sin compasión. Mira el pergamino que tengo en las manos—. ¿Qué buscabas exactamente?

—A mi madre —masculló.

—¿Tu madre es un papel?

No me río.

—Unos soldados se la llevaron de nuestra aldea hace siete años. —Le doy la vuelta al papel para que lo vea—. Esta es la lista de las cortesanas de ese año. Yo… pensaba que su nombre podría estar aquí.

A Zelle le brillan los ojos.

—¿Y está? —pregunta en voz baja.

La respuesta me sale ahogada.

—No.

En ese momento, se oye la voz de Madam Azami en el exterior. Con un movimiento rápido, Zelle se adelanta y me quita el pergamino. Lo enrolla y lo guarda en su funda de cuero con dedos diestros, luego vuelve a meterlo en la gaveta. Después me sujeta del brazo, cruzamos las habitaciones de Madam Azami y salimos al pasillo justo cuando la mujer perro entra a la casa.

Levanta sus orejas puntiagudas al oír nuestros pasos.

—¿Ya habéis terminado? —pregunta, y fija en nosotras sus oblicuos ojos grises.

Zelle suspira.

—Le molesta si nos retrasamos, le molesta si terminamos temprano. ¿Hay algo que *no* le moleste, Madam Azami?

—No si estáis vosotras —refunfuña, aunque hay un leve asomo de sonrisa en sus labios. Me hace una seña para que me acerque—. Ven, jovencita. Tu criada está esperándote.

Miro por encima de mi hombro antes de salir para ver a Zelle. Pero ya está alejándose.

En el exterior, Rika me saluda. Me acompaña en silencio por los jardines de las Casas de Noche; percibe mi estado de ánimo con facilidad. Y aunque soy consciente de que mis pies se mueven y puedo sentir el aire fresco, no puedo oír nada más que la circulación acelerada de mi sangre en mis oídos.

Mi madre no ha estado… no *está* aquí.

Debería sentirme aliviada. No la obligaron a ser una cortesana. No tuvo que sufrir eso. Pero, como dijo el rey, ese habría sido su único destino si los soldados la trajeron al palacio, lo que significa que tal vez no la trajeron aquí. O sea que…

De inmediato, me doblo en dos con una fuerte arcada.

—Dama, ¿qué le pasa? —me pregunta Rika, frotándome la espalda—. ¿Está enferma?

Meneo la cabeza y contengo las náuseas. Al cabo de un rato puedo reanudar la marcha, pero mientras caminamos, hundo los nudillos en mi vientre. Un fuerte dolor se ha instalado ahí, en lo más profundo de mi ser. Un núcleo duro, como una piedra. Me siento como si hubiera perdido algo. Como si hubiera dejado algo mío en las Casas de Noche.

Algo que estaba manteniéndome con vida.

Algo como la esperanza.

20

Las fiestas de koyo que organiza el rey se llevan a cabo en los Secto-res Internos, en un tramo del río que traza una larga y perezosa cur-va, que limita por una parte con las copas de los árboles emplumados, y por otro, con un sendero pavimentado. Cuando nuestros carruajes se detienen, observo un mar de color. Hay pasarelas que cruzan el río por todas partes, unidas por embarcaciones pequeñas y abiertas que llevan velas en la cubierta, y los farolillos que cuelgan de los techos de las pagodas y los pabellones que hay a lo largo de río danzan con el viento. Más luces alumbran los árboles al otro lado del río, lo que provoca que sus colores otoñales en contraste con el fondo oscuro de la noche destaquen. La música flota en el aire y lleva con-sigo las risas y las conversaciones de los invitados.

Todo está radiante y resplandeciente. Es precioso, quizá la esce-na más hermosa que he visto hasta ahora en el palacio. Pero mien-tras mis ojos recorren la escena, mi cabeza sigue abotargada por las hileras e hileras de nombres que no eran el de Mama, y las pincela-das negras me nublan la vista.

—¿Qué te pasa? —me pregunta Aoki, interrumpiendo mis pen-samientos cuando se me acerca.

Me sorprendo. Estamos de pie junto a los palanquines y hay un par de sirvientes cerca, esperándonos.

—¿Lei? —insiste—. ¿Te ha pasado algo en la clase con Zelle?

Me aclaro la garganta.

—Supongo que me ha recordado todo lo ocurrido con el rey —respondo, con una sonrisa, aunque no la siento sincera—. Pero estoy bien. En serio.

Caminamos hacia el río. El resto de las chicas van por delante, y Madam Himura las conduce a una de las plataformas más grandes que se encuentra sobre el agua y que han preparado como salón de té. La luz de los farolillos resplandece sobre los almohadones de terciopelo dispersos y las mesitas bajas.

—No dejo de preguntarme si todo lo que te dije tuvo algo que ver —admite Aoki en voz baja mientras caminamos. Entrelaza las manos frente a ella, con la mirada baja—. ¿Te acuerdas, al día siguiente de mi primera noche con él? Me preocupaba haberte asustado. Que hubieras intentado escapar por *mi* culpa.

—No fue así —le aseguro enseguida—. Claro que no. Pero… no me gustó verte de ese modo. ¿Las cosas han… mejorado desde entonces? —le pregunto, con una mirada de reojo.

Me sorprendo al ver que asiente.

Entonces las palabras empiezan a salir de ella como un torrente, y me mira con un brillo raro en el rostro.

—Creo que aquella primera noche yo estaba muy asustada, Lei. No sabía qué esperar. Casi no había pasado tiempo con el rey, e inmediatamente después, me ordenó que me marchase. Como si hubiera hecho algo malo. Y después, con Blue y Mariko… ya las conoces, con sus bromas… pero desde entonces, en realidad no ha sido tan malo.

Me quedo mirándola.

—¿En serio?

Asiente.

—La mayor parte del tiempo simplemente conversamos. El rey me habla de lo que está pasando en el reino: sobre política, sus viajes, las personas y las cosas que ha visto. Me pide mi opinión. Me cuenta sus esperanzas para el reino. Incluso sus temores. —Se muerde el labio inferior y baja la mirada—. Él… me hace sentir especial.

Algo helado me baja por la espalda.

—No puedes decirlo en serio.

Aoki se retrae al oír la dureza de mi voz. Su dulce rostro se ensombrece. Evita mis ojos, se humedece los labios y prosigue:

—A veces me pregunta por ti. Sé que no lo demuestra, pero no es fácil para él ocuparse de todo. Tener que velar por todo un reino. Y a pesar de lo que puedas creer, de verdad quiere que seamos felices.

—Ahogo una risotada de desdén al oír eso, y Aoki me mira con expresión rara, con la boca levemente ladeada—. Lei —murmura—, me dijo que pronto tiene intención de volver a llamarte.

La noche ya está fría. Pero con las palabras de Aoki, el aire se vuelve aún más frío. Un viento tempestuoso de otoño gira a nuestro alrededor, helado contra mi piel, y me arrebujo más en el manto de piel.

Miro hacia adelante, donde están sentadas el resto de las chicas. El rey se encuentra entre ellas, con su habitual ropa dorada y negra, echando la cabeza hacia atrás y riendo por algo que le ha dicho Blue. El sonido es como un trueno, eléctrico; corta el aire y me cala hasta los huesos. Pero verlo… *riendo* así.

Me detengo. Aoki se vuelve hacia mí con una arruga en el entrecejo.

—No puedo —le digo, con los ojos fijos en el rey. Mis palabras son afiladas. Como puntas de cuchillos.

Los sirvientes que nos escoltan a cada lado mantienen su distancia mientras esperan que reanudemos la marcha, y el bullicio de la fiesta basta para que no oigan nuestra conversación. Pero aun así mantengo la voz baja y agrego, entre susurrando y escupiendo:

—No dejaré que vuelva a tocarme.

No soy consciente hasta que lo digo. Y en esta ocasión es diferente a otras en las que también he llegado a decirlo, a la forma en la que mantenía las esperanzas, como si el hecho de soñar con algo lo suficiente pudiera hacerlo realidad. Ahora lo sé con una certeza que se ha instalado en el fondo de mi corazón, tan dura y angulosa como suave y resplandeciente era mi esperanza.

El rey no me tendrá.

Los ojos de Aoki se han abierto tanto que parecen lunas.

—¿Vas a negarte de nuevo a estar con él? Es tu trabajo, Lei. No es tan malo…

Giro hacia ella como una tromba.

—¿*Que no es tan malo?* ¿Recuerdas cómo te sentiste la primera vez?

—Pero ya te he dicho que estoy mejor. Creo… creo que empieza a gustarme estar con él. Tener toda la atención del rey… —Sus ojos se obnubilan con un brillo febril—. ¿Cuántas personas en el reino pueden experimentar eso?

—Todas las chicas con las que se ha acostado —respondo, y Aoki se ruboriza.

—Al menos podrías estar agradecida por lo que el rey te ha dado.

La miro con ojos desorbitados.

—¿Lo que me *ha dado*? ¡Aoki, nos ha apartado de nuestros hogares!

—¡Al menos nos ha dado uno nuevo! ¡El Palacio Escondido, Lei! Hay tantas chicas que se ven obligadas a caer en la prostitución, o a casarse con algún hombre horrible…

—*Eso* me resulta conocido.

Permanecemos en silencio, mirándonos enfadadas. Los sonidos de la fiesta nos rodean como una lluvia multicolor.

Aoki es la primera en romper el silencio.

—Lo siento —dice—. No he sido justa.

La tomo de las manos y le sonrío.

—Yo también lo siento. Mira, si realmente quieres estar con el rey, si en realidad es tan bueno contigo como tú dices, pues me alegro por ti. Al menos tú puedes disfrutar de tu estancia aquí. Pero yo, no.

—Tal vez, si lo conocieras mejor…

—No es suficiente.

Aoki echa un vistazo para cerciorarse de que los sirvientes no se han acercado y luego me pregunta en un susurro:

—¿Hay alguien más?

Pasa, fugaz, por mi mente el rostro de Wren: su hermosa sonrisa con hoyuelos, sus ojos felinos e inteligentes.

—No —miento—. Claro que no.

Aoki parece aliviada.

—No sé para qué lo pregunto. ¿Dónde ibas a encontrar un hombre en el Sector de las Mujeres?

Porque no se trata de un hombre. Por alguna razón, me recorre una oleada de irritación. Todo el mundo da por sentado que las parejas son de hombres y mujeres, y sin embargo, aquí estamos, somos chicas humanas y las concubinas del Rey Demonio. ¿Tan raro sería que el amor pudiera surgir entre dos mujeres?

En realidad, somos todos iguales, pequeña. En el fondo.

Una sonrisa minúscula me eleva las comisuras de los labios. Mama lo habría entendido. Y la pérdida vuelve a dolerme tanto que tengo que forzar una risa para contener las lágrimas.

—Tal vez —le digo a Aoki—, me gusta el viejo Don Tekoa.

Aoki ríe y se cubre la boca con la mano.

—¡Lo sabía!

Pero se me borra la sonrisa cuando vuelvo a concentrarme en la plataforma flotante donde el rey nos espera. Flexiono los dedos y reanudo la marcha antes de perder el coraje, y Aoki se apresura para seguirme. Cruzamos la pasarela corta hasta la plataforma, y un sirviente anuncia nuestra llegada.

De inmediato, las conversaciones cesan. El golpeteo del agua contra los laterales de la plataforma se oye en el silencio. Desde alguna parte se oye una carcajada, y hay algo amenazante en ella, como si desafiara a quien sea a interrumpir el momento. Aoki se adelanta primero, pero todos me miran a mí mientras nos acercamos al rey. Mantengo la mirada concentrada en el suelo, en la cola del cheongsam de Aoki, que se balancea delante de mí.

Ella lo saluda con dulzura, con un tono atento que no le había oído hasta ahora. Luego se hace a un lado. Me arrodillo lo mejor que puedo con mi vestido largo y apoyo las palmas de las manos en el suelo. Me sacude el recuerdo de la última vez que estuve así ante el rey, y se me eriza la piel.

Estos dos últimos meses me han dado algo de espacio y algo que casi se parece a la paz. Pero el tiempo suele plegarse, como un mapa; las distancias, los viajes, las horas y los minutos se guardan cuidadosamente y solo queda la realidad del antes y el ahora, tan cerca como dos manos que se apoyan a ambos lados de una puerta de papel de arroz.

—Mi rey —digo en el silencio.

—Levántate.

Su voz tiene la misma resonancia profunda que recuerdo. Hago lo que me dice, y casi no puedo respirar a causa de los golpes que da mi corazón contra mi cavidad torácica. Por fin, me lleno de coraje y levanto la mirada, pero la expresión de su rostro me pilla por sorprersa porque es lo último que esperaba ver.

Felicidad.

Parece feliz. De verme *a mí*.

—Lei-zhi —me saluda, como si fuéramos viejos amigos, todo sonrisas y desenfado. Como si la última vez que nos vimos no hubiera estado persiguiéndome por sus aposentos, semidesnudo y rugiendo—. Te he echado de menos. Caminemos, solo tú y yo. Quiero hablar contigo.

Me pongo de pie a toda prisa, por si se ofrece a ayudarme. Wren me mira, y entonces el rey me apoya una mano en el omóplato para que bajemos de la plataforma. Los murmullos se filtran poco a poco en el silencio como un gato que camina con sigilo entre los pies de una multitud. A estas alturas, ya todos se habrán enterado de lo que ocurrió entre nosotros, y es evidente que están tan sorprendidos como yo por su cálido recibimiento.

Sorprendidos… e inquietos. Porque, ¿qué esconde la sonrisa del rey?

Con la frente alta ante las miradas, sigo al rey hacia la fiesta. Hay pasarelas que se interconectan entre las embarcaciones, bares para fumar narguile y casas de té flotantes, y continuamos nuestro camino eligiendo una ruta al azar. Parece dar vueltas a propósito. Señala alegremente a algunos invitados y se detiene a saludar a otros, me habla sobre el banquete que ha tenido lugar antes y me dice que no puedo dejar de probar el nuevo sake que ha hecho importar de Shomu, ¡madurado en absoluta oscuridad durante tres años! Nunca he probado algo así.

Mascullo respuestas superficiales. Aún tengo el pulso acelerado por estar tan cerca de él, por el peso de su mano en mi hombro, y junto al miedo surge otra cosa: ira. Ardiente y feroz. Porque, ¿cómo puede hablarme así después de lo que pasó la última vez que estuvimos juntos? ¿Después de la semana de aislamiento e inanición a la que me sometió?

—Te debo una disculpa, Lei-zhi.

Súbitamente, el rey se detiene. Estamos en el medio de una pasarela. Dos hombres elegantes con forma de gacela que caminan del brazo detrás de nosotros casi tropiezan con nosotros y retroceden a toda prisa, murmurando disculpas entre reverencias fervorosas. Más adelante, otros invitados se dan la vuelta de inmediato para tomar otro camino. Ahora el bullicio de la fiesta llega más apagado y nos envuelve en un abrazo íntimo. El azul de sus ojos me clava en el suelo. Son de un color frío como el hielo y tienen un brillo asombroso en comparación con su pelaje de color entre ocre oscuro y dorado, como la claridad de un cielo invernal sin nubes.

—Supongo —dice— que estoy acostumbrado a tener el control de todo. O al menos, a aparentar que así es. —Suelta una larga exhalación—. No lo admito con frecuencia, pero es difícil. Ser rey. Gobernar. Todo esto —extiende un brazo como para abarcar la fiesta— y más: debo ocuparme de todo Ikhara. Ofrecerle protección. Hago todo lo posible por ser justo, pero es imposible. Siempre hay alguien que sale perdiendo. —Gira los hombros como para aflojar el cuello—. Gobernar es como la magia de los hechiceros. Solo se puede dar cuando se ha tomado.

—Tal vez —sugiero, con voz serena—, lo correcto sería equilibrar las cosas entre aquellos de los que se toma.

El rey me mira por encima de su nariz bovina. Las luces de la fiesta adornan sus rasgos y destacan la forma compleja de sus cuernos dorados.

—Un comentario justo, supongo, aunque más bien ingenuo. Todo el mundo no puede tenerlo todo. Y no todos tienen las mismas necesidades, ni los mismos derechos.

Al oír eso, me muerdo para no mirarlo con odio.

—Y no todos —prosigue— tienen lo mismo que ofrecer. —El rostro del rey se tensa—. Fíjate en mis hermanos, por ejemplo. Tenían uno, dos años más que yo. Pero a mis siete años, yo entendía mejor que ellos lo que se necesita para ser un líder fuerte. Sabía que, si les quitaba la vida, demostraría a los gobernadores celestiales y a la corte que era infinitamente más capaz que ellos de suceder a mi padre moribundo. Ellos vinieron a este mundo a ofrecer, mientras que yo estaba destinado a tomar. —Hay algo oscuro en sus palabras, y me resisto al impulso de apretar mis brazos contra mi pecho, de retroceder—. Demostré lo que valgo. Y aun así, nadie ha reconocido los sacrificios que tuve que hacer. Todo lo que he dado por este reino. Ni siquiera se me permite tener nombre. Solo se refieren a mí como Amo Celestial por aquí, Amo Celestial por allá, todo el maldito tiempo, como si no fuera más que eso, un gobernador celestial de quien todo el mundo espera que le conceda sus plegarias.

Me humedezco los labios y luego pregunto con cautela:

—Desde luego, no soy una experta, mi rey, pero… ¿acaso no es ese el trabajo de un rey?

Me observa en silencio a través de sus espesas pestañas, con el rostro inmovilizado como una máscara rígida. Por un segundo, casi parece que va a golpearme.

—La gente no pide nada a los dioses sin ofrecerles algo a cambio —replica, tenso.

Luego se relaja. Me sonríe, aunque no es más que una sombra de su habitual sonrisa indolente, y observo la pesadez en su expresión, la fatiga en sus ojeras oscuras. Y por debajo de todo, un asomo de algo ligeramente delirante.

—¿Has oído hablar de la Enfermedad, Lei-zhi?

—¿La Enfermedad?

La frase me dispara un recuerdo lejano, aunque no sé dónde lo he oído antes.

—Algo está enfermando a nuestra tierra: hay incendios forestales en las montañas, terremotos, sequías devastadoras en las provincias del sur… Más de tres veces el año pasado… el río Zebe desbordó sus márgenes. Dos de mis batallones aún están en Marazi, colaborando con la reconstrucción. Los informes llegan tan rápido que me resulta imposible mantenerme al tanto de todo. Durante el viaje del que acabo de volver, he visto innumerables pueblos y campos afectados. Incluso un clan de acero se ha visto obligado a buscar refugio con un clan de papel que tenían cerca. —Lanza una carcajada de desdén—. ¡Qué indignidad! Además, la actividad de los rebeldes no para de aumentar, por lo que no he tenido tiempo ni recursos para ocuparme como se debe.

—Pero son desastres naturales, ¿no? —pregunto—. Terremotos, sequías...

—Así es. Pero algo está haciendo que empeoren. Y creo que al fin entiendo lo que es.

El rey ladea la cabeza y levanta los ojos al cielo.

Sigo su mirada. El viento ha despejado las nubes, el cielo está estrellado y la luna en cuarto creciente pende sobre nosotros como una guadaña. Al principio, no entiendo lo que está sugiriendo. Luego caigo en la cuenta.

—¿Se refiere a los dioses?

—Están enfadados —gruñe el rey, y su voz recupera el tono habitual. Un músculo se crispa en su mandíbula—. Están castigándonos por algo. ¿Ves? Hasta Ahla adopta su forma de guerrera para provocarme. —Le brillan los ojos—. Necesito apaciguarlos.

Recuerdo lo que le dijo el general Yu a Dama Eira sobre la naturaleza supersticiosa del rey, lo que Chenna me dijo sobre la razón por la que el rey la había elegido primero. Nuestra creencia en los dioses es tan orgánica y arraigada que llega a ser una costumbre. Pero no hay nada automático en la expresión febril que ahora veo en el rostro del rey. Aunque sería una blasfemia enunciarla en voz alta, la pregunta se me hace innegable.

¿Lo que estoy viendo es magia o locura? ¿Fe o desesperación?

—¿Cómo... cómo va a hacer eso? —pregunto en voz baja.

Los labios del rey se estiran en algo que es más dientes que sonrisa.

—Castigando a aquellos que me desobedecen —responde con voz ronca—. Librando al reino de quienes no son fieles.

Sus ojos velados se dirigen a mí, y el silencio se prolonga. Luego, abruptamente, su rostro pierde toda tensión. Me pasa un brazo por encima del hombro y nos hace dar la vuelta con una sonrisa.

—Vamos, Lei-zhi. Será mejor que regresemos con las demás. No quiero que se pongan celosas.

Y vuelve a charlar con tanta ligereza y desenfado que casi llego a creer que acabo de imaginar la amenaza que encerraban sus palabras.

La fiesta continúa mientras avanza la noche, en un torbellino de risas, estrellas y el reflejo de los farolillos como si fueran joyas en el agua; todo es colorido: los sonidos, las conversaciones, las sonrisas, los vestidos. Es la primera vez que hay una reunión tan grande y, desde nuestro rincón en el salón de té flotante, las chicas intercambian chismes sobre los invitados.

—¡Mirad! —exclama Mariko mientras señala a una mujer con piel de porcelana—. Es Madam Lo, una de las Chicas de Papel más famosas. Seguramente habéis oído hablar de ella. Tiene un salón de belleza en el Sector de las Mujeres. Deberíamos preguntarle a Madam Himura si podemos ir…

Otra.

—¡Ah, aquella es Madam Daya! Se casó con un general en cuanto su tiempo como Chical de Papel acabó. Parece que el general le salvó la vida al rey en un intento de asesinato, y ella fue su recompensa…

—¿Y aquella no es Dama Ohura? Qué hermosa es todavía…

Las voces de las chicas flotan a mi alrededor. Mis ojos vuelven una y otra vez hasta donde Wren y el rey están conversando bajo una pagoda, al borde del agua. Están demasiado lejos para poder distinguir algo más que sus siluetas, pero la cercanía de estas, la enorme sombra del rey, a cuyo lado Wren se ve pequeñita, me produce una fuerte agitación en las venas.

—Hace muchísimo tiempo que están allí —masculla Aoki, al ver hacia dónde estoy mirando. En sus ojos también hay celos.

Me hace sentir especial.

Me estremezco de asco al recordar las palabras de Aoki. Me obligo a apartar la mirada.

—Voy a caminar un poco —digo. Me levanto y empiezo a andar antes de que pueda seguirme.

Recorro algunas de las pasarelas flotantes y paso junto a la orilla del río, cubierta de hierba; luego elijo un rumbo al azar. El bullicio de la fiesta se va apagando mientras me interno en zonas más oscuras. Arriba, una bandada de aves da vueltas ruidosamente, besando el cielo con las puntas de sus alas. Me duele su libertad. ¿Qué pasaría si yo levantara el vuelo ahora mismo? ¿Si las persiguiera, si bailara a la sombra de sus cuerpos tan altos, a medianoche, y pudiéramos ser espejos, ecos, ellas en el aire y yo en la tierra…?

Mis pensamientos se interrumpen. Porque, obviamente: murallas del palacio.

En alguna parte, a lo lejos, presiento su majestuosidad, su abrazo negro. Las aves pueden volar por encima de sus muros, pero yo no puedo hacer otra cosa que observarlas, con los dedos apretados contra la helada roca.

De pronto, la oscuridad ya no me resulta tan acogedora. Acabo de dar la vuelta para volver al río cuando me detengo al oír algo entre las sombras. ¿Es… un llanto?

Escudriño los alrededores y a pocos metros de mí puedo ver a una mujer sentada en una pendiente cubierta de hierba. La superficie del río refleja su silueta en un plateado brillante. Tiene puesto un sari estampado, y la tela de un rosa pálido contrasta con su piel morena. Reconozco su ropa: es una de las antiguas Chicas de Papel, la que estaba casada con un general.

—¿Hola? —la llamo mientras doy unos pasos hacia ella—. Es Madam Daya, ¿verdad?

Sus hombros gachos se tensan.

—¡Márchate! —dice. La palabra sale ahogada, rara y contorsionada.

—¿Se encuentra bien?

La mujer no se da la vuelta.

—¿Quién es? —pregunta, con voz ronca.

—Soy Lei. Una de las Chicas de Papel…

Se da la vuelta al instante y se levanta de un salto. Retrocedo, pero me atrapa y sus uñas se clavan en mis brazos cuando me atrae hacia ella.

Se me atasca un grito en la garganta. El rostro de Madam Daya queda cubierto por las sombras, pero eso no hace sino intensificar su estado calamitoso: la luna incide sobre su piel, que se desprende de su rostro como cera derretida; tiene los dientes podridos, y los ojos, saltones e inyectados de sangre.

Las palabras escapan de mis labios.

—Yo… no quería…

—¡Mírame! —grita—. ¡Todo es culpa de él!

—¿De… de quién?

—¡Del estúpido de mi marido! Cometió un error durante el ataque al Paso de Shomu, y el rey se ha negado a darle nuestra cuota anual de magia, y sin mis visitas regulares al hechicero… —Me sacude, enloquecida y con lágrimas en sus horribles ojos enrojecidos—. ¡No puedo volver así a la fiesta!

Mientras habla, se le desprenden trozos de piel de las mejillas y del mentón. Cuando uno de ellos cae sobre mi cara, grito y sacudo la cabeza para quitármelo.

Madam Daya lanza una carcajada demente.

—¡Eso es! Trata de escapar. Pero, para que lo sepas, algún día tú también estarás así. Cuando te obliguen a utilizar un hechizo tras otro para seguir estando joven y hermosa para el despreciable hombre al que el rey decida premiar contigo, como si fueras un animal que se puede regalar, entonces lo entenderás. Entonces lo sabrás.

Y de pronto caigo en la cuenta de lo que le ha pasado.

Se le ha agotado el qi.

Dado que la magia es un elemento que proviene del círculo cerrado de nuestro mundo, no se la puede crear, sino solo intercambiar mediante un dao recitado por un hechicero. Yin y yang, energía, esencia de vida, qi… todo es un equilibrio. Un flujo. A eso se refería el rey hace un momento. Cuando los hechiceros toman la magia de la tierra, deben mantener el equilibrio ofreciendo algo a cambio, ya sea enterrando dinero para los espíritus o esparciendo semillas, o tatuándose la piel; el dolor es una forma de pago, y las marcas, como prueba de su lealtad. Incluso entonces, cuando se les pide demasiada magia a los dioses, los hechizos pueden empezar a fallar, o incluso a producir efectos contrarios a los esperados.

—Yo… lo siento mucho —balbuceo, aunque mis palabras me suenan huecas incluso a mí.

La mujer ríe.

—Sí, algún día lo sentirás mucho, pequeña. Lamentarás haber venido a este sitio abandonado por los dioses.

Me suelta, y me aparto con una exclamación ahogada. Subo la pendiente y regreso a la fiesta a toda la velocidad que me permite mi vestido.

Cuando llego a la casa de té flotante donde he dejado antes a las demás, está vacía, y al principio siento alivio, pensando que la fiesta ha terminado. Pero luego veo movimientos más allá. Parece que todos se han reunido en una de las plataformas centrales. La música que había antes ya no se oye, y en su lugar hay silencio… pero no del bueno. Un silencio tenso, en el que el aire se vuelve raro y tirante, como un elástico demasiado estirado. Momentos después, se oyen gritos entre la multitud.

—¡Oye! —Un guardia corre por una pasarela hacia mí—. ¿Qué estás…? Ah.

Vacila. Sus orejas redondeadas se crispan al reconocerme. A mi vez, tardo un momento en darme cuenta de quién se trata: el guardia con forma de oso que custodiaba la entrada del palacio la noche que llegué. La dulzura de sus rasgos no parece concordar con su uniforme de soldado y con la espada envainada que lleva en la cintura.

—Señorita Lei-zhi —se corrige, con una reverencia—. Mis más sinceras disculpas. No me había dado cuenta…

—¿Qué está pasando? —lo interrumpo.

Levanta la vista.

—El… el rey quiere añadir una nueva parte a la fiesta —responde, y no se me escapa la leve vacilación en sus palabras.

A lo lejos se oyen risas burlonas.

—¿Qué parte? —pregunto, mientras me recorre una oleada fría de temor.

El guardia abre la boca. Luego menea ligeramente la cabeza.

—El rey solicita la presencia de todos sus invitados —dice con firmeza, y se aclara la garganta. Aferra la empuñadura de su espada—. Por favor, señorita, acompáñeme.

Lo sigo por las pasarelas hasta la zona central. Hay objetos descartados —tazones y platos, servilletas de seda, pétalos de flores que se han soltado con el viento— esparcidos entre las plataformas que han quedado vacías, y en el agua que las rodea también flotan residuos. Conforme nos acercamos, empiezo a captar algunas de las palabras que se arrojan al aire.

Malditos papeles. No valen nada.

Keeda.

—Tal vez aquí ya sea suficiente —dice el guardia, y extiende un brazo para detenerme. Pero lo empujo y me abro camino entre la multitud.

Y cuando llego a la parte de delante, me quedo paralizada.

Un recuerdo, tan vívido como el día en que ocurrió. Una mujer de la casta de papel con ojos llenos de odio, y un garrote que cae contra su cráneo.

La escena que tengo ante mí no se le parece en los detalles, pero sí en la esencia. Unos guardias demonios están arreando con sus espadas y sus hachas a un grupo de personas de la casta de papel. Esta vez, lo que veo en el rostro de los hombres y las mujeres, y los *niños*, no es ira sino miedo. Y el rey ríe mientras camina de un lado a otro, inspeccionándolos.

—¡...así que me ha parecido oportuno darles un recibimiento apropiado!

Cuesta oírlo por encima de la multitud. Su amplia sonrisa, más canina que bovina, se ensancha aún más y entonces entiendo que es la energía de su público lo que lo envalentona. Por la forma en la que se tambalea, es evidente que está ebrio. Hay cierto frenesí en su rostro, la misma expresión demente que he podido vislumbrar hace un rato, pero el alcohol lo ha liberado y permanece viva en sus rasgos.

Aumenta el temor dentro de mí. Busco con la mirada a Wren o Aoki, pero no las veo. Encuentro a Chenna una filas por delante y me abro camino hacia ella.

—¿Qué es esto? —le pregunto, sin aliento.

No se da la vuelta.

—Los soldados acaban de volver de un ataque en el este de Noei —responde, y detrás de su compostura habitual percibo algo de inquietud. Su voz suena hueca, y habla con la garganta apretada. Sin dejar de mirar hacia adelante, prosigue—: Han traído a estas personas de papel al palacio como esclavos. El rey está regalándosela a sus invitados.

La miro boquiabierta.

—¿Qué?

En ese momento, uno de los cautivos de los que se encuentra entre el grupo se adelanta. Un guardia con forma de perro extiende un brazo para detenerlo y el hombre forcejea para que lo suelte.

—¡Por favor! —grita. Es un hombre de mediana edad, de cabello oscuro entrecano.— Tenga piedad, Amo Celestial…

—Ah —lo interrumpe el rey—. ¿Reconoces a tu amo, pero aun así te atreves a pedirle piedad? —Su voz profunda sale confusa por el alcohol—. Mi piedad es para mis pares, viejo. No para un keeda que no vale nada.

La palabra vuelve a hacerme daño al escucharla en los labios del rey.

—¡Mi esposa y mis hijos están aquí! —vuelve a intentar el hombre, con los brazos extendidos y el rostro contorsionado—. Por favor, Amo Celestial. Tenga piedad. Durante todos estos años hemos permanecido obedientes y hemos dado más de lo que podíamos de nuestras cosechas a sus soldados, sin protestar jamás cuando aumentan los impuestos. Incluso ahora, con la Enfermedad, cumplimos con todas las exigencias. Lo único que pedimos es que nos dejen en paz. Por favor, Amo Celestial. Permítanos ir a casa…

El rey ruge.

—¡No voy a tolerar órdenes de un humano!

Con un tronar de cascos, se lanza hacia el hombre. Es un movimiento inesperado, mucho más rápido de lo que yo creía posible en él. De pronto parece más animal que humano, impulsado por la rabia y el instinto bestial. Aparta al guardia hacia un lado, aferra al hombre por el cuello, se acerca al borde de la plataforma y, trazando un arco sin esfuerzo con el brazo, lo arroja al río.

La gente aplaude y vitorea.

El balcón que rodea la plataforma no deja ver al hombre, pero lo oímos emerger con un chapoteo. Algunos de los otros prisioneros de la casta de papel intentan escapar de los guardias, pero estos los contienen rápidamente.

El rey extiende un brazo hacia el resto de los esclavos, con una sonrisa feroz.

—Adelante, amigos. Podéis elegir a todos los esclavos que deseéis. Los keeda deben aprender a no desafiar a sus amos.

Los demonios se adelantan en medio de un parloteo entusiasmado.

—Kunih los salve —murmura Chenna, y traza un movimiento rápido en su frente que ya la había visto hacer un par de veces en otras ocasiones. Debe ser un ritual de oración en su tierra.

Yo he aprendido a no depositar mi confianza en los dioses. Y mucho menos, en Kunih que, como todos los dioses de la tierra, se ve favorecido en el sur, pero mis padres me enseñaron a ser cauta con él porque, ¿qué Dios de la Redención no sería capaz de volverse un día en contra de cualquiera de nosotros?

En lugar de eso, entonces, me grito a mí misma. *¡Vamos, Lei! ¡Ayúdalos!*

Pero no me muevo.

Una mano con espolón se apoya en mi hombro.

—Vamos, chicas —ordena Madam Himura con su voz ronca—. Es hora de retirarnos.

Vuelvo a mirar a los esclavos; me duele verlos mientras el rey los inspecciona.

—Pero…

—¿Quieres que te pongan con ellos, Lei-zhi?

Vacilo, y Madam Himura esboza una sonrisa hiriente, porque, por supuesto, sabe que no deseo eso. Adivina la lucha que hierve en mi interior y cuál es el instinto que está prevaleciendo. Porque aunque pueda intentar parecer valiente, lo cierto es que el corazón que late en mi cavidad torácica es débil y está doblegado y asustado, y no soy más que una chica humana que se arrodilla ante su Rey Demonio.

Dzarja. Traidora.

Bajo la cabeza mientras nos apartamos y nos dirigimos hacia donde nos esperan nuestros carruajes, arriba en la orilla. Siento el estómago revuelto.

La esclava tenía razón.

Eso es exactamente lo que soy.

21

Cuando volvemos de la fiesta, me parece imposible dormir. Hasta el propio concepto de descanso, de paz, de —los cielos no lo permitan— *soñar*. Estoy al borde del vómito. La ausencia de mi madre en la lista de las Casas de Noche, Aoki diciéndome que el rey me llamará pronto, el rostro monstruoso de la ex Chica de Papel y el terror de los esclavos al verse rodeados por demonios. Todo en este día ha sido horrible. Y lo peor de todo es lo más difícil de ignorar, porque está dentro de mí.

Soy yo.

Miro el techo, con las palmas de las manos apoyadas en la frente. No puedo quitarme de la cabeza la imagen de los esclavos de la casta de papel; la tengo impresa en mi retina como una imagen fantasmal. Repaso el momento una y otra vez, buscando alguna pista, algo que pudiera permitir un resultado diferente, a pesar de que es demasiado tarde. Podría, *debería*, haber hecho algo. Pero he dejado que Madam Himura me alejara de allí.

El golpeteo de la lluvia llena mi pequeña habitación. Es un sonido que siempre me recuerda a mi hogar, a la estación de los monzones en Xienzo, a la tierra convirtiéndose en barro; a Tien, contenta porque habría muchos hongos para recoger, y a la vez molesta por las huellas que Bao dejaba en el suelo. Pero en este momento, lo último en lo que quiero pensar es mi hogar.

Castigando a aquellos que me desobedecen. Librando al reino de quienes no son fieles.

Las palabras del rey disparan ecos en mi mente, y pienso en las aves que he visto hoy, la facilidad con la que se elevaban en el aire.

Y qué imposible era para mí seguirlas.

Mis padres me enseñaron que, si uno tiene un problema o ha cometido un error, debe ser sincero y admitirlo. «Con nosotros, está claro», decían, «pero lo que es más importante, *contigo misma*. Ese es el primer paso para hallar una solución».

Cuando era pequeña, pensaba que mis padres no podían equivocarse. Sin embargo, ahora que soy consciente de los problemas, de todos mis errores, sigo sin saber cómo abordarlos. ¿Cómo hacer lo imposible? ¿Cómo desafiar al rey y ayudar a mi gente? ¿Cómo escapar del palacio sin correr el riesgo de que castiguen a Baba y a Tien?

«No sé qué hacer», digo finalmente en voz alta. «Decidme qué debo hacer».

La habitación sigue en silencio. Solo se oye el murmullo suave, sin palabras, de la lluvia.

Me levanto, me echo un manto de piel sobre los hombros y salgo de mi cuarto; de pronto necesito aire. Recorro de puntillas el pasillo hasta la puerta por donde vi salir a Wren hace ya bastantes semanas. Estoy tan absorta en mis pensamientos que apenas reacciono cuando abro la puerta y la encuentro allí. Me detengo y mi boca forma una pequeña O.

Y es una suerte que no emita ningún sonido… porque Wren no está sola.

Tengo apenas unos segundos para observar la escena. Wren está en camisón, de pie cerca de un demonio alto con forma de lobo, con la cabeza hacia atrás y mirándolo. El lobo: de la casta de la Luna, pelaje ceniciento y sedoso sobre unos rasgos angulosos, tiene una mancha blanca en forma de diamante en su mandíbula alargada como un hocico. Lleva puesto un uniforme de soldado. Una de sus patas se levanta hacia el rostro de Wren, como si fuera el inicio de un beso.

Los dos se separan al instante.

Con un movimiento fácil del brazo, el lobo coloca a Wren detrás de él para protegerla y se vuelve hacia mí. Sus ojos son de un tono ámbar llamativamente luminoso, como el color de una caléndula con un toque de bronce, tan solo unos tonos más oscuros que los míos. Hay algo en él que me resulta vagamente conocido, pero antes de que pueda ubicar qué es, se inclina hasta que la punta húmeda de su nariz casi toca la mía.

—Si dices una sola palabra de esto —susurra—, estás muerta.

Se da la vuelta, y en pocos pasos se pierde entre los jardines oscuros.

Silencio, gotas de lluvia y Wren, que me mira con inquietud.

Es la primera vez que la veo así, tan insegura. Tiene abierto el escote del camisón y se entrevé la curva de sus pechos y, por debajo, sus largas piernas desnudas resplandecen a la luz de la Luna. Pienso en ella y en el lobo, en el momento íntimo que aparentemente he interrumpido. Se me hace un nudo en el estómago.

Después de todo lo que ha pasado hoy, ahora *esto*.

—Lei —dice Wren, y extiende una mano hacia mí.

Retrocedo.

—No me toques.

—Puedo explicarte…

—No, gracias. Ya lo he entendido todo.

He levantado la voz, y los ojos de Wren vuelan hacia la puera abierta que hay justo detrás de mí. La cierra rápidamente y luego me sujeta de la mano y me hace bajar los escalones de la galería. La lluvia me moja al instante. Cruzamos los jardines alejándonos de la Casa de Papel, hasta un enorme árbol de ginkgo cuyas ramas largas nos esconden.

—No es lo que estás pensando —asegura.

—¿Cómo sabes lo que estoy pensando? —Sacudo el brazo para que me suelte la mano.

—Bueno, sé lo que puede parecer…

—Estabas tocándolo. Y él te tocaba *a ti*.

Aprieta los labios.

—Pero no así.

—Pues —digo enfadada—, parece que a tu lobo sí le ha parecido que lo que estabais haciendo era tan malo como para *amenazar con matarme*. ¿O te has perdido esa parte?

—No lo ha dicho en serio —responde Wren. Pero hay una ligera vacilación en su voz y se frota la base de la garganta con una mano, un movimiento nervioso que nunca le había visto—. Lei, estaba asustado. Si alguien se entera de que ha estado aquí...

La miro furiosa.

—No te preocupes. No diré nada.

—Sé que no lo harás.

Lo dice con tanta pureza que olvido cualquier réplica que estuviera a punto de hacer.

—¿Tú... confías en mí? —pregunto, aferrando más el manto contra mi cuello.

Sus ojos se suavizan.

—Claro que sí —responde, un susurro que absorbo como si fuera néctar.

Doy un paso hacia delante; mis pies se hunden un poco en el terreno cubierto de barro.

—Entonces dime quién es.

—No puedo. —Se extiende otra vez hacia mis dedos, pero me aparto—. Por favor, Lei. Todo esto está por encima de mí. No es un secreto que pueda revelar.

Me aparto el cabello mojado de la cara.

—Es alguien importante en el palacio, ¿verdad? El lobo.

Wren asiente.

—¿Cómo lo conoces? ¿Por qué os encontráis?

No responde.

—¿Con él has estado encontrándote todas estas veces?

—No... todas las veces.

Lanzo una carcajada furiosa.

—¿Hay *otros*?

—¡No! —me corrige enseguida, luego se aparta el cabello mojado del rostro—. Es decir, no siempre me encuentro con alguien.

—¿Qué haces, entonces?

Me mira con fatiga, como diciendo: *Sabes que no puedo decirte eso.*

—Me has mentido —protesto, al ver que calla.

Lo digo de un modo infantil y mezquino, y detesto el sonido de mi voz. Pero el significado, el sentimiento, no tiene nada que ver con eso. Estoy temblando, en parte por la lluvia y el frío, y en parte por otra cosa, por una sensación enloquecida y desesperada que me recorre desde que he descubierto a Wren con el lobo.

La lluvia se adhiere a mis pestañas y me moja los labios. La enjugo con la lengua.

—Te pregunté si estabas encontrándote con alguien. Aquella noche, cuando me trajiste comida. Me prometiste que no.

—¡Porque no era así! No de la forma a la que te referías.

—No te creo.

Eso la hace gruñir.

—Lei —dice, luego suspira casi enfadada—, no hay nadie más.

La miro con exasperación.

—Eso ya lo has dicho —replico, pero entonces capto el cambio en su respuesta.

Nadie *más*.

Y de pronto comprendo lo que intenta decirme.

Que *sí* hay alguien.

—Ah —susurro, invadida por una sensación vertiginosa—. Te refieres a *mí*.

Se acerca, con una mirada tan ardiente que me quema y aleja las gotas de lluvia. Con los ojos ferozmente clavados en los míos, alza una mano hacia mi mejilla.

Me tambaleo hacia atrás.

—Yo… tengo que irme.

Mientras Wren abre la boca para replicar, giro sobre mis talones y me dirijo a la casa. Corro a ciegas, empapada por la lluvia. Los jardines están oscuros, y el sendero, resbaladizo bajo mis pies. Tropiezo en los adoquines mojados y trastabillo hacia atrás, girando los brazos como un molino.

Wren llega en un instante. Me sostiene, y sus dedos me envuelven los hombros.

—Por favor, cálmate.

Suelto una risa ahogada.

—¿Cómo quieres que me calme? ¡Tú sabes lo que pasaría si alguien nos descubre! No... no podemos, Wren. Tú y yo, *esto*... —aparto los ojos—... no está bien.

—¿Porque somos dos chicas? —me pregunta dolida.

—¡No! Eso no me importa.

Hago una pausa, pues solo al decir las palabras en voz alta comprendo cuánta verdad hay en ellas. He tenido tiempo para pensar desde que comprendí mis sentimientos por Wren durante mi primera clase con Zelle, y cada vez vuelvo a lo que Zelle me dijo acerca del amor y del deseo. Lo naturales que son. Lo simples que deberían ser. Así es la atracción que siento por Wren: natural y simple.

Si no se tiene en cuenta el pequeño detalle de que somos las concubinas del rey, claro.

Algo se quiebra un poco dentro de mí cuando respondo:

—No porque seamos chicas. Porque somos Chicas de Papel.

Wren menea la cabeza, sin apartar de mí esa mirada audaz y desafiante.

—¿Es lo que tú quieres?

—Eso no importa.

Su expresión es feroz.

—Eso es lo *único* que importa.

El aire vibra, eléctrico, entre nosotras. Las manos de Wren aún aferran mis brazos, y ese contacto me quema, me acelera el pulso.

Me atrae más hacia ella.

Nuestros labios están a tan solo un segundo de distancia.

—Somos Chicas de Papel —repito, como si eso fuera suficiente explicación... y lo es. Lo explica todo, porque lo define todo. Es una verdad terrible, ineludible.

—¿Y qué?

—Madam Himura y Dama Eira nos lo dejaron muy claro desde el principio. —Estoy susurrando, aunque sigue lloviendo torrencialmente y el jardín está desierto—. Lo que nosotras podamos querer no importa. Estamos aquí solo para el rey.

Bajo sus pestañas mojadas, sus ojos oscuros relucen.

—Tú te has negado a estar con el rey, Lei. Le has dicho que no, a un hombre al que nadie se atreve a negarle nada. Aunque sabías que te castigarían. Tú, más que nadie, entiendes que lo que queremos sí importa. —Toma aire—. Cuando el mundo no te permite elegir, te ves obligado a tomar tus propias decisiones. —Sus dedos resbalan hasta mis muñecas; me acerca un poco más—. Yo elijo esto.

La lluvia cae a nuestro alrededor. Sus gotas se deslizan por las sienes y las mejillas de Wren como cuentas diminutas y se adhieren a la curva de sus labios carnosos. Tiene el camisón completamente empapado, y se me revelan sus formas, una cruel promesa de lo nunca podrá ser mío.

Cualquiera podría encontrarnos aquí afuera.

¿Y qué?, grita una parte de mí. Dales un espectáculo. Que vendan billetes, ¡qué me importa! Pero otra parte de mí recuerda a los esclavos en la fiesta. Lo que podría ocurrir si vuelvo a humillar al rey. No solo a mí, sino a mi familia.

Castigando a aquellos que me desobedecen. Librando al reino de quienes no son fieles.

Me acobardo, porque oigo la amenaza del rey como si estuviera de pie justo detrás de nosotras, con sus ojos de toro encendidos y furiosos, brillando como dagas en la oscuridad.

Aparto mis manos de las de Wren.

—Lo siento —susurro.

Y corro hacia la casa antes de que ella pueda detenerme. O, mejor dicho, antes de que pueda detenerme yo misma. Porque el anhelo de besarla, de abrazarla y de unir nuestros cuerpos en la oscuridad es tan intenso que forcejea dentro de mí como algo que se encuentra enjaulado. Y mientras regreso a mi habitación, empapada y abatida, hay una palabra que se repite en mi mente y brilla ominosa, furtiva, como una serpiente.

Dzarja.

Nunca la he sentido tan verdadera. Porque parece que he encontrado a una nueva persona a la que traicionar, y podría ser la peor de todas las traiciones.

Yo misma.

22

Durante los días que siguen, el recuerdo del «casi beso» con Wren domina todo lo que hago. Apenas soy capaz de seguir lo que dicen los maestros en nuestras clases. Por las noches, necesito todo mi esfuerzo para no quedarme mirando su exquisito rostro realzado a base de polvos y maquillaje, siempre hermosa con cualquier atuendo que se ponga. O, mejor aún, recordando cómo la vi sin esa máscara de Chica de Papel, aquella noche en que la lluvia lo borró todo entre nosotras y solo nos dejó la vibración profunda del deseo.

Cuando no me basta soñar con ella, me acerco con sigilo a su habitación. Me quedo delante de su puerta, con las puntas de los dedos apoyadas en la madera. Pero nunca me decido a entrar. El miedo a que me descubran siempre me supera. Y —lo que me asusta tanto como eso—, el miedo a que una vez que la bese, no pueda ser capaz de detenerme.

Una mañana, varios días después, Lill me pone un abrigo grueso con ribetes de piel. Es el día más frío hasta ahora. No falta mucho para que llegue el invierno. Me despido de ella y me encuentro a Wren en el pasillo, esperándome.

—Hola —la saludo, con nuestra nueva e incómoda formalidad.

Ella sigue acompañándome a las clases, tal como se lo pidió Madam Himura, pero desde aquella noche una tensa cortesía reina entre nuestras interacciones. Luego reparo en el abrigo que tiene puesto.

Blanco. El color del luto en nuestro reino.

—Ten. —Me entrega un vestido de color blanco plateado y un grueso abrigo de brocado—. Mejor cámbiate.

—¿Qué...? —empiezo a preguntar, pero enseguida me interrumpe.

—Es día de luto para las dos, ¿te acuerdas? —Está hablando más alto que de costumbre. Cuando pasan Zhen y Zhin y nos dirigen un par de sonrisas idénticas, entiendo que lo hace para que la oigan el resto de las chicas—. ¿O es que te has olvidado de tus propios ancestros?

La miro sin entender.

—Madam Himura ha tenido la amabilidad de darnos permiso para faltar a las clases de hoy, así podremos rezar —prosigue, y por fin entiendo.

Seguramente, Wren ha debido decirle a Madam Himura que hoy es día de luto para las dos; puede que se haya inventado alguna historia sobre el funeral de un antepasado o un día de oración que nuestras familias comparten. Los compromisos espirituales son uno de los pocos motivos por los cuales nos permiten faltar a clase. Pero ¿qué querrá enseñarme en el Sector de los Fantasmas?

Chenna sale de su habitación, unas puertas más allá. Me observa.

—¿Todo bien, Lei?

—Sí, muy bien. Enseguida te alcanzo.

Mira a Wren, pero no dice nada y asiente a modo de saludo antes de retirarse.

Una vez que el pasillo queda vacío, Wren se acerca.

—Querías saber a dónde voy las noches en que salgo de la Casa de Papel —dice casi en un susurro. Sus ojos pardos brillan—. Voy a enseñártelo.

***

Un momento después vuelvo con Wren, esta vez vestida con la ropa que me ha traído. Verme vestida de blanco hace que me sienta rara. Más que rara, hace que sienta que está mal. El color carga con las implicaciones de lo que debería significar llevarlo, y no puedo sino pensar en Mama. En que, aunque la perdimos, nunca hicimos un funeral por ella, ni siquiera cuando las semanas se convirtieron en meses, y los meses, en años.

Habría sido como tener que aceptarlo.

Wren y yo ocupamos un carruaje para ir al Sector de los Fantasmas, acompañadas por la criada de Wren, Chiho. A pesar de su nombre espeluznante, el Sector de los Fantasmas resulta ser un paisaje verde lleno de jardines cuidados, estanques y arboledas. Unas sinuosas escaleras de piedra y algunos puentes arqueados unen diversos templos de diseño variado. Algunos son pequeños, tallados en la roca, con bases anchas y planas. Otros son altos y tienen varios pisos, delicados techos curvos y azulejos de colores. Podemos ver ofrendas de comida envuelta en hojas de bambú y atados de dinero quemándose en las pequeñas hogueras que se sitúan en la entrada de los templos, y desde algunos de los edificios nos llegan los cantos fantasmales de las doncellas de los templos.

Nos detenemos en un bosquecillo apartado. El templo que tenemos ante nosotras es pequeño y modesto, tiene el techo de tejas y la pintura de las paredes está desconchada y se cae en largas tiras. En su base de piedra hay musgo. Arriba, un enorme baniano lo baña todo en una luz verdosa.

—Las espero aquí, damas —dice Chiho cuando bajamos del carruaje.

Miro a Wren con curiosidad. Seguramente sabía que las criadas no podrían entrar al templo con nosotras.

Entramos en silencio. De inmediato, el humo del incienso me hace cosquillas en la garganta. Los templos tienen algo que siempre me hace sentir que no puedo hacer ruido, pero aunque quisiera, percibo la energía de Wren, tensa, esperando, y eso también me mantiene en silencio. Pasamos por una sala de oración donde hay ídolos de oro sobre un altar, dioses de la tierra y del cielo que nos miran con una variedad de sonrisas y muecas. Me froto los brazos. Podría jurar que nos siguen con la mirada.

A diferencia de otros templos, este está desierto. Nuestros pasos resuenan en la quietud cuando llegamos a un patio que hay en el centro. Seguramente el techo se hundió hace mucho tiempo. Las motas de polvo danzan en el haz de luz que baja entre las raíces colgantes del baniano. Un escalofrío me recorre la espalda. Casi tengo la sensación de que en cualquier momento veremos aparecer un fantasma de algún rincón solitario.

Wren me lleva a través de más salas de oración hasta una arcada que hay en la parte trasera del templo. Cuando pasamos por debajo de la arcada, me sujeta de la mano. Siento un placer burbujeante... que desaparece al instante cuando veo lo que hay más allá de la arcada, que es tan hermoso y tan inesperado que me deja sin aliento.

Estamos en un jardín pequeño y amurallado. Los muros de piedra están semiderrumbados, verdes de musgo y de enredaderas, y el pavimento del sendero está agrietado a causa de la abundante maleza. Este sitio parece aún más olvidado que el resto del templo, triste y apagado.

Salvo el árbol.

En medio del patio hay un árbol que no se parece a nada que haya visto antes. Aunque su tronco es como el de un arce común con su corteza marrón oscura, antigua y estriada, que envuelve sus ramas nudosas, las hojas que lo adornan son de papel. Papel *encantado*. Aunque el aire está quieto, las hojas se agitan y susurran como si las moviera el viento, vibran con la luz dorada de la magia, y cada una tiene algo escrito.

Me acerco y extiendo la mano para tomar una. La hoja vibra suavemente bajo mis dedos. Un soplo de aire llega desde las ramas, y me agita el pelo y la ropa mientras leo los caracteres pintados con pinceladas delicadas. «Minato». Echo un vistazo a algunas de las otras. «Rose». «Thira». «Shun-li». Miro a Wren por encima de mi hombro.

—Son nombres de chicas.

Asiente. Sin decir nada, me lleva hacia el otro lado del árbol. Se detiene y se pone de puntillas, baja una de las ramas y me muestra una hoja que está cerca de la punta, tan pequeña que parece una lágrima.

—Leore. —Alzo la mirada—. ¿Quién es?

—Era mi hermana —responde Wren.

Permanecemos en silecio durante un instante. Los muros del patio parecen dar un paso hacia adentro, y algo en mí se aquieta.

—Creía que eras hija única.

—Lo soy —responde Wren—, y... no lo soy. Los Hanno no son mi verdadera familia.

Me da un vuelco el estómago.

—Entonces, ¿quiénes son tu familia?

—Los Xia —dice simplemente.

Simplemente, como si no acabara de pronunciar el nombre del clan guerrero más legendario de todo Ikhara.

Un clan que fue aniquilado hace años.

—Los Hanno me adoptaron cuando yo tenía tan solo un año —explica Wren—. Antes, vivía con lo que quedaba de los Xia en las montañas del este de Rain.

Estamos sentadas bajo las ramas del árbol con hojas de papel. El resplandor de su magia provoca que el aire que nos rodea sea tibio y dorado, y me siento segura aquí con Wren, como si las ramas del árbol pudieran protegernos del resto del mundo. Nuestros dedos están entrelazados. Mientras me cuenta su historia, con el pulgar me acaricia la palma de la mano y dibuja palabras ocultas en mi piel.

—Supongo que ya sabes —comienza— que hubo un tiempo en el que los Xia fueron el clan guerrero más poderoso de Ikhara. Fue la forma única con la que practicaban las artes marciales lo que los hizo célebres, su perfecta combinación de movimientos físicos con la manipulación del qi. Los Xia eran guerreros y también hechiceros, eran del mundo mortal y del espiritual. Su destreza era tan legendaria que los líderes de muchos clanes intentaban entablar relaciones con ellos, sumarlos a sus causas. Pero los Xia vivían bajo el más estricto código moral. Solo ofrecían ayuda a quienes realmente creían que la merecían.

Asiento con la cabeza. Tien me contó historias de los Xia, de cómo forjaron la historia de Ikhara.

—No sabía si podía creerme todas aquellas historias —digo—. Yo pensaba que los Xia no eran más que una leyenda que ella había inventado.

—Para mucha gente, son solo eso —concuerda Wren—. Una leyenda. Algo de lo que se habla entre susurros y rumores. Antes, podían moverse libremente sin temor de que los persiguieran. —Su voz se hace más fría—. Pero todo cambió con la Guerra Nocturna. Antes de la guerra, el Rey Toro de Han (el Rey Demonio original) recurrió a los Xia para que lo ayudaran a conquistar el reino. Siempre los había admirado mucho por su destreza, aunque en gran medida su admiración estaba oscurecida por la envidia. No pretendía solo que lo ayudaran. Quería la destreza de los Xia para sí mismo. Siempre había contratado a hechiceros para que le enseñaran a utilizar la magia como un arma, intentando imitar el estilo de lucha de los Xia. Pero estos entrenaban a sus hijos desde muy pequeños. Les explicaban cómo invocar la magia y utilizarla de un modo respetuoso con el poder de la naturaleza. Nunca pedían más de lo que podían dar. A diferencia de ellos, el Rey Toro era impaciente. Arrancaba el qi de la tierra, en lugar de alimentarlo. Intentaba doblegarlo a su voluntad.

»Al ver que no podía dominar la magia por sí solo, el Rey Toro solicitó una reunión con los Xia para persuadirlos de que se unieran a su ejército. Ellos ya estaban al tanto de su estilo violento de gobierno, pero por respeto, dos de sus guerreros se reunieron con el rey. Lo escucharon explicar sus planes, pero finalmente se negaron a ayudarlo. Sabían que no era sensato depositar su poder en las manos de un líder como él. Pero el rey no aceptó su decisión. Furioso por la negativa, capturó a los dos guerreros, los hizo prisioneros y los torturó para sacarles información sobre su clan.

—¿Y los Xia no pudieron resistirse? —pregunto—. Eran los guerreros más fuertes de todo Ikhara.

Wren aprieta los labios.

—El rey tuvo en cuenta eso. Sabía que un puñado de guardias no podría con los Xia; por eso, antes de la reunión, preparó un pequeño ejército de hechiceros y espadachines. Se valió de la fuerza combinada de estos para doblegar a los dos guerreros.

Wren se calla y puedo percibir su ira. Sus dedos se aferran a los míos con un poco más de fuerza y siento que su pulso se acelera.

—Nadie había intentado nunca capturar a los Xia —prosigue—. Tal como sucede en los duelos entre jefes de clanes, había un código tácito. Se entendía que, fuera cual fuese el resultado, si la pelea había sido justa (ya hubiera sido con palabras o con espadas) había que honrar ese resultado. Las decisiones de los Xia debían respetarse. Por eso, atacarlos fuera de la batalla, capturarlos y torturarlos para obtener información que ellos no querían darle… —Respira profundamente—. Fue algo deshonroso. Algo que sin duda los dioses castigarían. —Se le crispa un músculo en el cuello—. Pero parece que los regidores celestiales habían decidido no inmiscuirse en los asuntos de los mortales. Semana tras semana, los ejércitos del Rey Toro fueron arrasando Ikhara, asesinando a los líderes de clanes y quebrantando alianzas.

—¿Y qué fue de los dos guerreros Xia que habían capturado? —pregunto.

—Nadie lo sabe. Tal vez no dijeron nada bajo tortura y el rey ordenó que los ejecutaran. Al menos, eso creo yo. Pero algunos piensan que consiguieron escapar. Otros, que desertaron y acabaron peleando junto al rey en la Guerra Nocturna, y que eso fue lo que le permitió ganarla.

Me recorre un escalofrío al pensarlo. Poder y magia, juntos. Habría sido una masacre.

—Una vez que conquistó las ocho provincias y estableció su corte —prosigue Wren, aún con un dejo de ira en la voz—, el rey se dedicó a destruir a los Xia. Sabía que difícilmente los vencería en batalla. Habían luchado contra algunos de sus ejércitos durante la Guerra Nocturna, y esas eran algunas de las batallas que el rey había perdido. Por eso planeó ataques sorpresivos. Emboscadas. Incluso hizo que los atacaran en días de oración, cuando sabía que los guerreros Xia no se resistirían. Los Xia no eran un clan numeroso. Tras años de sufrir constantes ataques, estaban casi destruidos. Los pocos Xia que habían quedado se escondieron en las montañas del este de Rain.

—Y uno de esos supervivientes eras tú —adivino.

Wren asiente.

—Al nacer, me convertí en la integrante número veintitrés del diezmado clan Xia. —Traga con dificultad—. Y en la última. Yo era un bebé, no recuerdo mucho de aquel último ataque. Ketai Hanno me encontró más tarde, cuando el fuego que había consumido nuestro hogar se estaba apagando. Pudo hacerse una idea aproximada de lo que había ocurrido: de alguna manera, el Rey Demonio había conseguido averiguar nuestro paradero y había enviado a un ejército en mitad de la noche. Mi gente peleó con valentía. Se dice que la nieve quedó teñida de rojo por la sangre de sus soldados. Pero tan solo quedábamos veintitrés, y la mitad éramos niños. Eran demasiados contra nosotros. Cuando salió el sol, a la mañana siguiente, los Xia habían desaparecido. —Aparta el rostro y aprieta los labios con fuerza; luego tiembla al respirar—. Mi madre, mi padre, mi hermana de cinco años… todos muertos. Yo fui la única superviviente.

Las hojas de papel del árbol susurran a nuestro alrededor. Entrelazo mis brazos en la espalda de Wren y la abrazo con tanta fuerza que me muevo con cada una de sus respiraciones temblorosas. Recuerdo con mucha claridad el día en que se llevaron a mi madre; lo siento muy cercano, como una marca grabada a fuego en mi corazón. Sé lo que es perder a la familia.

Perder la esperanza.

Wren se aparta.

—Hay algo que quiero enseñarte.

Tira de mí para que me ponga de pie. Se extiende entre las ramas del árbol hacia la que tiene el nombre de su hermana; luego aparta algunas otras hojas y me muestra otra hoja brillante que está junto a la de Leore.

Cuando veo el nombre que tiene escrito, se me cierra la garganta.

Soraya.

Mi madre.

Me vuelvo hacia ella; casi no puedo hablar.

—¿Tú has hecho esto?

—Este es el Templo de lo Oculto —explica Wren—. Es para los muertos a los que no podemos llorar. Para mí, es mi familia Xia. La familia a la que no puedo llorar en público, porque no puedo revelar que alguna vez haya existido. En una de las otras salas tengo un altar para mis padres, pero este árbol es solo para mujeres que mantenemos ocultas, así que vengo aquí a rezar por el espíritu de mi hermana. —Vacila—. Después de lo que me contaste sobre tu madre, supuse que a ti también te gustaría tener un espacio donde pudieras venir a rezar por ella.

Quedo en silencio durante tanto tiempo que su rostro se demuda.

—No debería haberlo hecho —murmura—. Me he excedido…

—No. —Tomo sus manos y unimos nuestras palmas—. Necesitaba esto, Wren. Tú lo has sabido incluso antes que yo.

Me caen lágrimas por las mejillas, pero las ignoro, con la respiración entrecortada. Porque todo está muy claro. Por supuesto que sí. He intentado convencerme, me he aferrado a la esperanza de que mi instinto estuviera equivocado. Que era un error que el nombre de mi madre no figurara en las listas de las Casas de Noche, o que tal vez ella había encontrado la forma de escapar sola, porque era mi madre y era brillante y por supuesto que podía hallar la manera de escapar de una fortaleza infranqueable.

—Está muerta, ¿verdad? —digo, con la garganta apretada—. Mi madre está… muerta.

La palabra sabe tan mal como suena, como un peso sólido en mi lengua.

Es la primera vez que lo digo en voz alta. Que lo admito para mí. Lo he pensado, he sentido que el reconocimiento empezaba a cobrar forma en alguna parte dentro de mi cabeza, pero siempre he tratado de reprimirlo. Ahora la verdad me golpea con la fuerza de un trueno que sacude la tierra, intenso e inesperado, y con un relámpago que parte el cielo.

Me arranca un sonido áspero de la garganta. Wren me sujeta cuando me doblo en dos, me abraza en silencio mientras el aire suave del patio del templo se llena de mis gritos.

Cualquiera pensaría que siete años tendrían que haber sido suficientes para mitigar mis heridas. Pero aún arden dentro de mí: un fuego demasiado intenso como para apagarse.

23

Al cabo de un rato, volvemos a acomodarnos contra el árbol para que Wren termine su relato. Esta vez nos sentamos más cerca, unidas como dos piezas de un rompecabezas, y sus brazos me rodean desde atrás. Siento su aliento tibio junto a mi oído. Los nombres de su hermana y de mi madre se mecen en las ramas sobre nuestras cabezas como talismanes protectores, como nuestros propios dioses velando por nosotras.

—Nunca he sabido cómo pude sobrevivir al ataque —dice Wren—, y mucho menos, cómo pude mantenerme con vida tras varios días sin comida, sin agua y sin abrigo. Tal vez fue por mi sangre Xia, o por algún dao protector que alguno de mis familiares hizo para mí con su último aliento. La ladera de la montaña estaba cubierta de cadáveres. Yo estaba escondida entre ellos, el único ser vivo en varios kilómetros. Mi padre me contó que aquello fue lo que lo llevó hasta mí; es decir, mi padre adoptivo, Ketai Hanno. Tras enterarse de la masacre llegó a Rain con la esperanza de encontrar supervivientes. Siempre había creído en las historias de los Xia. Quería aprender de ellos, tratar de reinstaurar su presencia en Ikhara.

Frunzo el ceño.

—Pero yo creía que los Hanno estaban entre los más acérrimos partidarios del Rey Demonio.

—Sí —responde Wren—, así es.

Espero que se explique mejor.

—Ah —digo después de un momento—. Otra cosa que no puedes contarme.

Baja sus labios hacia mi cabeza, así que siento su aliento tibio en mi pelo.

—Lo siento, Lei. Me gustaría contártelo todo. Toda la verdad. Pero sería demasiado peligroso.

Me tenso en sus brazos.

—Aún no confías en mí —murmuro.

—Claro que confío en ti. Lo que quiero decir es que sería peligroso para *ti*.

Permanecemos en silencio. En el patio solo se oye el roce de las hojas de papel y su susurro leve y melodioso.

—Entonces —digo mientras me rodeo aún más con sus brazos—, ¿Ketai Hanno te encontró y te llevó a Ang-Khen?

—Exacto. Bhali, la esposa de Ketai, mi madre adoptiva, estaba enferma. Hacía dos años que no se la veía en público, lo que ayudó bastante a la hora de explicar mi llegada. Anunciaron mi nacimiento tarde; dijeron que habían esperado hasta que ella estuviera mejor para anunciar la novedad. Nadie lo cuestionó. Tal vez, si yo hubiera sido varón, las cosas habrían sido diferentes. Pero simplemente era una hija más que el Rey Demonio podía reclamar a la larga. Mi existencia no habría tenido demasiada trascendencia. Así que comencé mi nueva vida en el palacio de los Hanno y llegué a amar a mi nueva familia.

—¿Sí? —pregunto suavemente—. ¿Los amas?

Wren tarda un segundo en responder.

—Tanto como puedo. Supongo que es raro que me sienta tan conectada a los Xia, ya que era apenas una bebé cuando los masacraron. Pero no puedo dejar de considerarlos mi verdadera familia. A veces percibo algún aroma que me recuerda a ellos, a las montañas, y en esos momentos siento la pérdida muy intensamente. La soledad de haber sido la única superviviente.

—Te entiendo —digo, y echo la cabeza hacia atrás para hundir mi cara en su cuello. Inhalo su aroma fresco, verdeazulado, que me depura los pulmones—. Yo también echo de menos a mi familia. Todos me dicen que los olvide, pero no puedo.

Wren responde con ferocidad.

—Pues no lo hagas. Yo no lo hice.

—¿No es más difícil?

—Sí —admite—. Pero yo no quiero una vida fácil. Quiero una vida que valga la pena.

Mientras nos encaminamos de vuelta al Sector de las Mujeres, y durante el resto del día, recuerdo las palabras de Wren una y otra vez, más y más intensas, como una luz que va aumentando su brillo cuanto más arde, la llama de una vela en reversa. Cada vez que nos miramos en alguna clase —la mirada de Wren, suave por nuestro secreto pero radiante con algo más— o que caminamos por algún pasillo, un poquito más juntas que antes, despierta en mí la idea de no querer seguir viviendo enjaulada. No solo por el deseo, sino por la clase de vida de la que hablaba Wren debajo del árbol. Por el coraje que he oído en sus palabras.

Yo no quiero una vida fácil. Quiero una vida que valga la pena.

Acude a mi mente la imagen de la antigua Chica de Papel de la fiesta de koyo: su cara despellejada, su desesperación. Durante todo este tiempo, he estado intentando adaptarme a la vida en el palacio. Intentando cumplir con lo que se espera de mí. Pero ¿acaso estoy perdiendo la conciencia de quien soy *yo*, de quien quiero ser?

Dzarja. No me gusta que me llamen así, pero es solo porque hasta ahora no lo he visto de la manera correcta. Lo comprendo con tanta fuerza que no puedo creer que no se me haya ocurrido antes.

Quizás el hecho de ser una traidora sea algo bueno, si se está traicionando a quienes lo merecen.

◈◈◈◈◈

Esa noche, espero hasta que la casa queda en silencio y voy a la habitación de Wren.

Se levanta de inmediato.

—¿Lei? ¿Qué estás haciendo?

Cruzo la habitación. La empujo contra la pared.

—Mandar al diablo la vida fácil —respondo, y alzo mis labios hacia los suyos.

—Espera —murmura contra mi boca, tensa.

Mi respiración está acelerada.

—¿No hemos tenido ya bastante de eso?

Hay una pausa… y luego sus labios se apoyan en los míos.

Me atraviesa un suspiro. Con un gruñido leve y dulce, Wren me rodea el cuello con los brazos, sus manos se enredan en mi pelo y su boca se abre para moverse con la mía. Mi mundo se disuelve por el calor y entre caricias de terciopelo. Las dos adoptamos un ritmo tan natural que es como si lo hubiéramos hecho mil veces. ¿Será que Wren sí lo ha hecho antes? La idea se enciende en mi mente y casi me enturbia el momento. Pero la aparto. Porque tal vez nos sale de esta forma porque somos nosotras y está bien que sea así.

El deseo arde en mis venas. Con un suspiro, la atraigo más hacia mí y nuestro beso se vuelve más feroz. Urgente. Con la boca bien abierta, rozo la punta de su lengua con la mía. Wren sabe a monzones, a tempestades y a peligro. A cambio, ella me mordisquea el labio inferior, lo que me hace sentir un fuerte calor entre las piernas, donde me late el pulso con un ritmo fluido. Mis dedos rozan la tela sedosa de su camisón. Su cuerpo es duro, musculoso y tan hermoso que duele. Quiero recorrer por completo cada parte. Quiero fundirme con ella. Perderme en la suavidad de sus besos, de su piel y en su calor líquido y suave.

Wren baja las manos por mi espalda y presiona mi cintura, con lo que me arranca una exclamación ahogada. El calor dentro de mí se intensifica como una ola. Tengo la loca idea de pensar que era a esto a lo que se refería la profecía de Don Tekoa: el fuego, las llamas rojas en mi interior. Pero ¿cómo podría eso derribar el palacio? Este fuego es un secreto que solo puede encender —y contener— la chica cuyos labios están sobre los míos.

Al cabo de un rato nos separamos con la respiración agitada. Wren apoya la frente contra la mía, casi jadeante.

—De acuerdo —dice mientras levanta una mano temblorosa hasta mi mejilla—. Puede que nuestra dura vida no sea tan mala después de todo.

Río.

—¿Eso ha sido una broma?

—Puedo hacerlas, ¿sabes?

—Demuéstralo. Haz otra.

Me mira con una sonrisa felina.

—¿No puedo volver a besarte y ya está?

Se me acelera el pulso mientras acerca su boca a la mía. Pero en ese momento se oyen pasos en el pasillo.

Nos separamos a toda prisa. En la habitación en penumbras, los ojos de Wren, muy abiertos, brillan como la luna. Esperamos sin aliento, y los segundos pasan lentamente hasta que por fin los pasos se alejan. Se oye cerrarse una puerta varias habitaciones más allá.

—Deberías irte —susurra Wren cuando todo vuelve a quedar en silencio.

Nuestras bocas se encuentran una última vez en la oscuridad y con un suspiro me uno a su dulzura, su tibieza líquida.

—Mañana no vengas —dice Wren cuando nos separamos. Me quedo paralizada, pero entonces ella agrega con una sonrisa—: Iré yo.

—Te tomo la palabra —murmuro.

Se pone seria.

—Yo cumplo mis promesas, Lei —responde en voz baja—. Cuesten lo que cuesten.

24

Cuando despierto a la mañana siguiente, me llevo las puntas de los dedos a los labios, con los ojos cerrados y aún enredada entre las sábanas. Tengo la piel tibia y alborotada por el sueño. Siento un cosquilleo en los labios donde los toco, pero fuera de eso, no hay rastro alguno de lo que ha ocurrido hace tan solo unas horas. Al menos, no físicamente. Mi boca parece la misma y mis labios están como siempre: lisos, pequeños, *solitarios*. Los rozo con las yemas de los dedos, buscando la presencia de Wren. Sobre mis sábanas caen rayos de sol de color miel. Anoche se me olvidó cerrar mis postigos y la tibieza de los rayos parece indicar que los dioses están al tanto de lo que ha ocurrido entre Wren y yo.

Y que algunos lo aprueban.

Me desperezo y me doy la vuelta con un bostezo. Mi mirada se detiene en el altar que se encuentra en el rincón de mi cuarto. Me invade cierta inquietud.

No tengo ninguna prisa por averiguar lo que será de nosotras si alguien *no* lo aprueba.

Una hora más tarde, cuando viene a recogerme para nuestras clases matutinas, Wren no da muestras externas de lo que pasó entre nosotras anoche. Pero cuando salimos, rodeadas por el resto de las chicas, que van conversando animadamente, demora sus pasos apenas lo suficiente para que no puedan oírnos.

—No puedo dejar de pensar en lo de anoche —murmura, y sus hermosos ojos pardos brillan.

Sus palabras son dulces como una canción. No puedo disimular una amplia sonrisa. Me arriesgo a presionar brevemente mi hombro contra su brazo y la miro. Justo en ese momento, Blue mira por encima de su hombro, y Wren y yo nos separamos y simulamos estar muy interesadas en los dobladillos de nuestros hanfus.

Si antes de nuestro beso la idea de contenerme ya me resultaba difícil, ahora es un millón de veces peor. Llega a ser un ejercicio de paciencia, algo que, sin duda, Tien diría que no me sobra. El tiempo se prolonga, insoportablemente lento. Ansío que llegue la noche y que haya terminado la función a la que tengamos que asistir, para poder estar otra vez a solas con Wren. Pero durante la cena, Dama Eira nos recuerda que vamos a ver al rey en la función de teatro de sombras a la que asistiremos esta noche.

Al oír que lo mencionan, algo oscuro y rojo vibra en mis venas.

Al otro lado de la mesa, Aoki me mira con preocupación. Seguramente estará recordando lo que le dije en la fiesta de koyo, que no dejaría que el rey volviera a tocarme. Ladea la cabeza en gesto inquisitivo, pero solo consigo responderle con una media sonrisa.

—¿Estás bien? —susurra Wren una vez que el resto de las chicas han reanudado su charla. Está arrodillada a mi lado y nuestros muslos se rozan bajo la mesa.

—Sí —respondo y, aunque se me cierra la garganta, lo digo en serio.

Cuando una criada se inclina entre nosotras para recoger los platos y nos cubre de la mirada de las chicas, tomo la mano de Wren. Es apenas un momento, como todos nuestros contactos a hurtadillas. Pero me recuerda que tengo fuerzas para desafiar al rey, aun con gestos pequeños y secretos como estos.

Después de la cena, Lill elige vestirme para ir al teatro con un cheongsam de color anaranjado vívido, con bordados en oro que le dan brillo a la tela. Añade un toque de bermellón en mis labios y luego me recoge el cabello en una trenza complicada, entretejida con cintas del color de las llamas.

—Ahora va a juego con las hojas —dice, sonriendo, mientras da un paso atrás para admirar su trabajo.

Alzo una ceja.

—¿No es un poco… demasiado?

—Dama —me dice muy seria—, el rey no ha vuelto a llamarla desde aquella noche. ¿No quiere que se fije en usted? ¿Que la desee de nuevo?

Giro el rostro rápidamente para disimular una mueca. A veces se me olvida lo joven que es Lill, pero en ocasiones como estas tengo que recordarme que tan solo es una niña. Recuerdo lo negro y blanco que me parecía el mundo a mis once años. Lo clara que veía la vida: todo se dividía en bueno o malo, correcto o incorrecto, como las dos caras de una moneda, y el borde que las separaba casi no existía, era muy delgado. Lill está convencida de que yo quiero la atención del rey. Que lo que hice aquella vez fue un error, un momento que me superó. Cree que lo deseo porque, sin duda, es mi deber.

Porque soy una Chica de Papel y él es mi rey.

Recorremos el trayecto ya familiar hasta los Sectores Internos. El teatro de sombras es una antigua tradición en nuestro reino. En Xienzo, también teníamos funciones de este estilo durante algunos festivales, con títeres recortados en madera, movidos por actores que se escondían debajo de un escenario improvisado. Había una pequeña hoguera que creaba el fuego que proyectaba las siluetas de los títeres contra la pantalla de papel de arroz. Cuando llegamos al teatro y accedemos a un salón alto y escalonado, con un amplio escenario y columnas de seda que cuelgan del techo en intervalos separados, resulta evidente que esta versión del teatro de sombras será muy diferente de aquella que conocía. Junto a los bordes del escenario hay un pozo profundo, en el cual danzan las llamas.

—Me pone un poco nerviosa volver a ver al rey —admite Aoki mientras ocupamos nuestros asientos al fondo del teatro. Su voz casi no se oye por el bullicio del público que entra y por los fragmentos de conversaciones y las carcajadas que van en aumento a nuestro alrededor. Frunce el ceño—. En la fiesta de koyo parecía diferente. ¿Te acuerdas?

Por supuesto que me acuerdo. El andar ebrio del rey. Los esclavos humanos que ofrecía a los demonios que lo acompañaban como una especie de recuerdo de la fiesta.

—No nos ha hecho llamar desde entonces —prosigue Aoki—. Debe estar ocupado.

Me encojo de hombros.

—Probablemente es por los rebeldes. O tal vez por la Enfermedad —añado, y agradezco mentalmente a ambos motivos por mantenerlo ocupado.

Wren se inclina hacia mí desde el otro lado.

—¿El rey te ha hablado de eso? —pregunta con interés—. ¿Qué te ha contado?

—No mucho. Solo que está empeorando. Que parece que nada sirve para resolverlo.

Se aparta, con una expresión velada en los ojos.

—¿Qué? —le pregunto, mientras Aoki gira para hablar con Zhin, que está a su lado.

—Empezó hace ya un tiempo —murmura Wren, con aire pensativo—. Todos los clanes están preocupados. Justo antes de que tuviera que venirme al palacio, mi padre estaba organizando una reunión con los clanes más poderosos de cada provincia para debatir cómo abordar el problema.

—¿Sabe cuál puede ser la causa? —pregunto.

—No con seguridad. Una de sus teorías es que tiene que ver con un agotamiento del qi. Un uso excesivo de la magia que está desequilibrando a Ikhara. Pero no tiene ni idea de quién puede estar detrás de ello.

—El rey piensa que los dioses están castigando al reino.

Wren me lanza una mirada significativa.

—¿Castigándolo por qué?

—No tengo ni idea.

Se vuelve hacia el escenario, con el ceño más fruncido que antes.

—Yo tampoco. Pero en realidad no importa el porqué. El problema es que el rey lo cree. Y me preocupa lo que pueda llegar a hacer por eso.

A mi lado, Aoki sigue conversando con Zhin.

—Con esta ropa, el rey no me prestará atención —murmura, jugando con las mangas drapeadas de su ruqun beige con bordados de oro.

Cuando Zhin empieza a responder, la voz de Blue se superpone a la suya.

—Por supuesto que no —dice con voz clara, mirando por encima de su hombro desde la fila que está delante de nosotras y echando el cabello hacia atrás—. Con ese color parece que estás enferma. Debes decirle a tu criada que lo evite en el futuro.

—Pues a mí me parece que estás muy guapa —añado con furia en la mirada.

Blue me mira con el mentón levantado.

—Parece que Don Tekoa tenía razón con respecto a todo ese fuego, Nueve. Eres prácticamente como un farolillo humano. —Las comisuras de su boca se elevan—. Lástima que algunas chicas tengan que ser tan *obvias* para llamar la atención del rey. Al menos la pequeña Aoki no necesita esforzarse tanto. ¿Sabes? El rey me ha dicho que su compañía es sorprendentemente agradable.

Veo con sorpresa que, al oír eso, Aoki sonríe radiante. Cuando Blue vuelve a darnos la espalda, aferra mi rodilla y se me acerca.

—¿Has oído eso? ¡El rey disfruta el tiempo que pasa conmigo!

Hago una mueca.

—¿Y eso es bueno?

Hay un cambio fugaz en el rostro de Aoki: está… dolida.

—Ya te lo dije en la fiesta, Lei —dice Aoki—. Es bueno conmigo.

—¡Solo porque le das lo que quiere!

Después de mi noche con Wren —de la suavidad, la ferocidad, la ternura del deseo que sentí en sus labios, tan diferente a lo que sentí con el rey—, no imagino cómo Aoki puede disfrutar realmente el tiempo que pasa con él. Ni que el rey diga que es agradable estar en su compañía. *Agradable.* Una palabra insulsa, cargada de mediocridad. Nada como la fascinación y el ardor que descubrí con el beso de Wren. Que es lo que espero que toda chica pueda sentir cuando está con su pareja.

Abro la boca para decir algo más, pero justo en ese momento se apagan las luces del salón. La multitud se aquieta.

—Creía que te alegrarías por mí —susurra Aoki. Tiene el rostro en sombras por la penumbra del salón oscurecido, pero no necesito luz para saber qué expresión tiene. Incluso en la oscuridad, sus ojos brillan con lágrimas.

Aprieto los labios.

—Aoki… —empiezo a decir, pero ella se vuelve hacia el escenario y se aleja un poco más.

Wren apoya suavemente su hombro en el mío.

—Nosotras somos las menos indicadas para juzgar a Aoki por lo que siente —me dice por lo bajo, con la cabeza gacha—. Ni por quién.

Voy a replicar, pero se oye un redoble pesado de tambores que me hace callar. Una mujer ágil con forma de gacela sube al escenario bailando. A diferencia de las funciones de teatro de sombras que he visto, donde los actores manejan títeres, esta actriz *es* el títere. Su cuerpo está envuelto por una jaula de madera que reproduce su forma, pero con el doble de altura. El largo cuello de madera que se extiende formando un arco desde la espalda termina en una máscara de gacela con gemas en lugar de ojos. Mientras se mueve entre los tramos de seda colgante, su sombra exagerada y con cuernos se arquea y gira con cada movimiento.

La multitud empieza a murmurar.

Miro a Wren de reojo.

—¿Y el rey? Ya deberían haberlo anunciado…

Un grito me interrumpe.

Al principio creo que es parte de la obra, que el ruido proviene del escenario. Pero luego se escucha otro grito, y otro más. En cuestión de segundos, todo el teatro se llena de gritos, y me doy cuenta de que no son parte de la función.

Está pasando algo.

Cunde el pánico, como algo físico que vibra y se derrama con la furia de un monzón. A nuestro alrededor, la gente se levanta con rapidez; en su prisa por escapar, demonios y humanos, miembros de la corte y sus acompañantes tropiezan con los almohadones y hasta los unos con los otros.

Un objeto pasa silbando por encima de mi cabeza hacia el escenario. Alcanzo a ver qué es —una flecha con fuego— antes de que impacte contra las cuerdas de seda. La tela se incendia y veo una cascada anaranjada que cae hacia el suelo. Surgen más llamas justo donde ha caído la pantalla. Una segunda tanda de flechas vuela sobre nuestras cabezas, tan cerca que mueven el aire.

En el escenario, la gacela bailarina corre entre las llamas; su silueta de títere, alargada y fantasmal, parece una horrible imitación de la actuación que debía llevar a cabo.

Wren me sujeta de la mano.

—Tenemos que salir —dice, luego se pone de pie y tira de mí.

Apenas la oigo por los gritos y el fuerte crepitar de las llamas. La rapidez con la que se propaga el fuego es asombrosa; la sala está iluminada por su luz dorada y vacilante.

Me levanto con dificultad.

—¿Qué… qué pasa?

—Es un ataque. Seguramente contra el rey.

Alrededor, los asientos escalonados están vacíos. Todos han corrido hacia la salida y se han aglomerado allí. Entre el humo, diviso a Dama Eira, que está ayudando a Zhen y Zhin, una de las cuales cojea. Más adelante, Madam Himura conduce al resto de las chicas.

Tengo una visión fugaz de unos cabellos lapislázuli oscuro. Mientras Madam Himura la empuja, Blue mira a su alrededor. Tiene las mejillas bañadas en lágrimas y el rostro pálido.

Los dedos de Aoki me sujetan el brazo.

—¡Lei! —exclama. Tiene los ojos dilatados, y en ellos se refleja la danza de las llamas.

—No te preocupes —le digo mientras sujeto su mano—. Estoy aquí.

La llevo conmigo y seguimos a Wren hacia la salida. Cuando conseguimos llegar hasta allí se escucha un crujido atronador. Una viga de madera encendida se desprende del techo y cae, justo en nuestro camino. De ella se desprenden llamas como látigos de fuego.

Retrocedo tambaleándome e instintivamente empujo a Aoki detrás de mí.

—¡No vamos a salir! —solloza, y aprieta mis dedos con más fuerza.

Wren se da la vuelta rápidamente. Sin ninguna explicación, comienza a alejarse y a bajar los escalones cubiertos de almohadones en dirección al escenario.

—¡Por ahí no! —le grito. Pero ella no cambia el rumbo.

Aoki y yo caminamos tras ella y nos internamos en el humo y las sombras iluminadas por el fuego. El rugido de las llamas se hace más fuerte conforme nos acercamos al corazón del incendio. Y desde abajo surge un nuevo sonido: el choque de metal contra metal que resuena en los dientes.

Mi estómago da un vuelco. Una pelea de espadas.

Estoy a punto de señalarle esto a Wren cuando veo que se detiene súbitamente.

—Debería estar aquí —dice tan bajo que casi no puedo oírla. Se arrodilla y empieza a tantear el suelo.

—¿Qué es lo que debería estar aquí? —le grito.

No responde. Al cabo de algunos segundos, suelta una pequeña exclamación de triunfo y vuelve a ponerse de pie. Al principio no alcanzo a ver nada por el humo, pero ella me acomoda en el borde de una abertura que hay en el suelo. Una puerta trampa.

—No está muy alto —dice—. Cuando lleguéis abajo, alejaros.

Me quedo mirándola y parpadeo porque el sudor me hace arder los ojos.

—¿Cómo sabías que esto estaba aquí? —le pregunto, pero Wren ignora mi pregunta y se da la vuelta para ayudar a Aoki.

Cuando me mira para ver si ya he bajado, emite un gruñido exasperado.

—¡Marcharos!

Aprieto la mandíbula y doy un paso adelante.

Y caigo en la oscuridad.

La caída es corta, justo como Wren nos ha prometido. Aterrizo en mala posición. Siento dolor en el tobillo, pero aprieto los dientes y ruedo para quitarme de en medio mientras Aoki salta detrás de mí con un grito. Estoy ayudándola a levantarse cuando cae Wren, con una levedad imposible y la gracia de un gato.

Empieza a caminar por el túnel, sin mirar siquiera en la otra dirección.

—Por aquí —ordena.

Nos apresuramos para seguirla. Segundos después, hay una cuarta caída a nuestras espaldas.

Y la aspereza de una voz masculina.

—Alto.

Con un solo movimiento rápido, Wren nos empuja hacia atrás. Está oscuro aquí, debajo del teatro, y el aire sigue cargado de humo, pero entre las tablas se filtra un poco de luz de las llamas de arriba, que proyectan sombras espectrales en la penumbra e iluminan la intensa calma del rostro de Wren mientras pasa a nuestro lado en dirección a la figura en sombras. A pesar del calor, me recorre un horrible escalofrío cuando veo que sus iris se han vuelto blancos, de un blanco puro, asombroso, y sus ojos parecen sólidos como el hielo. El fuego se refleja en ellos, llamas amarillas que se deslizan sobre el blanco.

—Déjanos pasar —le dice a la figura—. El rey no está aquí.

Y me estremezco… porque su voz también es diferente. Tiene un eco profundo, como si a través de ella estuvieran hablando muchas Wrens, y en el espacio donde sus palabras quedan flotando en el aire, hay una corriente fría.

La única respuesta es el chirrido del acero cuando el hombre desenvaina la espada.

Con un grito, avanza. Wren se agacha cuando la espada surca el aire. El hombre vuelve a levantarla y lanza una estocada hacia ella.

Wren la esquiva. Gira para eludir un tercer ataque. Se agacha, se desliza hacia un lado; luego se da la vuelta y, con un remolino de su ropa de seda, salta. Su pierna izquierda se dispara hacia arriba y se estrella contra el hombro del atacante.

Este se tambalea. Se recupera. Suelta otro grito de batalla y la espada traza un arco.

Pero Wren es demasiado rápida para él; demasiado rápida para cualquiera. Se mueve de un modo sobrenatural; su cabello y su ropa fluyen en torno a ella como si estuviera en el agua, y sus movimientos son fluidos y precisos. Salta hacia un lado con facilidad. Mientras el hombre sigue impulsado hacia adelante por la fuerza de su ataque, ella se sitúa detrás de él y le rodea el cuello con un brazo. El hombre grita, sobresaltado, y Wren le quita la espada de un golpe y la atrapa, la apunta hacia él…

Y se la clava en el pecho.

Todo sucede tan rápido, tan fácilmente, que al principio el hombre no parece comprender lo que acaba de ocurrir. Su boca se queda fija en una O sorprendida, casi cómica. Luego emite un gemido profundo y horrible. Su rostro se afloja. Con una mano, hace un débil intento de aferrar la espada, pero sus dedos resbalan en la empuñadura y se apartan, ensangrentados. El hombre se tambalea hacia adelante, con los brazos fláccidos.

Wren lo baja al suelo. Sus manos trazan el saludo a los dioses del cielo sobre su cuerpo caído y luego me mira, aún con esa mirada blanca espeluznante.

En un instante, sus ojos recuperan su color normal, entre negro y marrón. Su rostro pierde esa extraña expresión concentrada. Se pone de pie.

—Lei —dice, y se me acerca con las manos extendidas.

Si lo que intenta es calmarme, consigue lo contrario. Tiene las manos manchadas de sangre; me aparto de ellas y un escalofrío me recorre la espalda.

—Eres Xia —le digo con una voz hueca que no parece la mía

Se limpia las manos en el vestido.

—Ya te lo dije…

—No. Digo, eres *Xia*.

Porque no me refiero a lo que ya me ha contado sobre su nacimiento en el clan guerrero. No solo es Xia por linaje.

Es una *guerrera*.

No solo lo lleva en la sangre, sino también en la práctica.

Nos miramos durante un momento entre el humo. Los ojos me arden y me doblo en dos, tosiendo. El humo ha empezado a hacerse más denso y el túnel se está llenando de volutas oscuras.

—Tenemos que salir de aquí —dice Wren, y se da la vuelta—. ¿Y Aoki?

Giro. Tardo unos segundos en divisar su cuerpo en el suelo. De inmediato, corro a su lado y apoyo dos dedos bajo la curva de su mandíbula.

—¿Está bien? —pregunta Wren.

Siento un pulso bajo mis dedos, débil pero constante.

—Creo... que sí. Ha debido desmayarse.

Wren pasa un brazo por debajo de la espalda de Aoki y la carga sobre sus hombros con facilidad.

—Vámonos.

Aunque Aoki es menuda, no es tan pequeña como para que Wren pueda alzarla de ese modo. La sigo en silencio; me da miedo acercarme demasiado a esta chica que tiene las manos manchadas de sangre.

El túnel no es largo. Cuando llegamos al final, abrimos la puerta trampa que hay arriba. La lluvia recibe a nuestros rostros, que se asoman mirando hacia arriba. Wren me ayuda a salir primero —me produce rechazo el olor de la sangre sobre ella— y luego, entre las dos, levantamos a Aoki. Con otro movimiento fácil, Wren vuelve a alzar a Aoki y rodeamos el edificio a toda prisa, manteniendo una distancia segura con las llamas.

Se ha congregado una multitud. Cuando nos sumamos a ella y busco con la mirada al resto de las chicas, varios carruajes se detienen frente a la entrada del teatro. Reconozco el símbolo de la mano negra en los laterales porque es el mismo que llevaban en sus túnicas los hechiceros que me purificaron antes de que viera al rey, y también el que se ocupó de mis heridas más tarde.

Los Hechiceros Reales.

Wren baja a Aoki. Me arrodillo a su lado para comprobar si respira y protejo su rostro de la lluvia; luego vuelvo a prestar atención a los carruajes. De aquellos bajan unas figuras con túnicas negras, en orden y con calma. Aunque no se les ve la piel, puedo imaginar la trama de tatuajes negros en sus cuerpos, su piel como un bosque de tinta, como una especie de mapa oscuro de sacrificio y dolor. Los hechiceros forman un círculo alrededor del teatro. En perfecta sincronía, alzan las manos y empiezan a trazar caracteres resplandecientes en el aire, recitando mientras escriben.

De ellos emana el cosquilleo tibio de la magia, una vibración creciente. Cuando el aire está tan cargado de presión que es como estar en medio de una tempestad, los hechiceros levantan las manos súbitamente. De su círculo brota una ráfaga de viento. Sopla en ambas direcciones: hacia nosotras —con lo cual se nos llenan los ojos de lágrimas y nuestra ropa flamea— y hacia el teatro, donde crece, se eleva por encima del edificio abovedado y se solidifica en una nube turbulenta del color del peltre.

Se queda allí, oscura y rugiente. Luego cae, y al caer se transforma en un torrente de agua.

El agua se derrama sobre el teatro y engulle las llamas. Golpea el suelo y cuando llega hasta nosotras nos empapa en un segundo.

Aoki vuelve en sí ahogando una exclamación. La ayudo a ponerse de pie y le aparto el pelo mojado de la cara. Yo también ahogo una exclamación, aterida por el frío de la noche sobre mi piel mojada, y nos abrazamos, ambas temblando.

—¿Qué… qué ha pasado? —exclama, mirando a izquierda y derecha—. ¿Lo has visto, Lei? Creo que alguien nos ha seguido por el túnel…

Se interrumpe y tose. Le froto la espalda.

—Solo ha sido algo que ha caído. Un trozo de madera. No te preocupes.

—Pero…

—Te has desmayado, Aoki. Tranquila. Voy a buscarte algo de abrigo. ¿Puedes esperar aquí?

Sin dejar de temblar, Aoki asiente. Cuando me pongo de pie, Wren me apoya una mano en el hombro.

—Lei…

—Cuídala. No tardaré. —Tomo algo de aire y continúo en voz baja—. Sabías que la puerta trampa estaba allí, Wren. Sabías cómo pelear. Cómo matar.

La multitud se mueve a nuestro alrededor, alguien da de bruces conmigo y me empuja contra Wren. Ella levanta los brazos para sujetarme, pero me aparto; vuelve a mi mente la imagen de ella en el túnel.

—Creía que te conocía —digo débilmente.

Wren parece dolida.

—Sí me conoces.

—Voy a buscar unas túnicas o una manta para Aoki —continúo, evitando mirarla a los ojos—. Podemos hablar cuando estés dispuesta a contarme la verdad de lo que acaba de pasar.

Wren me detiene cuando me doy la vuelta.

—No te he mentido, Lei —asegura.

—Tampoco me has dicho la verdad.

Su boca se abre, su rostro se tensa con una expresión dolida, y me obligo a alejarme.

25

De nuevo en la Casa de Papel, pasamos una noche de insomnio, esperando en una de las salas de estar mientras un grupo de médicos y hechiceros nos examinan una por una. Las horas transcurren en un silencio azorado y estamos todas aturdidas. A la mañana siguiente, temprano, Madam Himura nos convoca en su suite. Ni siquiera hemos tenido oportunidad de bañarnos ni de desayunar, y nuestro pelo y nuestra ropa aún huelen a humo.

—El mensajero real acaba de marcharse —anuncia una vez que todas estamos sentadas—. Nuestras suposiciones eran acertadas. El ataque ha sido un intento de asesinato.

Wren se inclina hacia adelante con la espalda recta como una vara.

—¿Por parte de quién? —pregunta.

—Lo único que sabemos es que era un grupo de diez hombres de la casta de papel. Tres de ellos se han capturado con vida. Los otros siete murieron en el teatro a manos de los guardias.

Acude a mi mente una imagen de los ojos blancos de Wren mientras volvía la espada del hombre contra él. *No solo de los guardias.* Presiento que está mirándome, pero mantengo los ojos al frente y la mandíbula firme.

—Pero si el rey ni siquiera estaba en el teatro —señala Chenna.

Madam Himura chasquea el pico.

—¡Gracias a los regidores celestiales! Justo cuando llegaba, un mensajero se acercó y lo detuvo. Uno de los adivinos reales tuvo una premonición del ataque. Por esa razón los hechiceros reales llegaron al teatro con tanta rapidez.

Blue se inclina hacia adelante; sus dedos juegan con el dobladillo de su falda.

—¿Hubo algún herido? —pregunta, y aunque su voz suena firme, se advierte cierto nerviosismo en ella. La luz grisácea de la mañana resalta sus pómulos y proyecta sombras oscuras debajo de ellos—. Entre el público, quiero decir.

—Han muerto dos funcionarios de la corte. Y otros doce han resultado heridos.

—Porque mi padre estaba allí —prosigue Blue—, y no he tenido noticias de él...

Madam Himura levanta una mano para silenciarla. Nos mira a todas por encima de su nariz curva con forma de pico y sus ojos amarillos no parpadean.

—El rey se ha llevado a los asesinos para interrogarlos. Por ahora, ha ordenado que vuestras actividades queden en suspenso. Deberéis quedaros en la Casa de Papel hasta nuevo aviso —informa.

Mientras las demás nos levantamos para retirarnos, Blue va directamente hasta Madam Himura.

—Mi padre... —vuelve a empezar, pero la mujer águila le hace una seña para que se aleje.

—Ahora no, jovencita.

—Pero...

—¿Cuántas veces tengo que decírtelo? —grazna Madam Himura—. ¡Que tu padre sea miembro de la corte no significa que tengas privilegios especiales! Si hoy vuelves a abrir la boca una vez más, no vacilaré en expulsarte.

Los labios de Blue se aprietan y forman una línea sin irrigación de sangre. Furiosa, pasa a nuestro lado dando grandes pasos, y Mariko se apresura a seguirla.

Aoki y yo somos las últimas en salir. Caminamos lentamente por el pasillo.

—Dos muertos —murmura. Me mira de reojo—. ¿Puedes creerlo? Podríamos haber sido nosotras, Lei. Gracias a los dioses, Wren encontró esa puerta trampa.

Murmuro algo neutro… porque pude ver su expresión y no era de sorpresa, sino de seguridad.

Las dos nos encaminamos hacia el patio de baño. Estoy ansiosa por quitarme el hedor a humo del pelo y los rastros de la sangre oscura que Wren dejó sobre mi piel al ayudarme a salir del túnel. Estamos recorriendo el pasillo donde están nuestros dormitorios cuando se oye abrirse una puerta detrás de nosotras. Zhen asoma la cabeza desde su habitación.

—Ah —dice con alivio—. Pensamos que podían ser Mariko y Blue. ¿Queréis quedaros con nosotras?

Sé lo que están haciendo, pero lo último que me apetece es hablar de lo que ocurrió anoche. En gran parte porque Wren no ha venido a hablar conmigo desde que anoche me enfrenté a ella en el teatro y empiezo a preguntarme si no habré sido demasiado dura con ella. Al fin y al cabo, solo estaba protegiéndonos, como ha dicho Aoki. Pero entonces, Aoki asiente y entro con ella en la habitación de Zhen porque tampoco tengo ganas de estar sola.

Dentro se encuentran Chenna y las mellizas. Están muy serias. Zhin está sentada contra la pared bajo la ventana, con las piernas recogidas bajo el mentón, mientras que Zhen está arrodillada en la esterilla de bambú; tiene el vestido desgarrado en un hombro. Chenna me mira con una sonrisa sin humor y se acomoda ligeramente para hacernos sitio. Cuando me arrodillo, aliso la tela arrugada de mi cheongsam. Mis dedos se enganchan en una rasgadura. Por ella, se ve la piel pálida de mi muslo. Incluso quemado y sucio, el vestido aún tiene casi el mismo color que las llamas que lo chamuscaron, lo cual me recuerda lo que me dijo Blue antes de que empezara la obra.

Parece que Don Tekoa tenía razón con respecto a todo ese fuego, Nueve. Eres prácticamente como un farolillo humano.

¿Será eso lo que ocurrió anoche? ¿Acaso yo, sin saberlo, provoqué el ataque?

—¿Decías que crees que los asesinos son de Noei? —le pregunta Zhen a Chenna una vez que nos acomodamos—. ¿La misma región de esos esclavos de la fiesta de koyo?

Chenna alza un hombro.

—Es solo una suposición. Pero me parece demasiada casualidad que esto ocurra una semana después de que los trajeran, ¿no creéis?

—No estoy segura —responde Zhin. Se frota los brazos, abrazándose las piernas—. Hay muchos clanes y familias de papel que tienen motivos para odiar al rey.

—Además, han estado llevando a cabo ataques en todo Ikhara —añade su hermana—. Nuestro padre nos contó, antes de que viniéramos aquí, que el rey culpa a los rebeldes. Dice que lo hacen para desacreditarlo entre la gente de papel.

A mi lado, Aoki cambia de posición y se pellizca los dedos sobre la falda.

—No creo que el rey sea capaz de hacer eso...

—Yo no sé de qué cosas *no es* capaz el rey —replica Chenna fríamente, y aunque coincido con ella, no lo digo.

Las mejillas de Aoki se ruborizan.

—Tiene mucho de qué ocuparse —murmura.

—Sí —replica Chenna—. Debe tener una vida muy difícil aquí, en este palacio lleno de lujos, rodeado de todas estas cosas hermosas.

—¿Como nosotras, por ejemplo?

Las chicas me miran y un silencio incómodo inunda la habitación. Nunca les he dicho lo que pienso realmente de estar aquí —salvo a Aoki y a Wren—, aunque supongo que mis actos lo han dejado bien claro. Tengo la impresión de que Chenna piensa como yo; cumple con su deber, pero a su pesar. Sin embargo, Zhen y Zhin siempre me han dado la sensación de ser felices aquí.

—¿No os sentís mal por las cosas que hemos visto que le pasan aquí a la gente de papel que no está protegida por el rey como nosotras? —pregunto en el silencio—. ¿No sentisteis nada por la gente que regaló como esclavos aquella noche?

—Yo sí, por supuesto —responde Chenna, y me mira con expresión severa, casi dolida. Recuerdo la repulsión en sus ojos mientras observábamos a los esclavos, unos junto a otros rodeados de una multitud de demonios. Su plegaria a Kunih. Chenna levanta el mentón—. Pero ¿qué podemos hacer nosotras? Fuera del palacio es igual.

Incluso mi padre, respetado como es en Uazu, ha tenido que soportar abusos de aceros y Lunas. He visto cómo nos miran. Cómo susurran a nuestras espaldas. La mayoría de las veces, ni siquiera se molestan en bajar la voz.

—A nosotras siempre nos ha pasado lo mismo —dice Zhen—. Incluso a veces lo peor provenía de otras personas de papel. Como si, de alguna manera, estuviéramos traicionándolas al participar en la corte.

—A eso me refiero —insisto—. Aquí no estamos experimentando la vida como la vive la mayoría de la gente de papel.

—¿Y eso no es bueno? —El rubor de Aoki se intensifica cuando todas nos volvemos hacia ella—. Digo —prosigue, más tentativamente, mientras juega con los hilos sueltos de su dobladillo—, aquí nos tratan bien. Nos cuidan…

—¿Ah, sí? ¿Como a mí, que me tuvieron encadenada al suelo y sin comer durante una semana?

—Bueno —argumenta Aoki con las mejillas sonrosadas—, podría haber sido peor.

Sus palabras me golpean como una bofetada. Las mellizas nos observan mientras Aoki y yo nos miramos con enfado.

—Mirad —interviene Chenna, levantando las manos, con voz serena—. Las dos tenéis razón. Entiendo lo que dices, Lei. Estoy segura de que todas lo entendemos. No negamos el privilegio que nos ha acordado nuestra situación aquí. Pero no veo que podamos cambiar nada. Aoki tiene razón. Podrías haberlo pasado mucho peor… y lo que pasaste fue muy malo. Y eso fue por haber ofendido al rey de manera personal. Estamos hablando de la política de Ikhara. Esto nos excede.

¡Eso es precisamente lo que estoy intentando decir!, quiero gritar. Pero aún no me repongo del comentario de Aoki y, más allá de su cautela, Chenna y las mellizas parecen exhaustas. La misma fatiga vuelve a acometerme. Después de todo lo que acabamos de vivir, lo último que necesitamos es pelearnos también entre nosotras.

Recuerdo la mirada suplicante de Wren anoche y creo que debe estar sintiéndose aún peor, dado lo que hizo para protegernos.

Cambio las piernas de posición, incómoda. Ahora estoy *segura* de que fui demasiado dura con ella.

Zhin carraspea.

—Bien. ¿Y qué piensan que será de los atacantes?

La miro, agradecida por el cambio de tema.

—Bueno, sabemos que están interrogándolos.

Menea la cabeza, con el ceño fruncido.

—Digo… después.

—En caso de traición, sea del tipo que sea, la pena que impone la ley es la ejecución —declara Chenna en tono desapasionado.

Ejecución. La palabra me resulta tan cortante como su significado.

—Y en el palacio —prosigue—, las ejecuciones son públicas.

Se me tuerce la boca.

—¿Vamos a tener que verla?

Chenna asiente. Las mellizas se miran con aprensión. Aoki tiene la mirada fija al frente y no mira a nadie.

—Tal vez solo los encarcelan —sugiere Zhin luego de un momento.

—Y supongo —acota Zhen—, que siempre cabe, quizá, la posibilidad de que los declaren inocentes.

Chenna y yo la miramos con las cejas levantadas.

—Lo habrían matado —señala Aoki, en voz baja y un poco temblorosa, mirándose las palmas de las manos—. ¿Acaso estamos olvidando eso? —Al ver que nadie responde, se pone de pie y cierra los puños—. Estoy cansada de escuchar esto —declara, con el rostro enrojecido—. Puede que el rey también esté asustado. ¿A alguna de vosotras se os ha ocurrido eso? Y ni siquiera nos permiten ver si está bien. Está preocupado, y herido, y solo…

—Aoki… —empiezo a decir mientras me pongo de pie.

—Ahora no, Lei —murmura. Se frota el rostro con las manos, lanza un fuerte suspiro y sale a toda prisa.

—Tal vez será mejor que le des tiempo —sugiere Chenna en voz baja cuando hago un amago de seguirla—. Tal vez simplemente está conmocionada por todo lo que ha pasado. Necesita descansar.

Zhin me mira.

—Creo que todas lo necesitamos.

Las tres deciden dormir un poco, pero cuando salgo, sigo de largo al pasar por la puerta de mi habitación. Continúo hasta el patio de baño, como había planeado originalmente, con cierta esperanza de encontrar allí a Aoki o a Wren. Sin embargo, cuando lo encuentro vacío, de pronto me siento agradecida por disponer de un momento a solas.

Escondida entre el vapor, me desvisto junto a mi bañera habitual, arrojo la ropa sucia al suelo con un poquito más de fuerza de la necesaria y me meto en el agua. Me lleva un buen rato quitarme toda la suciedad. Incluso cuando ya estoy limpia, el humo de anoche sigue adherido a mí como una segunda piel invisible. Me quedo en el agua durante bastante tiempo, mucho después de que las yemas de mis dedos hayan empezado a arrugarse; no consigo despejar la inquietud que me ha acompañado durante toda la noche. Cada vez que cierro los ojos, me espera la imagen de Wren y el hombre: él, sorprendido, y ella, serena y concentrada.

Es una verdadera Xia. Una guerrera.

Una chica entrenada para matar, en el corazón del reino.

Una chica que puede estar más cerca del rey que la mayoría.

Se me ocurre una explicación, pero no estoy segura de querer creerla.

Justo cuando voy a salir del agua, me sobresalto al oír pasos que se acercan. Me doy la vuelta rápidamente, y al hacerlo, salpico agua por los laterales del barril. Entre el vapor, diviso una figura alta que se dirige hacia mí. Me da un vuelco el estómago. Es ella.

Me sumerjo más y cruzo los brazos sobre el pecho; de pronto soy demasiado consciente de mi desnudez.

Aunque el rostro de Wren parece tranquilo, sus ojos muestran una expresión dolida. Se detiene poco antes de llegar.

—¿Podemos hablar? —pregunta, y su tono tentativo, la idea de que le preocupa que yo pueda negarme, me hace sentir culpable una vez más.

Asiento, pero ella no se acerca.

Incluso con el vestido estropeado está preciosa. Aunque la seda de su hanfu verde jade está cortada y quemada, el color resalta el bronceado de su piel y la definición de sus piernas largas y musculosas. Mi instinto es correr hacia ella, abrazarla, aliviarle el dolor a fuerza de besos. Pero si bien entiendo por qué lo hizo, me detiene el recuerdo de ella clavándole la espada al hombre.

Esa no era la misma chica a la que besé hace dos noches en un dormitorio a oscuras. La chica que me abrazó mientras yo lloraba bajo las ramas susurrantes del árbol con hojas de papel y que me hizo sentir tan segura.

Mis ojos bajan hacia la mancha de sangre que tiene en el cuello del vestido.

—Has matado a un hombre —declaro, con voz hueca.

—Solo para protegeros a ti y a Aoki.

—¿Y por eso está bien?

—Por supuesto que no. Pero tenía que hacer algo, Lei. Habría intentado matarnos a todas.

Una gota se desliza por mi sien, la enjugo y vuelvo a cruzarme de brazos a toda prisa.

—No venía por nosotras. Quería matar al rey. Y ni siquiera estaba allí.

—¿Por eso estás enfadada? —pregunta Wren con un dejo raro en la voz—. ¿Porque *querías* que lo mataran?

Vacilo.

—Puede ser —murmuro apartando el rostro. Luego me obligo a enfrentar su mirada—. ¿Qué crees tú?

La expresión de Wren es indescifrable. Se queda de pie, con los brazos rígidos a los lados.

—Así como Zhokka y Ahla se persiguen por los cielos —recita—, ¿acaso no sigue la oscuridad a la luz, y la luz a la oscuridad, y ninguna llega realmente a adelantarse a la otra? —Es un dicho antiguo que conoce todo el mundo en Ikhara—. Me gustaría pensar que aun tras los pecados más oscuros hay algo de bien. Que tal vez la muerte valga la pena si prepara el camino para la esperanza.

Me adelanto en la bañera.

—¿Por eso eres guerrera? Porque lo eres, ¿no es así, Wren? Peleas como los Xia.

Su cuello se tensa cuando veo que traga con dificultad. Presiento que prefiere no responder, pero por fin hace un leve movimiento con la cabeza que tomo como un sí.

—Desde pequeña me han entrenado en las costumbres de los Xia.

Recuerdo sus pies aquella mañana, antes de la Ceremonia de Inauguración, cuando se levantó la bata al entrar en mi habitación. Por esa razón estaban ásperos.

—¿Quién te ha entrenado? —pregunto.

—Mi padre, en parte. Y mi shifu, Don Caen.

—¿Ellos saben pelear como los Xia?

Wren menea la cabeza.

—Mi padre sabe trabajar con el qi, y Caen es uno de los mejores luchadores de Han. Pero yo soy la única que puede combinar bien ambas cosas, como hacían los Xia. Lo llevo en la sangre —concluye suavemente.

Recuerdo su tristeza en el templo del Sector de los Fantasmas, su nostalgia por la familia que perdió. Ahora oigo en su voz esa misma sensación de pérdida.

—¿Y por qué te han enseñado? —pregunto, ahora con más suavidad—. Supongo que no es común que a las hijas de la nobleza se las entrene en artes marciales.

—En realidad, sí es frecuente. En especial en Ang-Khen y Han. Aunque lo cierto es que es más bien como una habilidad ceremonial que como algo que vaya a utilizarse realmente en batalla.

—Pero en tu caso no se trata simplemente de un entrenamiento común.

—No.

—Y es un estilo que el mismísimo rey original prohibió.

—Sí.

—Entonces, ¿por qué se lo permitieron?

—No… no tenían permiso. Me entrenaron en secreto.

Permanecemos en silencio.

Wren no se mueve ni interrumpe el contacto visual. Hay cierto desafío, cierto orgullo en la rectitud de sus hombros y en su postura erguida, con el mentón ligeramente levantado, que me recuerda a aquella chica distante que conocí hace tantos meses. Pero a pesar de esa actitud, esa chica me mira con tanta ternura en los ojos que me da un vuelco el corazón, todas las intimidades que hemos compartido brillan en sus iris cálidos, luminosos y dulces como estrellas.

Una parte de mí está dolida por todo lo que Wren me ha ocultado, además puedo intuir que aún me esconde cosas. Pero se me estruja el pecho al pensar en perderla.

Entonces comprendo cuánta confianza está depositando en mí al contarme esto. Con esta información, yo podría destruirla. A toda su *familia*. Los Hanno están entre los partidarios más acérrimos del rey, y aquí está la hija del mismísimo Lord Hanno, una guerrera entrenada en un estilo de lucha prohibido, dentro del palacio del demonio cuyo antepasado masacró a todos los que lo practicaban.

Y creo saber por qué.

Tomo aire, preparándome para preguntárselo. Pero antes de que llegue a decir nada, Wren cruza la distancia que nos separa. Sin decir ni una palabra, lleva la mano hacia atrás y suelta la faja que le rodea la cintura.

Me hecho hacia atrás con un chapoteo y la miro boquiabierta.

—¿Qué… qué estás haciendo?

—Hay cosas de mí que no puedo contarte —me interrumpe en voz baja pero feroz—, aunque eso no significa que no quiera entregarme a ti. En eso nunca te he mentido, Lei.

Sus dedos se entretienen sobre su corazón. Luego toma el cuello del vestido y lo deja resbalar por sus hombros y caer al suelo en una cascada de tela sedosa.

El cuerpo de Wren no se parece al del resto de las chicas. A ellas, la vida de lujo les ha mantenido la figura suave, la de Wren es fuerte y musculosa. Hermosa y peligrosa. Mis ojos recorren su cuello largo y elegante, sus hombros anchos, la sombra profunda que se forma entre sus pechos, una línea que ansío recorrer con mi lengua.

Vuelvo la mirada a su rostro luminoso.

—Wren —empiezo a decir, pero ella menea la cabeza.

Lentamente, sin apartar sus ojos de los míos, se mete en la bañera. Cuando se acomoda delante de mí, el agua se derrama por los bordes y sube hasta mi cuello como una ola tibia que vuelve a recordarme que Wren no es la única que está desnuda.

Me echo hacia atrás.

—No… no podemos hacer esto. Aquí no. Podrían vernos.

—Todo el mundo duerme —responde con voz ronca. Grave. Sus dedos mojados suben hasta mi mejilla—. No te preocupes, nadie podrá vernos con este vapor. De todas formas, las oiremos venir. —Se acerca un poco más y siento su aliento caliente contra mi rostro. En sus ojos brilla algo más que el deseo: una tierna vulnerabilidad que su voz delata al agregar—: Anoche podría haberte perdido.

El vapor que se eleva desde el agua nos envuelve como un capullo tibio.

—Tú me salvaste, Wren —susurro—. Y también a Aoki. Nos sacaste de allí sanas y salvas. Perdóname por no habértelo agradecido anoche. Es solo que…

—Lo sé.

—Estaba conmocionada.

—Lo sé.

—Tenía miedo.

Wren me sujeta por detrás de la cabeza y acerca su frente a la mía. Sus pestañas aletean.

—Yo también —suspira.

—No lo parecía.

—Estoy entrenada para no demostrarlo. Para ser fuerte. Para no dejar que nadie vea mis debilidades. Mi temor. Pero yo también tengo miedo, Lei.

Me reclino hacia atrás para mirarla. Tiene el rostro manchado de ceniza y sudor, y el pelo impregnado de suciedad. Está tal como se la oye: cansada. Quebrada. Tiene ojeras profundas, como frutas magulladas. Enredo los dedos en su cabello y la acerco a mí. Le doy un beso en cada ojo, con toda la suavidad que puedo. Y luego en los labios.

En comparación con nuestro primer beso, este es más suave, pero no menos profundo.

Bocas, suavidad y el calor líquido del vapor. Cada una con el rostro de la otra entre sus manos con fuerza, como si estuviéramos perdidas, como si no sintiéramos la presión de la boca de una sobre la de la otra. En nuestro beso hay palabras. Las siento entre nuestros labios, tácitas pero tan claras como si las hubiéramos pronunciado. O quizá más claras justamente por eso. No hay vacilación ni malentendidos que obstaculicen o atenúen su significado. Solo el lenguaje más simple, más instintivo, del perdón.

Perdón y esperanza.

Una de mis manos baja por la espalda de Wren, roza sus omóplatos y se detiene en la curva de la base de su espina dorsal mientras nuestros cuerpos se arquean juntos bajo el agua.

Pasos. Entrando al patio.

Nos desembarazamos al instante. Wren sale de la bañera de un salto. Se pone una bata y justo en ese momento aparece una figura entre la bruma.

Blue esboza una sonrisa burlona al vernos: yo, sin aliento y ruborizada, con el agua moviéndose a mi alrededor; Wren, chorreando agua sobre las tablas de madera, amarrándose a toda prisa el cinturón de la bata. Siento los labios hinchados por la presión del beso y resisto el impulso de cubrírmelos con las manos.

—Cuánta intimidad —ronronea Blue.

—Estaba retirándome —responde Wren sin alterarse, echándose el cabello hacia atrás.

Blue arquea una ceja.

—¿Tan pronto? Ni siquiera te has lavado el pelo.

Le echo un vistazo a Wren y me quedo sin aliento. Aún tiene el cabello apelmazado por las cenizas y ahora además enredado por mis dedos. Con una mirada clavada en Blue que dice *No sé de qué estás hablando*, Wren abandona el patio con su compostura habitual. Pero por la sonrisa de Blue puedo intuir que ha advertido mi alarma. Y aunque no sepa lo que acaba de ocurrir, sí puede adivinar algunas cosas.

26

Pasan cuatro días. Cuatro días de esperar, sin poder salir del laberinto de pasillos de la Casa de Papel, haciendo conjeturas con las chicas acerca de los atacantes y de lo que estará sucediendo fuera del palacio, hasta que ya no nos queda nada nuevo sobre lo que hablar. Hasta que el quinto día, durante el almuerzo, Madam Himura nos anuncia que la corte ha terminado al fin de interrogar a los asesinos.

Tal como lo predijo Chenna, habrá una ejecución.

Se hace silencio al oír el anuncio. Zhen y Zhin se miran con aire sombrío, y Chenna levanta una mano de inmediato y ejecuta en su frente los mismos movimientos de oración que le vi hacer en la fiesta de koyo. A mi lado, Aoki toma aire detenidamente.

—Que les sirva de lección —dice Blue en voz alta—. Que el rey les demuestre a todos lo que les pasa a quienes se oponen a él.

Mariko asiente, pero guarda silencio y se revisa las uñas con los dedos extendidos sobre el mantel.

—La ejecución se llevará a cabo hoy al caer el sol —grazna Madam Himura—. La asistencia es obligatoria. A partir de mañana reanudaréis vuestras actividades habituales.

Miro los cálidos ojos pardos de Wren, que está al otro lado de la mesa. Quiero saber lo que piensa, robar un momento de consuelo a sus palabras y su cercanía. Pero Madam Himura nos envía directamente a nuestras habitaciones para dar comienzo a otra larga serie de preparativos.

Por lo general, Lill tiene cierta libertad para elegir la ropa que he de vestir, siempre que cumpla con determinadas costumbres y expectativas. Pero cuando despliega el atuendo que debo ponerme para presenciar la ejecución, me dice que Madam Himura los ha se- leccionado específicamente.

—Ha sido muy estricta al respecto —me dice Lill—. Para todas las damas.

No es necesario que me explique por qué me dice esto. En cuanto veo la ropa lo entiendo.

—Es… es demasiado cruel —digo casi en un susurro.

Lill evita mi mirada.

—Son órdenes del rey, dama.

No hablamos mientras me viste con ropa completamente negra. Negra, no blanca. Justamente lo contrario, la propia ausencia, del color que representa el luto en nuestro reino.

El mensaje del rey es claro. El blanco es un color que se debe respetar y que utilizamos por aquellos a quienes respetamos. Los delincuentes no entran en esa categoría. Entonces nos vestimos de negro para demostrar nuestra indiferencia hacia el sufrimiento de los prisioneros.

No me parece justo que mueran con esa vista, un mar de noche. Antes de salir, tomo una cinta de color marfil de la caja de sedas de Lill y me la ato a la muñeca, asegurándome de que quede escondida bajo la manga.

En una procesión sombría, atravesamos los Sectores Externos. Esta tarde el palacio ha quedado inundado de cierta pesadez. Hasta el cielo y los árboles parecen grises, como si el aire asfixiante del ataque al teatro se hubiera asentado sobre todo el palacio, como un velo de humo. Las calles están atestadas, pero lo único que se oye son los pasos apagados de pies y cascos, el roce de telas, el tintineo metálico de los talismanes protectores contra espíritus y fragmentos de conversaciones que se lleva el viento.

Cuando llegamos al Sector de Ceremonias, mis ojos se dilatan al ver el mar de gente que llena la inmensa plaza. Aquí deben estar todos los habitantes del palacio: hay miles de humanos y demonios de las tres castas. En el centro del sector hay un escenario y una pla- taforma separada para los miembros de la corte, encabezada por el trono dorado del rey. Los órices nos llevan más allá de la multitud;

todo es un torbellino de atuendos negros como la tinta. En cuanto llegamos a la plataforma, me acerco a Wren, abriéndome paso entre los funcionarios de la corte que estiran el cuello para ver mejor.

Ella me toma de la mano por debajo para que nadie lo note. Aunque me suelta un segundo después, se queda cerca.

—¿Estás bien?

Asiento, tensa.

—Pero detesto tener que estar aquí.

—Yo también. —Saca algo de entre los pliegues de su ropa, tan solo el tiempo suficiente como para enseñármelo: una flor blanca, un lirio del valle diminuto. Luego vuelve a guardarlo—. Me parecía mal —explica— venir aquí y no traer algo para presentar mis respetos. Sobre todo teniendo en cuenta lo que pasó en el túnel.

Al ver la flor, siento una oleada de tibieza en el pecho.

Con cuidado, me levanto la manga para enseñarle la cinta que tengo atada a la muñeca y el rostro de Wren se suaviza. Me aprieta los dedos con afecto.

Pasa media hora hasta que terminan de llegar todos, por último aparece el rey en un palanquín extravagante que transportan ocho demonios óricos. No alcanzo a verlo con claridad entre los cuerpos apretujados mientras se instala en el trono, pero incluso a esta distancia, al ver sus cuernos curvos se me eriza la piel de los brazos. De alguna manera, adivino que está sonriendo.

Poco después, llegan los carruajes que traen a los prisioneros, con un redoble atronador de tambores. Un par de caballos musculosos tiran de cada uno de los carruajes, marcados con sedas del color de la obsidiana. Se detienen ante el escenario y los caballos pisotean, lanzando nubes de vapor por las fosas nasales. Un silencio expectante se apodera de la multitud.

Primero bajan los verdugos. Los siguen los prisioneros, que bajan de los carruajes con dificultad; tienen unos círculos dorados en el cuello, como collares de perros.

Siento un cosquilleo en las muñecas. Sus cadenas se parecen a las que el hechicero me colocó en los tobillos y en las muñecas cuando estaba en aislamiento.

Alrededor, estalla el clamor de la corte. Los tambores suenan con más fuerza y aumentan el frenesí. No sé si la multitud simula estar enardecida para agradar al rey; a diferencia de la fiesta de koyo, aquí hay una mezcla de castas y jerarquías. Da igual, se me revuelve el estómago. Todo esto es como una función y el público participa de forma voluntaria. Entrelazo mis dedos con los de Wren. Nadie nos presta atención; todos están concentrados en el escenario, y ahora la necesito, necesito la tibieza familiar de sus manos para mantenerme con los pies sobre la tierra, para impedir que mi corazón ya frenético se descontrole tanto que se suelte... y yo con él.

Quiero gritar. Forcejear. Correr hasta el rey y borrarle de la cara esa sonrisa tan cruel.

A los atacantes les han puesto máscaras sin rostro, de color beige, que se curvan de un modo espeluznante sobre sus frentes y sus narices, solo se les ven las líneas pequeñas de sus bocas. Otro truco de toda esta horrible función. Esconder los rostros de las personas a las que vas a matar, para que no parezcan humanas.

Entonces pienso en los esclavos de la fiesta de koyo. En la mujer del puente, la noche de la Ceremonia de Inauguración, a quien un guardia demonio le hundió el cráneo de un golpe. Tal vez daría lo mismo si no tuvieran las máscaras. Parece que, para la mayoría de los demonios, ser de la casta de papel ya hace que uno sea menos que humano.

Los verdugos son tres demonios de la casta de la Luna. Hay un hombre lobo de pelaje gris, un enorme demonio cocodrilo de piel escamosa gruesa y rojiza, y la mujer zorro que me escoltó aquella noche hasta los aposentos del rey. Deben ser los guardias personales del rey. De sus chaquetas largas y acorazadas se desprenden destellos apagados mientras conducen a los prisioneros al escenario. Mientras los otros dos caen de rodillas y se enfrentan al rey en silencio, el prisionero que lleva el lobo forcejea para liberarse de sus ataduras. Está gritando, intentando lanzarse hacia el trono. Incluso desde aquí alcanzo a ver la línea roja donde el collar dorado se le clava en la garganta. Debe de ser muy doloroso, pero no deja de intentar avanzar, gritando palabras que no llego a entender por el clamor de la multitud, mientras el rey lo observa con indiferencia.

El soldado con forma de lobo tira de la cadena. Estrella su pie contra la espalda del hombre para obligarlo a caer al suelo y luego lo arrastra hasta el escenario. Cuando el demonio con aspecto de lobo se gira, alcanzo a ver su rostro por primera vez, me quedo sin aliento.

Es el lobo de Wren.

Por eso me resultaba conocido: por la Ceremonia de Inauguración. Estaba al lado del rey, junto con la zorra y el cocodrilo.

Me vuelvo hacia Wren.

—Es él, ¿verdad? El lobo con el que estabas aquella noche. —Al ver que vacila, insisto—: Por favor. Basta de mentiras.

Sus labios se separan. Luego responde, tensa:

—Se llama Kenzo Ryu. Mayor Ryu. Es uno de los guardias personales del rey. Supervisa todos los ejércitos reales y aconseja al rey sobre tácticas militares.

—¿Y los otros dos?

—El cocodrilo es el general Ndeze. La zorra blanca es la general Naja. Es la mujer de más alto rango de todo el reino.

Frunzo el ceño.

—¿Y la Reina Demonio?

—Hasta que le dé al rey un heredero varón —responde Wren—, es más bien insignificante.

Capto un dejo de pena en sus palabras.

—¿Y no crees que vaya a hacerlo?

—No estoy segura de que *pueda*. Hay rumores acerca de la… capacidad del rey. —Me mira de reojo—. Aquí nadie se atrevería a mencionarlo, pero parece que algunos de los clanes le han puesto un apodo. El Rey Vacío.

Tardo un momento en comprender. Su fertilidad. O, mejor dicho, su falta de ella. Recuerdo vagamente aquel primer almuerzo en las suites de Dama Eira, cuando Chenna preguntó si la Reina Demonio le había dado hijos al rey. Blue y Mariko se habían horrorizado. Seguramente habían oído los rumores antes de llegar al palacio y no podían creer que Chenna abordara el tema con tanta audacia.

De pronto, me resulta más comprensible la ira del rey. No es solo ira: es desesperación. Porque, ¿qué es un rey sin heredero?

En mi vientre surge una sensación tibia, leve como una pluma.

Porque, ¿qué podría ser Ikara sin un Rey Demonio?

En ese momento, el rey se pone de pie y la multitud se queda en silencio. Se adelanta, los pasos de sus cascos enchapados en oro resaltan el silencio tenso. Camina tambaleándose, aunque más controlado que la última vez que lo vi. Recorre lentamente con la mirada a los presentes. Alcanzo a divisar sus ojos azules como el hielo y la horrible sonrisa en su apuesto rostro.

—Mis leales súbditos, demonios y humanos. —Su voz resuena, amplificada por la magia, y produce eco contra las paredes—. No me produce alegría alguna estar hoy aquí ante vosotros. Las ejecuciones son acontecimientos desagradables, casi tanto como los delitos que las ocasionan. Por eso, podría deciros que lo mejor sería que cerrarais los ojos ahora. Que apartarais la mirada cuando las puntas de las espadas se claven en los corazones negros de estos criminales que están ante nosotros. —El rey echa los hombros hacia atrás, ladea el mentón y la potencia de su voz aumenta—. Pero ¡eso es lo que hacen los cobardes! Nosotros *debemos* mirar. *Debemos* observar. Para recordar todo lo que se ha construido bajo la ley bendita del Rey Demonio. Una ley que comparto con cada uno de vosotros. ¡Porque solamente juntos, demonios y humanos, buenos ciudadanos de las ocho provincias, trabajando codo con codo, en paz y en colaboración con todos desde sus legítimos sitios, podemos mantener fuerte nuestro reino!

Mientras la multitud vitorea, aprieto los dientes. *Con todos desde sus legítimos sitios.* Sé muy bien cuál cree que es el sitio de la casta de papel.

—Cuando se produce un ataque como el orquestado por estos insurrectos —prosigue el rey, gritando para que lo oigan por encima del bullicio—, constituye una afrenta a nuestra unidad. Al mundo que hemos construido tan incansablemente durante estos últimos dos siglos, con sangre, sudor, lágrimas y esperanza. Y debemos estar juntos en esa misma unidad para abatir a aquellos que intentan destruirnos. —Cierra los puños y los eleva hacia el cielo—. ¡Hoy demostraremos que el nuestro es un poder que no se puede doblegar!

El bullicio del público aumenta hasta convertirse en un rugido salvaje, profundo, casi violento. Wren y yo no participamos, pero diviso el rostro iluminado de Aoki en la primera fila de la plataforma, con los puños levantados como los demás.

Es como si me dieran un puñetazo en el vientre.

Cuando la gente al fin se tranquiliza, el rey se acerca a los prisioneros. Se inclina para enfrentarse a ellos.

—Habéis fracasado —dice simplemente.

No reaccionan. Pero justo cuando el rey está a punto de darse la vuelta, el prisionero que antes estaba forcejeando con el lobo tira de sus ataduras, arquea el cuello hacia arriba y le escupe en el rostro.

La multitud brama. Me preparo, pues creo que el rey va a gritarle o a golpearlo. Pero no se inmuta. Con toda calma, se limpia el rostro con el dorso de una manga y se alisa la ropa. Luego vuelve a sentarse en el trono, con expresión fría.

Y habla con una voz aún más fría.

—Verdugos, preparad las armas.

Cuando el cocodrilo, la zorra y el lobo aferran sus espadas, el clamor de la gente se intensifica. Las tres jians son largas y delgadas y tienen gemas en la empuñadura. Las hojas emiten destellos plateados bajo la luz mortecina, mientras los soldados se acomodan detrás de los prisioneros para que el rey pueda verlos. Es casi la hora del crepúsculo. Mientras el sol se pone más allá de las murallas del palacio, de pronto se encienden las antorchas que rodean el escenario e iluminan la escena; la similitud con el ataque al teatro resulta espeluznante.

El viento castiga las llamas y las azota hacia los lados. El aire sabe a humo.

Temblando, aferro con más fuerza la mano de Wren.

Los soldados desenvainan sus espadas…

El rey alza la mano…

—¡Ahora!

Cierro los ojos, pero es demasiado tarde. La imagen de las espadas hundiéndose en los torsos de los hombres permanece ahí, como una mancha abrasadora detrás de mis párpados. Cuando al fin me atrevo a volver a mirar, los prisioneros han caído al suelo atravesados por las espadas.

Además de la obligación de vestirnos de negro, el rey ha dado la orden de que no hiciéramos el saludo a los dioses del cielo para bendecir las almas de los atacantes en su ascenso al Reino Celestial. Pero la multitud está demasiado apiñada, así que Wren y yo hacemos la seña con nuestras manos libres —ella, con la izquierda y yo, con la derecha—, cruzando los pulgares, con las palmas hacia afuera.

A nuestro alrededor todo es vítores y gritos. Pero aunque el rey está hablando, no oigo una sola palabra. No puedo apartar la mirada de los prisioneros mientras extraen las jians de sus espaldas como si fueran tres espinas dorsales partidas, la sangre cubre sus ropas y pinta cintas de un profundo rojo escarlata en el suelo. Por la forma en la que se han desplomado parecen muñecos abandonados, descartados por su petulante dueño.

Siento el pulso de Wren contra la palma de mi mano, marcando el tiempo, mientras la ira crece dentro de mí. Más ardiente y feroz que el miedo, más fuerte y segura que nada que haya sentido antes, y mientras estamos allí de pie, tomadas de la mano entre los gritos y graznidos de la multitud, no dudo ni por un segundo cuando me prometo que no le daré a rey la oportunidad de descartarnos también a nosotras.

Algún día, nosotras seremos quienes lo descartemos *a él*.

Esa noche, mucho más tarde, voy a la habitación de Wren. En la casa reina el silencio posterior a la medianoche. La encuentro despierta, sentada, como si hubiera sabido que llegaría. Me recibe con los brazos abiertos y nos acostamos bajo las mantas, con nuestros cuerpos entrelazados, pero no basta para calmar el temblor, el desenfreno que siento desde la ejecución.

Es Wren quien rompe el silencio. Su aliento me mueve el pelo. Apoya las manos en mis omóplatos y dice:

—Me han dicho algo sobre los atacantes.

—¿Qué te han contado? —murmuro, hundiendo el rostro en su cuello.

—Que estaban aliados con la corte. Se rumorea que también participaron funcionarios de las castas de acero y de la Luna, además de guardias.

La novedad me levanta el ánimo.

—¿Por qué el rey no ha dicho nada?

—Porque delataría su debilidad. Sería admitir que es vulnerable dentro de su propio palacio. Que hay quienes lo desafían incluso en su propia corte.

—Pues los hay —comento mientras entrelazo mis dedos con los suyos y levanto la cara para besarla—. Nosotras.

Todo está oscuro cuando salgo de la habitación de Wren. Me dirijo al patio de baño para echarme un poco de agua en el rostro; tengo el recuerdo de la sangre y de las espadas relucientes adherido a la piel como si fuera suciedad. Pero cuando llego a la entrada del patio me detengo.

Hay una chica en las escaleras.

La luz de la Luna cae sobre sus hombros delgados y brilla en su cabello largo y lacio. La chica está encorvada, llorando. Es apenas audible pero reconocería ese sonido donde fuera. Lo que al principio me cuesta creer es *quién* está llorando.

Avanzo tentativamente.

—¿Blue?

Se sobresalta al oír mi voz y se pone de pie de inmediato.

—Vete, Nueve —me dice enfadada.

Las lágrimas amortiguan su tono cáustico habitual. Tiene los ojos hinchados, los párpados enrojecidos, pero no se enjuga las lágrimas, como si al ignorarlas pudiera hacerlas desaparecer.

Dioses. Es tan obstinada que hasta se desafía *a sí misma*.

—No —respondo.

Me mira como si la hubiera golpeado.

—Sé que me odias —prosigo, sin ceder—. Y, la verdad, tú tampoco me caes muy bien. Pero estás sufriendo. Y no deberías tener que pasar por esto sola. Nadie debería tener que hacer eso.

—No estoy sola —replica con desdén.

Mis ojos recorren el patio vacío.

—Disculpa. No sabía que podías ver fantasmas —contesto. Luego agrego, más suavemente—: Mira, estoy segura de que Mariko podría…

—No quiero que me vea así —explica, y parpadea rápidamente mientras las lágrimas siguen derramándose por sus mejillas.

—No te avergüences de estar alterada —le digo, y doy un paso más hacia ella—. ¿Qué te pasa? ¿Es por la ejecución?

Blue aparta la mirada. Menea la cabeza.

—El ataque.

—¿El del teatro?

Asiente, temblorosa.

—¿Tu padre está bien? ¿Ha sucedido algo?

Una risa brota de sus labios. El sonido rompe el silencio, un ladrido amargo que me produce un cosquilleo en el dorso de los brazos.

—No, él está muy bien. Aunque no se ha molestado en averiguar si *yo* lo estaba. No le importa.

—Seguro que le importa, Blue. Es tu padre…

Su voz se agudiza.

—¡Eso solo significa que soy un peón que puede usar en su juego! Lo único que le importa es ascender en la corte. Entregarme al rey ha sido solo un paso más para conseguir ese ascenso. —Suelta otra carcajada como fuera de sí—. Soy la única que tiene a sus padres en el palacio y no me han visitado ni una sola vez.

—Lo siento mucho —digo, y extiendo una mano hacia su hombro. Pero se aparta para que no la toque.

—¡No necesito tu lástima, Nueve!

—No es lástima —replico, y me arde el rostro—. Es comprensión. —Estrujo mis manos—. Dioses, ¿por qué eres así todo el tiempo? Te empeñas tanto en distinguirte de las demás, cuando todas estamos pasando exactamente por lo mismo. Todas estamos intentando cuidarnos entre nosotras, pero tú solo quieres dividirnos.

Blue levanta el labio superior.

—No estamos pasando por lo mismo. No se parece en nada.

—¿Estás o no atrapada aquí, obligada a servir a un hombre que no te importa?

—Tú no entiendes nada —dice con voz tan baja que apenas la oigo.

—¿Qué es lo que no entiendo?

—La diferencia es que de ti no se espera que te guste. —Aprieta los labios y gira la cabeza hacia un lado—. Yo tengo familia aquí, un padre que es importante en la corte. No puedo permitirme el lujo de rechazar al rey ni de hablar mal sobre el hecho de ser una Chica de Papel. Y no dejo de pensar que tal vez, ahora que me han elegido, sea probable que mi padre esté un paso más cerca de su ascenso, y que al fin esté contento conmigo. —Se le estremece la voz—. He hecho todo lo que me ha pedido. He sido la hija perfecta. Pero a juzgar por lo que demuestran mis padres, la mayor parte del tiempo difícilmente se podría saber que tienen una hija.

—Oh, Blue —murmuro. Pero ella se aparta, y sus mejillas mojadas brillan con la luz de la Luna.

—Si te *atreves* a… Si le cuentas esto a alguien…

—No lo haré —prometo, y lo digo en serio.

Pero ella pasa a mi lado como si fuera yo quien está amenazándola, me quedo sola con la quietud fantasmal de las bañeras vacías y el susurro del viento que mece los bambúes.

27

Por fuera, la vida en el palacio vuelve a la normalidad con el paso de la semanas tras las ejecuciones; el único cambio importante es que no se nos permite salir de la Casa de Papel sin por lo menos un guardia. Con la llegada del invierno, el aire se ha vuelto frío, y el viento, intenso y cortante. Los jardines han perdido sus colores como caligrafías que se destiñen. Desde las ejecuciones, reina en el palacio un clima de inquietud y en cierto modo, todos esos grises y blancos parecen una premonición. Un recordatorio de que habrá más muertes. Pero aunque continúo asistiendo sin falta a todas las clases y a las cenas con el resto de las chicas, tal como en los meses anteriores, por dentro todo es diferente.

Con el aumento de la seguridad en el interior del palacio, se aconseja que nadie dentro del Sector de las Mujeres salga de su habitación por la noche. Lo mejor es que hace más de un mes que el rey no llama a ninguna de nosotras; está demasiado ocupado persiguiendo a quienes apoyaron a los asesinos y hay rumores de que está trabajando en un nuevo proyecto secreto que, sospecho, no es más que una manera de hablar en clave para ocultar una excesiva ingesta de alcohol por parte del rey. Y a medida que los días se acortan y las noches se alargan, todo esto nos da a Wren y a mí la tranquilidad que necesitamos para amarnos en la oscuridad. Tan a menudo como podemos, nos abandonamos a la inmediatez de nuestros cuerpos moviéndose juntos: nuestros labios, la yema de los dedos, nuestros muslos, que se presionan con avidez. Durante las noches, aprendo a acariciar las curvas de su piel de una forma que la hace estremecer cuando deslizo mi lengua por su piel. Y aunque pronto me acostumbro al cuerpo de Wren, nunca dejo de disfrutarlo. De maravillarme.

Con cada beso, el placer es instantáneo: una oleada de calor, como el fuego.

Con cada beso, nos consume.

En nuestra primera lección de artes del qi, Don Tekoa nos dijo que para dominar el arte de controlar nuestra energía interna, debíamos comprender el concepto de *aquí* y *ahora*. Cuando practicamos las artes del qi, dijo, lo que en realidad intentamos hacer es afirmarnos en el aquí y el ahora. Que estar realmente en el presente significa desaparecer.

Pero con Wren es exactamente al revés. En lugar de desaparecer, ella me hace sentir que reaparezco. Que me reimagino. Sus caricias me dan forma, hacen aflorar la magia que permanecía escondida dentro de mí. Mientras que las manos del rey solo consiguen que me cierre, las de Wren me abren. Cuando estoy con ella, cada parte de mí se siente ligera y libre, un intenso calor me enciende las venas con deseo que brilla como el sol.

Sus besos sanan las partes de mí que el rey rompió. Me dicen: *Eres fuerte, Lei. Eres bella. Eres mía.* Y siempre, lo más importante: *Eres tuya.*

Porque estos besos, estas noches robadas con Wren, son lo único que he podido controlar desde que llegué al palacio, y me da satisfacción pensar que hay cosas que ni siquiera el rey tiene el poder de impedir. Me da la confianza de que algún día podremos rebelarnos con algo más que con nuestros cuerpos y nuestro amor. Que encontraremos el modo de convertir nuestra esperanza creciente y nuestra valentía en acción.

No se puede domar el deseo, me dijo el rey aquella noche en su habitación. Pues bien, en eso tiene razón.

Somos Chicas de Papel; es fácil desgarrarnos y escribir sobre nosotras. El propio título que nos dan sugiere que estamos en blanco, esperando que nos llenen. Pero lo que el Rey Demonio y su corte no entienden es que el papel es inflamable.

Y que entre nosotras se está iniciando un incendio.

Un mes y medio después de las ejecuciones, el rey empieza finalmente a convocarnos de nuevo.

La primera es Blue. Después de aquella noche en el patio de
baño, no puedo evitar sentir pena, sabiendo lo que ahora sé sobre
ella. Pero la pena que siento se ve atemperada por el alivio de que no
nos haya llamado a Wren ni a mí. Estas últimas semanas han sido
un refugio: cada una a salvo en el santuario de los brazos de la otra,
en el mundo esférico de nuestra pequeña geografía secreta. Siempre
he sabido que no era más que una ilusión de seguridad, un remanso
pasajero. Pero no estaba preparada para el miedo que aguardaba
cuando se rompiera la ilusión.

Después de eso, los nombres van pasando; cada trozo de bambú
que entrega el mensajero real es una cuenta regresiva hacia lo inevitable.

Chenna-zhi

Zhen-zhi

Aoki-zhi

Mariko-zhi

Zhin-zhi

Wren-zhi

Como de costumbre, cuando anuncian su nombre, Wren tiene
que quedarse para los preparativos. Estamos en la suite de Dama
Eira. El sol del invierno entra a raudales por las puertas abiertas que
dan a su jardín, y destella en los platos y tazones semivacíos que están sobre la mesa. Miro a Wren a los ojos, esforzándome por mantener mi expresión serena. Aunque el mundo a su alrededor está lleno
de luz, ella está de espaldas a la puerta, así que su rostro ha quedado
cubierto por las sombras. Las comisuras de sus labios se elevan un
poco, más en una mueca que en una sonrisa, y tengo la rara idea de
que está disculpándose por algo. Luego se vuelve hacia un lado
cuando Dama Eira nos pide a las demás que nos retiremos.

Aturdida, me pongo de pie.

Alguien me toca el hombro.

—Vamos —dice Aoki—. Tenemos que irnos.

Tomo conciencia de que estoy mirando fijamente.

—Claro. Sí, lo siento.

Con una última mirada esperanzada a Wren, que no me mira, salgo de la sala detrás de Aoki.

—Parece un poco distinta, ¿no crees? —murmura Aoki mientras caminamos por el pasillo; el resto de las chicas van conversando delante nuestra—. Wren, quiero decir.

Apenas la oigo; estoy demasiado concentrada en intentar respirar con normalidad, en apartar de mi mente los pensamientos sobre Wren y el rey.

—¿Sí? ¿En qué?

—Solo que… no la veo tan concentrada como antes. —Aoki me mira de reojo y aminora el paso—. Tú debes haberlo notado. ¿Te ha contado algo?

—No. Supongo que será el estrés por todo esto. Tal vez extraña a su familia.

Aoki asiente, aunque sigue observándome con una expresión rara.

—Algunas de las chicas piensan que quizás está escapándose por las noches para encontrarse con un hombre.

Fuerzo una risa que espero que exprese incredulidad, pero al ver que Aoki no reacciona, me doy cuenta de que no me cree. Me acomodo el pelo detrás de las orejas y sigo caminando, ahora un poco más rápido.

—¿Qué chicas? ¿Y por qué piensan eso?

—Zhin nos ha contado que una noche la vio, mientras volvía de estar con el rey. Wren estaba saliendo de su cuarto. No parecía ir camino al baño ni al dormitorio de las criadas, porque Zhin venía justo de allí.

—Tal vez no podía dormir.

—Aparentemente tenía los zapatos puestos y llevaba un abrigo. Como si fuera a salir.

—Entonces sería porque necesitaba tomar el aire…

—¿Con este frío? —Aoki frunce la nariz—. ¿A las tres de la mañana? ¿Con los guardias fuera? —Me detiene con el brazo—. Sé que eres su amiga, Lei, pero Wren oculta algo. Estoy segura. No quiero que termines involucrada en lo que sea que esté metida.

Si ella supiera…

Pero consigo asentir. Aliso la falda de mi vestido y sigo caminando, luchando por mantenerme imperturbable.

—Gracias por advertírmelo. Se lo preguntaré esta noche… *mañana*. Estoy segura de que hay una explicación sencilla.

Esa noche, mientras espero a Wren, las horas pasan lentamente. Cada segundo es una tortura lenta y dolorosa. Me paseo por mi habitación tantas veces que todo me da vueltas, el suelo parece inclinarse, y llega un momento en que tengo que sentarme para no desmayarme. Cuando al fin oigo pasos en el pasillo, espero un momento y luego voy a la habitación de Wren. No es mi intención sorprenderla; he imaginado que supondría que iría. Pero nada más entrar y cerrar la puerta, me empuja con fuerza contra ella y me sujeta por el cuello, con los ojos dilatados y alertas.

Me suelta de inmediato.

—¡Lei! Perdóname. —Exhala, me rodea la cintura con los brazos y apoya su frente en la mía. Siento su aliento dulce y tibio en mi piel—. Esta noche estoy nerviosa. No me he dado cuenta de que eras tú.

—¿Cómo te ha ido? —pregunto tentativamente mientras retrocedo.

Evita mirarme a los ojos.

—Ha sido… violento. Más que de costumbre. —Hago una mueca de dolor, y ella continúa enseguida—. Pero ya me imaginaba que estaría así. El ataque dejó al descubierto su vulnerabilidad. Está enfadado. Intenta reafirmar algo del poder que ha perdido.

—Entonces, ¿es cierto lo que dicen? ¿Que los atacantes tuvieron ayuda desde dentro de la corte?

Asiente.

—Dicen que esta mañana han detenido a once funcionarios bajo la sospecha de haber tenido algo que ver con el ataque. Quiere sangre.

—¿No ha tenido ya suficiente?

En la penumbra, los ojos de Wren parecen hacerse más grandes mientras me responde con voz ronca:

—Ni de lejos.

Suavemente, la ayudo a desvestirse. Tiene puesto un ruqun de color mandarina adornado con gemas, que tiene una abertura a lo largo de uno de los laterales de la falda. Pero al quitárselo, descubro que la abertura no era parte del diseño; le ha rasgado la falda en dos. Solo la sostenía un nudo improvisado en la cintura.

Me trago el nudo que tengo en la garganta y siento un cosquilleo en la nuca. La noche está despejada y entra un rayo de luna por la ventana. Con esa luz, distingo los magullones en la piel de Wren. Tiene uno en el hombro. Más sobre las caderas. Y una enorme mano estampada en la garganta.

Observo las marcas con el corazón desbocado. Me lleno tanto de ira que casi me provoca arcadas.

—Cómo se *atreve* —gruño.

Wren me sujeta de las manos.

—No pierdas el tiempo pensando en él —me dice mientras acerca las yemas de mis dedos a sus labios.

—*Pero…*

—Lei, por favor. Al menos no esta noche. No ahora. Puedo soportar el dolor, solo es pasajero. Además, mañana Madam Himura hará que me cure un hechicero.

La miro boquiabierta.

—¿Te das cuenta de que lo que estás diciendo es una locura? «Queridos hechiceros, ¿serían tan amables de darnos un poco de magia, así podremos volver con el rey para que vuelva a destrozarnos?».

Wren me besa las manos con suavidad.

—Nadie ha hablado de destrozar.

Nos acostamos y nos cubrimos con las mantas. La luna ilumina el rostro de Wren y delinea su pómulo y el hueco de su cuello. Mis dedos recorren esa línea hasta el hombro.

—Algunas chicas sospechan de ti —le digo—. Aoki me lo ha dicho hoy. Zhin te vio salir de tu habitación una noche, y piensan que puedes estar reuniéndote con alguien. Con un amante. Tienes que ser más cuidadosa, Wren.

Frunce el ceño.

—No saben a dónde voy.

—Yo tampoco.

—Lei…

—Ya lo sé —digo, antes de que termine—. Tratas de protegerme.

—Lo dices como si fuera algo malo.

Suspiro.

—Es solo que preferiría que me dejaras decidir si quiero que me protejas. —Le acaricio el hombro con el pulgar, hasta la suave curva del cuello—. Tal vez podría soportarlo. Sea como sea, tal vez podría ayudarte.

Wren cierra los ojos. Con cansancio, sujeta mi mano y la apoya en su mejilla, luego pone su mano sobre la mía. Abre los ojos. Brillan a la luz de la Luna, al contrario de su voz cuando susurra:

—No puedes. Con esto, no. Nadie puede.

Quiero insistir. Pero recuerdo por lo que acaba de pasar —el recuerdo hace que me suba la bilis por la garganta— y me contengo. La acerco más, hundo la nariz en su piel e inhalo su aroma fresco y marino. Huele a hogar, a felicidad, seguridad, esperanza y… *amor*.

En ese momento ansío decirle lo que siento. Ofrecerle ahora las palabras que afloran a mis labios cada vez que me besa, cada vez que me mira. Pero espero demasiado y pierdo el coraje. Entonces murmuro:

—¿Puedes imaginar un mundo en el que seamos libres de estar juntas?

—De hecho —responde tras hacer una pausa—, sí.

—Llévame allí, Wren. Por favor.

Responde con voz tan baja que apenas la oigo.

—Lo haré.

Poco después salgo de su habitación, tan llena de la felicidad que me da estar con Wren, y de la promesa de sus palabras, que voy con una sonrisa en los labios. Por eso, cuando me encuentro con los ojos de Aoki, que está observando desde su puerta, entre las sombras, con los brazos rígidos a los lados, tardo un segundo en borrar esa expresión de mi rostro.

Quizá, si no hubiera estado sonriendo, habría podido disimular. Habría podido decirle que solo estábamos conversando, como Aoki y yo aún hacemos a veces, aunque es cierto que no tanto últimamente. Pero sé que ha descubierto la verdad en cuanto ve la expresión de mi rostro.

Es la misma que ella tiene cuando habla del Rey Demonio. Radiante. Como iluminada desde dentro.

Sin decir ni una palabra, Aoki se da la vuelta, entra y cierra la puerta de un golpe. El sonido resuena en la quietud del pasillo. La sigo; en ese momento no me importa quién pueda oír. Cuando entro en su habitación retrocede y yo vacilo dolida.

La expresión que tiene. Jamás habría creído que pudiera mirarme *a mí* de ese modo.

—Por favor, Aoki —le digo con un nudo en la garganta—. No… no se lo cuentes a nadie.

Lanza una risa hueca. El enfado que le tuerce la boca la afea; no parece mi dulce amiga, la chica cuya risa me alegra el alma como la luz del sol. Por lo general parece tan joven, llena de alegría, prácticamente efervescente por dentro. Pero ahora hay algo en su postura que es como si hubiera envejecido varios años en un abrir y cerrar de ojos.

—¿Esa opinión tienes de mí? —pregunta, y hay dolor en su voz—. Creía que éramos amigas. Que nos lo contábamos todo.

—¿Cómo iba a contarte algo así? —exclamo abriendo los brazos—. ¡Sé lo cerca que estás del rey! No habrías aprobado…

—¡Por supuesto que no! ¡Somos Chicas de Papel! No debemos entregarnos a nadie más.

Cierro los puños.

—Eso lo ha decidido *él*, no nosotras. ¿Te parece justo?

—No es una cuestión de justicia. Es nuestro deber.

—Dioses, hablas igual que Madam Himura.

—Eso es bueno —replica—. Quiere decir que estoy haciendo bien mi trabajo.

La miro enfadada.

—No. Quiere decir que no estás pensando por ti misma.

Aoki se tensa, e irradia ira como las piedras mojadas emanan calor. Hay ferocidad en su mirada y sé lo que va a decir antes de que lo diga.

—Estoy enamorada de él.

La frase me impacta como un golpe seco. El silencio se extiende entre las dos, como algo oscuro y palpitante.

Apenas puedo pronunciar las palabras.

—Antes lo odiabas.

—Es que antes no lo conocía. —La voz de Aoki se suaviza, se curva como la cola de un gato dormido, y ella estruja sus manos por delante; sus ojos brillan en la oscuridad—. Me trata bien, Lei… Es bueno, cariñoso y justo. Incluso me ha dicho que, si sigo complaciéndolo, verá la posibilidad de convertirme en su reina.

Casi me atraganto.

—¿Su *reina*?

Aoki se ruboriza y se echa hacia atrás.

—¿No me crees lo suficientemente buena para el trono?

—¡No! No es eso…

—Porque él podría, si quisiera. En lugar de una Reina Demonio, podría tener una Reina de Papel. *Yo* podría ser su esposa.

Se me afloja la mandíbula. Recuerdo algunas escenas de los últimos meses, una tras otra: los ojos de Aoki iluminándose al hablar del rey; lo que me dijo aquella noche, en la fiesta de koyo; su entusiasmo durante las ejecuciones; su expresión cada vez que llega el trocito de bambú y su nombre no figura en él. Igual que el mío por Wren, el amor de Aoki por el rey se ha ido desarrollando con los meses. Pero yo he estado tan absorta en mis propios sentimientos que no lo he notado.

Se supone que soy su mejor amiga y no he sido capaz de darme cuenta de que estaba enamorándose de un monstruo.

Tardo un momento en poder hablar. Levanto el mentón y la miro de frente.

—Eres demasiado buena para él. Tú mereces algo mejor.

—¿Mejor? —Sus iris brillan—. ¿Qué podría ser mejor que ser su reina?

Después de todas estas palabras, el silencio que sigue es atronador. Crece, se estira, se extiende como una espiral, una distancia física, metros, kilómetros, países y vidas enteras entre nosotras, entre mí y la chica pura y bella que antes se ruborizaba por tan solo oír hablar de un beso y que se preocupaba por no ser suficiente para un rey.

—Mejor me voy —digo, por fin, con voz ahogada.

Espero un momento, por si no está de acuerdo. Pero su expresión sigue tan desafiante como antes.

Me vuelvo hacia la puerta, con lágrimas en los ojos. Cuando levanto la mano para abrirla, oigo su voz detrás de mí.

—¿Estás enamorada de ella de verdad?

En su voz hay un asomo de la Aoki a la que conozco: tierna, compasiva.

Me doy la vuelta.

—Sí —respondo ansiosa y le sonrío. Me acerco—. Oh, Aoki, cuánto lo siento…

—No tienes por qué.

Mi oración queda inconclusa. En un instante, vuelve la frialdad entre nosotras, tan repentina como una ola de agua helada. Me mira con tanta dureza que me duele mirarla, así que me vuelvo hacia la puerta, con un brazo sobre el pecho, como un escudo.

—Al menos yo sí he elegido de quién enamorarme —le digo fríamente.

En cuanto lo digo, me arrepiento. Pero veo en los ojos de Aoki que es demasiado tarde, así que salgo de su habitación lo más rápido posible antes de empeorar aún más las cosas. Las lágrimas me nublan la vista y algo se astilla en el fondo de mi pecho.

28

Al día siguiente, me despiertan unos gritos en lugar del gong habitual. Es demasiado temprano; la oscuridad aún se estremece con la luz de la Luna en el suelo y las velas que agonizan. Un sonido horrible atraviesa la noche con alas rotas. Ni siquiera son gritos. *Aullidos...* salvajes y enloquecidos.

Se oyen cerca. También se escuchan gritos, palabras duras y el golpeteo de unos espolones en el suelo. Madam Himura.

Lo primero que pienso es que algo le ha pasado a alguna de las chicas. Lo segundo es...

Wren.

Salgo a toda prisa y contengo una exclamación al sentir el frío de las tablas del suelo en mis pies descalzos. El resto de las chicas también se han levantado y observan desde sus puertas con los rostros tensos por la preocupación. Desde la habitación de enfrente, Aoki me mira a los ojos, pero enseguida me vuelve la cara.

—¡Por favor! —grita una chica—. ¡No volverá a suceder, lo prometo!

Mariko está en el suelo en medio del pasillo. La bata de su camisón está abierta y revela las curvas de sus pechos y la piel pálida de sus piernas. Está forcejeando, resistiéndose, y Madam Himura la sujeta por el cabello mientras la arrastra por el pasillo.

—Déjala hablar —pide Dama Eira. Está agachada, intentando interponerse entre Mariko y Madam Himura.

La mujer águila lanza un golpe con su bastón.

—¡Eres demasiado blanda con ellas, Eira! —gruñe, y Dama Eira se dobla en dos cuando el bastón cae sobre su espalda—. Ya te lo advertí, cuando Lei se negó a estar con el rey. ¡Les demuestras un poquito de indulgencia y así te pagan!

—¡Blue! —grita Mariko. Con ojos desorbitados, busca a su amiga entre los rostros que la observan—. ¡Blue, ayúdame!

Blue se tensa en su puerta. Un destello se refleja en su rostro, pero no se mueve.

En lugar de ella, es Wren quien se adelanta.

—Madam Himura —pregunta con voz firme—, ¿por qué está castigando a Mariko?

Los ojos amarillos de Madam Himura se dilatan.

—¡Por ser una cualquiera! Una de mis criadas la encontró anoche abriéndose de piernas para un soldado.

De pronto, recuerdo las palabras de Wren aquella noche, en la habitación de aislamiento. Dijo que el guardia que custodiaba mi puerta había ido a encontrarse con una chica. ¿Sería Mariko?

—¡Lo siento! —solloza Mariko con el rostro enrojecido—. ¡No volveré a hacerlo!

—Por supuesto que no —replica Madam Himura—. Porque no volverás jamás al palacio.

Mariko se paraliza.

—¿Qué… qué está diciéndome?

De la garganta de Madam Himura escapa una risa como un resuello.

—¿Crees que puedes desafiar así al rey y que basta una disculpa para compensarlo? ¡Jovencita estúpida!

Me asusto, e instintivamente retrocedo cuando nos mira a las demás. Nos recorre con sus ojos cortantes. Las capas de plumas que cubren sus brazo humanoides se erizan al extenderse como si fueran a echar a volar y hacen que parezca el doble de su tamaño habitual.

—Venid, las demás —ordena sin alterarse—. Estáis a punto de descubrir lo que le pasa al papel que se pudre.

Valiéndose de sus alas para afirmarse contra el forcejeo de Mariko, la arrastra por el pasillo. Sin otra opción que obedecer a Madam Himura, las sigo junto al resto de las chicas y nuestras criadas. La criada de Mariko, una chica regordeta con forma de perro llamada

Vee, solloza tan fuerte que tiene que cubrirse la boca con las manos para apagar el sonido.

—Tranquila —susurra Lill, que está ayudándola—. Todo irá bien.

Levanta la vista y me ve mirándola por encima de mi hombro, caigo en la cuenta de que es la primera vez que la escucho mentir.

Seguimos a Madam Himura hasta una habitación vacía. En cuanto entra, arroja a Mariko al suelo.

—Ve a buscar al doctor Uo —ordena a su criada mientras entramos una a una con pasos reticentes.

Mariko se resiste en el suelo.

—¡Por favor! —suplica—. ¡No puedo irme sin ver a Kareem! ¿Dónde está? ¿A dónde se lo han llevado?

Madam Himura la mira furiosa por encima de su nariz ganchuda con forma de pico.

—De tu soldado se está encargando el general Ndeze. Le quitarán el título y lo expulsarán del palacio. Es decir, si el rey se siente generoso.

Mariko llora y aúlla.

—No puedo mirar esto —le susurro a Wren, que está a mi lado.

—No tenemos alternativa —responde.

—No me importa. —Doy un paso adelante. Wren intenta detenerme con un susurro urgente, pero no le hago caso y me dirijo a Madam Himura—. ¿Por qué no podemos tener amantes? —le pregunto en voz alta, extendiendo un brazo—. El rey elige una cada noche, y cuando nos vayamos, tendrá todo un grupo nuevo de chicas para jugar.

Sus ojos se dilatan.

—¿*Qué* has dicho?

—Tal vez, si el rey no fuera un líder tan cruel y repugnante, no buscaríamos consuelo en otro…

Aunque no me toma por sorpresa, el golpe de su bastón me deja sin aliento.

Me doblo en dos y me aferro la mandíbula. Mi boca se llena del sabor metálico de la sangre. Wren me aparta antes de que Madam

Himura pueda asestarme otro golpe, pero en ese momento la distrae la llegada del médico.

Parece que el doctor Uo acaba de despertarse. Lleva la ropa desordenada y está despeinado

—¿Qué sucede? —pregunta, mientras se rasca un colmillo curvo de jabalí y parpadea tras sus gafas redondas.

Madam Himura señala a Mariko.

—Esta chica ha renunciado a su sitio en el palacio. Hay que marcarla.

El médico está tan inexpresivo como cuando tuvo que examinarme.

—Entiendo. —Mariko intenta apartarse cuando el médico se agacha frente a ella—. Que alguien la sujete —ordena, y recuerdo el reconocimiento al que me sometieron poco después de mi llegada, la impotencia que sentí mientras el médico me desvestía.

Me masajeo la mandíbula. La sangre mancha mi manga.

Madam Himura hace una seña a las criadas.

—¡Ayudad al doctor!

Las criadas se acercan a regañadientes. Mariko se resiste, y Lill recibe un codazo en las costillas. De inmediato, Madam Himura se adelanta y asesta a Mariko una bofetada tan fuerte que la mejilla de esta golpea el suelo con un crujido repugnante.

—Puedes resistirte cuanto quieras, jovencita —escupe—. Solo conseguirás que la cicatriz sea peor.

Solo entonces, cuando el doctor Uo saca un cuchillo de su maletín, comprendo lo que está pasando.

El médico sostiene el rostro de Mariko.

—¡Que alguien la haga callar! —ordena cuando ella empieza a gritar.

Una criada trae un trozo de tela. El médico se lo introduce en la boca para amortiguar los gritos. Levanta el cuchillo hacia la frente de Mariko.

La primera incisión incrementa los chillidos, pero al llegar a la última, Mariko solloza en silencio.

Cuando al fin el médico se aparta, veo los trazos ensangrentados del carácter que ha tallado en la frente de Mariko: *Lan*.

Podrida.

—Ahora todos sabrán lo que has hecho —dice Madam Himura con desprecio. Se vuelve hacia nosotras—. Recordad esto cada vez que creáis que podéis desafiar al rey. —Sus ojos llegan hasta mí—. No te saldrás con la tuya. —Luego alza un brazo y ladra—: ¡A vuestras habitaciones! Tenéis que ir a clase. No vayáis a pensar que esto cambia vuestras obligaciones.

Vacilo, y Wren me lleva hacia la salida.

—No insistas —susurra.

—¿Qué va a ser de ella? —pregunto con voz débil mientras vamos por el pasillo.

El resto de las chicas caminan en silencio. Cuando Blue la empuja al pasar, prácticamente corriendo, Chenna clava la mirada en el suelo y sus labios articulan plegarias mudas. Zhen y Zhin caminan de la mano, hombro con hombro. Miro a Aoki, pero tiene los ojos vidriosos, con la mirada perdida, y juega distraída con las mangas de su bata.

—Ahora Mariko está marcada —explica Wren por lo bajo—. No podrá conseguir trabajo, ni casarse. O se muere de hambre o busca trabajo en los únicos sitios que pueden aceptarla.

—¿Las casas de prostitución?

Asiente, y aprieto los labios para contener las náuseas.

Cuando volvemos a nuestros dormitorios, llamo a la puerta de Blue. No responde, pero entro de todas formas.

Está de pie junto a la ventana, mirando hacia el exterior. La luz de la mañana que se filtra por los postigos semicerrados dibuja su contorno con un dorado pálido. Hay algo muy doloroso en la tensión con la que sostiene su cuerpo, como si estuviera buscando la manera de mantenerse unida. Como si fuera a desarmarse trozo a trozo, como si sus brazos, sus piernas, sus articulaciones fueran a desprenderse en un desmantelamiento torpe si se soltara tan solo un poco.

—Blue… —empiezo.

Me interrumpe en voz baja.

—Vete. —Se le quiebra la voz. Repite la palabra en un tono más alto, sacudiendo la cabeza—: ¡Vete!

—Estoy aquí —insisto, y me acerco—. Solo quería decirte que, si alguna vez necesitas hablar o algo, estoy aquí.

Blue se da la vuelta. Tiene el rostro bañado en lágrimas, los ojos desorbitados.

—¡He dicho que te vayas! —chilla, y se lanza hacia mí.

Salgo a toda prisa y no me detengo hasta que llego a mi cuarto. Una vez dentro, me acerco a la ventana y respiro hondo; me tiemblan los dedos contra la rejilla de madera. Tardo un buen rato en calmar mi respiración, e incluso entonces sigo oyendo en mi cabeza los gritos de Mariko.

Esa misma noche decido escribir a mi casa.

Hace meses que escribo cartas positivas y hago bromas, como si fuera un día más en la herboristería. Pero esta noche no puedo. Fuera, el viento aulla y hace crujir y chirriar el edificio. A lo lejos se oyen truenos. En Xienzo, los inviernos son aún más duros, e imagino a mi padre y a Tien en el huerto, envueltos en pieles mientras quitan la escarcha con dedos helados a nuestras plantas moribundas, exhalando nubes de vapor.

Esto no está bien. *Yo* debería estar allí. Debería estar con ellos, congelándome los dedos y exhalando nubes de vapor.

Tardo un rato en encontrar la forma de expresarme en el carta sin revelar demasiado, pero lo consigo al tercer intento. No sé si mi padre y Tien llegarán a leer esto. Aún no he tenido noticias de ellos, a pesar de que les he escrito con regularidad durante todo este tiempo, y si soy sincera conmigo misma, sé por qué. No es difícil advertir cómo Dama Eira elude responder cada vez que le pregunto por las cartas.

No obstante, algo hace que siga escribiéndolas.

Quizá sea la sensación de conectarme con mi padre y con Tien, aunque sea solo en mi imaginación. O porque sé que es el único vínculo que me queda con mi hogar y dejar de escribir sería como reconocer que he perdido las esperanzas de volver.

Esta noche, mi carta es breve.

Querido Baba:

¿Te acuerdas de aquel día que fuimos al arroyo donde encontraste a Bao y nos quedamos hasta que se puso el sol, con los pies en el agua, y el aire estaba tan quieto y silencioso que solo se oía el canto de aquel pájaro?
Bueno, hoy ha sido un día casi tan bueno como aquel.
Te echo de menos como nunca.

Con todo mi amor,
Lei

Las lágrimas me nublan la vista mientras enrollo la carta. Aquel día hacía justo un año que habían atacado nuestra aldea y que se habían llevado a Mama.

Fue uno de los peores días de mi vida.

Estoy a punto de acostarme cuando percibo movimientos en el pasillo... y de alguna manera, sé que es Wren, saliendo de la Casa de Papel.

La ira vuela por mis venas, tan repentina e intensa que hasta yo me sorprendo. Me levanto de un salto. Cómo se atreve. Cómo se *atreve*, justamente hoy, cuando sabe muy bien lo que podría pasarle si la descubren.

Y lo que sería de *mí*.

Espero todo lo que puedo y la sigo. El viento me castiga la piel mientras corro por los oscuros jardines. El aire me resulta demasiado frío. Antes de salir, me he puesto un grueso abrigo de brocado sobre el camisón, pero mis pies están descalzos y el suelo helado me congela los dedos. Mi pelo golpea mis mejillas doloridas.

Tardo más de lo previsto en llegar al bosque de pinos donde vi desaparecer a Wren en aquella otra ocasión. Me interno en él y sigo caminando en línea recta, con la esperanza de que sea la dirección correcta. Al cabo de unos minutos, empieza a preocuparme la posibilidad de no encontrarla, pero mientras avanzo por encima de las raíces cubiertas de musgo y las ramas espinosas, puedo oír algo. Amortiguados por el ruido del viento, distingo sonidos de esfuerzo, jadeos, hojas aplastadas. Algo oscuro y horrible se enciende en mi vientre. No... no puede ser.

¿O sí?

Segundos después, salgo a un claro. Los largos troncos de los pinos se cierran por arriba formando un techo con sus hojas. Y en el centro: Wren y el lobo. No haciendo lo que yo temía, sino otra cosa, algo peor.

Están peleando.

Tengo el corazón en la boca. Estoy a punto de lanzarme para apartarlo de ella, cuando observo que ninguno de los golpes llega a completarse; solo consisten en un rápido contacto para indicar que han dado en el blanco. Sus movimientos parecen practicados y familiares, casi como una danza. El cabello de Wren se levanta cuando esquiva una patada. Responde con un puñetazo y el lobo se impulsa hacia atrás con sus fuertes patas. Están entrenando.

En ese momento, Wren gira con un salto... y me ve.

Sus ojos vuelven a ser del mismo blanco helado que aquella noche bajo el teatro. Tardan un segundo en volver a su color habitual. Cae al suelo con las piernas abiertas, pero se incorpora de inmediato y se sacude el polvo de la ropa.

—Lei —dice agitada mientras camina hacia mí.

El lobo mira a su alrededor. Sus orejas se crispan cuando me ve, y con un latigazo de su cola entre gris y blanca, se da la vuelta, pero Wren lo detiene.

—¡Espera! —exclama—. Todo va bien, Kenzo...

—¡Ella no debería estar aquí! —gruñe.

—No va a delatarnos...

—¿Cómo lo sabes?

—¡Lo sé!

—¿Cómo lo...?

—¡Porque estoy enamorada de ella!

El grito de Wren casi se pierde con el viento, pero sus palabras me llegan con la misma claridad que si me las hubiera susurrado al oído. Todo parece aquietarse: el rumor de la tormenta inminente, el murmullo de los árboles al viento. Nuestros ojos se encuentran de un lado al otro del claro. La mirada de Wren, vívidamente feroz y a la vez de una suave belleza, retuerce algo dentro de mí. Siento los latidos de su corazón como si estuviéramos muy juntas, pecho contra pecho, mejilla contra mejilla; conozco sus latidos tanto como los míos.

Lanza una exhalación entrecortada y su rostro se suaviza.

—Y —agrega en voz baja, volviéndose hacia Kenzo— creo que ella también está enamorada de mí. Por eso, sí, confío en ella. *Podemos* confiar en ella.

Kenzo sigue mirándome con desconfianza. Wren le tira del brazo, medio humano, medio lobo musculoso y cubierto de pelaje. Sus labios se aflojan y cubren sus colmillos caninos. Pero sus orejas siguen alertas, y los tendones de su cuello, tensos.

—Así que así son las cosas —dice, y de su mandíbula alargada escapa una nube de vapor.

—Sí.

—Bueno, de todas formas no debería estar aquí.

Wren asiente.

—¿Nos das un minuto?

Con una última mirada cortante en mi dirección, el lobo gira sobre sus talones y se interna en el bosque.

Wren atraviesa el claro. En un instante, mi enfado se disipa. Las lágrimas me mojan el rostro incluso antes de que ella llegue hasta mí, y Wren frunce el ceño y me las enjuga.

—¿Lei? —dice examinando mi rostro—. ¿Qué te pasa? ¿Es por lo de Mariko?

Me hundo en sus brazos.

—Es por todo —respondo con voz ronca.

Me abraza con fuerza y espera hasta que mi respiración se calma. Luego se aparta y sujeta mi cara entre sus manos.

—Lo que has dicho —murmullo; siento las mejillas tibias por sus manos y por la dulce suavidad de su mirada—. Hace un momento. A Kenzo. ¿Era… es…?

—Sí —susurra.

Me quedo sin aliento.

—Yo… yo también.

Un suspiro escapa de sus labios cuando los separa. Con suavidad, presiona mi boca con la suya. Luego se aparta.

—Lo siento, Lei, pero tienes que volver a la casa. Este sitio no es seguro para ti.

Me enjugo las lágrimas con el dorso de las manos.

—De aquí no me muevo —le digo—. No sin que me digas lo que está pasando. —Cuando empieza a protestar, meneo la cabeza, entrelazo mis dedos con los suyos y la atraigo hacia mí—. Estás arriesgándolo todo. Tu vida y también la mía. Porque si a ti te pasa algo, no sé cómo podré soportarlo. Eres todo lo que tengo, Wren. Te necesito.

—Me *tienes*, Lei.

—Pues entonces dímelo. Basta de mentiras.

Nuestros ojos no se apartan. Y por un momento, ese es todo mi mundo: la sensación de la presencia de Wren, más cerca que un latido, y el brillo de sus suaves ojos pardos.

Aprieto sus dedos con afecto.

—Ya es hora.

Me observa en silencio. Luego, por fin, asiente.

—Todo lo que te he dicho hasta ahora es verdad —comienza, mientras aferra mis manos—. Te lo juro. Pero nunca te he explicado *por qué*. Por qué Ketai me rescató y me crio como parte de su familia. Por qué estoy aquí, en el palacio. —Se humedece los labios—. Porque cuando mi padre fue a las montañas de Rain tras los rumores de la masacre de los Xia, no solo buscaba supervivientes. *Sabía* que los habría. O, mejor dicho, que habría una. —Lanza un largo suspiro—. Yo.

»La noche de la masacre, el adivino de más confianza de los Hanno tuvo una visión de un bebé en la nieve. Mi padre se propuso encontrarlo con la intención de entrenarlo para continuar el linaje Xia. No solo porque únicamente uno de los Xia tendría la destreza necesaria para asesinar al rey, sino además, y lo que es más importante, porque solo ese único Xia que quedaba, y que había visto asesinar a todo su clan, tendría el intenso deseo de hacerlo.

Asesinar.

La palabra queda flotando en el aire, afilada como la hoja de una espada.

—El adivino no conocía el sexo del bebé —prosigue Wren—. Mi padre esperaba encontrar un varón, pero cuando me encontró a mí, se dio cuenta de que así sería mejor. Hay incontables asesinos hombres. El problema es acercarlos lo suficiente al rey. Una chica de ropa y modales elegantes podría acceder a lo que otros, no.

—Pero ¿y Kenzo? —la interrumpo—. ¿No podría él...?

Menea la cabeza.

—Mi padre y sus aliados han trabajado durante años para colocarlo en el puesto que tiene ahora. Lo necesitamos ahí. Una cosa es asesinar al rey, pero si la corte es leal a él, ¿de qué serviría? Kenzo es nuestro infiltrado de más alto rango. Su participación es crucial para llevar a cabo este cambio. Una vez que el rey esté muerto, él podrá ayudar a inclinar la corte hacia donde la necesitamos. Si estuviera bajo sospecha, no podría hacerlo.

—O sea que todo depende de ti.

Wren asiente, con los labios tensos.

—Por eso sabía que había una puerta trampa. Por eso sé cómo moverme de noche sin que me descubran. He estudiado el palacio desde niña, conozco cada rincón. Y al ser una Chica de Papel, puedo acercarme al rey sin que haya guardias cerca. —Sus ojos parecen de fuego—. Voy a hacerlo, Lei. Voy a matarlo.

Se oyen truenos, el viento resulta cada vez más frío y cortante. Pero el mundo me parece lejano, un espacio de quietud se abre en torno a Wren y a mí, un espacio que ocupa mi temor, por sus palabras, por nuestro amor y por el significado, la increíble importancia de lo que me está diciendo.

—Has estado a solas con él muchas veces —digo, aunque me cuesta pronunciar esas palabras—. ¿No podrías haberlo hecho ya? ¿La primera vez que te llamó?

Menea la cabeza.

—Primero deben alinearse otras cosas. El momento es crucial. Créeme, Lei, que si hubiera alguna manera de evitar acostarme con el rey, la habría encontrado. —Hace una pausa—. Mi padre la habría encontrado.

—Entonces, ¿no sabes cuándo será?

—Todavía no. Pero no falta mucho. Kenzo dice que ya todo está casi listo.

Como si él hubiera oído su nombre, se oyen pisadas sobre la hojarasca. El lobo vuelve al claro. Mantiene las distancias, pero nos observa, agitando el rabo cada cierto tiempo; sus ojos de bronce brillan a la luz de la Luna.

Wren me sujeta por las muñecas.

—Tienes que irte, Lei. Aún tenemos que entrenar un poco más.

Entrenar. Entonces entiendo de verdad lo que significan sus palabras. Ya me imaginaba que eso era lo que ella estaba haciendo, pero saberlo con certeza es otra cosa. Imagino a Wren en el túnel debajo del teatro, con los ojos blancos… pero esta vez es al rey a quien se acerca, y el corazón en el que clava la hoja es el del rey.

Por primera vez, me planteo si él realmente lo merece.

Es tan solo una idea pasajera. Porque al instante acuden a mi mente los esclavos de papel de la fiesta de koyo. La frialdad con que ordenó las ejecuciones de los prisioneros. Los gritos de Mariko, hace tan solo unas horas esta misma mañana. La boca caliente del rey sobre mi piel, la facilidad con que me desgarró la ropa; el dolor y el hambre de la semana siguiente.

Recuerdo lo que prometí durante las ejecuciones. Más que nada, quiero ser libre. No solo poder salir del palacio, sino ser libre también *fuera* de él. ¿Cómo puedo tener eso en un mundo cuyo rey permite que los demonios hagan lo que se les antoje a quienes consideran inferiores? ¿Cómo puedo vivir feliz cuando ahora sé lo que le sucede a la gente de papel en todo Ikhara?

¿Puedes imaginar un mundo en el que seamos libres de estar juntas?

De hecho, sí.

Llévame allí, Wren. Por favor.

Lo haré.

Así que era esto a lo que se refería.

—Lei —insiste Wren, después de echar un vistazo a Kenzo por encima del hombro—. Tienes que irte. Ahora.

Pero no me muevo.

—Déjame quedarme. —Las palabras salen de mí incluso antes de que yo misma sepa que estaban ahí—. Quiero ayudar.

Wren se aparta.

—¿Qué?

—Vais a asesinar al rey, y yo puedo ayudaros.

Wren se sorprende, en su frente se talla un surco profundo.

—No me importa arriesgar mi vida —responde con decisión—. Pero no voy a poner en riesgo la tuya. —Me tira del brazo—. Vamos. Te llevaré a casa.

—Pero…

Cierra los ojos.

—*Por favor*, Lei —me ruega, y su voz refleja tanto cansancio que no puedo seguir discutiendo. Al menos, no por ahora.

Volvemos en silencio a la Casa de Papel. Cuando llegamos a la entrada, Wren me da un beso en la coronilla.

—Lo que te he dicho iba en serio —murmura—. Te quiero. Y ya *estás* ayudándome, aunque no lo creas. Solo con quererme. Eso me da fuerzas. Me da algo más por lo que pelear.

Me muerdo para no responder; no confío en lo que puedo decir. Wren me abraza con fuerza; luego se da la vuelta y corre otra vez hacia el bosque con pasos largos.

Cuando llego a mi habitación, me acuesto en la esterilla y tiemblo, a pesar de las pieles que me envuelven. Clavo la mirada en el techo hasta que las sombras se desvanecen y en su lugar llega la luz débil de una mañana invernal. Desde aquella noche en el teatro, de alguna manera me había dado cuenta de que la destreza de Wren para la lucha y su linaje Xia no eran una mera coincidencia. Pero ahora al fin es una realidad.

Pronto, en algún momento, ella intentará matar al rey.

Y es una pelea que puede perder.

Quiero levantarme, correr de nuevo hasta el claro iluminado por la luna, rogarle que lo piense. Aunque el rey deba morir, tiene que haber alguna manera de que eso pueda pasar sin que Wren también tenga que arriesgar su vida. Vuelve a mi mente aquel día en el teatro, la concentración y el hielo en su mirada mientras se acercaba al asesino en el túnel. Cómo la magia de los Xia se apoderó de ella y le dio más fuerza de la que debería tener una chica humana. Tal vez eso baste. Tal vez los años de entrenamiento y su linaje guerrero puedan protegerla.

Pero se trata del Rey Demonio.

El rey, con su fuerza de toro y sus músculos magros, como de acero. Su voz profunda y atronadora. Recuerdo la mirada salvaje que desprendían sus ojos aquella noche, en la fiesta de koyo, y también antes de eso, cuando me arrojó sobre su cama y me sentí más humana y frágil que nunca.

Me estremezco y recojo las rodillas contra mi pecho. Porque detrás de su linaje Xia y, a pesar de lo increíble que es ella para mí, en última instancia Wren es solo eso: una chica humana. Y a todas nos han enseñado lo que le pasa al papel que osa desafiar a los demonios.

Lo desgarran.

29

A la mañana siguiente, Aoki llega a mi puerta justo cuando estoy saliendo para ir a la suya.

Las dos lo decimos al mismo tiempo.

—Lo siento.

La abrazo y ella me rodea la cintura con sus brazos, entre risas y sollozos.

—Creía que sería más difícil —suspira contra mi pecho.

—No —respondo, y la estrecho con más fuerza—. Debería haber sido más fácil. Lo siento mucho. Algunas de las cosas que te dije esa noche…

Carraspea.

—Y las cosas que dije yo, también. —Nos separamos y me sonríe débilmente, aunque su expresión sigue seria—. Solo prométeme, prométeme que tendrás cuidado, Lei. No soportaría que te ocurriera algo. Después de lo que le pasó ayer a Mariko…

El eco de sus gritos parece resonar aún en el pasillo.

—Sí —respondo—, fue terrible. Y me hizo pensar en lo tonta que fue nuestra discusión. Podría haberme pasado a mí y si eso hubiese sido lo último que nos hubiéramos dicho…

La nariz pecosa de Aoki se frunce cuando dice con firmeza:

—Eso no va a pasarte a ti. —Sus dedos se cierran en torno a mi muñeca—. Aún no me has prometido que tendrás cuidado.

—Te lo prometo —miento.

Aoki asiente, aparentemente satisfecha. Luego vacila.

—¿Lei? —dice con suavidad—. Sabes que esta noche te llamarán, ¿verdad?

Sus palabras me erizan el vello de los brazos. Por supuesto que sabía que tenía que ocurrir. La única razón por la que no me llamaron anoche fue que el rey estaba ocupado encargándose de las consecuencias de la aventura de Mariko. Pero ya han llamado al resto de las chicas, así que solo era cuestión de tiempo.

Ahora tengo claro que me ha dejado para el final con la idea de torturarme.

Recuerdo la declaración que Wren me hizo anoche, sus latidos contra los míos. *Te quiero… Eso me da fuerzas. Me da algo más por lo que pelear.*

—Lo siento —murmura Aoki—. Ojalá yo pudiera hacer algo.

—Solo me alegro de haberte recuperado. —Me obligo a sonreír, y agrego, en el tono más despreocupado que puedo—: Pero tenemos que ponernos al día con nuestras novedades. En tu ausencia, Blue ha pasado a ser mi mejor amiga y hemos creado un círculo de discípulos devotos de Madam Himura. Nos llamamos Piquitos de Oro.

Aoki ríe.

—¿Cómo me hago miembro?

Pero en cuanto empezamos a caminar, tomadas del brazo, hacia el patio de baño, se nos borran las sonrisas. Seguimos en silencio y la advertencia de Aoki sobre las intenciones que tiene el rey de llamarme esta noche, me aprieta el cuello como un nudo resbaladizo que se va cerrando poco a poco.

Tal como Aoki lo predijo, ese mediodía, el mensajero real entrega mi nombre.

Tomo con dedos temblorosos el trocito de bambú que me entrega Madam Himura, sin oír una sola de sus palabras. Me cuesta mucho trabajo no mirar a Wren. Está observándome; su mirada es como una llamada, un canto que siempre quiero responder. Pero mantengo los ojos bajos mientras Madam Himura les ordena a las chicas que se retiren. Necesito toda mi fuerza de voluntad para permanecer sentada, simulando estar en calma, y no arrojar el trocito de bambú directamente al rostro presumido de Madam Himura. Tampoco puedo ver la expresión de Wren.

Las chicas salen en fila. Wren pasa lentamente.

—Tú también, Wren-zhi —le dice de forma enérgica la mujer águila.

Miro hacia abajo, esperando que Wren salga. Momentos después, oigo cerrarse la puerta.

—Bien —dice Madam Himura cuando nos quedamos solas.

Lavanto la mirada y nuestros ojos, dorados y amarillos, se encuentran.

—Ya sabes lo que pasará si vuelves a fallarme.

Aprieto los dientes.

—Sí, Madam Himura.

Da un golpe con el bastón en el suelo y me hace una seña con un brazo emplumado, como despidiéndome.

—¡Rika! Lleva a Lei a su clase de ye.

El viaje hasta las Casas de Noche pasa volando. Cuando llegamos a la habitación de Zelle, estoy un poco nerviosa por verla después de lo ocurrido la última vez, pero me recibe con calidez, sin rastros de enfado ni sospecha.

—No tuve oportunidad de darte las gracias —le digo mientras me arrodillo frente a ella en la esterilla de bambú—. Por no contarle a Madam Azami lo que estaba haciendo en su oficina.

Zelle levanta un hombro, y su pelo oscuro se derrama sobre las orejas con ondas suaves.

—Habría más problemas de los necesarios. Además, no puedo culparte por querer averiguar qué fue de tu madre. —Hace una pausa—. Lamento que no haya sido el resultado que esperabas.

Bajo la mirada hacia mi falda.

—Gracias.

—Yo también perdí a mi madre, ¿sabes? —dice.

Levanto la cabeza, sorprendida.

—¿Sí?

—Era cortesana —prosigue Zelle, con cierta rigidez en el cuello. Pasa una mano por el vestido de seda verde viridiana que tiene puesto hoy y con las uñas pellizca las hebras plateadas que trazan el motivo de la tela—. Como yo, que estoy aquí para los demonios del palacio que tengan una fijación sexual con la gente de papel. Madam Azami nos da a todas un medicamento para evitar los embarazos, pero no siempre da resultado, y una vez que una cortesana tiene un bebé, ya no se le permite trabajar.

Pienso en Mariko.

—¿Y qué fue de ella?

—Inmediatamente después de tenerme, la enviaron como regalo a uno de los representantes de la corte en Jana. Nunca llegué a conocerla.

—Cuánto lo siento.

Zelle menea ligeramente la cabeza.

—Así es la vida en el palacio —dice, con un dejo de amargura en su sonrisa ladeada.

—¿Alguna vez… has pensado en escapar? —le pregunto en voz baja.

Le brillan los ojos.

—Cada segundo.

No tengo ni idea de cómo responder a eso, así ambas permanecemos en silencio. Al cabo de un rato, Zelle dice:

—Me he enterado de lo de Mariko. ¿Sabes? No es la primera vez que sucede. Algunas chicas se las ingenian para mantener sus romances en secreto, pero es fácil que las descubran. Yo misma me salvé por muy poco varias veces.

—¿Tienes un amante? —le pregunto, boquiabierta.

—Por supuesto —responde, con un giro frívolo de la muñeca—. De hecho, tengo cientos. Es mi trabajo, ¿no? —Me guiña un ojo, pero hay un matiz sombrío en su expresión cuando prosigue—: Sí, tuve un amante propio, no un cliente. Aunque hace ya un par de años.

Me inclino hacia adelante.

—¿Pudo preguntar qué pasó?

—Murió —responde Zelle simplemente.

—Ah. Yo… lo siento.

—No te preocupes —responde, y se encoge ligeramente de hombros. Mira hacia la ventana, bajo la luz grisácea su rostro parece una máscara entre blanca y gris—. Ya lo he aceptado. De todas formas, si aún estuviera con vida, a la larga nos habrían descubierto. Y los dos estaríamos muertos.

Una vez más, nos quedamos en silencio. Seguramente Zelle percibe mi estado de ánimo, porque no me presiona para comenzar con la clase. Hoy el día ha amanecido muy frío y el viento sopla con fuerza, pero su habitación está templada; la luz de los farolillos se refleja en su cabello brillante y hace temblar nuestras sombras.

Mientras estamos allí en silencio, una idea insensata empieza a invadir mis pensamientos. Una sensación cruda, temeraria. No he dormido en toda la noche, pensando en Wren y en sus planes para matar al rey durante las largas horas oscuras. Desde que me he enterado de todo, mi corazón oscila entre el desafío y el miedo. A veces no puedo dejar de pensar en lo poderoso que es el rey y en lo delicada que es la complexión humana de Wren. En lo inútil que ha sido creer que podemos desafiarlo tan solo con nuestro amor y nuestra esperanza. Pero al ver mi nombre en el trocito de bambú durante el almuerzo, me ha quedado aún más claro que, si no hacemos nada, pasaremos así el resto de nuestra vida: esperando a que alguien nos llame para hacer algo que no soportamos hacer. Ya sea que, después de nuestro año como Chicas de Papel, nos convirtamos en esposas de generales o nos quedemos en el palacio como cortesanas, o artistas, o dueñas de casas de té, todo será una actuación. Y nunca seremos más que actrices en nuestra propia vida.

La primera vez que besé a Wren, decidí que no permitiría que esa vida se convirtiera en mi futuro. Quizá no lo sabía en aquel momento, pero eso fue aquel primer beso: una promesa. Un sello. No para Wren, sino para mí misma.

No pasaré el resto de mi vida como prisionera.

—Yo sí tengo —digo de pronto. Las palabras me salen antes de darme cuenta siquiera de que estoy hablando. Me arriesgo a levantar la mirada, para espiar la reacción de Zelle—. Un... un amante.

Me sonríe levemente.

—Lo sé —responde, y no puedo evitar reír.

—¿Tan obvio es?

—Fue obvio ya desde nuestra primera clase. —Ladea la cabeza—. Pero ahora las cosas han avanzado un poco más, ¿no?

Asiento.

—Estás enamorada.

Mi respuesta sale clara y desafiante.

—Sí.

Zelle me observa, impasible. Luego suspira y une las manos sobre su falda.

—No sé qué decirte, Nueve —dice, con voz cansada y cierta tensión en los hombros—. Me gustaría decirte que os deseo toda la felicidad del mundo, y así es. Claro que sí. Pero eres una Chica de Papel. La concubina del rey. Eso te hace de él y de nadie más.

No sé qué reacción esperaba, pero no era esta. Me lleno de ira. Pensaba que Zelle me entendería mejor que nadie.

—Tú me has enseñado que mi poder está en lo que pienso y en lo que siento—le recuerdo, con un nudo en la garganta.

—Y así es. Pero me refería a que siempre tendrás algo que el rey jamás podrá quitarte. El amor solo te hará las cosas más difíciles.

—¿De verdad? ¿Para ti fue así?

—Aún lo es. —Me mira intensamente—. Lo más peligroso que puede hacer una mujer como nosotras es enamorarse.

—No estoy de acuerdo.

—Ah, ¿no? ¿Y qué crees tú que es el amor, entonces?

—Algo necesario. Poderoso. Quizá lo más importante que puede hacer una mujer como nosotras. —Imagino la sonrisa de Wren, la forma en la que su cuerpo se adapta al mío. Mis palabras brillan con la verdad, la verdad de Wren, nuestra verdad—. El amor es lo que nos da esperanza. Lo que nos ayuda a superar cada día.

Zelle levanta el mentón y arquea las cejas.

—¿Y qué me dices de las noches? ¿También te ayuda a superarlas?

—Supongo que pronto lo averiguaremos.

Por primera vez, algo casi semejante al enfado cruza por los rasgos de Zelle.

—No vuelvas a negarte a estar con él, Nueve. Lamento que tengas que pasar por esto, en serio, pero tienes que encontrar la manera de soportarlo. De contener tus verdaderos sentimientos. Porque si él se entera de que te has entregado a otra persona, no le bastará con marcarte… Te *matará*.

—Pues que lo intente —gruño. Mis uñas se me clavan en las palmas de las manos—. Tal vez alguien acabe matándolo primero a él.

Se me escapa antes de que pueda detenerme.

Zelle me mira, sorprendida.

—Eh… quiero decir —me corrijo rápidamente— que tal vez *yo* no lo tolere más.

—¿Y qué piensas hacer en ese caso? ¿Cómo vas a enfrentarte al rey? No eres una guerrera. Apuesto a que no sabes ni utilizar un arma. ¿No solías trabajar en una herboristería?

Sus palabras me hieren, aunque no las dice con crueldad.

Entonces sonrío. Porque sí, yo solía trabajar en una herboristería.

Y puede que eso mismo sea lo que me salve.

Elaboro mi plan en el carruaje, durante el viaje de regreso a la Casa de Papel.

Cuando me he enterado de que yo sería la siguiente a la que el rey llamaría, he pensado que simplemente tendría que aceptarlo. Anoche, Wren me dijo que sus planes para matarlo se llevarían a cabo pronto. Quizás esta sea la única vez que tenga que ir a su habitación hasta que podamos marcharnos de aquí. Tal como me lo ha pedido Zelle, estaba dispuesta a soportarlo. Por eso he evitado mirar a Wren tras el anuncio. Mirarla, ver el dolor en sus ojos, me lo habría hecho un millón de veces más difícil… cuando ya es imposible. Pero cuando Zelle ha mencionado mi trabajo en la herboristería me ha hecho pensar que tal vez esta noche sí que tengo una manera de defenderme.

Quizá no pueda matar al rey, pero al menos puedo retrasarlo. Y tal vez esto le demuestre a Wren que pueden contar conmigo para que los ayude a acabar con él.

—Necesito tu ayuda —le digo a Lill rápidamente en cuanto entro en mi habitación. Me inclino y la sujeto por los hombros—. Hay algo que necesito hacer esta noche, antes de ir con el rey. ¿Crees que puedas distraer a Madam Himura y a las criadas por mí? ¿Solo unos minutos?

Se tensa.

—Pero, dama, las criadas ya están aquí...

—Diles que no me siento muy bien. Que solo necesito un poco de aire fresco.

Sus orejas peludas se crispan.

—Si está enferma, tal vez deberíamos pedir un médico —masculla, mordisqueándose el labio inferior.

—¿Recuerdas que me crie en la herboristería de mis padres? Solo quiero prepararme un medicamento rápido para calmar mis nervios. —Lill aún no parece convencida, así que prosigo—. Después de lo que ocurrió la última vez, realmente necesito impresionar al rey. Entiendes eso, ¿verdad? Solo algunas hierbas. Es todo lo que necesito para calmarme. Y luego estaré lista para él.

Al menos, esto último es verdad.

Al instante, Lill sonríe con ganas.

—¡Tendría que haber empezado diciéndome que era para eso, dama! ¡Por supuesto que la ayudaré con cualquier cosa que la favorezca con el rey!

Le doy un abrazo, intentando hacer caso omiso de la culpa que siento por mentirle.

Horas más tarde: el cielo estrellado, las calles del palacio iluminadas por el resplandor variable de los farolillos y el viento helado. Esta vez me escoltan quince guardias mientras atravieso la fortaleza del rey. Me muerdo para no reírme de lo rídículo que resulta que todos estos demonios con sus armaduras y sus armas listas para atacar, tengan que vigilar a una chica humana cuyo único armamento son un ridículo vestido y un puñado de hierbas que guarda en la faja que lleva en la cintura.

Encabeza el grupo el mayor Kenzo Ryu, o el lobo de Wren, como he llegado a pensar en él, no sin algo de celos. Cuando nos acercamos a la puerta del rey, me sujeta por el brazo y se me acerca aún más, así que puedo percibir su natural olor almizclado. Me recuerda a la hierba que crece más allá de mi pueblo en los campos, al aroma de la tierra calentándose al sol. Aunque anoche nos vimos, ahora tengo la oportunidad de mirarlo bien de cerca. Es joven para el rango; tendrá, como mucho, diez años más que yo, y entre su armadura asoma su pelaje de lobo gris, que también le cubre el apuesto rostro de mandíbula alargada. Bajo su labio superior se alcanzan a ver apenas los extremos de sus colmillos caninos.

Durante los últimos meses, me he acostumbrado a convivir con las castas de acero y de la Luna, pero no se me escapa su naturaleza de depredador.

Más vale que no esté enamorado de Wren. La idea aparece en mi mente en un arranque de humor disparatado. Porque de *esa* pelea, decididamente no sería yo quien saldría viva.

El resto de los soldados se quedan atrás mientras el lobo me conduce hasta la puerta del rey, con una suavidad sorprendente a pesar de su tamaño.

—Lo siento —dice de pronto por lo bajo.

Levanto el mentón para mirarlo, pero él me aprieta el brazo a modo de advertencia.

—Ojos al frente. —Su voz es un gruñido profundo y ronco, pero a la vez, en cierto modo, cálido, como el murmullo reconfortante de los ronquidos de una persona a la que quieres—. Por tener que entregarte al rey —explica—. Lo siento.

—Con suerte, será la última vez —murmuro.

Sus ojos de bronce me miran un segundo y luego llama a la puerta.

—Eso espero.

Esta vez no hay ningún empujón. Ningún susurro de «puta». Cuando se abren las puertas, tomo aire profundamente y entro. Me envuelve la oscuridad. Durante un momento permanezco quieta: me quedo intentando respirar, contener las náuseas, detener mi pulso vertiginoso.

—De nada sirve que te escondas, Lei-zhi.

La voz atronadora del rey me sobresalta. La distancia y la forma del túnel la distorsionan y le dan una presencia casi física, como un trueno en la oscuridad. Giro los hombros para relajarlos y empiezo a caminar lentamente. Mientras estoy al amparo de la oscuridad del túnel y mis pasos resuenan en las paredes arqueadas, paso los dedos por la faja de mi vestido. La llevo amarrada a la cintura por encima de la seda recogida de mi ruqun, con un nudo firme para sostener todo en su sitio, y al palpar la forma reconfortante del pequeño atado envuelto en hojas que también sostiene, se me acelera el corazón.

No se puede domar el deseo. Eso fue lo que me dijo el rey la primera vez que estuve aquí.

Pues bien, mi rey, deberías ver cuán indomable te hace el *amor.*

Sus aposentos están tal como los recuerdo. Las velas dan al aire un resplandor de color rubí, y el intenso aroma me hace cosquillas en el fondo de la garganta. Pero esta vez hay algo diferente mientras cruzo la sala cavernosa hacia donde se encuentra el rey, observando mi llegada, arrellanado en su inmenso trono.

Yo.

La primera vez que crucé esta habitación, me temblaban tanto las rodillas que apenas podía caminar. El miedo me consumía por completo, como un veneno. Una parte de mí quería complacer al rey. Me había comprometido a ser una Chica de Papel, creyendo que era la única opción que tenía para salvar a mi familia.

Ahora camino hacia él con el conocimiento de que esa parte de mí desapareció hace mucho.

—No estaba escondiéndome, mi rey —respondo, y mi voz resuena en las paredes altas. Hablo con voz firme—. Solo estaba… preparándome para verlo.

—¿Todavía me tienes miedo?

Se regodea al preguntarlo. *Quiere* que tenga miedo.

—Sí —respondo, y detesto que no sea del todo una mentira.

En la sonrisa ladeada que me dirige detecto algo tenso, algo crudo y salvaje que me recuerda cómo estaba aquella noche, en la fiesta de koyo. Tiene la bata de color ébano abierta en el pecho y se ve el relieve de sus músculos firmes.

Mi mirada se desvía hacia la botella de sake que está sobre la mesa.

—Ven aquí —ordena.

Obedezco, y la falda larga de mi atuendo susurra al rozar el suelo de piedra. Acabo de arrodillarme a sus pies cuando aferra un puñado de mi ropa. Tira de mí hacia adelante con tanta fuerza que tengo que alzar las manos para no golpearme la frente con el oro marmolado de su trono.

—No es necesaria tanta formalidad, Lei-zhi —dice con una sonrisa cortante y se me acerca con lascivia en sus ojos velados—. Ya te he visto desnuda, ¿lo has olvidado? Te muestras remilgada, pero sé que todas las Chicas de Papel estáis siempre ansiosas. Tanto que hasta sois capaces de abriros de piernas para algunos de mis soldados. ¡Imagínate! —Mientras levanta la voz, su saliva me salpica el rostro—. ¡Un soldado raso, cuando han compartido la cama con el rey!

Su aliento apesta a alcohol. Hago una mueca de dolor cuando me abre el escote con fuerza y descubre mi cuello y la pequeña curva de mis pechos.

Me invade el pánico. Vuelvo a mirar la botella de sake. Pensaba que querría hablar como la última vez, que me daría tiempo para poner en práctica mi plan.

—M… Madam Himura ha expulsado a Mariko —comento, en un intento de distraerlo. En mi voz se mezclan cantidades iguales de ira y miedo, y me parecen tan iguales ahora, calientes, encendidas, desafiantes, que es difícil imaginarlas por separado—. El médico le talló la palabra *podrida* en la frente para que todos sepan lo que ha hecho.

La risa del rey resuena en la habitación.

—Esa chica ha obtenido su merecido. Nadie me traiciona y se sale con la suya.

Aprieto la mandíbula.

—¿Son muchos los que lo traicionan, mi rey?

Se le abren las fosas nasales.

—Una cantidad sorprendente —responde con labios agrietados—. Cualquiera pensaría que mi gente estaría agradecida por lo que he hecho por ella. Por todas las comodidades y las riquezas que he compartido. Los esfuerzos que he hecho para detener la Enfermedad. —Me atrae hacia él, me acaricia el mentón con un dedo calloso y su aliento caliente me empuja sobre las mejillas algunos mechones del peinado que con tanto cuidado me han hecho las criadas—. Y tú, Lei-zhi, dime… ¿estás agradecida por lo que te he dado?

—Claro… que sí.

—La última vez huiste de mí.

Me humedezco los labios.

—Estaba asustada…

—He hecho todo lo que estaba a mi alcance para que estuvieras cómoda. Te he dado un hogar. Me he asegurado de que pudieras distraerte. Y cuando viniste a mí aquella primera vez, hice que prepararan tus comidas preferidas, conversé contigo, te conté cosas. —Me sujeta por la nuca y su mano es tan grande que sus dedos se unen por delante y presionan la base de mi garganta. Sus fríos ojos perforan los míos—. Y aun así huiste. Aun así me humillaste. Así que te pregunto una vez más, Lei-zhi. ¿Estás agradecida por lo que te he dado?

Me obligo a responder.

—Sí, mi rey.

Me suelta, inhalo profundamente y me llevo los dedos al cuello.

—Entonces demuéstramelo —ordena—. Demuéstrame cuán agradecida estás.

La intención de sus palabras me da escalofríos. De reojo, me concentro en la botella de sake, visualizo las hierbas en la palma de mi mano mientras las arrojo disimuladamente dentro de la bebida y al veneno fundiéndose con el líquido.

—P… permítame bailar para usted —propongo; mi voz empieza a salir más aguda. Sosteniendo mi manga drapeada, extiendo la mano para alcanzar la botella—. Madam Chu nos ha enseñado una nueva rutina que creo que será de su agrado. Le serviré un trago mientras me mira…

—¡Basta!

El bramido del rey me arranca de mi esfuerzo. Me aparta la mano de un golpe y lanza la botella con tanta fuerza que tira los vasos que están junto a ella y que se hacen añicos contra el suelo. La luz escarlata de las velas se refleja en los trozos.

—¡Eres tú quien necesita un trago si piensas que te he traído aquí para verte bailar!

Aferra mi rostro, me aprieta las mejillas para obligarme a abrir los labios y me vierte el sake directamente en la boca. Me atraganto. El alcohol provoca que me arda la garganta. Estoy a punto de vomitar, pero el rey se ríe y me sujeta hasta que tengo la ropa empapada y no paro de toser y de ahogarme, con los ojos cerrados y la piel pegajosa por el líquido.

Cuando la botella está vacía, me arroja hacia un lado. Me doblo en dos y hago el amago de vomitar. Las gotas caen al suelo cerca de mis manos.

—¿Crees que no entiendo lo que te propones? —ruge, con los brazos abiertos y los puños cerrados—. No puedes esconderte de mí para siempre, Lei-zhi. Este es mi palacio. ¡Mi *reino*!

Su atronadora voz hace temblar toda la habitación y agita las velas flotantes. Me pongo de pie, mareada. Miro con desesperación los trozos de cristal esparcidos a mi alrededor y el vino de arroz derramado. El líquido en el suelo me hace entender que ya no podré usar las hierbas que había tomado del huerto de la cocina para envenenarlo. Le habrían provocado espasmos en el vientre y lo habrían descompuesto hasta el punto de que no hubiese podido moverse durante el resto de la noche, lo que me habría dado al menos un día más.

Habría sido solo un aplazamiento temporal. Pero tal vez habría bastado. Tal vez, después de esta noche, Wren habría conseguido atacar al rey antes de que él pudiera atacarme a mí.

Cuando el rey se lanza sobre mí, me doy la vuelta rápidamente, recojo las capas de mi falda y echo a correr. Pero no he dado más que unos pasos cuando sus manos me atrapan. Me levantan en el aire. Y con un bramido, me arroja al suelo.

Se me abre el pómulo.

El dolor me atraviesa, me fisura el cráneo.

En un instante, me envuelve la sombra del rey cuando se apoya sobre mí. Acerca su boca a mi oído y susurra, casi como un canturreo, como una especie de arrullo vil y retorcido:

—*Yo* ordené el ataque a tu pueblo, Lei-zhi. Mis soldados me dijeron que mataron a todas las mujeres que se llevaron ese día… incluso a tu adorada madre.

Y entonces aferra las sedas de mi ropa a la altura de mi cintura y las desgarra, mientras yo lanzo un grito que nadie más puede oír.

30

Ni siquiera los soldados del rey pueden ocultar su conmoción cuando al fin salgo de los aposentos del rey tambaleándome.

No tengo ni idea de cuánto tiempo he estado ahí dentro. Podrían haber sido solo unos minutos. O toda una vida. ¿Cuánto tiempo se necesita para romper a una persona? ¿Para quitarle la voluntad, el fuego y el ánimo y aplastarla con los puños?

Cuando las puertas se cierran detrás de mí, se me aflojan las piernas. El lobo de Wren se adelanta para sujetarme. Me alza con suavidad, y los otros guardias observan en silencio mientras pasa, acunándome contra su pecho. El vestido desgarrado con el que me envuelve está ensangrentado. Aturdida, veo a los sirvientes mientras pasamos, cómo apartan la mirada. Incluso los de papel.

La vergüenza fluye a través de mí, como una marea constante, implacable.

Miro a Kenzo. Mi voz sale como un graznido.

—Van a sospechar de ti.

—No —responde, con la mirada fija al frente—. No lo harán. No es la primera vez que una chica sale de las habitaciones del rey en este estado.

Por debajo del dolor y del horror, siento una oleada de rabia.

—Lo odio —susurro, con las últimas fuerzas que me quedan.

Kenzo no responde, pero me acerca un poco más a él, y antes de perder el conocimiento entiendo que está de acuerdo conmigo.

Cuando vuelvo en mí, ya no percibo el olor reconfortante del lobo de Wren. Oigo voces que susurran a mi alrededor. La presión suave de una mano sobre la mía. Debo de estar en mi habitación, en la Casa de Papel. Intento moverme, pero el intenso dolor que recorre todo mi cuerpo estalla y me obliga a quedarme quieta. Antes no me dolía tanto. Lo más probable es que mi mente haya bloqueado el dolor mientras el rey me quitaba lo que me he negado a darle durante tanto tiempo.

Así lo he sentido. Como un arrebato. Un robo.

Abro un poco los ojos y hasta eso me duele.

—¡Está despierta!

Lo primero que veo es el rostro de Aoki. Su mano es la que envuelve la mía, se inclina sobre mí con los ojos tan abiertos que lo único que puedo ver es un mar verde e intenso. Luego se aparta y aparece Wren.

La expresión que tiene. Apenas puedo mirarla.

—Dioses, Lei —susurra, luego acerca su frente hacia la mía—. Lo siento tanto, tanto…

Me humedezco los labios agrietados.

—El lobo. Él…

Me dirige una mirada de advertencia.

—¿Te refieres al mayor Ryu? Sí, el te ha traído. Te ha acompañado hasta aquí.

Cierro los ojos.

—Qué amable —murmura Aoki.

Se oye una puerta que se abre.

—El médico ya viene, damas. No tardará mucho.

Me da un salto el corazón al oír la voz de Lill. Aunque mi plan ha fracasado, ha sido ella la que lo ha hecho posible.

Y entonces, lo recuerdo. Mi plan. Las hierbas.

Las hierbas *venenosas*.

Me incorporo de repente. El dolor estalla dentro de mí. Aoki y Wren intentan que vuelva a tumbarme, que me tranquilice, pero me resisto, con los ojos desorbitados.

—¿Y mi ropa? —exclamo.

—Lei —dice Aoki—, necesitas descansar…

Pero ya estoy casi gritando.

—*¿Dónde está mi ropa?*

Lill recoge un trozo de tela desgarrada y a la luz del farolillo puedo ver el motivo de mi vestido: flores silvestres y enredaderas, entrelazadas en un caleidoscopio de magenta intenso y lapislázuli.

—Esto es todo lo que tenía encima —dice con pesar mientras me lo acerca.

Les echo un vistazo a las finas telas. Un sollozo me sacude y me dejo caer sin aliento

—¿Lei? —pregunta Wren mientras apoya los dedos suavemente sobre mi muñeca—. ¿Qué pasa?

Cierro los ojos.

—La faja —susurro—. No está.

Tengo que esperar hasta mucho más tarde, hasta que el médico y el hechicero me examinan y me curan las heridas con magia, y hasta que Aoki y Lill se van a dormir, para poder contarle a Wren mi plan de envenenar al rey.

Cuando termino me suelta la mano y ese gesto afloja algo dentro de mí.

—Entonces, ¿las hierbas se han quedado allí? —pregunta—. ¿En la habitación del rey?

—Sí.

—Si las encuentra… si *alguien* las encuentra…

Aprieto los dientes.

—Lo sé.

—¿Cómo se te ha ocurrido hacer algo así? No deberías haberte arriesgado tanto.

Me aparto ligeramente.

—Se me ocurrió —respondo con la voz ronca— porque no soportaba tener que acostarme con él.

Wren se pone seria.

—Lei…

—Y *se me ocurrió* que precisamente tú lo entenderías.

—Lo entiendo. Oh, cariño, por supuesto que lo entiendo. Lo siento mucho. —Sus dedos tibios recorren mi mejilla y van hacia atrás para sostener mi cabeza mientras se acerca y me da un beso en la frente—. Sabes cuánto me duele esto a mí también. Pero si hubieras conseguido envenenarlo, ¿no crees que los médicos reales lo habrían descubierto? Eso podría haber echado a perder todo el trabajo que hemos hecho hasta ahora. Podrían aumentar la custodia del rey. Impedir que lo viéramos. Incluso cancelar el Baile de la Luna. Y ni hablar de lo que haría el rey para castigarte.

Se me llenan los ojos de lágrimas.

—Yo… no he pensado en nada de eso. Solo… No soportaba la idea de tener que hacerlo. Ni siquiera una sola vez.

Con un suspiro, Wren me rodea con sus brazos y me sostiene con más fuerza.

—Oh, Lei. Claro que no. Cuánto lo siento. Si hubiera algo, *cualquier cosa*, que yo hubiera podido hacer para salvarte esta noche… —Se aparta y me examina el rostro.— ¿Quieres hablar de eso?

Eso.

Qué palabra tan pequeña, para todo lo que contiene.

Cierro los ojos con fuerza, intentando expulsar las imágenes. Pero sé que, por más que lo intente, no olvidaré jamás lo que ha ocurrido esta noche. Puede que los hechiceros me hayan curado las heridas, pero la brutalidad del rey sigue en mí. Vive en mi piel.

Respira en mis huesos.

Más que nadie, sé que hay heridas que pueden permanecer escondidas y aun así puedo sentirlas con mucha claridad, día tras día, año tras año.

—Todavía no —respondo al cabo de un momento.

Me sujeta las manos.

—Bueno, cuando necesites hacerlo, aquí estaré.

Asiento. Luego, ansiosa por cambiar de tema, pregunto:

—¿Qué vamos a hacer con el asunto de las hierbas? Tal vez pueda recuperarlas. Puedo volver a la habitación del rey con algún pretexto y…

—No —me interrumpe Wren—. Solo provocarías que sospechen. Y no voy a permitir que te acerques a ese monstruo. —Aparta la mirada, con el entrecejo fruncido, y luego asiente—. Se lo diré a Kenzo. Él debería poder recuperarlas antes de que las encuentre el rey.

—¿Te parece bien?

Sus labios se curvan en una media sonrisa.

—Es Kenzo. Algo se le ocurrirá.

Intento sonreír yo también, pero el rictus de mis labios está mal y solo esbozo una mueca. Luego caigo en la cuenta de lo que ha dicho hace un par de minutos.

—El Baile de la Luna —digo—. ¿No es esa la fiesta que da el rey para celebrar el Año Nuevo?

Wren asiente.

—¿Qué pasa con eso?

—Has dicho que te preocupaba que pudiera cancelarlo.

La expresión de Wren se vuelve tensa y de pronto lo entiendo. Durante todo este tiempo, hemos estado sentadas sobre mi esterilla de dormir, tan cerca que podíamos hablar entre susurros, pero ahora me aparto y digo con la voz hueca:

—Será entonces, ¿no es así? Ya te han dado la orden.

Baja la mirada y sus largas pestañas ocultan sus ojos.

—Kenzo me lo ha dicho hoy, cuando te ha traído. Está todo preparado.

—Faltan menos de cuatro semanas para el Año Nuevo —digo, con una risa apagada, sin humor—. ¿Sabías que también es mi cumpleaños? Bonito regalo me estás haciendo, Wren. Más vale que no te mueras, también, o será demasiado.

Lo digo como si fuera una broma, aunque retorcida. Pero ella endurece la mandíbula y aparta los ojos, y entonces caigo en la cuenta.

—Oh, dioses. —Me pongo de pie, presa de un súbito frenesí.

Wren extiende la mano, pero retrocedo contra la pared y meneo la cabeza; siento en los oídos el fluir de mi sangre y las fuertes pulsaciones de mi corazón—. Dime que hay un plan de escape, Wren. Dime que van a sacarte de aquí.

Vacila.

—Van a hacer lo que puedan.

Ninguna de las dos se mueve cuando suena el gong matutino. Empiezan a oírse pasos y voces en el pasillo. La normalidad de todo eso parece absurda, casi obscena. ¿Cómo es posible que el mundo siga adelante cuando esta bonita chica está admitiendo cuál será su destino, cuando aún puedo sentir el dolor de la furia del rey marcado en mi cuerpo?

¿Cómo podemos volver a esa vida, sabiendo lo que ahora sabemos? *¿Sintiendo* lo que ahora sentimos?

—Crees que no podrás escapar —adivino sin apartar la mirada de los ojos de Wren.

—Lei…

—¡Dime la verdad! Piensas que no tienes esperanzas de salir. Que, una vez que lo mates, van a capturarte.

Algo se afloja en su rostro. Al cabo de un segundo, murmura:

—Sí.

La palabra me corta, me parte en dos.

—Por eso no querías decírmelo. Sabías lo que iba a… no querías… no querías hacerme daño.

Asiente apenas.

No puedo respirar, me duele, pero me obligo a tomar aire de nuevo. Y otra vez. Y con cada nueva inhalación, recupero el fuego: las llamas rojas que ardían en mi sangre anoche, al entrar en la habitación del rey; la audacia de mi amor por Wren, que canta en nuestras venas cada vez que estamos piel contra piel y nuestros corazones se aceleran mutuamente.

Recuerdo lo que decía Mama: *Inhalo luz, exhalo oscuridad.*

Tal vez funcione también con otras cosas.

Inhalo fuego, exhalo *miedo.*

—Déjame ayudar —pido, decidida. Doy un paso adelante—. Vas a matar al rey, y yo voy a ayudarte a hacerlo.

Wren se tensa.

—Ya te lo dije la otra noche. No.

—*Sí.* —Cruzo el espacio que nos separa y mis dedos se entrelazan con los suyos—. Cuando el mundo no te permite elegir —digo, recordando sus palabras de aquella noche en el jardín, bajo la lluvia, hace tantas semanas—, tú tomas tus propias decisiones. —La miro fijamente—. Esta es *mi* elección. El rey no nos ha hecho daño solo a ti y a mí. Piensa en todas las personas de papel que hace capturar por sus soldados, para tenerlas como esclavas y matarlas con la misma facilidad, como si ni siquiera fuéramos seres humanos. En todas las familias y las vidas que destruyen como lo han hecho con nosotras. —La aferro con más fuerza—. No sé cuánto tiempo más puedo soportarlo. Por eso voy a ayudarte y vamos a salir de aquí… con vida.

Aprieta los labios.

—Lei…

—Él dio las órdenes, Wren. —Se me cierra la garganta—. Me lo ha confesado. Él ordenó a sus soldados que atacaran mi pueblo. —El beso húmedo de una lágrima baja por mi mejilla—. ¿Cuántos otros ataques ha ordenado hasta ahora? ¿Cuántas familias más se han visto destruidas? Ya no lo soporto. No puedo quedarme aquí sentada, sin hacer nada.

Caen más lágrimas. Wren me suelta las manos y me enjuga el llanto con los pulgares, su mirada se suaviza. Luego me atrae hacia ella. Nos damos un beso lento y profundo, un beso que siento desde las puntas de los pies hasta el mismísimo centro de mi ser. Un beso que siento en el *alma.* Y por un momento podemos vislumbrar lo que podría ser el futuro para nosotras: estar juntas, sin miedo a acabar muertas a causa de nuestro amor.

Cuando era pequeña, mis padres solían arrodillarse junto a mi esterilla de dormir por las noches para contarme historias de las *Escrituras Mae* de Ikhara, los mitos acerca de cómo nació nuestro mundo. Según las Escrituras, el cielo comenzó como un mar de luz. No había distinciones entre estrellas, luna ni nubes. Todo era blanco.

Hasta que llegó Zhokka, el Heraldo de la Noche.

Zhokka estaba celoso de la luminosidad del cielo. Él era originalmente un dios de la tierra y detestaba ver a los dioses del cielo bailando en las alturas, bañados por la luz. Quería esa luz para él, pero además quería quitársela *a ellos*. Entonces reunió un ejército de criaturas de los rincones más oscuros de la tierra y lo llevó hasta el cielo.

Se supone que la batalla duró más de cien años. Los dioses del cielo pelearon con valentía, pero al final Zhokka y su ejército oscuro los derrotaron; como premio por su victoria, Zhokka absorbió toda la luz del cielo. Y solo quedó oscuridad.

Pero Zhokka fue demasiado descuidado. Como no quedó nada de luz, no pudo ver acercarse a Ahla, la Diosa de la Luna, que había huido al ver que él ganaría la batalla y había estado esperando el momento apropiado para volver. Adoptó su poderosa forma de cuarto creciente y se lanzó a través de la oscuridad hacia Zhokka, entonces le abrió una enorme herida en el rostro, como una sonrisa, y al hacerlo lo cegó.

Parte de la luz que Zhokka había absorbido pudo escapar a través de dicha herida y regresó a su amado cielo en forma de estrellas. Zhokka fue condenado durante el resto de la eternidad a vagar por las galaxias, buscando a ciegas a Ahla para vengarse.

Ahora, abrazada a Wren, recuerdo esa historia. Siempre me he preguntado cómo sería aquel abismo lleno de noche antes de que Ahla abriera ese tajo en Zhokka. Nunca he podido llegar a imaginarlo del todo. Pero esta noche entiendo por fin cuál habría sido la *sensación*.

El rey es Zhokka: lo absorbe todo. Y Wren es Ahla, la Luna, la luz, la única que sabe cómo devolver las estrellas a mi cielo.

—Voy a ayudarte —le digo, cuando nos separamos—. Voy a ayudarte a matarlo.

Y esta vez acepta.

31

En nuestro reino hay un viejo proverbio: «Quien busca venganza debe cavar dos sepulturas». Yo ya estoy preparada para cavar la del Rey Demonio. La otra es para la chica que fui. La chica que caminaba sonámbula por aquí hasta que se enamoró, hasta que alguien le abrió los ojos al mundo que había más allá de sus paredes. La chica que acusó a Aoki de enamorarse del rey, de dejarse seducir por la vida palaciega, cuando ella misma también estaba adaptándose a esa vida.

Pues bien, ya no.

Ya no caminaré sonámbula.

No quiero una vida fácil. Quiero una vida que valga la pena.

Ahora que sé lo que están planeando, Wren me deja participar en sus reuniones secretas con Kenzo. Le cuesta un poco convencerlo, especialmente porque estuvieron muy cerca de pillarlo cuando fue a la habitación del rey para recuperar las hierbas venenosas que yo me había dejado allí. Pero a la larga, el lobo termina por acceder porque ha entendido que mi rol como Chica de Papel podría resultar útil como distracción mientras Wren encuentra la manera de quedarse a solas con el rey. Aunque no es mucho, me complace poder hacer algo para ayudar. Cuanto mejor salga todo en el baile, más probabilidades habrá de que Wren pueda escapar sana y salva.

Algunas noches, nos envolvemos en pieles y abrigos y nos encaminamos hacia el bosque para escuchar las novedades que trae Kenzo de la corte: cambios en la lista de invitados al Baile de la Luna, más señales de que la Enfermedad está empeorando, rebeliones en más provincias. Cualquier cosa que pueda afectar al plan. Y aunque nuestra rutina diaria de Chicas de Papel continúa con normalidad, paso los días un poco distraída, cansada por nuestras excursiones a medianoche, pero también con la cabeza puesta por completo en el Año Nuevo que se acerca como para poder concentrarme en mucho más. En mi mente, ha tomado la forma de un color: el blanco más brillante, como cuando la luz da en el filo de una daga.

En tan solo unas semanas, estaré en el Baile de la Luna, distrayendo a los guardias del rey lo mejor que pueda mientras Wren lo separa de ellos para clavarle un puñal en el corazón.

Una mañana, Lill dice:

—Ya falta poco, dama.

Está peinándome con el recogido habitual. Se le enredan los dedos entre mi cabello cuando me sobresalto.

—¿Qué? ¿Para qué?

—Su relicario de bendición natal —explica, con el peine en alto—. ¿No es su cumpleaños en Año Nuevo?

Sigo su mirada hasta el altar que está en el rincón de mi cuarto. Como no nos permiten usar joyas durante las clases, desde que llegué al palacio he tenido mi relicario de bendición natal allí, colgado de una pila de varas de incienso sin encender. Parece algo más de la vida de la chica que fui. Una cosa más para enterrar con ella.

—¿No le hace ilusión? —pregunta Lill.

—Mientras haya tarta —respondo, y ella se ríe.

Pero lo cierto es que sé muy bien qué clase de destino me gustaría encontrar dentro de mi relicario, y es un destino que nunca podría tener entre las paredes del palacio.

Libertad.

Cuando faltan menos de dos semanas, Wren y yo salimos a hurtadillas y vamos al claro en el bosque. Creo que vamos a encontrarnos con Kenzo, como de costumbre, pero no está allí.

—Esta noche no viene —me dice Wren—. En esto debemos trabajar solo tú y yo.

Aún hace noche de invierno. El bosque está envuelto en silencio, nos rodean los árboles altísimos y entre su follaje se filtran gotas de luna. El aire está fresco y promete nieve. El chillido de algún ave nocturna interrumpe de pronto la quietud; me sobresalto y me arrebujo más en mi manto de piel.

—De *eso* —dice Wren con una sonrisa— vamos a intentar ocuparnos.

—¿A qué te refieres?

—Tienes que estar preparada por si hay algún problema esa noche. Kenzo va a darte un arma, algo pequeño, fácil de esconder. Pero si llegas a perderla, o si, por el motivo que sea, no puede hacértela llegar, tendrás que saber defenderte sin ella. ¿Alguna vez has practicado artes marciales?

Arqueo una ceja.

—¿Tú qué crees?

—Bueno, solo nos quedan dos semanas. Vamos a tener que empezar hoy mismo.

Wren se coloca en posición: rodillas flexionadas, brazos levantados, manos abiertas. Estoy a punto de imitarla porque me parece que es lo que espera que haga, cuando arremete y me lanza un golpe a la cabeza con la mano derecha.

Cierro los ojos, esperando el dolor. Al ver que no llega, abro los ojos poco a poco y veo que ha detenido su mano junto a mi cabeza. Se aparta.

—¿Cómo… cómo has hecho eso? —le pregunto, y me trago un nudo que tengo en la garganta.

Las comisuras de sus labios se elevan, pero su rostro sigue serio.

—Soy Xia, ¿te acuerdas? No voy a hacerte daño, Lei, te lo prometo. Pero tienes que actuar como si fuera una batalla de verdad.

—Claro —murmuro—. Déjame rememorar la última vez que estuve en una guerra.

—Se parece un poco a lo que nos enseña Don Tekoa —prosigue Wren, ignorando mi ironía—. Debes acceder a tus instintos más naturales y permitir que te controlen sin que tengas que pensarlo mucho.

—Si alguien me lanza un puñetazo a la cabeza, mi instinto natural es correr lo más rápido que pueda en la dirección contraria.

Piensa un momento y luego me pregunta en voz baja:

—¿Sí?

La quietud del bosque parece rodearnos más. Wren se me acerca; sus botas hacen crujir la hierba escarchada. Nuestra respiración forma nubes en el aire.

—Piensa en todas las veces que has peleado contra lo que te estaba pasando. Te lo dije aquella noche, cuando el rey ordenó que te encerraran. Eres valiente, Lei. Más de lo que crees. Luchaste contra él, has seguido haciéndolo y sé que eres lo bastante fuerte como para soportar lo que viene.

Bajo la mirada y cierro los puños a los lados.

—No fue suficiente. Aquella noche, no.

Aunque Wren me ha dejado claro en más de una ocasión que está dispuesta a escucharme, aún no le he contado lo que ocurrió en los aposentos del rey. He estado a punto de hacerlo varias veces ya, tendida entre sus brazos en su habitación o en la mía, a salvo, envuelta en la aterciopelada oscuridad. Pero nunca he sabido trasladar mis pensamientos a un lenguaje que pueda compartir. La única vez que lo mencionamos fue la primera vez que tuve que ver al rey después de aquella noche; fue una semana más tarde, durante una cena. Wren me preguntó cómo me encontraba y si prefería simular que no me sentía bien para eludir el encuentro. Dijo que me ayudaría a hacer lo mismo si él volvía a llamarme. Pero, de alguna manera, sé que no lo hará.

Al menos, por un tiempo.

Al rey le gusta demostrar su poder, sí. Pero en varias ocasiones me ha revelado sus inseguridades y por ello sé que también quiere que lo adoren y lo admiren. Y sabe que son dos cosas que jamás podrá obtener de mí por la fuerza.

Wren entrelaza sus dedos con los míos y mi piel aterida se estremece bajo su tibieza.

—Ahora eres más fuerte —dice—. Estás preparada. Y no estás sola en esto. —Me aprieta la mano—. ¿Recuerdas el día de la Ceremonia de

Inauguración? Nuestras criadas nos prepararon juntas y cuando acabaron me preguntaste…

—Qué tal estaba —la interrumpo—. Lo recuerdo.

Suelta una larga exhalación que nos envuelve a ambas en una nube blanca.

—Lamento lo que te respondí entonces. Cuando llegué aquí, estaba empeñada en no dejar que ninguna de vosotras se acercara a mí. En no dejar que ninguna *quisiera* acercarse. —Me atrae más hacia ella—. Pero más tarde, cuando te vi con ese vestido, no pude evitarlo. Tenía que decirte lo que pensaba, porque entonces lo entendí.

Frunzo el ceño.

—¿Qué fue lo que entendiste?

Wren sonríe.

—A ti. Los vestidos se hicieron para representarnos según el resultado de nuestras evaluaciones —explica—. El mío era todo lo que me entrené para ser. Fuerte, sin concesiones. Implacable. En cuanto te vi, supe lo que significaba el tuyo. Tu vestido me reveló que tenías fortaleza, pero también suavidad. Sentido de la lealtad, pero no sin justicia. De lucha, pero también de piedad. Cosas que a mí no se me permitía sentir. Cosas que no sabía cuánto necesitaba. —Acerca sus dedos a mis mejillas y los enreda en mi pelo—. Desde ese momento, supe que me enamoraría de ti. Y durante mucho tiempo hice todo lo que pude para resistirme. Pero contigo fue imposible.

Con un suspiro, bajo el mentón y hundo el rostro contra su pecho. Siento su corazón latiendo fuerte y constante contra mi mejilla.

—Lei —dice suavemente contra mi cabello—, podemos hacer esto otra noche, si no quieres…

—No —respondo, y me aparto—. Ahora.

Tomo aire con fuerza e imagino que todos los recuerdos de aquella noche con el rey se convierten en cuchillos diminutos que circulan por mis venas.

Inhalo fuego, exhalo miedo.

Cierro los puños.

—De acuerdo, atácame.

En cuanto las palabras salen de mi boca, ella retrocede de un salto. Gira y dirige el canto de la mano hacia mi vientre. Esta vez estoy un poco mejor preparada. Alcanzo a esquivar el golpe, pero vuelve a atacar un segundo después y tiene que detenerse, segundos antes de que la palma de su mano impacte en mi hombro.

—¡Dame una oportunidad! —exclamo jadeando, pero Wren vuelve a moverse y esta vez me lanza una patada.

Traza un arco bajo con la pierna a ras del suelo y me golpea los pies; caigo hacia atrás y suelto una exhalación al aterrizar con pesadez en el suelo cubierto de musgo.

Se sube sobre mí.

—¿No decías que no ibas a hacerme daño? —protesto.

Me sonríe.

—Solo lo he hecho para poder hacer esto.

Baja su boca hacia la mía. Un calor familiar empieza a circular por mis venas mientras nos besamos, lengua con lengua, labios con labios, envueltas en un abrazo. Poco a poco, se me olvida que el suelo está helado debajo de mí y los sonidos espeluznantes del bosque, solo puedo oír el roce de nuestra ropa y nuestros cuerpos a medida que el beso se hace cada vez más profundo.

A pesar de que aún acuden a mi mente imágenes de aquella noche cada vez que Wren y yo nos tocamos y, aunque ella solo avanza cuando le dejo claro que eso es lo que quiero, ahora hay algo diferente en nuestra intimidad. Aun así, cada vez me resulta más fácil concentrarme en lo que está pasando entre nosotras y ahora decido dejarme llevar. Perderme en sus labios, en la sensación, el calor y el amor.

Cuando por fin nos separamos, ambas estamos jadeando.

—¿Todos los shifus hacen esto con sus alumnos? —pregunto sin aliento—. Si es así, inscríbeme.

Wren se pone de pie y extiende una mano para ayudarme.

—Cuando salgamos de aquí, podré darte todas las clases que quieras. Pero por ahora, necesitamos concentrarnos. He hecho eso para encenderte. Para recordarte con qué naturalidad puedes mover tu cuerpo. Cuando pelees, tienes que concentrarte en esa misma pasión.

Luego vuelve a atacarme, trazando un arco alto con la pierna. Retrocedo una fracción de segundo antes del impacto.

—¡*Aiyah!* Al menos pónmelo fácil.

No sonríe.

—Eso hago.

Cuarenta minutos más tarde, aunque me parecen cientos, estoy doblada en dos e intentando recobrar el aliento, con una punzada en un costado. Acabo de conseguir, por primera vez, responder a uno de los ataques de Wren: he esquivado su pierna derecha, que venía directa a patear mi cabeza, y me he lanzado contra ella para darle un golpe con el hombro. Apenas se desplaza y cae cómodamente. Pero aun así, es un logro.

—¡Excelente! —exclama—. ¡Eso ha estado muy bien!

—Gracias —murmuro mientras trato de recuperar el aliento.

Wren cruza la distancia que nos separa. Me levanta la cara y sonríe.

—Lo digo en serio, Lei. Eres mucho más fuerte de lo que yo podría llegar a ser jamás.

La miro con exasperación.

—¿Qué dices? Si la guerrera eres tú.

—Solo porque es lo único que he conocido. Me crie aprendiendo esto, a pelear y ser valiente. Tú has tenido que encontrarlo dentro de ti, por tus propios medios. Eso es tener coraje de verdad. —Aparta la vista y baja la voz—. ¿Sabes? Aún estás a tiempo para retirarte. Yo lo entendería.

Le rodeo la cintura con los brazos.

—Pues yo no. Ya estoy en esto, Wren. Hasta el final.

Vuelve a mirarme y sus ojos se dilatan, se suavizan, con el doble sentido de mis palabras. *Te quiero.* Tengo la frase a flor de labios; dos palabras, dos movimientos sencillos de la lengua. Pero desde aquella noche en que admitimos por primera vez lo que sentíamos, aún no se las he dicho. Aunque Wren me considere muy valiente, no tengo aún el coraje para decirle algo así. Entonces, en lugar de hacerlo, apoyo mi boca contra la suya con la esperanza de que pueda percibir las palabras con mi beso y que sepa que son verdaderas, que la quiero, que la necesito y que me aterra que estas semanas lleguen a su fin porque nuestras vidas están a punto de cambiar para siempre. Y una parte de mí no consigue borrar el presentimiento de que no será del modo en que esperamos.

32

Los preparativos para el Año Nuevo comienzan en la víspera del Baile de la Luna.

En cuanto nos despertamos, nos suben a los carruajes y nos llevan a una casa de baños en el Sector Real. Es un edificio impresionante de cuatro pisos, con un gran salón central dividido en diversas áreas; en las plantas superiores hay balcones decorados con sedas coloridas. Reconozco aromas familiares en las nubes de vapor: caléndula, mora, pasionaria. Mi alma se llena de tanta nostalgia que incluso duele. Podría cerrar los ojos y estar otra vez en mi hogar, trabajando en la herboristería con Baba y Tien, con los ladridos de Bao y el burbujeo de los toneles de mezcla.

Por alguna especie de regla tácita, Wren y yo no hemos tocado el tema de lo que ocurrirá cuando hayamos conseguido salir de aquí. Sería tentar demasiado al destino y, a juzgar por la forma en la que los dioses han jugado conmigo hasta ahora, no es una apuesta con la que me quiera arriesgar. Pero además de estar con Wren, lo único que deseo es volver a Xienzo y reencontrarme con mi familia. Quizás incluso podríamos tener una vida allí, con ellos. Han destrozado ya muchas veces a mi pequeña familia, pero hemos demostrado que tenemos la fortaleza para sanarnos. Para crear algo nuevo y hermoso a partir de la suma de nuestras partes rotas.

Nos llevan hasta una enorme piscina que está situada justo en medio de la casa de baños. El agua cae desde un mecanismo similar a una cascada y su burbujeo resuena en el aire. Tres Hechiceros Reales con túnicas negras bendicen el agua. Luego, de una en una, entramos en el agua mientras ellos recitan un dao que baña nuestra piel con una suave y dorada magia. La ceremonia simboliza la purificación y es para ayudarnos a limpiar nuestros pecados de este año antes de entrar en el nuevo.

Cuando llega mi turno, contengo una risa sombría. Si tan solo supieran lo que Wren y yo estamos planeando... Lo único que este baño me ayuda a limpiar es el dolor de mis músculos por las sesiones nocturnas de entrenamiento.

Cuando volvemos a la Casa de Papel, pasamos las horas siguientes reuniéndonos con los médicos del qi, adivinos y videntes de más confianza de la corte. El Año Nuevo señala el punto medio de nuestro año como Chicas de Papel. Los resultados de estas evaluaciones darán forma a nuestra formación de cara al próximo año, que nos preparará para la transición de concubinas del rey a nuestras siguientes funciones en el palacio. O, en el caso de Wren y el mío, lo *haría* si fuéramos a quedarnos aquí.

En el pasillo, mientras nuestras criadas nos llevan de una habitación a otra para la última evaluación del día, me cruzo con Wren. Me mira con una sonrisa cómplice que me ilumina el corazón en un instante. Cuando nos cruzamos, le da la vuelta a su mano para que se roce con la mía, casi como un beso.

Para cuando terminamos con las evaluaciones ya ha caído la noche. Los jardines están envueltos en oscuridad y las estrellas permanecen ocultas. Mientras Lill me viste para la cena, miro por la ventana con una sensación de inquietud.

Mañana.

Eso es todo. Solo un día más.

—¿Se encuentra bien, dama? —me pregunta Lill, mientras me acomoda un adorno en el pelo con dedos hábiles.

Me encojo de hombros.

—Supongo que solo estoy nerviosa por el baile de mañana.

—Pues no lo esté. ¡Dicen que el rey le tiene preparada una sorpresa!

A pesar de su sonrisa animada, sus palabras me provocan un escalofrío. Es el peor momento posible para sorpresas. Lo que sea que el rey me tiene preparado, estoy segura de que no va a gustarme. Lo único que tenemos en común es que ambos defendemos lo que es nuestro, y mañana por la noche voy a demostrárselo.

Veinte minutos más tarde, cuando llego a la suite de Madam Himura, una de sus criadas me conduce hasta el patio. Arriba se extiende una bóveda de luces que titilan. En mitad del jardín, han montado un pabellón con pesadas cortinas de terciopelo para protegernos del frío. Al entrar, recorro al grupo con la mirada en busca de Wren. Aún no ha llegado, pero Aoki me mira. Parece asustada y abre los labios como intentando decirme algo, pero antes de que pueda hacerlo, Madam Himura me indica que tome asiento junto a Blue.

—Ahora que ya estamos todas aquí —dice la mujer águila con su graznido habitual—, quiero que repasemos las actividades de mañana. Por la mañana…

—¿No vamos a esperar a Wren? —la interrumpo.

El silencio se hace en la mesa.

La cabeza de Madam Himura gira hacia mí.

—No vamos a esperar a nadie —responde cortante, con un destello en sus ojos amarillos.

Me sorprende su respuesta.

—¿Qué quiere decir?

—Wren-zhi ha tenido que abandonar el palacio.

Siento una punzada en el estómago. El suelo parece inclinarse debajo de mí y un zumbido agudo invade mi cerebro.

—Han matado a su madre —explica Madam Himura—. El rey ha ordenado que regrese con su familia. No se sabe cuándo volverá.

La miro boquiabierta.

—¿*Qué*?

Justo en ese momento, Aoki se inclina hacia adelante y derriba una copa de vino de ciruelas al suelo. La mitad se derrama sobre Chenna, que se echa atrás con un grito. Una criada se acerca a toda prisa mientras Madam Himura no deja de gritarles a Aoki y a Zhen, que estaba al lado de Chenna y está tratando de apartar la base de su vestido para que no se ensucie con el charco ambarino que se extiende en el suelo. En mitad de todo el caos a mí me cuesta respirar. Mi corazón golpea dolorosamente contra mis costillas. Sé que Aoki solo trataba de avisarme para que no dijera nada que pudiera delatarme o que Madam Himura no me castigara por mi insolencia, pero aunque el resto de las chicas están concentradas en el escándalo que se ha producido en la mesa, Blue permanece callada a mi lado.

Me observa por el rabillo de sus ojos negros como la tinta. Veo un rictus conocedor en sus labios y al cabo de un rato se inclina, roza mi mejilla con la suya y me susurra al oído:

—Así que ese es tu secretito. ¡El rey va a sorprenderse mucho cuando se entere de lo que has estado haciendo todo este tiempo!

No sé cómo consigo soportar la cena. De alguna manera logro hacerlo, aunque estoy a punto de vomitar varias veces y no es por el pescado crudo que nos sirven como otro símbolo más de purificación para el Año Nuevo. En cuanto Madam Himura nos da permiso para retirarnos, me levanto de la mesa sin responder a las miradas inquisitivas de las chicas y regreso a mi habitación.

—¿Qué sucede? —me pregunta Lill cuando entro en mi habitación temblando.

No le respondo. Me acerco a la ventana y me desplomo contra el marco, trato de tranquilizarme y respirar, pero el aire está coagulado, como la leche cuajada, y por mucho que inhale no alcanzo a llenar mis pulmones. Lill hace lo posible por calmarme. Al ver que nada de lo que dice o hace da resultado, incluso me trae de las cocinas una taza de teh tarik con leche, pero el azúcar no hace más que aumentar mis nervios.

Cuando al fin consigue que me acueste, no puedo dejar de temblar.

—Por favor, intente descansar, dama —me ruega—. No tiene por qué estar nerviosa. Es solo un baile.

Cierro los ojos, simulando cansancio. Pero en cuanto Lill se marcha, aparto las mantas, me levanto y empiezo a caminar una y otra vez por el reducido espacio de mi habitación.

Un día más. Eso era todo lo que faltaba. Un día más para guardar nuestros secretos. Un día más para poder salir de aquí.

Íbamos a ser libres.

Ahora Wren no está, todos los años de planificar y prepararse con tanto esmero se han echado a perder en una cuestión de horas. Y Blue, nada menos que *Blue*, ha descubierto lo nuestro. Podría contárselo al rey en cualquier momento y todo se acabaría. La forma en la que me he comportado con él lo confirmaría. Él lo sabría. Lo sabría y mi hermosa asesina de ojos feroces no estará aquí para matarlo antes de que pueda castigarnos.

Se me ocurre una idea tan dolorosa que llega a provocarme una arcada.

Es posible que la próxima vez que vea a Wren sea para nuestra ejecución.

Recuerdo la última vez que la vi. El roce de nuestras manos en el pasillo, apenas un segundo de contacto. ¿Cómo es posible que ese sea nuestro último momento juntas? ¿Cómo puede ser que esa sea la última vez que vayamos a tocarnos?

Mi habitación me resulta demasiado sofocante para quedarme en ella. Como no puedo acudir a Wren, voy a la habitación de la única otra persona en el palacio en quien confío plenamente.

Aoki se frota los ojos cuando la despierto.

—¿Lei? —murmura adormilada—. ¿Qué pasa? ¿Te encuentras bien?

—No puedo dormir —respondo.

Bostezando, se sienta, abre su manta de piel y me cubre con ella los hombros cuando me acomodo a su lado. Aoki huele a sueño, a suavidad y seguridad. Suelto una larga exhalación y me reclino contra ella en silencio. Me recuerda a las veces que solía acurrucarme con mis padres, cuando tenía alguna pesadilla. Vuelvo a recordar que, hace apenas unas horas, tenía esperanzas de regresar a mi hogar y aprieto los dientes para contener el llanto.

Aoki se abraza las piernas, apoya la mejilla en las rodillas y me mira de lado.

—Lamento mucho lo de la madre de Wren. ¿Sabes si estaban muy unidas?

Tardo un momento en separar la pregunta de Aoki de la familia original Xia de Wren. Ella se refiere a los Hanno, por supuesto.

—No estoy segura —admito. Wren siempre me ha hablado mucho más sobre Ketai Hanno que sobre su esposa—. No lo creo.

—Aun así, debe ser horrible. —Un segundo después, prosigue con cautela—. El rey tiene una relación cercana con los Hanno. Estoy segura de que hará lo posible para cuidar de Wren y de su familia.

—Son de la casta de papel, Aoki.

—Y a pesar de eso, uno de los clanes en los que el rey más confía. ¿Sabes que hasta les ha otorgado una guardia especial formada por sus propios soldados?

—Tal vez alguno de esos guardias era el asesino precisamente —replico sin pensar.

Aoki se retrae.

—Sé que estás alterada, pero lo que dices es…

—¿Posible? ¿Probable?

—El rey y los Hanno siempre se han apoyado, Lei. ¿Por qué iban a atacarse ahora?

Porque tal vez el rey sospecha lo que los Hanno están planeando. Tal vez los hombres del rey han matado a la madre de Wren para enviarles un mensaje. O tal vez, si el rey sospecha que Wren está involucrada, ha ordenado el asesinato de su madre para sacarla del palacio. La muerte de un familiar es uno de los pocos motivos por los que a una Chica de Papel se le permite retirarse.

Pero me guardo mis pensamientos.

Media hora más tarde, salgo de la habitación de Aoki encontrándome peor que antes. Mi cabeza no para de dar vueltas y estoy tan abstraída que no reparo en la figura que me aguarda en mi habitación hasta que es demasiado tarde.

Una mano peluda me cubre la boca.

—Ni una palabra —gruñe una voz grave y ronca.

33

Kenzo no me suelta hasta que estamos en el exterior, al amparo de la oscuridad de los jardines. Sus ojos de bronce me miran, severos, mientras espera que respire y me recupere. El aliento de los dos asciende por el aire helado. Tardo un momento en advertir que lleva ropa de seda y que su pelaje jaspeado de lobo está bien peinado y cuidado. Seguramente viene del banquete del rey previo al Baile de la Luna.

—¡Me has asustado! —protesto cuando al fin puedo hablar.

—Lo siento —responde, aunque su expresión no pierde la dureza—. Era la única manera de hablar contigo a solas. Se suponía que iba a reunirme con Wren para concretar los planes de mañana. Después me he enterado. He esperado tanto como he podido antes de venir a buscarte.

Me sorprendo.

—¿A… buscarme?

—El plan tiene que proseguir, Lei. Wren no podrá volver a tiempo, pero todo lo demás está listo. Tendrás que ser tú la que mate al rey en su lugar.

Hay una pausa.

Luego río.

—No puedes estar hablando en serio.

—Lo digo muy en serio —me responde con un gruñido que sale desde lo más profundo de su garganta.

—Mira —digo mientras levanto las manos y doy un paso atrás—. Quiero ayudar, pero…

—¿No esperabas tener que ensuciarte las manos?

Cierro la boca.

—No esperaba ser yo quien lo hiciera. Que yo sepa, no soy una hija perdida de los Xia, entrenada desde su nacimiento para ser una guerrara asesina y una diosa secreta.

El viento me da en el pelo y lo hace danzar. Me envuelvo más en mi bata de noche. El aire resulta tan frío como el suelo y la fina tela de mi camisón no me protege mucho del frío. Pero Kenzo no parece notarlo. Supongo que debido a su pelaje, se le olvida lo vulnerable que puede ser la piel desnuda.

Me mira, impasible, con sus ojos brillantes de lobo.

—Podemos adaptar el plan —sugiere por fin.

Lo miro sin poder creer.

—¿*Adaptar el*…?

—Todos los elementos están. Tú ocuparás el papel de Wren, con el que ya estás familiarizada. Tendrás que quedar a solas con el rey y hacer que baje la guardia: eso es lo importante. Por eso Wren ha tenido que pasar todo este tiempo cultivando su relación con él. Solo una Chica de Papel puede matarlo sin que arriesguemos nuestra posición en la corte y sin que se descubra nuestra participación. —Hace una pausa y agrega, con la mirada un poco más suave—: Tienes suficientes motivos. Parecerá un crimen pasional.

—Pero Wren va a volver, ¿verdad? Va a volver y podemos intentarlo de nuevo cuando esté…

Kenzo menea la cabeza.

—No hay tiempo.

Aun hablando bajo, su voz se impone. Se acerca y me sujeta por los hombros, y me asusta la sensación de sus manos de demonio sobre mí. Son tan grandes que abarcan con facilidad el espacio que va desde mi cuello hasta donde empiezan a bajar mis brazos. Recuerdo con sobresalto aquella noche con el rey. Kenzo advierte mi incomodidad y me suelta, pero no se aparta.

—Escúchame, Lei. Nos ha llevado muchos años, toda la vida de Wren, llegar hasta este punto: ya sabes cuánto hemos sacrificado por esto. Estamos muy cerca. Si no actuamos ahora, puede que no tengamos otra oportunidad.

Cruzo los brazos sobre el pecho, temblando.

—¿Por... por qué lo dices?

—El rey ha empezado a sospechar. Me preocupa que los Hanno estén perdiendo su influencia con él. Desde que intentaron asesinarlo, está sediento de venganza y quiere descubrir a los miembros de la corte que ayudaron a sus atacantes. Sabe que en el palacio hay gente dispuesta a traicionarlo. Y creo que empieza a pensar que soy uno de ellos.

—Pero yo creía que eras uno de sus consejeros de más confianza.

—Así es. —El labio superior de Kenzo se retrae en un gesto de lobo, y sus orejas se adelantan—. Y me ha llevado muchos años llegar a serlo. Pero últimamente el rey no se muestra tan receptivo a mis consejos. La Enfermedad está empeorando, y él está convencido de que los dioses tienen algo que ver con ello. Que están castigándolo por ser un gobernante débil. Está empleando tácticas cada vez más enérgicas para demostrar su poder.

Asiento.

—A mí me dijo lo mismo.

—No ha sido fácil —prosigue Kenzo mientras se acaricia el lateral del cuello y se despeina el pelaje—. He intentado aconsejarle otro proceder, pero necesito mantenerme a cubierto. Me repugna pensar en todas las muertes que estoy ayudando a provocar. —Aparta el rostro y suelta una risa fría—. ¿Sabes? Hay verdugos reales oficiales. Aquel día, cuando ordenó que Naja, Ndeze y yo hiciéramos el trabajo de los verdugos, el rey estaba enviando un mensaje claro: no me traicionéis. Mirad lo que les pasa a quienes lo hacen.

Me aferro a mis brazos con más fuerza.

—Si sospecha de tu lealtad, ¿por qué no se ha enfrentado a ti todavía?

—Porque entiende el beneficio de mantener cerca a sus enemigos. ¿Sabes cómo trazó su alianza con los Hanno?

Meneo la cabeza.

—Hace doscientos años, antes de que el Rey Toro llegara al trono, eran uno de los clanes más fuertes de Ikhara —explica Kenzo—. Ocupaban todo el territorio de Han. De allí proviene su nombre: de las dos familias más antiguas de la región, los Han y los No. El Rey Toro era originario de Jana, de un pequeño pueblecito en los desiertos del sur. No tenía influencia sobre Han. Solo consiguió dominarlos porque los Hanno apoyaban la igualdad entre demonios y humanos. Recibían de buen grado a los clanes inmigrantes y les interesaba desarrollar lazos entre todas las castas. Según se dice, el Rey Toro los impresionó con su inteligencia y su ambición, y así pudo ascender con rapidez entre sus filas. ¿Y cuál fue la recompensa para los Hanno? —A Kenzo se le abren las fosas nasales mientras suelta una bocanada de aire—. La traición. El Rey Toro se valió de su influencia sobre los Hanno para dar poder a las castas de demonios, manipularlas, despertar en ellas su sed de demonio, y luego aprovechó ese poder para apoderarse de las cortes de esas castas.

Mis ojos se dilatan.

—¿Y después de todo eso, los Hanno se aliaron con él de todas formas?

—La Guerra Nocturna fue devastadora para las castas de papel, Lei. Todos hemos oído los relatos de nuestros antepasados. Años de cooperación y de trabajo conjunto con los demonios, erradicados en un instante. Por supuesto, siempre habían existido conflictos entre los clanes. Pero en aquel momento había una fuerza que unía a los clanes de demonios, que les daba motivos para forjar alianzas y mantener la paz entre sus grupos para dominar a las castas de papel. Tú misma has experimentado esta fuerza en carne propia. Estoy seguro de que lo último que querían los Hanno era jurar lealtad al mismo demonio que los había traicionado. Pero el clan necesitaba tiempo para recuperarse, y los ancestros de Ketai entendieron que necesitaban el apoyo del rey en ese nuevo mundo. Que más tarde podrían usar el poder de él como propio. Por eso acataron sus leyes y se rebajaron. —Un gruñido sube por la garganta de Kenzo—. ¿Cómo podía el rey resistirse al ver a sus enemigos arrodillados a sus pies como mendigos?

—Pero él sabía lo que les había hecho —señalo mientras me aparto de forma distraída el pelo que el viento me sopla sobre el rostro.— ¿No le preocupaba que acabaran por traicionarlo?

Kenzo lanza una risa áspera.

—¿A un caudillo arrogante como él? Te apuesto a que ni siquiera se le cruzó por la cabeza. Lo único que vio fue la oportunidad de aprovechar los contactos que ellos tenían con los clanes humanos. Fíjate los problemas que tiene ahora el rey. Ganar una guerra es fácil. Solo se necesita fuerza. La verdadera prueba consiste en mantener el poder después.

Lo miro.

—¿O sea que los Hanno llevan *doscientos años* planeando su venganza?

—¿Cuántos años esperarías tú para vengarte de aquellos que te arrebataron el reino? —Los ojos de bronce de Kenzo me paralizan—. ¿De los que destruyeron lo que habías construido con tanta paciencia? ¿De los que masacraron a cientos de miles de los tuyos y reían al hacerlo? —El odio que refleja su voz tiene la fuerza de un trueno; vibra en el aire entre nosotros y penetra en mi sangre, una vibración eléctrica que me recorre todo el cuerpo. Luego añade, en voz más baja pero con la misma ferocidad—: Yo esperaría toda una vida para vengarme de alguien que hiciera daño a uno solo de mis seres queridos. ¿Y por todo un reino?

Pienso en Mama.

En Wren.

Kenzo me observa.

—A que ahora doscientos años no te parecen tanto tiempo, ¿verdad?

—Pero… y después, ¿qué? Una vez que se hayan vengado. Si solo se trata de eso…

—Por supuesto que no se trata solo de eso. Se cuenta que los Hanno estaban francamente abiertos a ver cómo se desarrollaba el gobierno del rey. Además está el hecho de que necesitaban recuperar su poderío militar, estoy seguro de que eso también incidió en que esperaran tanto tiempo. Pero el régimen del Rey Demonio solo acabó por demostrarles lo importante que era recuperar el trono. Ahora, con la Enfermedad y con el aumento de la actividad de los rebeldes, el rey se ha endurecido más que nunca. Y no solo hacia las castas de papel.

Kenzo se aparta y clava la mirada en la oscuridad. Cuando vuelve a mirarme, en sus ojos hay una sombra de tristeza, lo que me hace pensar si habrá una historia detrás de sus palabras, qué recuerdos estarán acosándolo.

—¿Por eso estás ayudando a los Hanno? —le pregunto—. ¿Ocurrió algo que hizo que te volvieras contra el rey?

—Sí —responde simplemente. Me mira con los ojos entornados—. Wren me ha contado que eres de un pueblo rural de Xienzo. Quizá te cueste entenderlo, viniendo de una zona tan tranquila.

Tomo aire de forma temblorosa y mi mirada se endurece.

—Hace siete años, nos atacaron los hombres del rey. Se llevaron a mi madre.

—Entonces, sabes lo que es que te arrebaten a alguien a quien quieres —responde el lobo. Con sorprendente ternura, me sujeta las manos. Sus enormes manos, como patas, envuelven fácilmente las mías, pero esta vez es un contacto reconfortante, casi fraternal. Como lo es con Wren. Kenzo se me acerca y desde su pelaje gris se levanta con el viento invernal un aroma a tierra—. Wren confía en ti, Lei. Cree en ti, y eso significa que todos creemos en ti. ¿Harás esto por nosotros? ¿Matarás al rey?

Y a pesar de que esto me aterra, de que lo único que quiero es que Wren aparezca riendo detrás de algún arbusto y me diga que todo esto no es más que una horrible y disparatada broma, respondo sin vacilación.

—Sí. Lo haré.

Kenzo exhala con fuerza. Baja la cabeza, levanta el dorso de mis manos hacia su frente con una leve presión y mumura con voz ronca:

—Gracias, Lei. Ochenta veces gracias.

—Con una condición.

Levanta la vista.

—Tenéis que prometerme que protegeréis a mi padre y a Tien si… —me trago el nudo que tengo en la garganta—… si algo sale mal.

—Por supuesto. Cuidaremos de ellos, pase lo que pase. Tienes mi palabra.

Asiento. Luego tomo aire, un aliento entrecortado.

—Bien. Entonces, supongo que ya está decidido.

En un instante, los dedos peludos de Kenzo envuelven los míos, como sellando la promesa contra mi piel.

—Ven —me dice, y luego tira de mí hacia el bosque. Aunque me cuesta seguir sus largos pasos, no aminora la marcha—. Quiero ver qué has aprendido de Wren.

El claro está en silencio y la noche sin nubes nos pesa como las poderosas manos de uno de los dioses del cielo. Kenzo me conduce hasta el claro y entonces tengo la sensación de que está a punto de decirme algo; después de todo he accedido a asesinar al rey. Pero tal como me pasó aquella primera vez con Wren, el puñetazo me pilla totalmente desprevenida.

Lanzo una exclamación de sorpresa y lo esquivo justo a tiempo.

—Espera…

Me interrumpe con una patada giratoria y el zumbido de su pie al pasar por sobre mi cabeza me hace estremecer.

—El rey no va a esperar —gruñe.

—¿Crees que no lo sé? Al menos dame un momento para prepa…

Me interrumpe con un puñetazo en el abdomen. Sus dedos puntiagudos me dan justo en el centro y el contacto me desequilibra. Me caigo, más por la sorpresa que por otra cosa, y se me escapa una fuerte exhalación cuando aterrizo dolorosamente sobre el coxis.

—¡Wren nunca me ha golpeado! —protesto, frotándome la espalda.

Los labios de Kenzo se retraen en un gruñido de lobo.

—Pero el rey sí lo hará. —Aun así, extiende una mano y me ayuda a ponerme de pie—. Mañana a esta hora estarás sola con él. Y a diferencia de nosotros, el rey no te tratará con cuidado. No se va a contener. Tienes que estar preparada para eso. En cuanto descubra lo que estás haciendo, tratará de defenderse. Y vas a necesitar toda tu fuerza y tu habilidad para mantenerte con vida.

Levanto el mentón y lo miro enfadada.

—¿Por qué me lo has pedido, entonces, si crees que no tengo posibilidades?

—Yo no creo eso. Es solo que tienes *pocas* posibilidades. Pero así son las cosas en la tierra y en el cielo. Así han sido siempre. Lo único que se necesita para que algo ocurra es que alguien, sea dios o mortal, hombre o demonio, vea esas pocas posibilidades y las aproveche.

Manipula el lazo que lleva a la cintura, se levanta el borde de la camisa y me muestra un cinturón de cuero que lleva sobre la cadera. Sujeta al cinturón hay una espada corta. Solo alcanzo a ver la empuñadura de jade delicadamente tallada antes de que los dedos de Kenzo se cierren sobre ella. El canto metálico de la hoja al liberarse de su vaina me pone nerviosa, pues me recuerda a aquella noche bajo el teatro, cuando el asesino desenvainó su espada para atacar a Wren.

El momento en el que tantas cosas cambiaron.

—Todos los miembros de la corte llevan encima una daga como esta —dice Kenzo, y luego la extiende para que yo la examine—. Incluso el rey.

Palpo el filo de la hoja. La idea de clavarla en la piel del rey, de hundirla a través de músculos y tendones, de derramar sangre, me parece irreal, un sueño.

Kenzo guarda la daga y retrocede.

—Quítamela —dice, y abre los brazos.

Mis primeros intentos dan pena. Ahora comprendo cuánto se ha estado conteniendo Wren conmigo. Kenzo no me da ninguna ventaja. Cada vez que me acerco, me repele con rudeza y contraataca sin darme respiro. En pocos minutos estoy sudando a pesar del frío, y mi respiración agitada empaña el aire. Siento que empiezan a florecer los hematomas bajo mi piel.

—Tal vez tenías razón —dice, cuando tras un intento voy a parar al suelo, donde me arroja… y no con suavidad.

Me pongo de pie, masajeándome el costado.

—¿En qué?

—Tal vez sí es inútil. Deberíamos habérselo pedido a una de las otras chicas. Cualquiera de ellas lo haría mejor que tú.

—Sé lo que estás haciendo —replico.

Ladea la cabeza.

—¿Y qué es?

—A Wren también le gusta hacerme enardecer. Pero al menos ella lo hace con besos.

Algo se crispa en sus labios.

—¿Preferirías eso?

Sonrío, medio trastornada por el agotamiento, y él también sonríe, ensanchando su boca de lobo, hasta que los dos nos echamos a reír: Kenzo, con la cabeza hacia atrás, y yo, doblada en dos y aferrándome el vientre. Nuestra risa suena despareja y salvaje en el silencio invernal del bosque. Nos reímos más de lo que justifica el chiste. Se me llenan los ojos de lágrimas, pero de pronto ya no me estoy riendo. Cuando Kenzo se da cuenta, vacila, en sus ojos hay ternura y eso es lo que me recuerda tanto a Wren, a la forma en la que me mira justo antes del beso o justo después: abierta, vulnerable y llena de esperanza. Antes incluso de entender lo que estoy haciendo, me lanzo hacia delante.

Kenzo tarda un segundo de más en reaccionar. Por primera vez, mis manos establecen contacto. Lo empujo hacia atrás y me aferro a su pelaje áspero mientras él me sujeta por el escote para apartarme. Con una mueca, lo golpeo en el cuello con el talón de la mano derecha. Al mismo tiempo, le clavo la rodilla entre las piernas y cuando se afloja, le abro la túnica y aferro la empuñadura de la daga.

Me aparto, riendo otra vez, y levanto la daga hacia el cielo.

—¡Lo he hecho! —exclamo. Se me estremece la voz. Me seco el rostro con una manga, y aunque las lágrimas no dejan de salir, yo sigo riendo de todas formas, con la daga en alto y agitando el puño—. Lo... lo he hecho.

Kenzo me dirige una sonrisa torcida con tan poco humor como mi risa.

—Sí. Lo has hecho. —Su mano peluda envuelve la mía y dirige la punta de la daga hasta la parte blanda en la base de su cuello—. Pero no olvides la última parte. Aquí, Lei. Aquí debes apuntar mañana. —Me aprieta los dedos y los bordes tallados de la empuñadura de jade se me clavan en la piel—. Empuja la hoja hasta el fondo y no te detengas.

34

Para la víspera de Año Nuevo, el palacio se ha transformado por completo. Se han colgado adornos en todos los sectores. A mí me mantiene ocupada un pequeño ejército de criadas que me prepara para el baile, pero Lill se las ingenia para llevarme al exterior unos minutos para ver cómo está todo. Es como si una inmensa ola de escarlata y oro hubiera barrido el palacio. El Sector de las Mujeres parece estar en llamas, con los edificios adornados con cintas y guirnaldas de colores vivos. De los aleros cuelgan farolillos de todas las formas y todos los tamaños, junto con sartas de monedas de cobre que brillan al girar con la brisa. En las galerías hay tazones con ofrendas de quinotos y pilas de melocotones y naranjas clementinas. Junto a cada puerta se ha colocado un espejo rajado para ahuyentar a los malos espíritus, una superstición de Año Nuevo que también seguíamos en Xienzo.

Lill me ha contado que el rey ha destinado Hechiceros Reales a cada sector para que infundan magia a algunos de los ornamentos. Señala una grulla de papel gigante, que simboliza la buena fortuna y la longevidad, erigida en un patio que está justo enfrente de nuestro edificio. El ave mide por lo menos cuatro metros y medio. Su pico de granate resplandece bajo el sol del invierno. Mientras observamos, extiende sus grandes alas y sus plumas de papel susurran al rozarse.

Apoyo un brazo sobre los hombros de Lill y le sonrío. Las lágrimas amenazan con brotar, y parpadeo rápidamente para impedirlo.

—Gracias, Lill —digo con voz ronca—. Por todo.

Me responde con una sonrisa tan radiante y confiada que tengo que apartar la mirada.

Durante las siguientes horas, al igual que el palacio, experimento una transformación. Me preparan y me untan por todo el cuerpo con un líquido ambarino con motas de oro que brillan con cada movimiento. Me delinean los ojos con lápiz negro, hábilmente difuminado con sombra de color bronce, y me embellecen las mejillas con un polvo perlado. En los labios, me aplican un maquillaje pálido que destaca el brillo de mis iris. Es como ponerse una máscara, cada toque de color, cada pincelada, e imagino el maquillaje como una armadura. Mi equipo de batalla.

Mientras trabajan, visualizo que se añaden otras capas ocultas a mi armadura: todos los motivos por los que estoy haciendo esto.

Por lo que le ocurrió a Mama. Por lo que les ocurrió a *otras* madres, otras mujeres, otros hombres y niños en otros ataques como el que sufrió mi pueblo. Por mi amor por Wren. Por mi cariño por Aoki e incluso por las demás chicas, y la esperanza de que esto pueda darnos libertad a todas, y a todos los esclavos de la casta de papel. Por los rebeldes ejecutados. Por la mujer que, en mi segunda noche en el palacio, me gritó una palabra que nunca he podido olvidar.

Dzarja.

Esta noche no voy a traicionar a los míos.

Y luego, por supuesto, el último motivo: una noche, hace pocas semanas.

Una noche que no permitiré que se repita *jamás*.

Una vez que mi maquillaje está completo, las criadas me peinan el cabello en un trenza recogida sobre la nuca, entretejida con cuentas y diminutos crisantemos amarillos, luego me visten con un cheongsam rojo vívido con mangas largas de encaje. Es tan ajustado que me inmoviliza toda la zona del pecho.

Contengo una risa delirante. Bueno, al menos estoy vestida para la ocasión. Porque, ¿qué asesina que se precie no lleva perfume y un vestido ceñido?

Para cuando las criadas se retiran ya ha empezado a caer la noche. Salen en fila, lentamente. Estoy a punto de darme la vuelta cuando la última de ellas se detiene en la puerta y palpa el dobladillo de su vestido. Me acerco para ayudar porque creo que se ha enganchado con algo, pero cuando me inclino, ella coloca algo en la palma de mi mano.

—Buena suerte, Lei —susurra, mirándome con sus ojos de peltre. Hace una reverencia y se retira a toda prisa.

En cuanto me quedo sola, abro el paquete envuelto en seda. La luz del farolillo cae sobre una cuchilla delgada, apenas más larga que una aguja, de hueso laqueado al que se le ha dado forma de ornamento. Con cuidado, la acomodo con dedos temblorosos entre mi gruesa trenza

Ya está: es la pieza final de mi equipo de batalla.

Mi arma.

Antes de salir, me acerco al pequeño altar que tengo en un rincón de mi habitación, recojo mi relicario de bendición natal y me lo cuelgo. Es más pesado de lo que recordaba. Tal como hacía antes, lo encierro en la palma de mi mano y me pregunto qué futuro me deparará. Pero esta vez tengo otra pregunta que nunca antes había tenido que plantearme.

¿Viviré para averiguarlo?

Aoki me espera justo en la salida de la Casa de Papel. Ella también está vestida de rojo, como es la tradición para las fiestas de Año Nuevo: un vestido delicado, de material tan fino como las alas de una polilla. Sus labios resultan sensuales, pintados de un color rubí oscuro, y la veo tan lejos de aquella chica nerviosa de dieciséis años a la que conocí durante la primera noche en el palacio que tengo que parpadear para contener las lágrimas.

—El rey no podrá quitarte los ojos de encima —le aseguro, y por su sonrisa me doy cuenta de que por primera vez lo cree en serio.

El viaje hasta los Sectores Internos transcurre como un torbellino de color y sonido. Todas las calles están adornadas en exceso. Hay música en el aire, bailarinas con vestidos que giran cuando ellas danzan, haciendo sonar los cascabeles de sus tobilleras. Los niños ríen a gritos mientras se persiguen por las calles, con los rostros cubiertos por máscaras de los regidores celestiales, compuestas en origami de un realismo aterrador. Una niña pasa corriendo tan cerca de mi carruaje que los órices se hacen a un lado rápidamente para esquivarla. La niñita ríe; tiene el cabello largo y suelto detrás de la máscara roja e iracunda de Nizri, la Diosa del Caos. Nos saluda al pasar, pero hay algo espeluznante en el contraste de esa risa aguda y despreocupada con la mirada torva de una de las deidades más peligrosas, así que me aparto de la ventana.

Cuando llegamos al Baile de la Luna, mi corazón palpita con tanta fuerza que me sacude físicamente. La avenida bordeada de árboles está muy transitada. Mientras mi palanquín espera en una larga fila, vuelvo a comprobar que el palillo que he clavado en mi trenza siga en su sitio. Me tiemblan tanto los dedos que casi deshago el elaborado peinado que a mis criadas les ha llevado tanto tiempo elaborar.

Me reúno con el resto de los invitados, y nos conducen a un gran edificio redondo hecho enteramente de cristal. Su techo abovedado resplandece con guirnaldas de luces diminutas. Lo rodea un círculo de jardines encantados, donde las luciérnagas titilan entre las copas de los árboles. Hace un rato, Dama Eira nos ha dicho que el edificio se llama Salón Flotante y ahora entiendo por qué: está construido sobre un lago, sostenido por finas columnas translúcidas hundidas en el agua, y da la impresión de que flotara en el aire. El resplandor aguamarina del lago da tintes de color al cristal.

Dentro, el salón está atestado. Para Año Nuevo, todos los invitados visten de rojo, pero en lugar de resultar festivo, tengo la sensación de que estoy entrando en un mar de sangre. Otros cuerpos me presionan por todas partes. La música se eleva por encima del rumor de las voces en el espacio abovedado.

Intento mantenerme cerca de Aoki, pero la oleada de gente nos separa y me lleva hacia Blue y las mellizas.

—Tu vestido es precioso, Lei —observa Zhin, y su hermana asiente.

—El tuyo también —respondo distraída y sin observar realmente lo que llevan puesto—. Los de las dos.

Sonríen y se apartan para saludar a alguien. En cuanto me dan la espalda, Blue me sujeta por la muñeca y me acerca a ella. Sus dedos se clavan en mi piel.

—Sé lo que habéis estado haciendo, Nueve —susurra—. Tú y Wren.

Le arranco mi brazo.

—Por favor, Blue. Por favor, no se lo cuentes a nadie.

Ríe, con ojos salvajes. Tardo un momento en identificar lo que veo en ellos.

Triunfo.

—Ya se lo has dicho —grazno. Las palabras se me atascan en la garganta—. Después de lo que le ha pasado a Mariko…

—No entiendes nada, ¿verdad? —me interrumpe Blue, luego me lanza una mirada amenazadora—. ¡Se lo he dicho exactamente por lo que le ha pasado a ella! No era justo, Nueve. A ella la han expulsado a vivir quién sabe cómo y nosotras seguimos aquí, viviendo entre lujos, y todo este tiempo, tú y Wren, *viviendo vuestro amor…* —Su voz escupe ponzoña—. *Felices.*

—Nos matará —murmuro.

Algo frágil pasa por su rostro y le da un aspecto raro, como si no estuviera del todo bien, como si fuera el eco de una persona.

—¿Y qué? Ni siquiera quieres esta vida.

En ese momento, alguien me lleva por delante y me hace perder el equilibrio. Cuando vuelvo a mirar, Blue ya no está.

Me interno entre la multitud, con hielo en las venas. El rey lo sabe.

Como si lo que tengo que hacer no fuera ya bastante difícil.

A mi alrededor hay risas y melodías de cuerdas. Me abro paso entre los miembros de la corte que intercambian chismes y los sirvientes que llevan bandejas llenas de comida sobre hojas de sakura cristalizadas. Arriba, las guirnaldas de luces cuelgan como estrellas desde el techo abovedado. El resplandor zafiro del lago se eleva por el cristal, en sus profundidades nadan gigantescos koi y caballos de mar. El baile es un caleidoscopio vertiginoso, pero mantengo la concentración, giro la cabeza hacia la izquierda y la derecha en busca del rey. No puedo actuar hasta ver la señal de Kenzo, pero necesito vigilarlo.

Y entonces, lo veo.

Aquí.

Cuernos gruesos y puntiagudos. Cabello castaño y caoba. Esa sonrisa suya, toda dientes. El rojo del atuendo del rey es oscuro, casi púrpura, del color de las ciruelas o la sangre vieja.

Con él está Naja. Su pelaje blanco como la nieve brilla como polvo plateado y lleva puesto un sari largo que se adhiere a su delgada figura vulpina. Recorre la multitud con la mirada mientras el rey mira por encima de su nariz bovina a una pareja con la que está hablando. La pareja tiene conjuntos baju rojos, sorprendentemente sencillos para la ocasión, y están de espaldas a mí. Como si presintiera que estoy mirándolo, el rey levanta la mirada.

Su sonrisa se hace más amplia. Se inclina hacia un lado y le susurra algo a Naja.

La zorra blanca se me acerca, caminando con aire provocativo entre la multitud.

—Hola, puta —me dice como si nada.

—Hola, perra celosa —replico.

Ya no tiene sentido la cortesía. De un modo u otro, esta noche me iré de aquí.

Enseguida entiendo que mi respuesta pilla desprevenida a Naja. Se tensa y sus ojos brillan.

—Me ofendería —ronronea cuando recupera la compostura—, si me importara lo que piensa la basura de papel.

—En ese caso, permíteme hacer otro esfuerzo…

Levanta una mano para silenciarme.

—Basta de juegos. El rey tiene un mensaje para ti. Ha tenido la bondad de invitar a dos personas que ha creído que te alegrarías de ver. Quiere que sepas que, si esta noche intentas algo, si tratas de huir o perturbas el baile, los matará. —Se me acerca más y agrega, con voz suave, como el brillo de las piedras en el lecho de un río, e igualmente dura—: Parecen muy felices, ¿verdad? Lástima que no les va a durar mucho. —Y con un movimiento de su cola, se aleja.

Frunzo el ceño y entorno los ojos para ver entre la gente que se mueve. La pareja mira alrededor cuando el rey señala algo al otro lado del salón y entonces puedo ver sus rostros por un instante.

Me da un vuelco el corazón. Es una ilusión óptica. Estoy soñando despierta. Porque, sin duda, no puede ser verdad que estén los dos aquí, tan lejos de donde deberían estar, a salvo y escondidos en el otro extremo del reino.

Pero sí son ellos.

Baba. Tien.

Observo su ropa planchada, la timidez con la que actúan. Y lo que es peor: la forma en la que parecen estar distraídos a pesar de estar conversando con el rey porque están buscándome *a mí* con ojos ansiosos y esperanzados.

«Canalla», gruño.

Porque ahora entiendo cuál es el plan del rey. *Esta* es la sorpresa de la que hablaba Lill ayer. Gracias a Blue, sabe que lo he traicionado. Que lo he traicionado noche tras noche, nada menos que con una de mis compañeras. Y tal como hizo con los rebeldes, va a enseñarles a todos lo que significa traicionar al rey.

Esta noche va a matarme.

Y ha traído a mi familia para que lo vea.

Empiezo a caminar sin saber muy bien lo que estoy haciendo, con los puños apretados y un grito preparándose en mis labios…

Alguien me sujeta por el brazo.

—¡No! —exclamo mientras me aleja, pero su mano es fuete. Me lleva fuera del salón, hasta un balcón. Solo veo los jardines envueltos en la noche, las luciérnagas danzando sobre las copas de los árboles, me doy la vuelta, preparándome para gritar—. ¡Cómo te atreves!

Zelle me mira con un asomo de sonrisa en los labios.

—Acabo de salvarte de cometer una tontería excepcional, Nueve —me dice con calma—. Preferiría un «gracias».

Me quedo quieta.

—¿Qué… qué haces aquí?

Lanza un breve suspiro.

—Soy parte del plan, ¿no? Resulta que Madam Azami siempre envía a algunas chicas de las Casas de Noche a este tipo de reuniones. Es bueno para el negocio. —Al verme confundida, añade—: Ah. Kenzo no te lo ha dicho.

La miro boquiabierta.

—¿Tú también trabajas para ellos?

—Bueno —responde con aire ligeramente ofendido—, yo prefiero pensar que trabajo *con* ellos. Pero sí, así es.

Recuerdo las palabras que me dijo la semana pasada: *El amor solo te hará las cosas más difíciles.*

—Por eso estabas así en nuestra última clase —digo lentamente; al fin lo entiendo—. Sabías lo que estaba pasando entre Wren y yo. Y sabías que me dolería cuando Wren se fuera del palacio o… —Me interrumpo. Me humedezco los labios y prosigo—: ¿Por eso me cubriste cuando me encontraste en las habitaciones de Madam Azami?

Zelle menea la cabeza.

—En aquel momento no lo sabía. Pero me di cuenta de que decías la verdad cuando hablabas de buscar a tu madre y me diste pena. Tienes buen corazón, Lei. —Se le endurece la voz—. Pero llevas tus emociones a flor de piel. Tienes que controlarte, al menos durante algunas horas más.

—¡Estaba hablando con mi padre! —exclamo abriendo los brazos—. ¡Y con Tien! Blue le ha contado que tengo una relación con Wren y piensa utilizarme a modo de ejemplo esta noche. Castigarme delante de todos. —Se me entrecorta la respiración—. Y quiere que mi familia me vea morir.

Zelle me aferra por los hombros.

—No dejaremos que eso ocurra, te lo prometo. De todas formas, tú lo atacarás primero, ¿no?

Me guiña un ojo y retrocede, pero su voz suena seria y aparto la mirada.

—Ojalá Wren estuviera aquí —murmuro.

—Todos desearíamos eso.

—¿Crees que el rey podría haber ordenado que mataran a su madre para sacarla del palacio porque sospecha de los Hanno?

—No estoy segura de eso —responde Zelle, con el ceño fruncido—. Decididamente, el rey sospecha de ellos… pero después de lo que ocurrió en el teatro, sospecha de todo el mundo. No creo que vaya a atacar a algunos de sus principales partidarios sin tener la certeza de que están trabajando en su contra. No es lo mismo que con el Clan de los Gatos, por ejemplo. Ellos siempre han sido enemigos. Con los Hanno le interesa mantener buenas relaciones. Me parece más probable que lo que le ha ocurrido a la madre de Wren haya sido un golpe de mala suerte para nosotros. —Luego, con la mirada fija en mí, me pregunta en un tono más suave—: Bien. ¿Estás lista?

Me trago el nudo que tengo en la garganta.

—Sí.

—Tienes que sentirte segura, Nueve. Hazlo limpiamente y sin mucho ruido. Así podremos tomar el control desde dentro, derramando la menor cantidad posible de sangre.

—¿Y si fracaso? ¿Y si el rey descubre los planes de los Hanno?

—Habrá otra guerra.

Guerra. En nuestro reino, es una palabra potente, aunque ninguno de nosotros haya vivido una. Hemos heredado los recuerdos, pesados puñados de violencia y muerte, y las décadas posteriores de reconstrucción que, bajo el mando del Rey Demonio, grabaron los prejuicios a fuego en el paisaje, tan profundamente como si fueran surcos de agua en un lecho de roca.

Un grupo de mujeres demonios pasan entre una nube de perfume y risas. Una vez que se alejan, Zelle se coloca a mi lado y apoya los codos sobre la barandilla, contemplando los jardines. Hay algo en su expresión que me dice con seguridad en quién está pensando.

—Tu amante —le pregunto—. ¿Acaso el rey lo…?

Levanta el mentón.

—No personalmente. Pero… sí dio la orden. Hace unos años, hubo una desavenencia en la corte por la forma en la que el rey había manejado una rebelión en Noei. Los soldados que hablaron contra él fueron ejecutados. Madam Azami le contó a Kenzo lo que pasó… Sí, ella también trabaja con nosotros —agrega, cuando la miro de reojo—. Hacía ya algún tiempo que él estaba buscando la manera de reclutar a una de nosotras. Las cortesanas tenemos acceso a los miembros más poderosos de la corte. Con una copa de vino de ciruelas y la caída de un vestido, es fácil persuadirlos de revelar sus secretos.

—Parece que el rey nos ha quitado a todos algún ser querido —comento con amargura.

Los dedos de Zelle se elevan hasta la base de su cuello.

—Bueno, eso se acaba esta noche.

El ruqun rojo cereza que lleva puesto es de tiro bajo, tiene un escote amplio que revela la sombra que se forma entre sus pechos y la gargantilla de oro que lleva sobre la piel. La gargantilla tiene estampado el carácter *ye*, que la identifica como una de las concubinas del palacio. Cierra el puño en torno a ella, como si quisiera más que nada arrancársela y arrojarla hacia los árboles. Luego se aparta de la barandilla y me dirige una sonrisa ladeada.

—Todos estamos contigo, Nueve.

Sus dedos me rozan el brazo y vuelve a la fiesta.

Espero un poco más en el balcón, respirando el aire fresco de la noche. Estoy a punto de volver cuando el sonido de unos cascos que se acercan me paraliza.

—Caramba, ¿es posible que esta chica sea la misma que conocí en Xienzo hace seis meses, la hija de un comerciante?

Las luces que brillan arriba iluminan la cicatriz que baja serpenteando por el lado izquierdo del rostro del general Yu y la sonrisa torcida por la costura, que ya me resulta conocida. No hemos vuelto a cruzarnos, ni siquiera después de todo este tiempo en el palacio, pero lo he sentido conmigo en todo momento; en el recuerdo de su amenaza a Baba y Tien, en todo lo que representa por haber iniciado esto. Es el demonio que me arrancó de mi hogar.

Pero el general Yu tiene razón. He cambiado.

Cuando levanta la mano hacia mi mejilla, retrocedo antes de que pueda llegar a tocarme.

—General —lo saludo con calma. Le dedico una sonrisa dulce, aunque mi tono es ácido—. Tenga cuidado. Dudo de que al rey le agrade verlo tocar a una de sus Chicas de Papel. —Mi sonrisa se intensifica—. De hecho, a mí tampoco me agrada. Si vuelve a tocarme, le cortaré los dedos.

Conteniendo una risa sombría al ver su expresión, regreso al baile.

Mi corazón se acelera cuando localizo al rey; en esta ocasión mantengo las distancias mientras espero la señal de Kenzo. Una de las razones por las que eligieron esta noche para el asesinato es el estilo informal del Baile de la Luna: el caos otorga protección. Pero además es el único momento del año en el que los Hechiceros Reales dejan de trabajar. En el cambio de año, durante una hora solamente, levantan su hechizo protector del palacio mientras llevan a cabo los ritos tradicionales de dar gracias a los cielos. Esa hora sin magia es nuestra única oportunidad de escapar.

Mientras pasan los minutos, el rey mantiene a Baba y Tien cerca de él. En varias ocasiones puedo ver sus rostros y la felicidad que los ilumina, la *esperanza*, y me duele en lo más hondo. Debo apelar a todas mis fuerzas para no correr por todo el salón hacia ellos y abrazarlos. Para distraerme y tratar de calmar mis nervios, imagino maneras de poder estar a solas con ellos. Por eso, cuando la oportunidad se me presenta, tardo un momento en entender que no se trata de un sueño.

El rey se aparta para hablar con un grupo de demonios de aspecto intimidante que, supongo, son jefes de clanes. Naja está con el general Ndeze, ocupándose de algún asunto importante fuera del salón. Antes de retirarse, deja a un par de guardias con mi padre y Tien, pero no les presto atención y me abro camino hacia ellos.

Me acerco a Baba y lo abrazo. Él se echa a llorar al mismo tiempo que yo. Nuestros cuerpos se estremecen juntos. Luego se nos une Tien y sus brazos huesudos me estrechan con tanta fuerza que me asombra que no se le rompan.

—¿Dónde han quedado la cortesía y el decoro? —mascullo entre lágrimas.

Tien me abraza con más fuerza.

—Oh, cállate, pequeño incordio.

Es casi como estar otra vez en Xienzo. Me envuelve todo lo que tanto he echado de menos, el olor, la sensación y el *amor* del hogar que he perdido, y ninguno de los tres necesita decir nada porque este abrazo contiene todo lo que podríamos decir.

Hasta que los guardias nos separan.

—¡No! —exclamo, forcejeando.

A nuestro alrededor, los invitados se detienen y nos miran. Una vez que nos separan, los guardias no contienen a mi padre ni a Tien; solo extienden los brazos para impedir que se acerquen, pero un guardia con forma de gorila me retiene con mucha fuerza y sus enormes manos peludas abarcan con facilidad hasta mis omóplatos.

—Tenemos órdenes de impedir que te acerques a ellos —me dice mientras me aparta.

—¡Espere! —grito.

Baba y Tien parecen aterrados, y yo tan solo quiero un momento más con ellos, aunque sea medio minuto, algunos segundos, lo suficiente para decirles que todo va a salir bien. Pero el guardia me duplica en tamaño, y mucho más en fuerza, y pronto estoy en el otro extremo del salón.

Cuando me suelta, me aparto y soplo para hacer a un lado un mechón de cabello que se me ha soltado.

—Esperaré con usted —dice, con su rostro apergaminado e impasible.

Furiosa, aparto la mirada. Volver a hacer el intento de llegar hasta Baba y Tien no serviría de nada, mas sigo escudriñando la multitud, de puntillas, para volver a verlos. Pero en lugar de verlos a ellos, diviso el andar ladeado de Kenzo, que viene hacia mí dando grandes zancadas.

En un instante, todo se detiene.

Kenzo mira brevemente al guardia, pero pasa a mi lado con expresión neutra, apenas lo suficientemente cerca como para rozarme... y ponerme algo en la mano. Aún con la mano abajo para que el guardia no pueda verme, abro los dedos: un ave de origami.

Un pájaro. Wren.

Es la hora.

Tomo aire con fuerza y luego me guardo el pájaro de papel en la manga. Pero cuando estoy a punto de moverme, la música cesa. En el silencio repentino, las voces elevadas parecen más fuertes y se oye el tintineo de las copas al apoyarse, murmullos de sorpresa y los últimos vestigios de risas.

—Amo Celestial y honorables miembros de la corte —anuncia una voz invisible, mágicamente amplificada—. Estimados invitados. Sírvanse acercarse al escenario para una demostración especial de las Chicas de Papel de este año.

Unos dedos se clavan en mis hombros.

—Vamos, jovencita —dice la voz áspera de Madam Himura—. Las demás ya están vestidas.

Me da un vuelco el estómago. La danza que nos ha enseñado Madam Chu para que la presentáramos esta noche. Se me había olvidado por completo.

Haciendo caso omiso de mis objeciones, Madam Himura me conduce por todo el salón hasta un amplio balcón al fondo del edificio, este se cierra con unos arcos en la parte de arriba, como una red. Han instalado un escenario justo ahí, en el suelo reluciente.

Una vez dentro, me lleva hasta un sector más privado y cerrado por cortinas donde esperan el resto de las chicas.

—Vestidla —ordena a las criadas.

Intento poner reparos, pero me rodean y me quitan el cheongsam. Vuelven a vestirme con el traje de baile, dorado y con muchas capas. Una de las criadas me recoloca el peinado y la trenza se me afloja. Me sujeto el pelo y justo cuando me doy la vuelta veo caer la pequeña cuchilla. El filo resplandece con la luz. Luego queda oculta por las faldas de las criadas, que me llevan hacia las otras chicas.

Me invade el pánico, ardiente y veloz.

—¡Por favor! —exclamo, mientras intento apartarlas de mí—. ¡No puedo hacer la danza! ¡Necesito irme!

Dama Eira se me acerca a toda prisa, sosteniendo el dobladillo de su larga falda.

—¿Lei? ¿Qué te pasa?

Detrás de las cortinas, los músicos empiezan a tocar. El murmullo del público se silencia cuando la melodía se eleva.

Dama Eira sonríe.

—No tienes por qué estar nerviosa. Has mejorado mucho en danzas en los últimos meses. Debes estar orgullosa.

Estiro el cuello para mirar más allá de ella y apenas oigo lo que me dice. Veo el brillo de la cuchilla en el suelo de cristal, resaltado por el resplandor aguamarina del lago.

—Es que… se me ha caído algo —explico.

—Ya tendrás tiempo de sobra para recogerlo después de la danza.

—No puede esperar. Por favor, dama…

Y por fin, sigue mi mirada.

Hay una larga pausa. Luego me pregunta, tensa:

—¿Eso es tuyo?

—Sí —murmuro.

Con un movimiento rápido, Dama Eira va, recoge la cuchilla del suelo y la esconde rápidamente entre los pliegues de su ropa. Tiene la boca tan apretada que sus labios casi desaparecen.

—Voy a deshacerme de esto, y tú vas a subir a ese escenario a bailar como si esto nunca hubiera pasado. ¿Me entiendes, Leizhi?

Aquella primera noche, tras mi llegada al palacio, Dama Eira había añadido con orgullo a mi nombre el tratamiento honorífico de las Chicas de Papel. Ahora resulta hiriente.

Recuerda cuál es tu lugar, está diciéndome. *Recuerda quién eres.*

Flexiono los dedos. Porque sé muy bien quién soy, y *no soy* la Chica de Papel perfecta que ella quiere que sea.

Mi mirada se endurece.

—¿Hizo siquiera el intento de enviar mis cartas? —le pregunto con frialdad.

Se sorprende, pero no responde.

—Eso pensaba.

Luego le doy la espalda y ocupo mi sitio en la fila de chicas.

Un momento después, arranca un nuevo acorde en la música. Es nuestra señal. Una por una, salimos al escenario con los brazos en alto; las mangas de nuestros trajes nos ocultan el rostro, pero una de nosotras oculta algo más; un corazón abatido, un dolor en el pecho y la sensación de haber perdido todo aquello por lo que peleaba.

35

Madam Chu nos explicó que la danza que tenemos que representar esta noche es otro símbolo de la purificación para el nuevo año, aunque a mí me parece más bien una oportunidad para que el Rey Demonio nos exhiba a sus invitados.

Durante la danza, vamos quitándonos los trajes capa por capa. Debemos quitarnos cada pieza tal como nos han enseñado: la tela debe ondear en el aire, trazando un arco dorado con la luz de los farolillos. Debajo de la última capa hay una malla fina que apenas alcanza a esconder nuestra modestia. Por ser la mejor bailarina de nuestro grupo, Wren había sido la elegida para ocupar el centro del escenario durante este acto final para ofrecer al rey su última capa, pero en su ausencia, ese rol ha recaído sobre Chenna. Ella cruza el escenario con gracia; su piel morena se ve iluminada bajo las luces. La multitud la sigue, absorta en sus movimientos. Pero mientras ella extiende la muñeca y arroja su última capa en el ángulo indicado para que la prenda descartada caiga sobre el regazo del rey, él no está mirándola. Me mira a mí.

Tiene sus ojos fijos en mí, brillantes y peligrosos.

Por mí abre sus labios en una sonrisa que muestra cada uno de sus dientes.

El odio palpita en mi interior, como un latido oscuro. Puede que ya no tenga mi arma, pero aún tengo mis puños. Durante nuestros encuentros a medianoche, Wren me ha enseñado lo efectiva que puede resultar una patada bien dirigida a la entrepierna. No será suficiente para acabar con el rey. Pero sí me dará tiempo para encontrar la daga que él siempre lleva consigo y atacarlo con ella.

Nos retiramos del escenario entre los aplausos de la multitud. En cuanto estamos detrás de las cortinas, paso a toda prisa junto al enjambre de criadas, sin prestar atención a las miradas curiosas del resto de las chicas, y regreso al baile, vestida aún solo con la diminuta malla. Al menos, será más fácil correr así que con el ridículo cheongsam.

No he llegado muy lejos cuando alguien me llama por mi nombre y me doy la vuelta.

Aoki me ha seguido.

—¿Qué te pasa? —pregunta, con la respiración entrecortada—. ¿Por qué no has vuelto a ponerte tu vestido?

Aún tiene el rostro encendido a causa de la danza y sus vivos ojos de color esmeralda desprenden un intenso brillo. Está radiante. Como una reina.

La abrazo.

—Te quiero, Aoki —le susurro al oído.

Se aparta y escruta mi rostro.

—¿Lei? ¿Qué pasa?

—Solo quiero desearle al rey un feliz Año Nuevo.

—Pero…

Le doy un beso en la frente. Mientras me mira sorprendida, me alejo a toda prisa antes de que pueda ver las lágrimas que han empezado a aflorar a mis ojos.

Qué doloroso es despedirse de alguien que no tiene idea de que uno se marcha.

El rey aún está en el balcón, rodeado de sirvientes que lo atienden. Aminoro la marcha mientras me acerco, intento ocultar mi agitación con una máscara de serenidad, pero un escalofrío me recorre cuando me ve llegar y su mirada se endurece. Hace una seña a los sirvientes para que se retiren. Detrás de él, Naja retrae los labios. El general Ndeze está cerca, pero está demasiado ocupado conversando con un grupo de cortesanas muy risueñas y no repara en mi presencia. Veo brevemente un cabello largo y brillante y un ruqun revelador: Zelle está entre su público cautivo. Cuando Zelle gira la cabeza, riendo, me ve y asiente casi imperceptiblemente.

—Lei-zhi —me saluda el rey. Las luces arrancan destellos a sus cuernos dorados.

Hago una reverencia.

—Mi rey. —Me obligo a calmar la voz, aunque me sale extraña, demasiado dura y grave—. Espero que la presentación haya sido de su agrado, a pesar de habernos visto desvestidas tantas veces ya.

Algo se paraliza en él. Su sonrisa se hace más amplia.

—Tal vez más por eso mismo —responde sin inmutarse—. Es un placer especial saber que ninguno de los que observaba ha tenido el mismo privilegio. Porque, claro —añade, inclinándose hacia mí—, esta noche tu amante no está aquí, ¿verdad?

Aunque se me acelera el corazón, arrugo el entrecejo, fingiendo confusión.

—Perdóneme, mi rey, pero no sé a qué se refiere. Mi único amante está aquí.

Y aunque me repugna hacerlo, me acerco un poco más. Me tiemblan los dedos cuando los apoyo en su pecho.

Detrás de él, Naja hace el amago de acercarse. Pero se detiene cuando el rey levanta la mano.

—Las noches en las que estuvimos juntos, no fui honesta con usted, mi rey —prosigo enseguida, mirándolo a los ojos—. Estaba… asustada. Admito que al principio no quería esta vida. Pero después de la primera noche que estuvimos verdaderamente juntos, mis emociones han cambiado. Mis… deseos.

Con una mano aún sobre su pecho, llevo la otra a mi cuello y la deslizo por mi cuerpo sobre la malla hasta detenerla a la altura del ombligo.

El rey me observa en silencio.

—Por favor —digo—. ¿Podemos ir a algún sitio más privado? Estas sensaciones me abruman. Necesito explorarlas con usted, mi rey. A solas.

Su expresión se mantiene inalterable durante algunos largos y tortuosos segundos. Hasta que, por fin, una sonrisa indolente se expande en su rostro.

—Sabía que lo entenderías, Lei-zhi. —Se endereza y sus dedos me rodean el brazo, con un poco más de fuerza de la necesaria—. Iremos a los jardines. Allí habrá suficiente privacidad.

Nos encaminamos hacia las escaleras para bajar del balcón. Algunos sirvientes y guardias se dan prisa en acercarse, pero él los detiene con una seña.

Naja se acerca, con las orejas alertas.

—Mi rey…

—Déjennos —ordena.

Mientras descendemos, miro a mi alrededor y veo a la zorra blanca observándonos con sus serenos ojos plateados. Incluso cuando nos perdemos de vista, me estremezco; aún siento su mirada sobre mí, como los ojos ocultos de la Luna.

El rey me conduce hacia lo más profundo de los jardines encantados. Son más agrestes, más boscosos que los típicos de Han, y los banianos nudosos y los árboles de katsura forman un techo de hojas sobre nosotros. La luz del salón, cada vez más lejano, salpica el suelo. Hay un sendero de piedra que corre entre los arbustos y, alrededor, las sombras están moteadas de colores: los pétalos rosados de los hibiscos, el azul cobalto de las orquídeas, el amarillo de las plumerias. Seguimos el sendero hasta un estanque lleno de nenúfares. Hay una dulce fragancia en el aire. Cada nenúfar brilla, con una estrella diminuta en el centro de sus pétalos, y percibo el roce tibio de la magia como un beso en el aire.

El rey me mira.

—¿Qué te parece?

—Es hermoso —respondo.

No me ha soltado en todo este tiempo. Mientras nos acercamos a la orilla del agua, me acerca a él y me sujeta del mentón.

—Lo es, ¿verdad? —murmura.

Sonríe, y parece que está a punto de besarme. Luego sus labios se tuercen en una mueca de desdén.

—Una bonita mentira.

Me invade el pánico.

Intento retroceder, pero él no me permite moverme.

—¿Por… por qué lo dice?

Apenas las palabras salen de mi boca, sus manos me aferran por el cuello. Con un rugido, me levanta en el aire y me sujeta por encima del agua. Un grupo de aves cercanas se dispersan hacia el cielo nocturno… y con ellas, se va mi aplomo. Con horribles sonidos de ahogo, intento abrir su mano, respirar.

—Eso eres tú, Lei-zhi —gruñe—. ¿Qué pensabas? ¿Que podías engañarme? ¡Soy el *rey!*

Clavo las uñas en el cuero de su muñeca, pero es más grueso que la piel humana y no consigo aferrarme. A lo lejos, se oye la música de la fiesta. La sucesión de notas y el canto de las cuerdas me llega opacado por los latidos en mi cabeza y la respiración agitada del rey.

Los músculos de su cuello se tensan mientras aprieta el mío con más fuerza.

—¿Qué os pasa a las mujeres, que siempre tenéis que abrir las piernas para amantes inferiores? ¿Acaso os sentís deseadas? ¿Amadas? No importa. No me interesa la razón, solo el castigo.

—Es un… *canalla* —balbuceo.

Ruge y me golpea la cabeza contra el tronco de un árbol cercano. El dolor es instantáneo, un crujido tan fuerte que me nubla la vista.

Cuando reaparece el rostro del rey, tiene saliva en los labios y en la frente le palpita una vena.

—He traído hasta aquí a tu padre y a esa vieja lince para que te vieran morir. Lo sabes, ¿verdad? Pero una ejecución pública tendría que ser a manos de otra persona. —Una sonrisa, toda dientes—. Esto es mejor. Aquí puedo tomarme mi tiempo. Puedo romperte todos y cada uno de tus huesos, hasta que el dolor te consuma de tal forma que ni siquiera puedas recordar cómo te llamas.

Vuelve a aplastarme contra el árbol. La fuerza hace que me muerda la lengua. Se me llena la boca de sangre. Las lágrimas caen a raudales por mis mejillas. Pero el dolor me ayuda a concentrarme mejor. Me recuerda para qué estoy aquí.

Se apropia de mi odio y lo convierte en una daga.

Le escupo saliva sanguinolenta a la cara.

—Puede matarme —le digo con dificultad, porque sigue apretándome con fuerza—, pero esto no los detendrá. Vienen a por usted.

Es fugaz, pero lo veo como una chispa en sus ojos: miedo. Y ahora entiendo que no es una emoción nueva para él. Solo la mantenía escondida. Tan solo necesitaba algo que la invocara, para que su mente entrara en pánico.

Se paraliza.

—Tú sabes algo. —Hace una pausa, luego levanta la voz—. ¿Quiénes? ¡Dímelo! ¡Dime quiénes se han atrevido a conspirar en mi contra!

Me cae un hilo de sangre por la frente. Parpadeo para evitarlo.

—Adelante. Puede matarme. Pero nunca se lo diré.

Con un bramido ensordecedor, se inclina y me sumerge de cabeza en el estanque.

Me ahogo…

Quiero respirar…

Tan fría que quema…

El agua me tapa la boca y la garganta, me aprieta como un puño. Pataleo, pero el rey me sostiene hacia abajo. Veo estallidos de luz ante mis ojos. Siento un zumbido en los oídos, se me revuelve el estómago y mi corazón late, late, late con fuerza…

Me saca del estanque y me mantiene colgada de su brazo, con arcadas y tosiendo. Me castañetean los dientes por el aire helado.

—¿Quiénes? —pregunta otra vez—. ¿Es el Clan de los Gatos? ¿Son los Hanno? ¿Qué están tramando?

Lo miro con desdén.

—Estará muerto antes de enterarse.

Esta vez no me pilla por sorpresa, pero eso no lo hace más fácil. Me entra agua por la nariz cuando el rey me empuja la cabeza hacia abajo. Algo viscoso pasa nadando y me roza la cara. Me sostiene bajo el agua durante más tiempo, hasta que la negrura invade mi cerebro, un mareo seductor que intenta hacerme dormir. Una parte de mí está dispuesta a permitírselo. Pero la otra, la parte más fuerte, lucha con desesperación.

Esta vez, cuando el rey me saca del agua, me arroja al suelo. Resbalo por la hierba. La tierra está dura, cubierta de escarcha. Mis dedos arañan el suelo, intentando sostenerme. Cuando me incorporo, el rey me da una patada en el estómago.

Me desplomo, con la boca abierta en un grito silencioso. Algo se ha roto. He podido sentirlo. Una costilla.

Una patada más y me aplastará el corazón.

El rey se alza sobre mí y me sujeta los brazos por detrás de la cabeza.

—Voy a preguntártelo una vez más, Lei-zhi. —Habla lentamente, casi con calma, aunque sus ojos están desorbitados a causa de la furia y algo más, esa mirada demente que le vi la noche de la fiesta de koyo y que ha estado empeorando desde entonces, como si estuviera perdiendo la cordura poco a poco. Su aliento forma nubes en el aire helado—. Si sigues negándote a responder, volveré al baile, traeré hasta aquí a tu padre y a esa lince y los mataré delante tuyo. ¿Es ese suficiente incentivo para que hables?

Gruño y forcejeo debajo de él, pero apoya todo su peso sobre mí y es inútil, *soy* inútil, no puedo ganarle. ¿Cómo he podido pensar que podría, una Chica de Papel contra su rey? Hasta que…

Gritos. Sonidos de pasos y ramas que crujen.

Alguien viene.

El rey levanta la vista.

Justo a tiempo para que el cuchillo que viene surcando el aire se le clave hasta la empuñadura en el ojo derecho.

36

Zelle llega corriendo al estanque mientras el rey retrocede, con el rostro ensangrentado.

—¡Acaba con él! —grita.

Detrás de ella… Naja.

La zorra blanca corre a una velocidad increíble. Alcanza a Zelle en dos saltos. Trae suelta la delantera del sari, que flamea detrás de ella, y en un movimiento rápido extiende la mano, aferra a Zelle con sus largas uñas como garras y le parte cuello en dos.

El sonido es horrible, un chasquido claro y agudo.

Me pongo de pie, tambaleante. Naja levanta la vista; Zelle está en el suelo frente a ella. A lo lejos se oyen ruidos: entrechocar de armas, gritos, algo semejante al crepitar profundo del fuego, y veo llamas que se alzan hacia el cielo e iluminan la noche con vetas en tonos bermellón y naranja.

El Salón Flotante está en llamas. Lo que significa que deben de estar atacando el palacio.

La compresión de lo que ello implica me golpea con fuerza.

Hemos fracasado.

Entonces, miro a Naja, todo lo demás desaparece de mi mente y solo queda el ardor de la ira, el odio, el dolor más oscuro y profundo, y las últimas palabras que me dirigió Zelle, tan simples, tan terribles.

Acaba con él.

Me lanzo hacia el rey. El césped está mojado con su sangre, y mis pies resbalan, pero la caída me ayuda: me impulsa hacia él. El rey me ve venir un segundo demasiado tarde. Su rostro se contorsiona. Con manos temblorosas, intenta aferrar la empuñadura de la daga que tiene clavada en el ojo… pero yo llego primero. Con un grito, arranco la daga de la órbita ensangrentada.

Y se la clavo en la garganta.

Sorpresa. Esa es su primera reacción.

La segunda es furia.

Se sacude debajo de mí, pero me aferro a la empuñadura, con los dedos resbaladizos por la sangre que mana alrededor. Empujo con todo mi cuerpo, valiéndome de todo mi peso para hundir más la daga. Caemos juntos. Me desplomo sobre su pecho, pero no dejo de empujar la daga. Los sonidos que salen de la boca del rey son horribles: gorgoteos, como los de un bebé. Se agita. Intenta golpearme. Aunque son torpes, sus movimientos aún tienen fuerza, y con cada golpe se intensifica el dolor de mi costilla rota. Pero aprieto los dientes y resisto.

Uno de los ojos del rey es azul y penetrante. El otro es una masa roja.

Gruño como una salvaje y empujo el cuchillo de un lado al otro. Apenas se mueve, clavado entre hueso y cartílago, pero lo obligo y siento que hay cosas que crujen, tejidos vivos que se rompen. Por encima de los ruidos ahogados del rey, se oye un sonido horrible, como un lamento agudo y crudo, y al principio creo que es Naja, pero por supuesto que no lo es.

Soy yo.

Entonces la recuerdo: Naja.

Mi pelea con el rey debe haber durado tan solo unos segundos. Cuando me doy la vuelta para buscarla, la zorra ya está sobre mí; sus garras curvas se clavan en mi hombro, me desgarran la piel y me hacen sangrar. Me arroja al suelo. Me patea una y otra vez. Los golpes llegan con demasiada rapidez y no consigo escapar. Ni siquiera puedo respirar, apenas puedo ver. El dolor es lacerante, insoportable, el calor más intenso y el blanco más feroz, un cielo que se abre para tragarme por completo. Voy a morir, y el hecho de saberlo, esa certeza abrasadora, es la peor sensación que he conocido.

—¡Déjala, perra!

Oigo la voz de Wren, brillante como un sueño.

No la veo hasta que me quita a Naja de encima, e incluso entonces tardo un momento en reconocerla. Tiene puesta ropa de batalla, una armadura de cuero sobre una túnica y unos pantalones de color azul medianoche, y sus ojos brillan con el blanco de un guerrero Xia, como aquella noche debajo del teatro. Saca dos espadas de las vainas que lleva cruzadas en la espalda. Un viento que no siento le mueve el cabello en torno a su rostro y le da un aspecto fantasmal, como si fuera una diosa oscura, y hasta yo siento un temor reverente e instintivo.

Naja vacila, pero solo un momento. Luego se recupera. Se yergue.

—Le dije al rey que eras tú —gruñe, y lanza el ataque.

Pelean con ferocidad. El instinto supera a la forma. Naja es toda animal; predomina el salvajismo de su forma de demonio. Ya no está la guardia aplomada de la corte, la que nunca se separaba del lado del rey. La mirada serena e impasible. Ni siquiera tiene arma, porque su cuerpo es su arma. Encorvada en una postura como si se agazapara, pelea con giros y puñetazos, arañazos y tarascones.

Se mueven con tanta rapidez que me cuesta seguirlas. El jardín es un remolino de brazos, piernas y salpicaduras de sangre, con golpes de hueso sobre carne.

—Él te defendió —escupe Naja. Le salen espumarajos por la boca, y la sangre que mana de un corte en su mejilla los tiñe de rosa. Bloquea un ataque de Wren y lanza una pierna en una patada circular baja, pero Wren salta para esquivarla—. Aunque lo habías traicionado al acostarte con esta putita de ojos dorados, me dijo que no podía castigarte, por todo el apoyo que había recibido por parte de los Hanno. Tenía sus sospechas, pero no perdía las esperanzas. Por eso te envió a casa cuando se enteró de la muerte de tu madre. Estaba demostrándole a tu clan la lealtad que él merecía.

Wren tiene los nudillos blancos por la fuerza con la que se aferra a sus espadas.

—¿Lealtad? —repite, con una risa incrédula. Se lanza hacia adelante, da un salto mientras levanta los brazos y baja las dos espadas al mismo tiempo, como si fueran una sola.

Naja retrocede justo a tiempo.

—Él no conoce el significado de esa palabra —escupe Wren.

—¿Y tu gente, sí?

—Eso creían. Pero han aprendido por las malas que es algo muy escaso en este mundo.

—Qué ironía, ¿verdad? Que ahora sean precisamente ellos los que les están enseñando a otros esa misma verdad. Dime, ¿qué se siente al traicionar al demonio que se ha dedicado de forma incansable a tu despreciable clan keeda durante todos estos años?

Wren esquiva un golpe. Naja se recupera con rapidez, y esta vez alcanza a golpear a Wren en el costado con el codo, haciéndola tropezar.

—Perra —jadea Wren.

Naja ríe.

—Recuerda tus modales, puta de papel.

Pero alcanzo a advertir una expresión velada de admiración al observar el aspecto sobrenatural de Wren.

En el tiempo que le lleva a la zorra vacilar, Wren ataca. Una de sus espadas hiere a Naja en el hombro. La sangre mana formando un arco y mancha su pelaje blanco nieve. Furiosa, contraataca y estrella el talón contra la mandíbula de Wren, cuya cabeza gira a un lado y empieza a sangrar, oigo un crujido de huesos.

Las dos vuelven a colocarse en una postura defensiva, con la respiración agitada. Wren se enjuga la boca con una manga.

Entonces, Naja me mira. Sus ojos se dilatan.

—¡Cuidado! —grita.

Wren gira para mirar y baja sus espadas durante un segundo… lo que le da una oportunidad a Naja.

Pero yo he adivinado el plan de la zorra un segundo antes de que lo ejecutara. Cuando Naja salta, me lanzo para interceptarla. Nos estrellamos con un crujido. El dolor me atraviesa cuando mi costilla rota se aplasta aún más y las heridas del hombro se me abren. Lanzo un puñetazo, pero es débil y ella me supera en un segundo. Me arroja a un lado. Extiende un brazo hacia atrás y sus garras apuntan hacia mi garganta…

—¡Wren! ¡Lei!

Naja vacila cuando ve llegar a Kenzo. Este se mueve con rapidez sobre sus musculosas patas de lobo. Trae una vara de bambú en ambas manos. Del extremo de la vara chorrea sangre.

—¡Marcharos! —ruge—. ¡No hay tiempo!

El rostro de Naja se contorsiona.

—¡Amante de los keeda! —escupe con desprecio.

Empieza a atacarlo en un torbellino de patadas y golpes de garras. Kenzo la repele con su vara, y sus potentes patas de lobo se hunden en la tierra cuando ella lo empuja.

—¡Marcharos! —vuelve a gritarnos.

Wren vacila, y sus ojos recuperan su color pardo normal.

—Pero…

—¡Ahora!

Guarda sus espadas y me sujeta por la mano. Mientras me aleja, miro por encima de mi hombro y echo un último vistazo al cuerpo del rey en el césped ensangrentado. Parece extrañamente pequeño. Tiene las extremidades extendidas a los lados, como si se hubiera caído por haber bebido demasiado sake. En su cuello asoma la daga, donde la he dejado, y una exhalación entrecortada escapa entre mis labios.

Se acabó. Está hecho.

Lo he hecho yo.

El rey está muerto.

Wren me lleva en dirección al Salón Flotante; los gruñidos y los golpes de la pelea entre Naja y Kenzo van quedando atrás. Conforme los árboles empiezan a dispersarse, se puede ver el salón. Está totalmente envuelto en llamas, como una cúpula dorada. Irradia un calor intenso. El ruido es algo vivo, cargado de chisporroteos eléctricos. Desde abajo llegan sonidos de batalla: entrechocar de metales, cascos que resuenan atronadores, gritos. Por el aire se elevan briznas de cenizas ardientes, como lo contrario de la nieve.

Era esto, entonces. La predicción de Don Tekoa. Una noche de humo y llamas, la destrucción del palacio desde dentro por una chica que tiene fuego en las venas.

—¿Qué ha pasado? —pregunto a Wren mientras corremos.

—Nos han descubierto —responde. Su pelo ondea detrás de ella—. Alguien ha tenido que delatarnos. Has llegado al rey justo a tiempo. —Me aprieta la mano con cariño—. Lo has hecho bien, Lei. Lo has matado.

Casi tropiezo.

—Pero ¡ahora la corte sabe quién ha participado! Todo el trabajo que se ha llevado a cabo, todo el cuidado para guardar el secreto…

—De eso nos ocuparemos más tarde.

—¿Y por qué estás aquí? No deberías haber vuelto, Wren. No deberías haberte arriesgado.

—Por supuesto que tenía que volver. Tenía que asegurarme de que estuvieras a salvo.

Cuando llegamos al límite de los jardines, la tierra arcillosa deja paso a un sendero de piedra. Ya estamos junto al salón. Abajo, el lago resplandece por el incendio que arde sobre él. Hay ondas en su superficie: los peces saltan, agitados por el calor. Hay cadáveres en el agua, y los miro con terror, rogando que ninguno sea el de Baba ni el de Tien.

Me da un vuelco el estómago. Kenzo prometió mantenerlos a salvo. Pero ¿cómo puede protegerlos si está peleando con Naja?

—Mi padre —digo, con un hilo de voz—. Tien…

—Estamos cuidando de ellos —me asegura Wren.

Aminora el paso y damos un rodeo hasta el lado este del lago. Al fin puedo respirar con cierta normalidad, aunque ahora que se me está pasando la conmoción, el dolor se recrudece. Mis heridas por los ataques del rey y de Naja me arden y palpitan. Me duelen más con cada paso, pero aprieto los dientes, decidida a no demostrarlo.

—¿Cómo vamos a escapar? —pregunto.

Wren mira a nuestro alrededor; el resplandor del fuego ilumina su cara.

—De la misma forma con la que he llegado hasta aquí tan rápido. Con alas.

Me tira del brazo y me aparta del sendero para hacer que nos internemos entre los árboles. Caminamos apartando las ramas enmarañadas. El terreno es irregular y está lleno de raíces. Me concentro en mis pasos, intentando no tropezar.

Oigo al demonio antes de verlo: el retumbar profundo de unos pulmones gigantescos. Wren llama, y le responde una voz como un graznido.

—¿La has encontrado?

—Sí —responde, mientras llegamos a un bosquecillo moteado de luz—. Merrin... te presento a Lei.

El viento mueve los pétalos rizados de las magnolias que rodean el jardín, como un remolino rosa y blanco. Algunas hojas se enganchan en las plumas de color peltre del enorme demonio con forma de ave que se incorpora para recibirnos. Tiene forma de búho y es mucho más grande que cualquier demonio que yo haya visto antes; de rostro inteligente, tiene rasgos y pico de búho y unos ojos humanos vivaces y anaranjados. Igual que Madam Himura, tiene brazos largos y humanoides, recubiertos de plumas, que se extienden en los bordes formando esas extrañas alas híbridas que tienen todos los demonios con forma de ave. En el bosquecillo, tiene los codos flexionados y las alas extendidas solo hasta la mitad, pero aun así su envergadura es impresionante. Cada pluma termina en una punta negra. El demonio irradia poder y, cuando nos acercamos, se incorpora un poco más y sus ojos penetrantes me hacen vacilar.

—¿Merrin? —pregunto.

Simula una reverencia.

—A tu servicio, encanto. Pero me temo que no vamos a poder perder mucho el tiempo con las presentaciones. —Ladea la cabeza, aguzando el oído—. Alguien viene, y dudo de que sea un comité de bienvenida.

Baja un ala hasta el suelo. Wren me ayuda a subir por ella hasta la espalda de Merrin. Intento moverme con cuidado; sus plumas son suaves, muy ligeras.

Merrin ríe, con un sonido áspero que sale desde el fondo de su garganta.

—No es necesario que seas tan cuidadosa, cariño. He cazado ratones más pesados que tú.

Detrás de mí, Wren acomoda las piernas a lo largo de las mías, se inclina hacia adelante y se aferra a la nuca emplumada de Merrin.

—¿Lista?

Antes de que llegue a responder, nos sacudimos hacia atrás.

Hay gritos, pasos que corren.

Una lluvia de flechas surca el aire.

—¡Sujétate bien! —grita Wren, y se aferra a mí mientras Merrin despega del suelo con tanta potencia que la vibración de sus músculos se transmite hasta los míos.

Nos elevamos en el aire y el bosquecillo pasa por debajo a toda velocidad. Una segunda tanda de flechas vuela hacia nosotros, pero Merrin se desvía rápidamente hacia un lado para esquivarlas. Una flecha me roza la mejilla. Merrin se ladea. Un ala roza las copas de los árboles. Dobla en una curva cerrada y aletea con fuerza para ganar altura. En pocos segundos estamos muy alto, con las nubes cerca de nuestras cabezas, como un vientre oscuro y plateado.

Siempre he querido volar, saber cómo es danzar con las corrientes de aire.

La realidad no se parece en nada a lo que yo imaginaba. Merrin corta el aire a toda velocidad; el aleteo de sus brazos nos sacude a Wren y a mí, y me aferro a sus plumas, convencida de que en cualquier momento voy a resbalar por su espalda.

Abajo, a lo lejos, el palacio es una pira de luces y fuego. Siento un gran alivio, feroz y radiante como el sol.

Somos libres.

Entonces, Wren grita:

—¡A la derecha!

Giro la cabeza de inmediato y los veo: un grupo de demonios con forma de ave de la casta de la Luna. Deben ser más de veinte. Alcanzo a distinguir la forma de un halcón, un cuervo, un buitre, un águila. De todas las formas de los demonios, las castas con forma de aves son las de aspecto más exótico, con su inquietante mezcla de plumas y picos con la forma humanoide, y ahora, al ver a tantos con sus alas extendidas, me invade el temor.

Se acercan cada vez más rápido porque no llevan pasajeros. Aunque no son tan grandes como Merrin, todo en estas aves deja claro que son depredadoras. Ojos amarillos y brillantes. Picos ganchudos. Llevan armaduras y cuchillas sujetas a sus pies con espolones.

Merrin exhala enfadado.

—Son esos cabrones…

—¡Los Tsume! —me grita Wren al oído—. Las aves guerreras de élite del rey.

—Y, por supuesto —acota Merrin—, nunca dejan de insistir para que me una a ellos. ¿Cuántas veces voy a tener que decirles que no? —Hay una pausa—. Disculpad, chicas —agrega, y pliega las alas.

Nos volcamos cabeza abajo…

Y caemos en picada.

Grito mientras caemos hacia la tierra; siento el viento como latigazos en el rostro y se me revuelve el estómago. Las lágrimas se deslizan por mi piel helada. La caída es tan rápida que una de mis manos resbala de las plumas de Merrin y el viento tira de mí, como si intentara arrancarme. Wren estira el brazo y me sujeta. Hunde los tobillos en los costados de Merrin y nos sostiene a ambas. Nos siguen los graznidos de los Tsume.

Justo delante, los tejados del palacio están cada vez más cerca, pero Merrin no aminora la velocidad.

—¡Vamos a estrellarnos! —grito.

Ni Wren ni Merrin responden. Cierro los ojos con fuerza; lo último que veo son los aleros curvos de un templo acercándose a toda velocidad.

En el último segundo, Merrin cambia de rumbo.

El movimiento es tan repentino que casi nos hace caer. Recrudece el dolor en mi pecho y en mis hombros. Wren y yo gruñimos por el esfuerzo y nuestros brazos están a punto de dislocarse, pero conseguimos mantenernos sujetas.

Golpes, chillidos, sonidos de madera que se rompe a nuestras espaldas. Algunos de los Tsume no han llegado a virar a tiempo.

Me arriesgo a mirar atrás y se me altera el pulso.

Algunos sí lo han conseguido.

Vienen hacia nosotros a toda velocidad. El halcón que encabeza el grupo emite una llamada ensordecedora. Nos alcanza en cuestión de segundos y ataca con un espolón cuya punta es de metal, la hoja alcanza a Merrin en el costado. Merrin grita y cae un poco, pero pronto se endereza, gira rápidamente a la derecha y vuela zigzagueando entre los tejados.

El halcón lo sigue. Más pequeño y liviano que Merrin y que el resto de las aves, vuelve a alcanzarnos rápidamente y esta vez se nos pone a la par. Sus ojos de color granate brillan debajo de un casco de batalla de bronce que le cubre la parte superior de la cara y la punta de su nariz con forma de pico que termina formando un gancho afilado.

—Qué vergüenza, hermano —dice, con un graznido agudo—. Permitir que gente de papel se monte sobre ti.

Merrin echa un vistazo por encima de su hombro mientras Wren lleva una mano a su espalda para desenvainar una de sus espadas.

—Al menos yo no llevo ese casco tan ridículo.

El halcón se enfurece. Con un aleteo, vira hacia nosotros y ataca con su pico con gancho de metal. Wren está esperándolo. Aferrada aún a las plumas de Merrin con una mano, arquea el otro brazo hacia el halcón, espada en mano. Lo alcanza en el casco con un ruido metálico. El halcón grazna sorprendido, vacila, y nosotros viramos abruptamente.

Se oye un chasquido repugnante. Me doy la vuelta y veo al halcón cayendo por el lateral de la elevada columna de uno de los templos que nosotros hemos conseguido esquivar.

Merrin vuela entre las copas de los árboles; el palacio es una imagen borrosa de formas y colores. Justo delante se alza la muralla perimetral. Volamos directamente hacia ella. Una vez más, Merrin vira en el último segundo. Los demonios que nos siguen se estrellan a toda velocidad contra la roca negra, y el crujir de sus cuellos se oye fuerte como un latigazo. Giro para mirar y veo que el enorme cuervo se eleva justo a tiempo… aunque, a juzgar por la forma en la que aterriza sobre la muralla y se sujeta uno de sus brazos alados contra el pecho, percibo que se ha hecho daño en un hombro.

Chilla con furia mientras ve que nos alejamos.

Abajo, el bosque de bambú se transforma en un paisaje de sombras. Cuando las luces del palacio empiezan a quedar atrás, la oscuridad empieza a caer sobre nosotros. Merrin vuela cerca de las copas, pero conforme pasa el tiempo y finalmente comprobamos que los Tsume ya no nos siguen, extiende las alas y nos elevamos hacia las nubes.

—Oh, cielos —dice, cuando no hay nada a nuestro alrededor más que una niebla blanca y un silencio espectral—. Después de esto, van a insistir aún más para que me una a ellos.

Suelto una risa temblorosa. Bajo el azote del viento me siento la piel en carne viva. Aquí arriba, entre las nubes, el aire es húmedo. Mi cuerpo se cubre de pequeñas gotas de agua, y de pronto tomo conciencia de que aún estoy vestida tan solo con mi malla de baile, aunque la tela dorada está teñida de rojo por mi sangre y la del rey.

—¿Es un buen momento para desearte un feliz cumpleaños? —me pregunta Wren, y vuelvo a reír. Acerca sus labios a mi oído—. Lo tienes contigo, ¿verdad? —pregunta, esta vez con seriedad.

Entiendo de inmediato a qué se refiere.

—Sí —respondo.

Me da un beso en la mejilla. Siento su aliento caliente sobre mi piel helada.

—Puedes abrirlo cuando aterricemos.

Siento de pronto el peso del relicario que llevo colgado, a la vista, sobre mis clavículas y se mece con el aleteo de Merrin. Todos estos años esperando este día, esperando descubrir la palabra —el futuro, el *mundo*—, lo que me augura mi relicario de bendición natal. Pero ahora, volando por un cielo que sabe a cenizas y a final, ya no estoy segura de querer saberlo.

Se suponía que escaparíamos del palacio con discreción. Ahora, los Hanno y sus alianzas han quedado al descubierto.

No cabe duda. Se avecina una guerra.

37

Merrin sigue volando hasta que estamos lejos del palacio. Esta noche no hay estrellas en el cielo y arriba hay nubes que anuncian nieve. El aire sabe a hielo. Abajo: una alfombra de oscuridad. Aquí no hay asentamientos, o al menos, no veo ninguno. Wren me dice que estamos al noreste del palacio, en las estribaciones de las montañas que rodean a Han y Rain: el famoso Paso Kono, imposible de cruzar incluso por aire debido a sus corrientes turbulentas y sus picos escarpados. Esta noche nos quedaremos en un escondite y mañana saldremos hacia el fuerte de los Hanno en Ang-Khen.

O al menos, ese era el plan.

—Le enviaremos un mensaje a mi padre en cuanto podamos —dice Wren cuando Merrin empieza a perder altitud—. Le preguntaremos qué hacer. Dudo que nuestro hogar sea un refugio seguro, ni ninguna de nuestras propiedades. Al menos, las que conoce la corte.

—¿Podrías preguntarle también por mi padre y por Tien?

—Por supuesto. Le pediré que sea una de sus prioridades. Estoy segura de que están a salvo, Lei.

Siento el estómago hueco.

—Ahora la corte sabe que Kenzo está trabajando con tu padre. Que ha estado conspirando contra el rey. No podrá ocupar un lugar en el consejo.

Wren responde con voz dura.

—Salvo que haya matado a Naja.

Imagino los ojos salvajes de la zorra, su energía implacable. No consigo imaginarla permitiéndose perder. Al mismo tiempo, tampoco consigo imaginar a Kenzo perdiendo. Recuerdo la tibieza de su pelaje cuando me sacó en brazos de los aposentos del rey, la seguridad que me daba sentir sus brazos musculosos y su olor, profundo y casi dulce, como el de la hierba al viento.

Más vale que gane. No solo por nosotras, sino por lo que Naja le ha hecho a Zelle.

—La ha matado. —Las palabras se me atascan en la boca y necesito carraspear antes de aclarar—: Naja. Ha matado a Zelle.

—Lo sé —responde Wren con voz baja—. He visto su cadáver.

—Ella siempre se ha portado bien conmigo —murmuro, y se me empañan los ojos—. Cuando tenía miedo, aquella primera vez, antes de ir con el rey. Y también cuando entré a hurtadillas a las habitaciones de Madam Azami. Y al final. Cuando el rey ha estado a punto de matarme. Ella me ha salvado. Pero yo no he podido salvarla a ella.

Hundo el rostro en el cuello emplumado de Merrin, y las lágrimas se deslizan por mis mejillas heladas.

Al acercarnos al bosque, se oyen chillidos de animales. Merrin vuela bajo. Es difícil distinguir mucho en la oscuridad, pero pronto cambia de rumbo, con las alas hacia atrás para aprovechar el aire, y después de trazar varios círculos lentos, bajamos entre los árboles a un claro, donde aterrizamos con una suavidad sorprendente. Emite un fuerte graznido. Como respuesta, se encienden luces no muy lejos. Entre la vegetación enmarañada, iluminan la silueta de un templo abandonado, la mitad del cual parece estar tallada en la misma montaña. Se divisa el resplandor del agua de un lago que se extiende por uno de los laterales.

Wren y yo bajamos de la espalda de Merrin. Cuando apoyo los pies en la tierra, me tambaleo hacia un lado. Aún tengo la sensación de estar meciéndome y me duele cada parte de mi cuerpo por la fuerza con la que me sujetaba a sus plumas. Es más lo que me duele que lo que no, pero me mantengo erguida y me obligo a esbozar una sonrisa sombría cuando Wren intenta ayudarme.

—Estoy bien —le digo—. En serio.

Con un ronroneo áspero, Merrin se sacude y estira los brazos. Las plumas que los recubren se agitan y luego la mitad de ellas se pliegan contra sus brazos, así que sus alas quedan reducidas a la mitad del tamaño que tenían antes.

—Retiro lo dicho, encantos. Sin ninguna duda, pesáis más que los ratones. La comida del palacio os ha echado a perder. Espero que hayáis podido traer algo de esa comida —añade, esperanzado.

—En realidad —responde Wren— deberíamos haber traído algo. No sé cuánto tiempo tendremos que escondernos aquí.

—Creo que se te olvida que somos guerreros de élite —replica Merrin—. No tendremos problemas para cazar.

—Yo no soy guerrera —señalo.

—Mi dulce niña —responde, girando la cabeza hacia mí—, tú has matado al rey. Eres la más guerrera de todos nosotros. —Su boca con pico se eleva en una sonrisa—. Además, ¿estás segura de que no hay nada de demonio en ti? Supongo que no has tenido tiempo para mirarte a un espejo, con tanto asesinato, peligro mortal y todo eso, pero lo que te han puesto en los ojos esos idiotas en el palacio se te ha corrido. —Levanta un ala—. Pareces un… un panda.

Antes de que pueda darle las gracias por su simpática evaluación, nos damos la vuelta al oír pasos. Tres figuras emergen entre las sombras del follaje. Sus farolillos proyectan un resplandor ambarino sobre sus rostros. Uno es un chico humano, de la casta de papel, de rostro estrecho y expresión preocupada en sus ojos negros como el hollín. Los otros dos son demonios leopardos de la casta de la Luna; hermanos, incluso, a juzgar por su aspecto, y no mucho mayores que Wren y yo. Se acercan con un andar felino y sus colas se mueven detrás de ellos. Sus cabezas manchadas son similares, con hocicos cortos y negros y orejas redondas llenas de pendientes.

—¡Wren! ¡Merrin! —grita la hembra, y echa a correr hacia nosotros. Abraza a Wren con fuerza y luego a Merrin—. ¡Llegáis tarde! Estábamos preocupados.

—Vuestro retraso no tendrá algo que ver con que las cosas no han salido bien, ¿verdad? —pregunta su hermano.

Wren lo mira.

—Me temo que sí. —Tira de mí hacia delante—. Pero nuestro objetivo principal se ha conseguido y debemos darle las gracias a Lei por eso.

El chico con forma de leopardo me mira con asombro.

—¿El rey está muerto?

Respiro temblorosa antes de responder, la respuesta aún me resulta inimaginable incluso a mí, que tengo la piel manchada con su sangre.

—Sí.

Empiezan a caer los primeros copos de nieve cuando salgo bajo el alero del templo. Ante mí se extiende el lago bordeado de musgo, oscuro y brillante en la noche sin estrellas. Apoyo el farolillo y me siento en los anchos escalones de piedra, arrebujada en el manto de piel que me ha prestado Willow, la chica leopardo. El templo parece llevar años abandonado. La maleza y las flores silvestres crecen en gruesos racimos entre las grietas de las rocas. Las aves han anidado en los minaretes y en el techo en punta. Un inmenso baniano se eleva contra una de las paredes del templo; sus raíces son tan grandes como las habitaciones entre las que se alza y sus raíces aéreas cuelgan como cortinas que cubren el suelo de hojas del tamaño de las manos de Merrin.

Retiro por encima de mi cabeza la cadena que sostiene mi relicario y tomo aire súbitamente ante el dolor que el movimiento me provoca en el hombro. El relicario de oro sigue intacto, no se ha abierto. Con cuidado, lo sostengo contra la palma de mi mano. Estoy buscando la manera de abrirlo cuando se abre limpiamente en dos partes. Y años después de su creación, al fin me ofrece su secreto.

Por un momento, lo observo en silencio. Luego, una risa escapa de mis labios. Las lágrimas me empañan la vista. Porque la palabra que flota dentro, un solo carácter con pinceladas del negro más leve, es tan perfecta que me asombra no haberla adivinado nunca.

Vuelo.

Lo contemplo durante un momento más. Luego cierro el relicario y corro de nuevo hacia el palacio, gritando una y otra vez el nombre de Wren, entre risas y llanto, con el corazón henchido por el asombro y la certeza absoluta. Porque eso es Wren para mí: alas. Y Con su amor, me ha enseñado a utilizar las mías. A luchar contra lo que me oprime. A elevarme, lanzarme y volar, tal como lo hemos hecho esta noche, tal como tendremos que hacerlo todos los días si queremos mantener el reino a salvo, tal como seguiremos haciéndolo durante el resto de nuestra vida, volando, danzando por los cielos brillantes, alcanzando nuevas alturas juntas, siempre juntas.

Puede que se avecine una guerra.

Pero tenemos alas para librarla.

EPÍLOGO

Entre el fuego y las sombras del jardín en llamas, la zorra blanca se agacha junto a su rey. Detrás de ella, sobre la tierra ensangrentada, yace el cuerpo inerte del lobo.

Él no le importa. No le importa que las dos keedas hayan escapado. Que huyan. Que crean que han ganado.

Ella sabe que no es así.

Con cuidado de no tocar sus heridas, acerca la mano a la muñeca del rey… y la toca. Tiene pulso. Muy leve, pero inconfundible.

Está vivo.

La zorra acaricia el rostro de su rey.

—Yo sabía que una simple chica humana no podía matarte —susurra.

Luego se pone de pie y ordena a uno de los soldados que llame a un hechicero.

NOTA DE LA AUTORA

La historia que se narra en estas páginas es una obra de ficción, pero a la vez es una obra de amor. El mundo de Ikhara está, en gran medida, inspirado en mi niñez en Malasia, un país que tiene una densa mezcla de culturas, y también en mi identidad como persona de etnicidad mixta. Es, en cierto modo, un híbrido... como yo. Me siento sumamente afortunada de provenir de un hogar multicultural. Este moldeó mis influencias y mis perspectivas, y seguirá haciéndolo para siempre.

El concepto de *Chicas de papel y de fuego* se origina también en un profundo anhelo personal de que existan novelas más inclusivas, especialmente en la literatura juvenil. Me parece importante que todos, pero en especial los jóvenes, puedan verse reflejados en las historias que consumen; que puedan sentir aceptación e identificación. Que se sientan inspirados por sus *propias* historias, sean reales o imaginarias. Incluso los mundos mágicos tienen sus raíces en el nuestro. Me encantaría ver más libros que reflejen la rica variedad de nuestras realidades individuales.

La historia de las Chicas de Papel es, tristemente, evocativa de las experiencias de muchas mujeres. Incluso de las mías. Si bien entiendo que son temas difíciles de tratar, en especial para los adolescentes, es de vital importancia que los tratemos. Los libros pueden ser un sitio seguro para explorar temas difíciles. Aunque no podemos evitar que los jóvenes se vean expuestos a la violencia sexual, ya sea por experiencia propia o de manera indirecta, sí podemos brindarles una manera de abordar estos temas y reflexionar sobre ellos. Espero que *Chicas de papel y de fuego* les proporcione ese espacio.

Para aquellos lectores que han sufrido abuso sexual: lamento mucho, mucho lo que os ha pasado. Es mi deseo que, como yo, podáis encontrar a través del viaje de Lei la forma de identificaros y empoderaros. A pesar de la oscuridad de la historia, hay muchos mensajes positivos que yo quería transmitir a los lectores que están sufriendo sus propios traumas: amistades y relaciones contenedoras. La posibilidad de hallar esperanza aun en los momentos más difíciles. El poder de la fuerza femenina. El conocimiento de que se puede pasar por experiencias horribles y no solo sobrevivir, sino *vivir*.

Esta historia es muy especial para mí. Espero que la hayas disfrutado.

Si eres víctima de abuso físico, emocional o sexual, intenta hablarlo con un adulto en quien confíes, o si necesitas buscar ayuda en forma anónima, puedes contactar a alguna de las instituciones de tu país o lugar de residencia que brinde apoyo a las víctimas de abuso.

AGRADECIMIENTOS

Este libro y yo hemos pasado por muchas cosas. Si hago cuentas, es algo así como tres relaciones, cinco casas (en dos países), un cambio de agente, un cambio de trabajo, once rondas de edición, dos cortes de cabello desastrosos, lo que habrán sido unas cincuenta millones de tazas de té, e incontables crisis emocionales, bastantes de las cuales fueron causadas por el libro en sí mismo. Pero a pesar del difícil viaje que hemos compartido —o quizá por eso mismo— *Chicas de papel y de fuego* ha llegado a ser una especie de amigo para mí. Al verlo ahora, con una presentación tan hermosa y con vida propia en el mundo, independiente de mí, me siento muy pero muy orgullosa.

Tengo que darles las gracias al menos unas cien veces a todos los que nos ayudaron a llegar hasta aquí:

A mi profesor de yoga, Matt Gluck, en cuya clase me encontraba cuando se me ocurrió la primera línea de *Chicas de papel y de fuego* y me introdujo en la historia. ¡Y también por inspirarme para iniciar mi propia carrera como profesora de yoga! Mis clases han pasado a ser el antídoto perfecto para mis días solitarios de escritora.

A mis amigas escritoras que leyeron versiones preliminares de *Chicas de papel y de fuego* y me dieron los comentarios y el aliento que tanto necesitaba: Kendra Leighton, Katy Moran, Emma Pass, Kerry Drewery, Sangu Mandanna y Lana Popovic. Su entusiasmo por *Chicas de papel y de fuego* me animó a seguir. Gracias, además, a Brian Geffen por sus notas iniciales que me ayudaron a dar al mundo de Ikhara su forma actual.

A los Sombrereros Locos —Sarwat Chadda, James Noble, Alex Bell, Louie Stowell, Jane Hardstaff, Rohan Gavin y Ali Starr— por acompañarme para celebrar los buenos momentos y lamentar los malos, y por brindarme la mejor respuesta para ambos: cócteles y risas. Nuestras noches en Londres están entre mis preferidas. Sarwat, a ti tengo que darte las gracias especialmente por aconsejarme desde el comienzo y por tu apoyo incondicional.

James, eres mi roca. Gracias por creer siempre en mí y por saber animarme. Estoy infinitamente agradecida de tenerte en mi vida.

A Taylor Haggerty, por ser la abanderada incansable de *Chicas de papel y de fuego* y por estar siempre dispuesta a darme un consejo o una palabra positiva cada vez que lo necesito. En esta ocasión, cuando estaba buscando agente, un amigo me aconsejó que eligiera a alguien con quien sintiera que podía escribir los mejores libros, y eso hice. Espero que juntas podamos crear muchos más libros. Y a Holly Root, ¡gracias por ser mi casamentera!

A mi equipo increíble de Jimmy —Jenny Bak, Sasha Henriques, Sabrina Benun, Erinn McGrath, Julie Guacci, Aubrey Poole, James Patterson— por haber apostado por *Chicas de papel y de fuego* y por haber trabajado tanto para que fuera un éxito. Jenny, es un sueño trabajar contigo. Gracias por tu paciencia, tu comprensión, tu impecable conocimiento editorial, tu entusiasmo sin límites, y por saber siempre qué hacer por nuestro libro. Gracias a ti, *Chicas de papel y de fuego* es hoy lo que es. Me siento la autora más afortunada del mundo porque eres mi editora.

A todos esos increíbles amigos que se pasaron horas escuchándome hablar sobre mundos imaginarios —Alex, Peter, Claudia, Tom North y Tom Latimer, Luke, Amber, Polly, Rich Galbraith y Rich Lyus, y a muchos más a quienes no he nombrado— y que ahora hago responsables por las ideas para la secuela. Os agradezco mucho todo el apoyo y la inspiración que me habéis brindado durante todo este proceso.

A mis padres, por ser la mezcla perfecta de locura y cariño. Papá: no tengo duda de que no habría sido escritora de no haber sido por tus cuentos a la hora de dormir y por tu apoyo callado pero inquebrantable. Mamá: me criaste de manera que conociera mi ascendencia chino-malaya y para que estuviera orgullosa de ella. Este libro es testimonio de eso.

A Callum, por apoyarme siempre, donde sea y en cualquier circunstancia. Aún me conoces mejor que nadie. También me frustras más que nadie, pero te quiero a pesar de todo.

A Fab, por darme un nuevo hogar y una vida llena de tanta felicidad que no puedo dejar de sonreír. Debido a eso, has hecho que me resulte mucho más difícil escribir, pero te perdono. Vale la pena un millón de veces.

Pour la vie.

Por último, a todos aquellos que compren un ejemplar de *Chicas de papel y de fuego*; significa mucho para mí que le hayáis dedicado vuestro tiempo a este pequeño libro. No es perfecto, pero lo he hecho lo mejor que he podido para escribirlo con sensibilidad, pasión, honestidad y cuidado, y espero que podáis percibir todo eso en las palabras. Gracias por leerlo.

ACERCA DE LA AUTORA

Natasha Ngan es escritora y profesora de yoga. Se crio entre Malasia, de donde proviene el lado chino de su familia, y el Reino Unido. Esta crianza multicultural continúa influyendo en lo que escribe, y le apasiona crear historias inclusivas para adolescentes. Natasha estudió Geografía en la Universidad de Cambridge, luego trabajó como consultora de redes sociales y tuvo un blog sobre moda. Hace poco se mudó a París, donde le gusta imaginar que se pasea con elegancia de cervecería en cervecería, con una libreta en una mano y una copa de vino en la otra. En realidad, pasa la mayor parte del tiempo perdiéndose en el metro y confundiendo a los lugareños con su francés.

¿TE GUSTÓ
ESTE LIBRO?

Escríbenos a

puck@edicionesurano.com

y cuéntanos tu opinión.

ESPAÑA /MundoPuck /Puck_Ed 📷 /Puck.Ed

LATINOAMÉRICA 🔵 🐦 📷 /PuckLatam

▶️ /PuckEditorial

¡Gracias por vivir otra
#EXPERIENCIAPUCK!

ECOSISTEMA DIGITAL